THÉRÈSE RAQUIN

POCKET CLASSIQUES

collection dirigée par Claude AZIZA

ÉMILE ZOLA

THÉRÈSE RAQUIN

Préface et commentaires de
Philippe HAMON

© Pocket, 1991, pour la préface, les commentaires
et le dossier historique et littéraire.

© Pocket, 1998, pour « Au fil du texte » *in* « Les clés de l'œuvre ».

ISBN 2-266-08258-2

SOMMAIRE

    I. *Au fil du texte** : pour découvrir l'essentiel de l'œuvre.

    II. *Dossier historique et littéraire* : pour ceux qui veulent aller plus loin.

* Pour approfondir votre lecture, *Au fil du texte* vous propose une sélection commentée :
- de morceaux « classiques » devenus incontournables, signalés par ●◆ (droit au but).
- d'extraits représentatifs de l'œuvre, signalés par ∽◆ (en flânant).

PRÉFACE

1867 est une grande année. Non seulement pour le second Empire qui invite l'Europe entière à une gigantesque exposition universelle à Paris, mais aussi pour le jeune écrivain Zola qui publie, avec un bref roman « physiologique », son premier chef-d'œuvre incontestable. Zola, à vingt-six ans, n'est encore pour les Parisiens qu'un journaliste qui défend les livres illisibles (ceux des Goncourt) et les peintres refusés au Salon. Il n'est pas l'écrivain à succès qu'il sera après 1877, le romancier aux tirages fabuleux dont les livres sont traduits dans toutes les langues, le chef d'école vénéré (ou détesté) de toute une génération d'écrivains, le président de la Société des gens de lettres, ou le pamphlétaire généreux de l'affaire Dreyfus. Il est pauvre, ses premières publications n'ont eu aucun succès, et il gagne difficilement sa vie en écrivant chaque jour l'article de journal commandé. Cette année 1867 constitue un tournant décisif, et sera celle d'une intense activité : il vient de quitter son emploi chez Hachette, il publie coup sur coup un essai sur le peintre Manet exclu du Salon officiel (« L'affaire Manet », en un sens, préfigure l'affaire Dreyfus), un feuilleton à intrigue échevelée *(Les Mystères de Marseille)*, une nouvelle *(Un mariage d'amour)*, un roman *(Thérèse Raquin)*, sans parler des chroniques et articles de journaux quasi quotidiens. Quelque chose comme un début de notoriété commence à accompagner son nom, comme en témoignent son entrée dans le *Dictionnaire des contemporains* [1] de Vapereau, l'article « Thérèse Raquin » que lui consacre Pierre Larousse dans son grand *Dictionnaire* [2], et les premières caricatures (voir, par exemple, celle du *Journal amusant* du 9 juin 1866) qui le prennent pour cible.

Thérèse Raquin, comme toutes les réussites littéraires, est un texte ambigu. Texte « réaliste » ancré par sa topographie dans le Paris du second Empire, c'est aussi un texte fantastique, un texte de « revenant », un texte halluciné où le mort saisit le vif, où certaines scènes de « dépossession » de soi par l'autre (l'autre comme inconscient ; l'autre comme partenaire sexuel ; l'autre comme Camille, le mari de Thérèse) font penser au *Horla* [3] de Maupassant. Formellement, l'ouvrage tient de la nouvelle (elle en a la brièveté, le côté « tranche de vie »), du théâtre (tous les critiques, à commencer par Sainte-Beuve qui évoque les Atrides dans une lettre à Zola — voir Dossier, p. 296), ont souligné l'agencement dramatique de l'œuvre — unité de temps, de lieu, d'action, paroxysme des passions), plus que du roman (aucun arrière-plan social ou politique n'est donné à l'action, qui regroupe peu de personnages, et qui se passe dans un espace confiné, dans un huis clos permanent). Le texte lui-même, d'ailleurs, vient d'une nouvelle (*Un mariage d'amour*, voir Dossier, p. 296), et sera réécrit pour le théâtre par Zola en 1873. Ce texte « médical » est d'abord une « médecine », une « purgation » des tics d'écriture romantique et feuilletonesque, et c'est aussi un banc d'essai où un certain nombre de formules d'écriture semblent se roder, qui seront ensuite développées dans les *Rougon-Macquart*. Ainsi, par exemple, du procédé du leitmotiv accompagnant les personnages (l'adjectif « ignoble »

1. Voir Dossier historique et littéraire, p. 311.
2. Voir Dossier historique et littéraire, p. 312 et suiv.
3. Disponible dans la même collection.

pour Camille ; la mention de ses tisanes — à cause de
ca(mo)mille ? — ; la morsure de Laurent ; l'œil noir
de Thérèse, etc.), ou de procédés d'appel et de rappel
(le portrait de Camille, où il ressemble à un noyé, anti-
cipe sur sa fin tragique), ou, sur un plan plus thématique, de certaines scènes ou thèmes que l'on retrouvera
dans les *Rougon-Macquart* : Laurent, peintre raté, préfigure le Claude de *L'Œuvre* ; crime et chemin de fer
sont ici associés, comme plus tard dans *La Bête
humaine* [1] ; les habitués des jeudis de Mme Raquin pré-
figurent, avec leurs petits cérémoniaux mécaniquement
routiniers, les petits-bourgeois de *Pot-Bouille* [2] ;
Mme Raquin est une sorte de tante Dide, l'aïeule
paralytique des Rougon-Macquart. Mais *Thérèse
Raquin* c'est surtout l'intrication, remarquablement
serrée, de quatre thématiques fondamentales que l'on
retrouvera ensuite modulées et développées dans toute
l'œuvre postérieure de Zola, celle du corps, celle de la
bête humaine, celle de la mécanique, et celle du regard.
  Le thème du corps humain comme « tempérament »,
c'est-à-dire comme composé instable d'un certain nombre d'« humeurs » (le sang, la bile, la lymphe, etc.)
pouvant constituer des équilibres ou des déséquilibres,
remonte aux philosophes (Aristote, *Problème* XXX)
et aux médecins (Hippocrate, Galien) de l'Antiquité
grecque. Ce système explicatif est toujours en vigueur
au début du XIXe siècle (voir Bossu, dossier, p. 315) —
même s'il commence à être fortement contesté — et
Zola va l'utiliser sans vergogne pour construire son
système de personnages : à Thérèse les nerfs, à Laurent le sang, à Camille la lymphe. Il y a là, d'abord,
une volonté de rompre avec un certain roman d'analyse
psychologique « à la française » (Mme de La Fayette,
Marivaux, Benjamin Constant, Stendhal...) que Zola
ne cessera encore par la suite de dénoncer ; une volonté,

1. Disponible dans la même collection.
2. Disponible dans la même collection.

aussi, de rompre avec le type uniquement « mélancolique » un peu trop ressassé par le romantisme. La *Préface* de la deuxième édition (voir Dossier, p. 261) est très nette à cet égard : « Dans *Thérèse Raquin* j'ai voulu étudier des tempéraments et non des caractères. Là est le livre tout entier. » Cela permet à Zola de faire du remords, ce *topos* obligé de toute histoire d'adultère, une donnée purement physiologique. Cela lui permet aussi de moduler une intrigue, par alternance rapide de moments d'équilibre et de moments de « détraquements » (pages 129, 163, 165 à 190, etc.), mot clé du roman que l'on retrouvera ensuite rythmer l'ensemble des *Rougon-Macquart*, ou par « contamination » d'un tempérament par un autre (Laurent le sanguin devient, un bref moment, sous l'influence de Thérèse, nerveux, donc artiste, p. 190). Le terme de « névrose », la référence aux « nerfs », est, vers 1860, plus qu'un emprunt décoratif au vocabulaire de la médecine. En l'employant, Zola s'inscrit dans un courant de pensée contemporain, dans une avant-garde intellectuelle, celle qui tourne autour du « patron » Flaubert, des frères Goncourt (voir leur roman de l'écrivain, *Charles Demailly*), celle qui va de Michelet *(La Femme, L'Amour)* à Huysmans *(À rebours)* et à Rollinat *(Les Névroses)* en passant par Taine, où les « nerfs » sont considérés comme la caractéristique de l'artiste moderne (Verlaine, parlant de Baudelaire dans un article de 1865, parle de « l'homme physique moderne [...], le bilio-nerveux par excellence comme dirait Hippolyte Taine »). Cette référence aux nerfs et aux tempéraments sera remplacée bientôt, dans les *Rougon-Macquart*, par une référence plus « à jour », à l'hérédité (on en trouve déjà une trace ici à travers la mention de l'hérédité « africaine » de Thérèse, au chapitre II et au chapitre III), système plus dynamique qui permet une combinatoire plus variée de types et de cas tout en récupérant une dimension chronologique (l'influence des ascendants sur les descendants) qui fait quelque peu défaut au système des tempéraments. Le

« revenant » Camille, ectoplasme un peu fantastique dans cet univers réaliste, sera, dans les *Rougon-Macquart*, remplacé par ces « revenants » plus plausibles et tout aussi inquiétants que sont les gènes familiaux. La deuxième thématique qui traverse le roman est celle de la « bête humaine ». Zola a déjà employé cette expression en 1866 en rendant compte d'un roman d'Hector Malot, *Victimes d'amour*, et s'en servira, comme on sait, en 1890 pour intituler l'un des romans les plus importants de sa série. L'expression vient de Hugo (*Préface* de *Cromwell*, 1827). Dans *Thérèse Raquin*, cette métaphore est longuement filée dès le début du roman par la mention de la lumière « fauve » (chapitre I) qui tombe du vitrage du passage du Pont-Neuf, poursuivie par la mention des « caresses fauves » de Thérèse à son amant (pages 68 et 165), par celle de sa souplesse « féline » qui l'assimile au chat François (p. 25), (« elle mimait le chat », p. 58), mais aussi à quelque sphinx impénétrable, par celle du « labeur de brute » (p. 24) et de « l'occupation bête » de Camille — Camille qui lit Buffon, l'écrivain des animaux, et dont le passe-temps favori est d'aller voir les ours au jardin des Plantes, p. 33) — ; Thérèse, dans ses jeux d'enfance avec Camille, a « une sauvagerie de bête » (p. 28), et Laurent, « brute » (pp. 42, 63, 164) au « cou de taureau » (p. 40), a des yeux « fauves » (p. 81) et des « étreintes de bête fauve » (p. 158). Bien sûr, cette animalité généralement distribuée s'incarne dans le chat François, œil ouvert comme celui de la conscience au milieu du roman. D'où une conception « dédoublée » (le terme apparaît pp. 176 et 182) de la personnalité (« Je est un autre », écrira trois ans plus tard Rimbaud) et des personnages partagés entre leur part humaine et leur part animale, et la réapparition fréquente dans le roman de l'adjectif « inconscient » (pp. 68, 72, 133, 137 et 192), adjectif qui ne va pas tarder à devenir substantif à part entière (« *L'Inconscient* ») : un moment, préparant *La Bête humaine* et cherchant un titre pour ce roman, Zola songera à l'appeler *L'Inconscient*. C'est à peu près l'époque (1889) où le jeune Freud arrive à Paris.

La troisième thématique qui organise le roman est celle de l'homme « sans tempérament », de l'homme mécanique. Les employés du « chemin de fer d'Orléans » (l'actuelle gare d'Austerlitz), qui sont les « rouages » d'une « grosse machine » (p. 40), reviennent toutes les semaines aux jeudis de Mme Raquin, jouer aux mêmes dominos, comme « poussés par le même ressort » (p. 111). Ce sont des « cadavres mécaniques », des « poupées de carton » grimaçantes (pp. 37, 38), qui ne prononcent que des paroles elles-mêmes « machinales », des clichés et des phrases toutes faites. L'adverbe « mécaniquement » revient plusieurs fois pour désigner aussi bien les gestes de Thérèse dans la boutique (p. 34) que les visites des habitués du jeudi (p. 36). Thérèse et Laurent remuent les membres « comme des machines » (p. 147) à leur mariage, et le vocabulaire du théâtre, cet autre monde à machines, machinistes et machinations, vient souvent relayer celui de la mécanique (les termes : rôle, masque, hypocrisie, jeu, personnage — voir notamment p. 62 — reviennent alors), soulignant la dépersonnalisation générale d'un univers à la fois aliéné et factice (à côté de la mercerie, une marchande de bijoux « faux »).

Une quatrième thématique, omniprésente, traverse le roman, celle du regard. Le roman s'encadre entre l'œil noir de Thérèse dans sa vitrine, au premier chapitre, et celui, lourd et écrasant, de Mme Raquin à la dernière ligne du roman. Ces regards sont, le plus souvent, « muets » ; ils s'entrecroisent par-dessus la table des dominos, se surprennent ou s'évitent, s'hypnotisent mutuellement, s'incarnent dans des animaux (le chat), des espions (le policier Michaud ; Laurent filant Thérèse ; la marchande de bijoux faux qui pourrait espionner les amants), des objets (les portraits peints). Ces regards sont « blancs », « vides », « noirs », « fixes », « morts », dans des « masques » ou des « faces » tantôt molles et décom-

posées, tantôt paralysées (Mme Raquin). L'expression
« face à face » (pages 48, 149, 152, 155, 179, 181,
245...) revient perpétuellement dans un roman composé
comme une succession d'« expositions » de cadavres
réels ou vivants (la vitrine de la mercerie ; l'exposition
des tableaux de Laurent dans son atelier ; la galerie des
morts vivants de la table des dominos ; l'exposition des
cadavres de la morgue ; les successives « autopsies »
de Laurent et de Thérèse [1]), comme une succession de
carrefours de lignes de regards, de lignes de mire, où
se joue le destin des personnages, comme une succession de spectacles et de spectres, de figures tantôt
« défigurées » (les visages grimaçants des joueurs de
dominos ; le visage décomposé de Camille dans son rôle
de revenant, les visages des noyés de la morgue), tantôt « transfigurées » (Thérèse dans l'amour, p. 52).

Avec *Thérèse Raquin*, Zola rompt radicalement avec
cette écriture « pathétique » qui caractérisait ses premiers essais en prose comme *La Confession de Claude*,
ou avec les procédés narratifs du feuilleton qui lui
avaient servi pour *Les Mystères de Marseille* ou *Le Vœu
d'une morte*. *Thérèse Raquin* tend à l'économie des
moyens, à la concentration des effets, parfois même
à l'épure. Pas de longue description (qu'on songe aux
orgies descriptives des *Rougon-Macquart* qui vont suivre), peu de dialogues, des phrases brèves, un canevas
narratif simple divisé en trente-deux chapitres brefs
(entre 2 et 10 pages ; 4-5 pages en moyenne), pas de
dates ni de tranches documentaires déversées du dossier préparatoire (la mercerie du passage du Pont-Neuf
n'est pas le magasin du *Bonheur des dames* [2]), un style
dépouillé, quasi « clinique », dépourvu de « figures »
ou d'effets pittoresques voyants, qui tend parfois à

---

1. 1867, rappelons-le, est l'année de l'Exposition universelle. Pour
la fascination du XIXe siècle pour le phénomène « exposition » sous
tous ses aspects (la littérature doit être « exposante », aimait à répéter Flaubert), voir P. Hamon, *Expositions*, Paris, Corti, 1989.
2. Disponible dans la même collection.

l'écriture « blanche », tels sont les aspects de la modernité du texte de Zola. Nous sommes là dans une esthétique qui est proche de celle de Flaubert, le Flaubert d'*Un cœur simple* ou de *L'Éducation sentimentale* [1] (1869), une esthétique du bref, du fragmenté qui est aussi, toutes proportions gardées, celle des *Poèmes en prose* de Baudelaire, celle des « dizains réalistes » de Coppée, celle du « conte » ou de la nouvelle réaliste telle que la mettront en œuvre un Maupassant ou un Céard (*Une belle journée*, 1881). Aucun trait, par conséquent, de cette écriture « artiste » pointilliste et sophistiquée, à syntaxe contournée et à lexique rare, qu'ont inaugurée les Goncourt et qui fera tant de ravages chez les épigones et disciples des deux frères. Sainte-Beuve (voir Dossier, p. 278) avait aussi raison d'évoquer Rembrandt : aucun trait « pittoresque » ne vient rompre l'extraordinaire unité de couleur du roman. Si Flaubert avait voulu délibérément faire, avec *Madame Bovary* [2], un roman « gris », « couleur puce », en attendant le gris cloporte de *Bouvard et Pécuchet, Thérèse Raquin* est, à l'évidence, à l'image du noir et du blanc des dominos des soirées du jeudi, un roman en noir et blanc. Plus proche des photos du vieux Paris de Marville et d'Atget, des gravures de Méryon, des dessins de Steinlen, que du luminisme impressionniste. Il y a du daguerréotype dans *Thérèse Raquin*, et même la scène de guinguette à Saint-Ouen, avec son crépuscule « laiteux » et « bleuâtre » d'automne, n'a rien d'un Renoir ou d'un Monet. Le suffixe « -âtre », qui casse toute couleur franche, domine tout le roman. Les seules notes de couleur vive qui s'enlèvent sur le noir et le blanc général, ou sur le sépia fauve et jaune du passage du Pont-Neuf, ou sur le verdâtre et le bleuâtre qui accompagnent les apparitions de Camille, sont d'autant mieux mis en relief, la tache rouge de la mor-

1. Disponibles dans la même collection.
2. Disponible dans la même collection.

sure au cou de Laurent, ou le voile de sang de l'hallucination (voir l'expression : « ils voyaient rouge »,
pp. 56, 163, 213).

Non sans désir de provocation, Zola prend ici comme
modèle d'écriture la prose objective, analytique, décolorée, du compte rendu de cas médical : Claude Bernard, dont l'*Introduction à l'étude de la médecine
expérimentale* date de 1865, plutôt que Hugo ou Michelet. Le narrateur s'efface derrière un « on » anonyme
(celui qui inaugure l'incipit du roman, qui observe le
profil de Thérèse derrière sa vitrine, dans le passage
vitré, comme un entomologiste observe quelque insecte
dans un aquarium). Observation *in vitro* plus qu'*in
vivo*. D'où le jargon de la préface : « but scientifique »,
« étude d'un cas curieux de physiologie », « travail
analytique », « analyse du mécanisme humain », « terrain de l'observation et de l'analyse », « curiosité du
savant », « vérités », « étude physiologique », « analyse scientifique », « méthode moderne », « pièces
d'anatomie », « modifications profondes de l'organisme sous la pression des milieux et des circonstances », etc. D'où une écriture dépouillée, progressant par
alinéas fréquents, un peu sèche parfois. On songe ici
à Stendhal, moitié convaincu, moitié aussi par provocation et désir de se « purger » de la rhétorique romantique, prenant comme modèle le Code civil, et trouvant
a posteriori le style du *Rouge et le Noir*[1] un peu
« heurté ». Avant d'être « naturaliste », l'écriture se
fait « neutralisée », toute trace d'énonciation tend à
disparaître. Sauf quelques rares incises, qui fonction-
nent alors comme des sortes d'aparté de clinicien tenant
le carnet de route d'une névrose et en commentant les
phases successives : « Un travail sourd qu'il faudrait
analyser avec une délicatesse extrême si l'on voulait en
marquer toutes les phases... » (p. 113) ; « quelqu'un
qui aurait étudié ce grand corps » (p. 117) ; « cette

---

1. Disponible dans la même collection.

communauté, cette pénétration mutuelle est un fait de psychologie et de physiologie qui a souvent lieu... » (p. 129) ; « il serait curieux d'étudier les changements qui se produisent parfois dans certains organismes... » (p. 164) ; « la haine devait forcément venir... » (p. 211) ; « une nouvelle phase se déclara... » (p. 219) ; « un tel état de guerre ne pouvait durer davantage... » (p. 247). La « fatalité », ce vieux ressort du roman feuilleton, déjà brocardée et disqualifiée à travers les invocations que lui fait Charles dans *Madame Bovary*, est ici une fatalité physiologique, accessible au pronostic et au diagnostic, déductible des tempéraments de départ assignés au personnage (l'incipit du chapitre VII parle d'une « liaison nécessaire, fatale, toute naturelle »). Cette sémiotique (une fiction faite de mots) qui feint de se mettre au service d'une séméiotique (la science des symptômes médicaux) n'est, bien évidemment, qu'une métaphore de l'omniscience du romancier agençant son roman.

Rêve d'un sujet maîtrisé, rêve d'une écriture transparente à ses objets, rêve d'une œuvre légitimée par le discours dominant de la science, tout cela, bien sûr, est utopique ; il y a des failles, des zones d'ombre dans ce discours qui se prétend objectif et de pure analyse : pourquoi ce prénom de « François » (le prénom du père de Zola, du père tôt disparu) pour ce chat-sphinx qui surveille, juge et condamne les amours interdites, et que Laurent tue ? Pourquoi ce plaisir à décrire les corps nus et putréfiés sur les dalles de la morgue ? Quel est le sens de cette référence insistante à la morsure de Camille au cou de Laurent ? Pourquoi les nerfs sont-ils, et exclusivement chez l'homme, une sorte de part féminine qui le prédispose à l'activité artistique ? Est-ce parce que Laurent porte le nom d'un martyr brûlé sur un gril que tant d'allusions sont faites à cette morsure qui le brûle perpétuellement ? Pourquoi le meurtre du mari tue-t-il le désir des amants ?

Il semble que Zola, après *Thérèse Raquin*, ait retenu et suivi presque à la lettre les observations que lui avait

faites Taine en 1868 (voir Dossier, p. 282). Dans sa lettre le philosophe lui reprochait une écriture quelque peu
« tétanisée », une histoire un peu trop « exceptionnelle [1] » dans un milieu un peu trop restreint, et lui
recommandait « d'élargir [son] cadre », de « balancer
[ses] effets », et de prendre comme modèle Balzac et
Shakespeare, « artistes accomplis » et écrivains « ency-
clopédiste(s) à grandes vues complexes ». En gros, trop
de concentration d'effets, des effets trop systématiques,
trop paroxystiques, un manque de souplesse et un manque d'arrière-plan général social. Il y a là comme un
programme de travail que Zola, en mettant en chan-
tier dès 1868 ses *Rougon-Macquart*, paraît avoir voulu
scrupuleusement réaliser. Mais Zola, semble-t-il, gardera
longtemps une certaine nostalgie pour cette écriture
« dégraissée », « épurée », qu'il avait réalisée avec ce
roman de 1867 : préparant en 1889 le premier brouillon
de ce qui allait devenir *La Bête humaine* il notera pour
lui-même, dans son dossier préparatoire, la consigne
de « faire quelque chose de pareil à *Thérèse Raquin* ».
Le roman, visiblement, reste l'un de ses enfants chéris.

---

1. Zola, préparant en 1868-1869 ses *Rougon-Macquart*, reprend
pour lui-même, dans le manuscrit de son dossier préparatoire (sous
le titre : « Notes générales sur la nature de l'œuvre »), cet adjectif
« exceptionnel » employé par Taine, qu'il reprendra aussi (voir Dossier, p. 265) dans sa *Préface* à la 2e édition (« Ma Thérèse et ma Madeleine [Férat] sont exceptionnelles ». Cité par H. Mitterand, *Les
Rougon-Macquart*, éd. de La Pléiade, tome v, p. 1743).

I

Au bout de la rue Guénégaud, lorsqu'on vient des ◆━
quais, on trouve le passage du Pont-Neuf, une sorte
de corridor étroit et sombre qui va de la rue Mazarine
à la rue de Seine [1]. Ce passage a trente pas de long et
deux de large, au plus ; il est pavé de dalles jaunâtres,
usées, descellées, suant toujours une humidité âcre ; le
vitrage qui le couvre, coupé à angle droit, est noir de
crasse.

Par les beaux jours d'été, quand un lourd soleil brûle
les rues, une clarté blanchâtre tombe des vitres sales
et traîne misérablement dans le passage. Par les vilains
jours d'hiver, par les matinées de brouillard, les vitres
ne jettent que de la nuit sur les dalles gluantes, de la
nuit salie et ignoble.

À gauche, se creusent des boutiques obscures, basses,
écrasées, laissant échapper des souffles froids de caveau.
Il y a là des bouquinistes, des marchands de jouets
d'enfant, des cartonniers, dont les étalages gris de
poussière dorment vaguement dans l'ombre ; les vitrines,
faites de petits carreaux, moirent étrangement les marchandises de reflets verdâtres ; au-delà, derrière les étalages, les boutiques pleines de ténèbres sont autant de trous
lugubres dans lesquels s'agitent des formes bizarres.

À droite, sur toute la longueur du passage, s'étend

---

1. Construit en 1823-1824, ce passage (aujourd'hui rue Jacques-
Callot) a été démoli en 1912.

◆━ Voir *Au fil du texte*, p. IX.

une muraille contre laquelle les boutiquiers d'en face ont plaqué d'étroites armoires ; des objets sans nom, des marchandises oubliées là depuis vingt ans s'y étalent le long de minces planches peintes d'une horrible couleur brune. Une marchande de bijoux faux s'est établie dans une des armoires ; elle y vend des bagues de quinze sous, délicatement posées sur un lit de velours bleu, au fond d'une boîte en acajou.

Au-dessus du vitrage, la muraille monte, noire, grossièrement crépie, comme couverte d'une lèpre et toute couturée de cicatrices.

Le passage du Pont-Neuf n'est pas un lieu de promenade. On le prend pour éviter un détour, pour gagner quelques minutes. Il est traversé par un public de gens affairés dont l'unique souci est d'aller vite et droit devant eux. On y voit des apprentis en tablier de travail, des ouvrières reportant leur ouvrage, des hommes et des femmes tenant des paquets sous leur bras ; on y voit encore des vieillards se traînant dans le crépuscule morne qui tombe des vitres, et des bandes de petits enfants qui viennent là, au sortir de l'école, pour faire du tapage en courant, en tapant à coups de sabots sur les dalles. Toute la journée, c'est un bruit sec et pressé de pas sonnant sur la pierre avec une irrégularité irritante ; personne ne parle, personne ne stationne ; chacun court à ses occupations, la tête basse, marchant rapidement, sans donner aux boutiques un seul coup d'œil. Les boutiquiers regardent d'un air inquiet les passants qui, par miracle, s'arrêtent devant leurs étalages.

Le soir, trois becs de gaz, enfermés dans des lanternes lourdes et carrées, éclairent le passage. Ces becs de gaz, pendus au vitrage sur lequel ils jettent des taches de clarté fauve, laissent tomber autour d'eux des ronds d'une lueur pâle qui vacillent et semblent disparaître par instants. Le passage prend l'aspect sinistre d'un véritable coupe-gorge ; de grandes ombres s'allongent sur les dalles, des souffles humides viennent de la rue ; on dirait une galerie souterraine vaguement éclairée par trois lampes funéraires. Les marchands se contentent, pour tout éclairage, des maigres rayons que les becs de gaz envoient à leurs vitrines ; ils allument seulement, dans leur boutique, une lampe munie d'un abat-jour, qu'ils posent sur un coin de leur comptoir, et les passants peuvent alors distinguer ce qu'il y a au fond de ces trous où la nuit habite pendant le jour. Sur la ligne noirâtre des devantures, les vitres d'un cartonnier flamboient : deux lampes à schiste trouent l'ombre de deux flammes jaunes. Et, de l'autre côté, une bougie, plantée au milieu d'un verre à quinquet, met des étoiles de lumière dans la boîte de bijoux faux. La marchande sommeille au fond de son armoire, les mains cachées sous son châle.

Il y a quelques années, en face de cette marchande, se trouvait une boutique dont les boiseries d'un vert bouteille suaient l'humidité par toutes leurs fentes. L'enseigne, faite d'une planche étroite et longue, portait, en lettres noires, le mot : *Mercerie*, et sur une des vitres de la porte était écrit un nom de femme : *Thérèse Raquin*, en caractères rouges. À droite et à gauche s'enfonçaient des vitrines profondes, tapissées de papier bleu.

Pendant le jour, le regard ne pouvait distinguer que l'étalage, dans un clair-obscur adouci.

D'un côté, il y avait un peu de lingerie : des bonnets de tulle tuyautés à deux et trois francs pièce, des manches et des cols de mousseline ; puis des tricots, des bas, des chaussettes, des bretelles. Chaque objet, jauni et fripé, était lamentablement pendu à un crochet de fil de fer. La vitrine, de haut en bas, se trouvait ainsi emplie de loques blanchâtres qui prenaient un aspect lugubre dans l'obscurité transparente. Les bonnets neufs, d'un blanc plus éclatant, faisaient des taches crues sur le papier bleu dont les planches étaient garnies. Et, accrochées le long d'une tringle, les chaussettes de couleur mettaient des notes sombres dans l'effacement blafard et vague de la mousseline.

De l'autre côté, dans une vitrine plus étroite, s'étageaient de gros pelotons de laine verte, des boutons noirs cousus sur des cartes blanches, des boîtes de toutes

les couleurs et de toutes les dimensions, des résilles à
perles d'acier étalées sur des ronds de papier bleuâtre,
des faisceaux d'aiguilles à tricoter, des modèles de tapis-
serie, des bobines de ruban, un entassement d'objets
ternes et fanés qui dormaient sans doute en cet endroit
depuis cinq ou six ans. Toutes les teintes avaient tourné
au gris sale, dans cette armoire que la poussière et
l'humidité pourrissaient.

Vers midi, en été, lorsque le soleil brûlait les places
et les rues de rayons fauves, on distinguait, derrière les
bonnets de l'autre vitrine, un profil pâle et grave de
jeune femme. Ce profil sortait vaguement des ténèbres
qui régnaient dans la boutique. Au front bas et sec
s'attachait un nez long, étroit, effilé ; les lèvres étaient
deux minces traits d'un rose pâle, et le menton, court
et nerveux, tenait au cou par une ligne souple et grasse.
On ne voyait pas le corps, qui se perdait dans l'ombre ;
le profil seul apparaissait, d'une blancheur mate, troué
d'un œil noir largement ouvert, et comme écrasé sous
une épaisse chevelure sombre. Il était là, pendant des
heures, immobile et paisible, entre deux bonnets sur
lesquels les tringles humides avaient laissé des bandes
de rouille.

Le soir, lorsque la lampe était allumée, on voyait
l'intérieur de la boutique. Elle était plus longue que profonde ; à l'un des bouts, se trouvait un petit comptoir ;
à l'autre bout, un escalier en forme de vis menait aux
chambres du premier étage. Contre les murs étaient plaquées des vitrines, des armoires, des rangées de cartons
verts ; quatre chaises et une table complétaient le mobi-
lier. La pièce paraissait nue, glaciale ; les marchandises, empaquetées, serrées dans des coins, ne traînaient
pas çà et là avec leur joyeux tapage de couleurs.

D'ordinaire, il y avait deux femmes assises derrière
le comptoir : la jeune femme au profil grave et une
vieille dame qui souriait en sommeillant. Cette dernière
avait environ soixante ans ; son visage gras et placide
blanchissait sous les clartés de la lampe. Un gros chat

tigré, accroupi sur un angle du comptoir, la regardait dormir.

Plus bas, assis sur une chaise, un homme d'une trentaine d'années lisait ou causait à demi-voix avec la jeune femme. Il était petit, chétif, d'allure languissante ; les cheveux d'un blond fade, la barbe rare, le visage couvert de taches de rousseur, il ressemblait à un enfant malade et gâté.

Un peu avant dix heures, la vieille dame se réveillait. On fermait la boutique, et toute la famille montait se coucher. Le chat tigré suivait ses maîtres en ronronnant, en se frottant la tête contre chaque barreau de la rampe.

En haut, le logement se composait de trois pièces. L'escalier donnait dans une salle à manger qui servait en même temps de salon. À gauche était un poêle de faïence dans une niche ; en face se dressait un buffet ; puis des chaises se rangeaient le long des murs, une table ronde, tout ouverte, occupait le milieu de la pièce. Au fond, derrière la cloison vitrée, se trouvait une cuisine noire. De chaque côté de la salle à manger, il y avait une chambre à coucher.

La vieille dame, après avoir embrassé son fils et sa belle-fille, se retirait chez elle. Le chat s'endormait sur une chaise de la cuisine. Les époux entraient dans leur chambre. Cette chambre avait une seconde porte donnant sur un escalier qui débouchait dans le passage par une allée obscure et étroite.

Le mari, qui tremblait toujours de fièvre, se mettait au lit ; pendant ce temps, la jeune femme ouvrait la croisée pour fermer les persiennes. Elle restait là quelques minutes, devant la grande muraille noire, crépie grossièrement, qui monte et s'étend au-dessus de la galerie. Elle promenait sur cette muraille un regard vague, et, muette, elle venait se coucher à son tour, dans une indifférence dédaigneuse.

II

Mme Raquin était une ancienne mercière de Vernon.
Pendant près de vingt-cinq ans, elle avait vécu dans une
petite boutique de cette ville. Quelques années après
la mort de son mari, des lassitudes la prirent, elle vendit son fonds. Ses économies jointes au prix de cette
vente mirent entre ses mains un capital de quarante
mille francs qu'elle plaça et qui lui rapporta deux mille
francs de rente. Cette somme devait lui suffire largement. Elle menait une vie de recluse, ignorant les joies
et les soucis poignants de ce monde ; elle s'était fait
une existence de paix et de bonheur tranquille.

Elle loua, moyennant quatre cents francs, une petite
maison dont le jardin descendait jusqu'au bord de la
Seine. C'était une demeure close et discrète qui avait
de vagues senteurs de cloître ; un étroit sentier menait
à cette retraite située au milieu de larges prairies ; les
fenêtres du logis donnaient sur la rivière et sur les
coteaux déserts de l'autre rive. La bonne dame, qui
avait dépassé la cinquantaine, s'enferma au fond de
cette solitude, et y goûta des joies sereines, entre son
fils Camille et sa nièce Thérèse.

Camille avait alors vingt ans. Sa mère le gâtait encore
comme un petit garçon. Elle l'adorait pour l'avoir dis-
puté à la mort pendant une longue jeunesse de souffrances. L'enfant eut coup sur coup toutes les fièvres,
toutes les maladies imaginables. Mme Raquin soutint
une lutte de quinze années contre ces maux terribles qui

venaient à la file pour lui arracher son fils. Elle les vainquit tous par sa patience, par ses soins, par son adoration.

Camille, grandi, sauvé de la mort, demeura tout frissonnant des secousses répétées qui avaient endolori sa chair. Arrêté dans sa croissance, il resta petit et malingre. Ses membres grêles eurent des mouvements lents et fatigués. Sa mère l'aimait davantage pour cette faiblesse qui le pliait. Elle regardait sa pauvre petite figure pâlie avec des tendresses triomphantes, et elle songeait qu'elle lui avait donné la vie plus de dix fois.

Pendant les rares repos que lui laissa la souffrance, l'enfant suivit les cours d'une école de commerce de Vernon. Il y apprit l'orthographe et l'arithmétique. Sa science se borna aux quatre règles et à une connaissance très superficielle de la grammaire. Plus tard, il prit des leçons d'écriture et de comptabilité. Mme Raquin se mettait à trembler lorsqu'on lui conseillait d'envoyer son fils au collège ; elle savait qu'il mourrait loin d'elle, elle disait que les livres le tueraient. Camille resta ignorant, et son ignorance mit comme une faiblesse de plus en lui.

À dix-huit ans, désœuvré, s'ennuyant à mourir dans la douceur dont sa mère l'entourait, il entra chez un marchand de toile, à titre de commis. Il gagnait soixante francs par mois. Il était d'un esprit inquiet qui lui rendait l'oisiveté insupportable. Il se trouvait plus calme, mieux portant, dans ce labeur de brute, dans ce travail d'employé qui le courbait tout le jour sur des factures, sur d'énormes additions dont il épelait patiemment chaque chiffre. Le soir, brisé, la tête vide, il goûtait des voluptés infinies au fond de l'hébétement qui le prenait. Il dut se quereller avec sa mère pour entrer chez le marchand de toile ; elle voulait le garder toujours auprès d'elle, entre deux couvertures, loin des accidents de la vie. Le jeune homme parla en maître ; il réclama le travail comme d'autres enfants réclament des jouets, non par esprit de devoir, mais par instinct, par besoin de nature. Les tendresses, les dévouements de sa mère lui avaient donné un égoïsme féroce ; il croyait aimer ceux qui le plaignaient et qui le caressaient ; mais, en réalité, il vivait à part, au fond de lui, n'aimant que son bien-être, cherchant par tous les moyens possibles à augmenter ses jouissances. Lorsque l'affection attendrie de Mme Raquin l'écœura, il se jeta avec délices dans une occupation bête qui le sauvait des tisanes et des potions. Puis, le soir, au retour du bureau, il courait au bord de la Seine avec sa cousine Thérèse.

Thérèse allait avoir dix-huit ans. Un jour, seize années auparavant, lorsque Mme Raquin était encore mercière, son frère, le capitaine Degans, lui apporta une petite fille dans ses bras. Il arrivait d'Algérie.

— Voici une enfant dont tu es la tante, lui dit-il avec un sourire. Sa mère est morte... Moi je ne sais qu'en faire. Je te la donne.

La mercière prit l'enfant, lui sourit, baisa ses joues roses. Degans resta huit jours à Vernon. Sa sœur l'interrogea à peine sur cette fille qu'il lui donnait. Elle sut vaguement que la chère petite était née à Oran et qu'elle avait pour mère une femme indigène d'une grande beauté. Le capitaine, une heure avant son départ, lui remit un acte de naissance dans lequel Thérèse, reconnue par lui, portait son nom. Il partit, et on ne le revit plus ; quelques années plus tard, il se fit tuer en Afrique.

Thérèse grandit, couchée dans le même lit que Camille, sous les tièdes tendresses de sa tante. Elle était d'une santé de fer, et elle fut soignée comme une enfant chétive, partageant les médicaments que prenait son cousin, tenue dans l'air chaud de la chambre occupée par le petit malade. Pendant des heures, elle restait accroupie devant le feu, pensive, regardant les flammes en face, sans baisser les paupières. Cette vie forcée de convalescente la replia sur elle-même ; elle prit l'habitude de parler à voix basse, de marcher sans faire de bruit, de rester muette et immobile sur une chaise, les yeux ouverts et vides de regards. Et, lorsqu'elle levait un bras, lorsqu'elle avançait un pied, on sentait en elle des souplesses félines, des muscles courts et puissants, toute une énergie, toute une passion qui dormaient dans sa chair assoupie. Un jour, son cousin était tombé, pris de faiblesse ; elle l'avait soulevé et transporté, d'un geste brusque, et ce déploiement de force avait mis de larges plaques ardentes sur son visage. La vie cloîtrée qu'elle menait, le régime débilitant auquel elle était soumise ne purent affaiblir son corps maigre et robuste ; sa face prit seulement des teintes pâles, légèrement jaunâtres, et elle devint presque laide à l'ombre. Parfois, elle allait à la fenêtre, elle contemplait les maisons d'en face sur lesquelles le soleil jetait des nappes dorées.

Lorsque Mme Raquin vendit son fonds et qu'elle se retira dans la petite maison du bord de l'eau, Thérèse eut de secrets tressaillements de joie. Sa tante lui avait répété si souvent : « Ne fais pas de bruit, reste tranquille », qu'elle tenait soigneusement cachées, au fond d'elle, toutes les fougues de sa nature. Elle possédait un sang-froid suprême, une apparente tranquillité qui cachait des emportements terribles. Elle se croyait toujours dans la chambre de son cousin, auprès d'un enfant moribond ; elle avait des mouvements adoucis, des silences, des placidités, des paroles bégayées de vieille femme. Quand elle vit le jardin, la rivière blanche, les vastes coteaux verts qui montaient à l'horizon, il lui prit une envie sauvage de courir et de crier ; elle sentit son cœur qui frappait à grands coups dans sa poitrine ; mais pas un muscle de son visage ne bougea, elle se contenta de sourire lorsque sa tante lui demanda si cette nouvelle demeure lui plaisait.

Alors la vie devint meilleure pour elle. Elle garda ses allures souples, sa physionomie calme et indifférente, elle resta l'enfant élevée dans le lit d'un malade ; mais elle vécut intérieurement une existence brûlante et emportée. Quand elle était seule, dans l'herbe, au bord de l'eau, elle se couchait à plat ventre comme une bête, les yeux noirs et agrandis, le corps tordu, près de bondir. Et elle restait là, pendant des heures, ne pensant à rien, mordue par le soleil, heureuse d'enfoncer ses doigts dans la terre. Elle faisait des rêves fous ; elle regardait avec défi la rivière qui grondait, elle s'imaginait que l'eau allait se jeter sur elle et l'attaquer ; alors elle se roidissait, elle se préparait à la défense, elle se questionnait avec colère pour savoir comment elle pourrait vaincre les flots.

Le soir, Thérèse, apaisée et silencieuse, cousait auprès de sa tante ; son visage semblait sommeiller dans la lueur qui glissait mollement de l'abat-jour de la lampe. Camille, affaissé au fond d'un fauteuil, songeait à ses additions. Une parole, dite à voix haute, troublait seule par moments la paix de cet intérieur endormi.

Mme Raquin regardait ses enfants avec une bonté sereine. Elle avait résolu de les marier ensemble. Elle traitait toujours son fils en moribond ; elle tremblait lorsqu'elle venait à songer qu'elle mourrait un jour et qu'elle le laisserait seul et souffrant. Alors elle comptait sur Thérèse, elle se disait que la jeune fille serait une garde vigilante auprès de Camille. Sa nièce, avec ses airs tranquilles, ses dévouements muets, lui inspirait une confiance sans bornes. Elle l'avait vue à l'œuvre, elle voulait la donner à son fils comme un ange gardien. Ce mariage était un dénouement prévu, arrêté.

Les enfants savaient depuis longtemps qu'ils devaient s'épouser un jour. Ils avaient grandi dans cette pensée qui leur était devenue ainsi familière et naturelle. On parlait de cette union, dans la famille, comme d'une chose nécessaire, fatale. Mme Raquin avait dit : « Nous attendrons que Thérèse ait vingt et un ans. » Et ils attendaient patiemment, sans fièvre, sans rougeur.

Camille, dont la maladie avait appauvri le sang, ignorait les âpres désirs de l'adolescence. Il était resté petit garçon devant sa cousine, il l'embrassait comme il embrassait sa mère, par habitude, sans rien perdre de sa tranquillité égoïste. Il voyait en elle une camarade complaisante qui l'empêchait de trop s'ennuyer, et qui, à l'occasion, lui faisait de la tisane. Quand il jouait avec elle, qu'il la tenait dans ses bras, il croyait tenir un garçon ; sa chair n'avait pas un frémissement. Et jamais il ne lui était venu la pensée, en ces moments,

de baiser les lèvres chaudes de Thérèse, qui se débattait en riant d'un rire nerveux.

La jeune fille, elle aussi, semblait rester froide et
indifférente. Elle arrêtait parfois ses grands yeux sur
Camille et le regardait pendant plusieurs minutes avec
une fixité d'un calme souverain. Ses lèvres seules
avaient alors de petits mouvements imperceptibles. On
ne pouvait rien lire sur ce visage fermé qu'une volonté
implacable tenait toujours doux et attentif. Quand on
parlait de son mariage, Thérèse devenait grave, se
contentait d'approuver de la tête tout ce que disait
Mme Raquin. Camille s'endormait.

Le soir, en été, les deux jeunes gens se sauvaient au
bord de l'eau. Camille s'irritait des soins incessants de
sa mère ; il avait des révoltes, il voulait courir, se rendre malade, échapper aux câlineries qui lui donnaient
des nausées. Alors il entraînait Thérèse, il la provoquait
à lutter, à se vautrer sur l'herbe. Un jour, il poussa sa
cousine et la fit tomber ; la jeune fille se releva d'un
bond, avec une sauvagerie de bête, et, la face ardente,
les yeux rouges, elle se précipita sur lui, les deux bras
levés. Camille se laissa glisser à terre. Il avait peur.

Les mois, les années s'écoulèrent. Le jour fixé pour
le mariage arriva. Mme Raquin prit Thérèse à part, lui
parla de son père et de sa mère, lui conta l'histoire de
sa naissance. La jeune fille écouta sa tante, puis
l'embrassa sans répondre un mot.

Le soir, Thérèse, au lieu d'entrer dans sa chambre,
qui était à gauche de l'escalier, entra dans celle de son
cousin, qui était à droite. Ce fut tout le changement
qu'il y eut dans sa vie, ce jour-là. Et, le lendemain, lorsque les jeunes époux descendirent, Camille avait encore
sa langueur maladive, sa sainte tranquillité d'égoïste,
Thérèse gardait toujours son indifférence douce, son
visage contenu, effrayant de calme.

III

Huit jours après son mariage, Camille déclara nettement à sa mère qu'il entendait quitter Vernon et aller vivre à Paris. Mme Raquin se récria : elle avait arrangé son existence, elle ne voulait point y changer un seul événement. Son fils eut une crise de nerfs, il la menaça de tomber malade, si elle ne cédait pas à son caprice.

— Je ne t'ai jamais contrarié dans tes projets, lui dit-il ; j'ai épousé ma cousine, j'ai pris toutes les drogues que tu m'as données. C'est bien le moins, aujourd'hui, que j'aie une volonté, et que tu sois de mon avis... Nous partirons à la fin du mois.

Mme Raquin ne dormit pas de la nuit. La décision de Camille bouleversait sa vie, et elle cherchait désespérément à se refaire une existence. Peu à peu, le calme se fit en elle. Elle réfléchit que le jeune ménage pouvait avoir des enfants et que sa petite fortune ne suffirait plus alors. Il fallait gagner encore de l'argent, se remettre au commerce, trouver une occupation lucrative pour Thérèse. Le lendemain, elle s'était habituée à l'idée de départ, elle avait bâti le plan d'une vie nouvelle.

Au déjeuner, elle était toute gaie.

— Voici ce que nous allons faire, dit-elle à ses enfants. J'irai à Paris demain ; je chercherai un petit fonds de mercerie, et nous nous remettrons, Thérèse et moi, à vendre du fil et des aiguilles. Cela nous occupera. Toi, Camille, tu feras ce que tu voudras ; tu te promèneras au soleil ou tu trouveras un emploi.

— Je trouverai un emploi, répondit le jeune homme.

La vérité était qu'une ambition bête avait seule poussé Camille au départ. Il voulait être employé dans une grande administration ; il rougissait de plaisir, lorsqu'il se voyait en rêve au milieu d'un vaste bureau, avec des manches de lustrine, la plume sur l'oreille.

Thérèse ne fut pas consultée ; elle avait toujours montré une telle obéissance passive que sa tante et son mari ne prenaient plus la peine de lui demander son opinion. Elle allait où ils allaient, elle faisait ce qu'ils faisaient, sans une plainte, sans un reproche, sans même paraître savoir qu'elle changeait de place.

Mme Raquin vint à Paris et alla droit au passage du Pont-Neuf. Une vieille demoiselle de Vernon l'avait adressée à une de ses parentes qui tenait dans ce passage un fonds de mercerie dont elle désirait se débarrasser. L'ancienne mercière trouva la boutique un peu petite, un peu noire ; mais, en traversant Paris, elle avait été effrayée par le tapage des rues, par le luxe des étalages, et cette galerie étroite, ces vitrines modestes lui rappelèrent son ancien magasin, si paisible. Elle put se croire encore en province, elle respira, elle pensa que ses chers enfants seraient heureux dans ce coin ignoré. Le prix modeste du fonds la décida ; on le lui vendait deux mille francs. Le loyer de la boutique et du premier étage n'était que de douze cents francs. Mme Raquin, qui avait près de quatre mille francs d'économies, calcula qu'elle pourrait payer le fonds et la première année de loyer sans entamer sa fortune. Les appointements de Camille et les bénéfices du commerce de mercerie suffiraient, pensait-elle, aux besoins journaliers ; de sorte qu'elle ne toucherait plus ses rentes et qu'elle laisserait grossir le capital pour doter ses petits-enfants.

Elle revint rayonnante à Vernon, elle dit qu'elle avait trouvé une perle, un trou délicieux, en plein Paris. Peu à peu, au bout de quelques jours, dans ses causeries du soir, la boutique humide et obscure du passage devint un palais ; elle la revoyait, au fond de ses sou-

venirs, commode, large, tranquille, pourvue de mille
avantages inappréciables.

— Ah ! ma bonne Thérèse, disait-elle, tu verras
comme nous serons heureuses dans ce coin-là ! Il y a
trois belles chambres en haut... Le passage est plein de
monde... Nous ferons des étalages charmants... Va,
nous ne nous ennuierons pas.

Et elle ne tarissait point. Tous ses instincts d'ancienne
marchande se réveillaient ; elle donnait à l'avance des
conseils à Thérèse sur la vente, sur les achats, sur les
roueries du petit commerce. Enfin la famille quitta la
maison du bord de la Seine ; le soir du même jour, elle
s'installait au passage du Pont-Neuf.

Quand Thérèse entra dans la boutique où elle allait
vivre désormais, il lui sembla qu'elle descendait dans
la terre grasse d'une fosse. Une sorte d'écœurement la
prit à la gorge, elle eut des frissons de peur. Elle regarda
la galerie sale et humide, elle visita le magasin, monta
au premier étage, fit le tour de chaque pièce ; ces pièces
nues, sans meubles, étaient effrayantes de solitude et
de délabrement. La jeune femme ne trouva pas un
geste, ne prononça pas une parole. Elle était comme
glacée. Sa tante et son mari étant descendus, elle s'assit
sur une malle, les mains roides, la gorge pleine de sanglots, ne pouvant pleurer.

Mme Raquin, en face de la réalité, resta embarrassée, honteuse de ses rêves. Elle chercha à défendre son
acquisition. Elle trouvait un remède à chaque nouvel
inconvénient qui se présentait, expliquait l'obscurité en
disant que le temps était couvert, et concluait en affirmant qu'un coup de balai suffirait.

— Bah ! répondait Camille, tout cela est très convenable... D'ailleurs, nous ne monterons ici que le soir.
Moi, je ne rentrerai pas avant cinq ou six heures... Vous
deux, vous serez ensemble, vous ne vous ennuierez pas.

Jamais le jeune homme n'aurait consenti à habiter
un pareil taudis, s'il n'avait compté sur les douceurs
tièdes de son bureau. Il se disait qu'il aurait chaud tout

le jour à son administration, et que, le soir, il se cou-
cherait de bonne heure.

Pendant une grande semaine, la boutique et le logement restèrent en désordre. Dès le premier jour, Thérèse
s'était assise derrière le comptoir, et elle ne bougeait
plus de cette place. Mme Raquin s'étonna de cette attitude affaissée ; elle avait cru que la jeune femme allait
chercher à embellir sa demeure, mettre des fleurs sur
les fenêtres, demander des papiers neufs, des rideaux,
des tapis. Lorsqu'elle proposait une réparation, un
embellissement quelconque :

— À quoi bon ? répondait tranquillement sa nièce.
Nous sommes très bien, nous n'avons pas besoin de
luxe.

Ce fut Mme Raquin qui dut arranger les chambres et
mettre un peu d'ordre dans la boutique. Thérèse finit
par s'impatienter à la voir sans cesse tourner devant
ses yeux ; elle prit une femme de ménage, elle força sa
tante à venir s'asseoir auprès d'elle.

Camille resta un mois sans pouvoir trouver un emploi.
Il vivait le moins possible dans la boutique, il flânait
toute la journée. L'ennui le prit à un tel point, qu'il
parla de retourner à Vernon. Enfin, il entra dans
l'administration du chemin de fer d'Orléans. Il gagnait
cent francs par mois. Son rêve était exaucé.

Le matin, il partait à huit heures. Il descendait la rue
Guénégaud et se trouvait sur les quais. Alors, à petits
pas, les mains dans les poches, il suivait la Seine, de
l'Institut au Jardin des Plantes. Cette longue course,
qu'il faisait deux fois par jour, ne l'ennuyait jamais.
Il regardait couler l'eau, il s'arrêtait pour voir passer
les trains de bois qui descendaient la rivière. Il ne pensait à rien. Souvent il se plantait devant Notre-Dame,
et contemplait les échafaudages dont l'église, alors en
réparation[1], était entourée : ces grosses pièces de char-

1. Cette allusion aux travaux de restauration de Notre-Dame par
Viollet-Le-Duc et Lassus (commencés en 1845) ne permet pas de dater
avec précision l'intrigue du roman, car ils ont duré plus de vingt ans.

pente l'amusaient, sans qu'il sût pourquoi. Puis, en passant, il jetait un coup d'œil dans le Port aux Vins, il comptait les fiacres qui venaient de la gare. Le soir, abruti, la tête pleine de quelque sotte histoire contée à son bureau, il traversait le Jardin des Plantes, et allait voir les ours, s'il n'était pas trop pressé. Il restait là une demi-heure, penché au-dessus de la fosse, suivant du regard les ours qui se dandinaient lourdement ; les allures de ces grosses bêtes lui plaisaient ; il les examinait, les lèvres ouvertes, les yeux arrondis, goûtant une joie d'imbécile à les voir se remuer. Il se décidait enfin à rentrer, traînant les pieds, s'occupant des passants, des voitures, des magasins.

Dès son arrivée, il mangeait, puis se mettait à lire. Il avait acheté les œuvres de Buffon, et, chaque soir, il se donnait une tâche de vingt, de trente pages, malgré l'ennui qu'une pareille lecture lui causait. Il lisait encore, en livraisons à dix centimes, l'*Histoire du Consulat et de l'Empire*, de Thiers, et l'*Histoire des Girondins*, de Lamartine, ou bien des ouvrages de vulgarisation scientifique. Il croyait travailler à son éducation. Parfois, il forçait sa femme à écouter la lecture de certaines pages, de certaines anecdotes. Il s'étonnait beaucoup que Thérèse pût rester pensive et silencieuse pendant toute une soirée, sans être tentée de prendre un livre. Au fond, il s'avouait que sa femme était une pauvre intelligence.

Thérèse repoussait les livres avec impatience. Elle préférait demeurer oisive, les yeux fixes, la pensée flottante et perdue. Elle gardait d'ailleurs une humeur égale et facile ; toute sa volonté tendait à faire de son être un instrument passif, d'une complaisance et d'une abnégation suprêmes.

Le commerce allait tout doucement. Les bénéfices, chaque mois, étaient régulièrement les mêmes. La clientèle se composait des ouvrières du quartier. À chaque cinq minutes, une jeune fille entrait, achetait pour quelques sous de marchandise. Thérèse servait les clientes avec des paroles toujours semblables, avec un sourire qui montait mécaniquement à ses lèvres. Mme Raquin se montrait plus souple, plus bavarde, et, à vrai dire, c'était elle qui attirait et retenait la clientèle.

Pendant trois ans, les jours se suivirent et se ressemblèrent. Camille ne s'absenta pas une seule fois de son bureau ; sa mère et sa femme sortirent à peine de la boutique. Thérèse, vivant dans une ombre humide, dans un silence morne et écrasant, voyait la vie s'étendre devant elle, toute nue, amenant chaque soir la même couche froide et chaque matin la même journée vide.

IV

Un jour sur sept, le jeudi soir, la famille Raquin recevait. On allumait une grande lampe dans la salle à manger, et l'on mettait une bouilloire d'eau au feu pour faire du thé. C'était toute une grosse histoire. Cette soirée-là tranchait sur les autres ; elle avait passé dans les habitudes de la famille comme une orgie bourgeoise d'une gaieté folle. On se couchait à onze heures.

Mme Raquin retrouva à Paris un de ses vieux amis, le commissaire de police Michaud, qui avait exercé à Vernon pendant vingt ans, logé dans la même maison que la mercière. Une étroite intimité s'était ainsi établie entre eux ; puis, lorsque la veuve avait vendu son fonds pour aller habiter la maison du bord de l'eau, ils s'étaient peu à peu perdus de vue. Michaud quitta la province quelques mois plus tard et vint manger paisiblement à Paris, rue de Seine, les quinze cents francs de sa retraite. Un jour de pluie, il rencontra sa vieille amie dans le passage du Pont-Neuf ; le soir même, il dînait chez les Raquin.

Ainsi furent fondées les réceptions du jeudi. L'ancien commissaire de police prit l'habitude de venir ponctuellement une fois par semaine. Il finit par amener son fils Olivier, un grand garçon de trente ans, sec et maigre, qui avait épousé une toute petite femme, lente et maladive. Olivier occupait à la préfecture de police un emploi de trois mille francs dont Camille se montrait

singulièrement jaloux ; il était commis principal dans
le bureau de la police d'ordre et de sûreté. Dès le premier jour, Thérèse détesta ce garçon roide et froid qui
croyait honorer la boutique du passage en y promenant
la sécheresse de son grand corps et les défaillances de
sa pauvre petite femme.

Camille introduisit un autre invité, un vieil employé
du chemin de fer d'Orléans. Grivet avait vingt ans de
service ; il était premier commis et gagnait deux mille
cent francs. C'était lui qui distribuait la besogne aux
employés du bureau de Camille, et celui-ci lui témoignait un certain respect ; dans ses rêves, il se disait que
Grivet mourrait un jour, qu'il le remplacerait peut-être,
au bout d'une dizaine d'années. Grivet fut enchanté
de l'accueil de Mme Raquin, il revint chaque semaine
avec une régularité parfaite. Six mois plus tard, sa visite
du jeudi était devenue pour lui un devoir : il allait au
passage du Pont-Neuf, comme il se rendait chaque
matin à son bureau, mécaniquement, par un instinct
de brute.

Dès lors, les réunions devinrent charmantes. À sept
heures, Mme Raquin allumait le feu, mettait la lampe
au milieu de la table, posait un jeu de dominos à côté,
essuyait le service à thé qui se trouvait sur le buffet.
À huit heures précises, le vieux Michaud et Grivet se
rencontraient devant la boutique, venant l'un de la rue
de Seine, l'autre de la rue Mazarine. Ils entraient, et
toute la famille montait au premier étage. On s'asseyait
autour de la table, on attendait Olivier Michaud et sa
femme, qui arrivaient toujours en retard. Quand la réunion se trouvait au complet, Mme Raquin versait le
thé, Camille vidait la boîte de dominos sur la toile cirée,
chacun s'enfonçait dans son jeu. On n'entendait plus
que le cliquetis des dominos. Après chaque partie, les
joueurs se querellaient pendant deux ou trois minutes,
puis le silence retombait, morne, coupé de bruits secs.

Thérèse jouait avec une indifférence qui irritait
Camille. Elle prenait sur elle François, le gros chat
tigré que Mme Raquin avait apporté de Vernon, elle le

caressait d'une main, tandis qu'elle posait les dominos de l'autre. Les soirées du jeudi étaient un supplice pour elle ; souvent elle se plaignait d'un malaise, d'une forte migraine, afin de ne pas jouer, de rester là oisive, à moitié endormie. Un coude sur la table, la joue appuyée sur la paume de la main, elle regardait les invités de sa tante et de son mari, elle les voyait à travers une sorte de brouillard jaune et fumeux qui sortait de la lampe. Toutes ces têtes-là l'exaspéraient. Elle allait de l'une à l'autre avec des dégoûts profonds, des irritations sourdes. Le vieux Michaud étalait une face blafarde, tachée de plaques rouges, une de ces faces mortes de vieillard tombé en enfance ; Grivet avait le masque étroit, les yeux ronds, les lèvres minces d'un crétin ; Olivier, dont les os perçaient les joues, portait gravement sur un corps ridicule une tête roide et insignifiante ; quant à Suzanne, la femme d'Olivier, elle était toute pâle, les yeux vagues, les lèvres blanches, le visage mou. Et Thérèse ne trouvait pas un homme, pas un être vivant parmi ces créatures grotesques et sinistres avec lesquelles elle était enfermée ; parfois des hallucinations la prenaient, elle se croyait enfouie au fond d'un caveau, en compagnie de cadavres mécaniques, remuant la tête, agitant les jambes et les bras, lorsqu'on tirait des ficelles. L'air épais de la salle à manger l'étouffait ; le silence frissonnant, les lueurs jaunâtres de la lampe la pénétraient d'un vague effroi, d'une angoisse inexprimable.

On avait posé en bas, à la porte du magasin, une sonnette dont le tintement aigu annonçait l'entrée des clientes. Thérèse tendait l'oreille ; lorsque la sonnette se faisait entendre, elle descendait rapidement, soulagée, heureuse de quitter la salle à manger. Elle servait la pratique avec lenteur. Quand elle se trouvait seule, elle s'asseyait derrière le comptoir, elle demeurait là le plus longtemps possible, redoutant de remonter, goûtant une véritable joie à ne plus avoir Grivet et Olivier devant les yeux. L'air humide de la boutique calmait la fièvre qui brûlait ses mains. Et elle retombait dans cette rêverie grave qui lui était ordinaire.

Mais elle ne pouvait rester longtemps ainsi. Camille se fâchait de son absence ; il ne comprenait pas qu'on pût préférer la boutique à la salle à manger, le jeudi soir. Alors il se penchait sur la rampe, cherchait sa femme du regard.

— Eh bien ! criait-il, que fais-tu donc là ? pourquoi ne montes-tu pas ?... Grivet a une chance du diable. Il vient encore de gagner.

La jeune femme se levait péniblement et venait reprendre sa place en face du vieux Michaud, dont les lèvres pendantes avaient des sourires écœurants. Et, jusqu'à onze heures, elle demeurait affaissée sur sa chaise, regardant François qu'elle tenait dans ses bras, pour ne pas voir les poupées de carton qui grimaçaient autour d'elle.

V

Un jeudi, en revenant de son bureau, Camille amena avec lui un grand gaillard, carré des épaules, qu'il poussa dans la boutique d'un geste familier.

— Mère, demanda-t-il à Mme Raquin en le lui montrant, reconnais-tu ce monsieur-là ?

La vieille mercière regarda le grand gaillard, chercha dans ses souvenirs et ne trouva rien. Thérèse suivait cette scène d'un air placide.

— Comment ! reprit Camille, tu ne reconnais pas Laurent, le petit Laurent, le fils du père Laurent qui a de si beaux champs de blé du côté de Jeufosse ?... Tu ne te rappelles pas ?... J'allais à l'école avec lui ; il venait me chercher le matin, en sortant de chez son oncle qui était notre voisin, et tu lui donnais des tartines de confiture.

Mme Raquin se souvint brusquement du petit Laurent, qu'elle trouva singulièrement grandi. Il y avait bien vingt ans qu'elle ne l'avait vu. Elle voulut lui faire oublier son accueil étonné par un flot de souvenirs, par des cajoleries toutes maternelles. Laurent s'était assis, il souriait paisiblement, il répondait d'une voix claire, il promenait autour de lui des regards calmes et aisés.

— Figurez-vous, dit Camille, que ce farceur-là est employé à la gare du chemin de fer d'Orléans depuis dix-huit mois, et que nous ne nous sommes rencontrés et reconnus que ce soir. C'est si vaste, si important, cette administration !

Le jeune homme fit cette remarque, en agrandissant
les yeux, en pinçant les lèvres, tout fier d'être l'humble rouage d'une grosse machine. Il continua en
secouant la tête :

— Oh ! mais, lui, il se porte bien, il a étudié, il gagne
déjà quinze cents francs… Son père l'a mis au collège ;
il a fait son droit et a appris la peinture. N'est-ce pas,
Laurent ?… Tu vas dîner avec nous.

— Je veux bien, répondit carrément Laurent.

Il se débarrassa de son chapeau et s'installa dans la
boutique. Mme Raquin courut à ses casseroles. Thérèse, qui n'avait pas encore prononcé une parole, regardait le nouveau venu. Elle n'avait jamais vu un homme.
Laurent, grand, fort, le visage frais, l'étonnait. Elle
contemplait avec une sorte d'admiration son front bas,
planté d'une rude chevelure noire, ses joues pleines, ses
lèvres rouges, sa face régulière, d'une beauté sanguine.
Elle arrêta un instant ses regards sur son cou ; ce cou
était large et court, gras et puissant. Puis elle s'oublia
à considérer les grosses mains qu'il tenait étalées sur
ses genoux ; les doigts en étaient carrés ; le poing fermé
devait être énorme et aurait pu assommer un bœuf.
Laurent était un vrai fils de paysan, d'allure un peu
lourde, le dos bombé, les mouvements lents et précis,
l'air tranquille et entêté. On sentait sous ses vêtements
des muscles ronds et développés, tout un corps d'une
chair épaisse et ferme. Et Thérèse l'examinait avec
curiosité, allant de ses poings à sa face, éprouvant de
petits frissons lorsque ses yeux rencontraient son cou
de taureau.

Camille étala ses volumes de Buffon et ses livraisons
à dix centimes, pour montrer à son ami qu'il travaillait, lui aussi. Puis, comme répondant à une question
qu'il s'adressait depuis quelques instants :

— Mais, dit-il à Laurent, tu dois connaître ma
femme ? Tu ne te rappelles pas cette petite cousine qui
jouait avec nous, à Vernon ?

— J'ai parfaitement reconnu madame, répondit
Laurent en regardant Thérèse en face.

Sous ce regard droit, qui semblait pénétrer en elle, la jeune femme éprouva une sorte de malaise. Elle eut un sourire forcé, et échangea quelques mots avec Laurent et son mari ; puis elle se hâta d'aller rejoindre sa tante. Elle souffrait.

On se mit à table. Dès le potage, Camille crut devoir s'occuper de son ami.

— Comment va ton père ? lui demanda-t-il.

— Mais je ne sais pas, répondit Laurent. Nous sommes brouillés ; il y a cinq ans que nous ne nous écrivons plus.

— Bah ! s'écria l'employé, étonné d'une pareille monstruosité.

— Oui, le cher homme a des idées à lui... Comme il est continuellement en procès avec ses voisins, il m'a mis au collège, rêvant de trouver plus tard en moi un avocat qui lui gagnerait toutes ses causes... Oh ! le père Laurent n'a que des ambitions utiles ; il veut tirer parti même de ses folies.

— Et tu n'as pas voulu être avocat ? dit Camille, de plus en plus étonné.

— Ma foi non, reprit son ami en riant... Pendant deux ans, j'ai fait semblant de suivre les cours, afin de toucher la pension de douze cents francs que mon père me servait. Je vivais avec un de mes camarades de collège, qui est peintre, et je m'étais mis à faire aussi de la peinture. Cela m'amusait ; le métier est drôle, pas fatigant. Nous fumions, nous blaguions tout le jour...

La famille Raquin ouvrait des yeux énormes.

— Par malheur, continua Laurent, cela ne pouvait durer. Le père a su que je lui contais des mensonges, il m'a retranché net mes cent francs par mois, en m'invitant à venir piocher la terre avec lui. J'ai essayé alors de peindre des tableaux de sainteté ; mauvais commerce... Comme j'ai vu clairement que j'allais mourir de faim, j'ai envoyé l'art à tous les diables et j'ai cherché un emploi... Le père mourra bien un de ces jours ; j'attends ça pour vivre sans rien faire.

Laurent parlait d'une voix tranquille. Il venait, en

quelques mots, de conter une histoire caractéristique qui le peignait en entier. Au fond, c'était un paresseux, ayant des appétits sanguins, des désirs très arrêtés de jouissances faciles et durables. Ce grand corps puissant ne demandait qu'à ne rien faire, qu'à se vautrer dans une oisiveté et un assouvissement de toutes les heures. Il aurait voulu bien manger, bien dormir, contenter largement ses passions, sans remuer de place, sans courir la mauvaise chance d'une fatigue quelconque.

La profession d'avocat l'avait épouvanté, et il frissonnait à l'idée de piocher la terre. Il s'était jeté dans l'art, espérant y trouver un métier de paresseux ; le pinceau lui semblait un instrument léger à manier ; puis il croyait le succès facile. Il rêvait une vie de voluptés à bon marché, une belle vie pleine de femmes, de repos sur des divans, de mangeailles et de soûleries. Le rêve dura tant que le père Laurent envoya des écus. Mais, lorsque le jeune homme, qui avait déjà trente ans, vit la misère à l'horizon, il se mit à réfléchir ; il se sentait lâche devant les privations, il n'aurait pas accepté une journée sans pain pour la plus grande gloire de l'art. Comme il le disait, il envoya la peinture au diable, le jour où il s'aperçut qu'elle ne contenterait jamais ses larges appétits. Ses premiers essais étaient restés au-dessous de la médiocrité ; son œil de paysan voyait gauchement et salement la nature ; ses toiles, boueuses, mal bâties, grimaçantes, défiaient toute critique. D'ailleurs, il ne paraissait point trop vaniteux comme artiste, il ne se désespéra pas outre mesure, lorsqu'il lui fallut jeter les pinceaux. Il ne regretta réellement que l'atelier de son camarade de collège, ce vaste atelier dans lequel il s'était si voluptueusement vautré pendant quatre ou cinq ans. Il regretta encore les femmes qui venaient poser, et dont les caprices étaient à la portée de sa bourse. Ce monde de jouissances brutales lui laissa de cuisants besoins de chair. Il se trouva cependant à l'aise dans son métier d'employé ; il vivait très bien en brute, il aimait cette besogne au jour le jour, qui ne le fatiguait pas et qui endormait son esprit. Deux choses l'irritaient seulement : il manquait de femmes, et la nourriture des restaurants à dix-huit sous n'apaisait pas les appétits gloutons de son estomac.

Camille l'écoutait, le regardait avec un étonnement de niais. Ce garçon débile, dont le corps mou et affaissé n'avait jamais eu une secousse de désir, rêvait puérilement à cette vie d'atelier dont son ami lui parlait. Il songeait à ces femmes qui étalent leur peau nue. Il questionna Laurent.

— Alors, lui dit-il, il y a eu, comme ça, des femmes qui ont retiré leur chemise devant toi ?

— Mais oui, répondit Laurent en souriant et en regardant Thérèse qui était devenue très pâle.

— Ça doit vous faire un singulier effet, reprit Camille avec un rire d'enfant... Moi, je serais gêné... La première fois, tu as dû rester tout bête.

Laurent avait élargi une de ses grosses mains dont il regardait attentivement la paume. Ses doigts eurent de légers frémissements, des lueurs rouges montèrent à ses joues.

— La première fois, reprit-il comme se parlant à lui-même, je crois que j'ai trouvé ça naturel... C'est bien amusant, ce diable d'art, seulement ça ne rapporte pas un sou... J'ai eu pour modèle une rousse qui était adorable : des chairs fermes, éclatantes, une poitrine superbe, des hanches d'une largeur...

Laurent leva la tête et vit Thérèse devant lui, muette, immobile. La jeune femme le regardait avec une fixité ardente. Ses yeux, d'un noir mat, semblaient deux trous sans fond, et, par ses lèvres entrouvertes, on apercevait des clartés roses dans sa bouche. Elle était comme écrasée, ramassée sur elle-même ; elle écoutait.

Les regards de Laurent allèrent de Thérèse à Camille. L'ancien peintre retint un sourire. Il acheva sa phrase du geste, un geste large et voluptueux, que la jeune femme suivit du regard. On était au dessert, et Mme Raquin venait de descendre pour servir une cliente.

Quand la nappe fut retirée, Laurent, songeur depuis quelques minutes, s'adressa brusquement à Camille.

— Tu sais, lui dit-il, il faut que je fasse ton portrait.

Cette idée enchanta Mme Raquin et son fils. Thérèse resta silencieuse.

— Nous sommes en été, reprit Laurent, et comme nous sortons du bureau à quatre heures, je pourrai venir ici et te faire poser pendant deux heures, le soir. Ce sera l'affaire de huit jours.

— C'est cela, répondit Camille, rouge de joie ; tu dîneras avec nous… Je me ferai friser et je mettrai ma redingote noire.

Huit heures sonnaient. Grivet et Michaud firent leur entrée. Olivier et Suzanne arrivèrent derrière eux.

Camille présenta son ami à la société. Grivet pinça les lèvres. Il détestait Laurent, dont les appointements avaient monté trop vite, selon lui. D'ailleurs c'était toute une affaire que l'introduction d'un nouvel invité : les hôtes des Raquin ne pouvaient recevoir un inconnu sans quelque froideur.

Laurent se comporta en bon enfant. Il comprit la situation, il voulut plaire, se faire accepter d'un coup. Il raconta des histoires, égaya la soirée par son gros rire, et gagna l'amitié de Grivet lui-même.

Thérèse, ce soir-là, ne chercha pas à descendre à la boutique. Elle resta jusqu'à onze heures sur sa chaise, jouant et causant, évitant de rencontrer les regards de Laurent, qui d'ailleurs ne s'occupait pas d'elle. La nature sanguine de ce garçon, sa voix pleine, ses rires gras, les senteurs âcres et puissantes qui s'échappaient de sa personne, troublaient la jeune femme et la jetaient dans une sorte d'angoisse nerveuse.

VI

Laurent, à partir de ce jour, revint presque chaque soir chez les Raquin. Il habitait, rue Saint-Victor, en face du Port aux Vins, un petit cabinet meublé qu'il payait dix-huit francs par mois ; ce cabinet, mansardé, troué en haut d'une fenêtre à tabatière, qui s'entre-bâillait étroitement sur le ciel, avait à peine six mètres carrés. Laurent rentrait le plus tard possible dans ce galetas. Avant de rencontrer Camille, comme il n'avait pas d'argent pour aller se traîner sur les banquettes des cafés, il s'attardait dans la crémerie où il dînait le soir, il fumait des pipes en prenant un gloria [1] qui lui coûtait trois sous. Puis il regagnait doucement la rue Saint-Victor, flânant le long des quais, s'asseyant sur les bancs, quand l'air était tiède.

La boutique du passage du Pont-Neuf devint pour lui une retraite charmante, chaude, tranquille, pleine de paroles et d'attentions amicales. Il épargna les trois sous de son gloria et but en gourmand l'excellent thé de Mme Raquin. Jusqu'à dix heures, il restait là, assoupi, digérant, se croyant chez lui ; il ne partait qu'après avoir aidé Camille à fermer la boutique.

Un soir, il apporta son chevalet et sa boîte à couleurs. Il devait commencer le lendemain le portrait de Camille. On acheta une toile, on fit des préparatifs

1. Café arrosé d'alcool.

minutieux. Enfin l'artiste se mit à l'œuvre, dans la chambre même des époux ; le jour, disait-il, y était plus clair.

Il lui fallut trois soirées pour dessiner la tête. Il traînait avec soin le fusain sur la toile, à petits coups, maigrement ; son dessin, roide et sec, rappelait d'une façon grotesque celui des maîtres primitifs. Il copia la face de Camille comme un élève copie une académie, d'une main hésitante, avec une exactitude gauche qui donnait à la figure un air renfrogné. Le quatrième jour, il mit sur sa palette de tout petits tas de couleur, et il commença à peindre du bout des pinceaux ; il pointillait la toile de minces taches sales, il faisait des hachures courtes et serrées, comme s'il se fût servi d'un crayon.

À la fin de chaque séance, Mme Raquin et Camille s'extasiaient. Laurent disait qu'il fallait attendre, que la ressemblance allait venir.

Depuis que le portrait était commencé, Thérèse ne quittait plus la chambre changée en atelier. Elle laissait sa tante seule derrière le comptoir ; pour le moindre prétexte elle montait et s'oubliait à regarder peindre Laurent.

Grave toujours, oppressée, plus pâle et plus muette, elle s'asseyait et suivait le travail des pinceaux. Ce spectacle ne paraissait cependant pas l'amuser beaucoup ; elle venait à cette place, comme attirée par une force, et elle y restait, comme clouée. Laurent se retournait parfois, lui souriait, lui demandait si le portrait lui plaisait. Elle répondait à peine, frissonnait, puis reprenait son extase recueillie.

Laurent, en revenant le soir à la rue Saint-Victor, se faisait de longs raisonnements ; il discutait avec lui-même s'il devait, ou non, devenir l'amant de Thérèse.

— Voilà une petite femme, se disait-il, qui sera ma maîtresse quand je le voudrai. Elle est toujours là, sur mon dos, à m'examiner, à me mesurer, à me peser... Elle tremble, elle a une figure toute drôle, muette et passionnée. À coup sûr, elle a besoin d'un amant ; cela se voit dans ses yeux... Il faut dire que Camille est un pauvre sire.

Laurent riait en dedans, au souvenir des maigreurs blafardes de son ami. Puis il continuait :

— Elle s'ennuie dans cette boutique... Moi j'y vais, parce que je ne sais où aller. Sans cela, on ne me prendrait pas souvent au passage du Pont-Neuf. C'est humide, triste. Une femme doit mourir là-dedans... Je lui plais, j'en suis certain ; alors pourquoi pas moi plutôt qu'un autre.

Il s'arrêtait, il lui venait des fatuités, il regardait couler la Seine d'un air absorbé.

— Ma foi, tant pis, s'écriait-il, je l'embrasse à la première occasion... Je parie qu'elle tombe tout de suite dans mes bras.

Il se remettait à marcher, et des indécisions le prenaient.

— C'est qu'elle est laide, après tout, pensait-il. Elle a le nez long, la bouche grande. Je ne l'aime pas du tout, d'ailleurs. Je vais peut-être m'attirer quelque mauvaise histoire. Cela demande réflexion.

Laurent, qui était très prudent, roula ces pensées dans sa tête pendant une grande semaine. Il calcula tous les incidents possibles d'une liaison avec Thérèse ; il se décida seulement à tenter l'aventure, lorsqu'il se fut bien prouvé qu'il avait un réel intérêt à le faire.

Pour lui, Thérèse, il est vrai, était laide, et il ne l'aimait pas ; mais, en somme, elle ne lui coûterait rien ; les femmes qu'il achetait à bas prix n'étaient, certes, ni plus belles ni plus aimées. L'économie lui conseillait déjà de prendre la femme de son ami. D'autre part, depuis longtemps il n'avait pas contenté ses appétits ; l'argent étant rare, il sevrait sa chair, et il ne voulait point laisser échapper l'occasion de la repaître un peu. Enfin, une pareille liaison, en bien réfléchissant, ne pouvait avoir de mauvaises suites : Thérèse aurait intérêt à tout cacher, il la planterait là aisément quand il voudrait ; en admettant même que Camille découvrît tout et se fâchât, il l'assommerait d'un coup de poing, s'il faisait le méchant. La question, de tous les côtés, se présentait à Laurent facile et engageante.

Dès lors, il vécut dans une douce quiétude, attendant l'heure. À la première occasion, il était décidé à agir carrément. Il voyait, dans l'avenir, des soirées tièdes. Tous les Raquin travailleraient à ses jouissances : Thérèse apaiserait les brûlures de son sang ; Mme Raquin le cajolerait comme une mère ; Camille, en causant avec lui, l'empêcherait de trop s'ennuyer, le soir, dans la boutique.

Le portrait s'achevait, les occasions ne se présentaient pas. Thérèse restait toujours là, accablée et anxieuse ; mais Camille ne quittait point la chambre, et Laurent se désolait de ne pouvoir l'éloigner pour une heure. Il lui fallut pourtant déclarer un jour qu'il terminerait le portrait le lendemain. Mme Raquin annonça qu'on dînerait ensemble et qu'on fêterait l'œuvre du peintre.

Le lendemain, lorsque Laurent eut donné à la toile le dernier coup de pinceau, toute la famille se réunit pour crier à la ressemblance. Le portrait était ignoble, d'un gris sale, avec de larges plaques violacées. Laurent ne pouvait employer les couleurs les plus éclatantes sans les rendre ternes et boueuses ; il avait, malgré lui, exagéré les teintes blafardes de son modèle, et le visage de Camille ressemblait à la face verdâtre d'un noyé ; le dessin grimaçant convulsionnait les traits, rendant ainsi la sinistre ressemblance plus frappante. Mais Camille était enchanté ; il disait que sur la toile il avait un air distingué.

Quand il eut bien admiré sa figure, il déclara qu'il allait chercher deux bouteilles de vin de Champagne. Mme Raquin redescendit à la boutique. L'artiste resta seul avec Thérèse.

La jeune femme était demeurée accroupie, regardant vaguement devant elle. Elle semblait attendre en frémissant. Laurent hésita ; il examinait sa toile, il jouait avec ses pinceaux. Le temps pressait, Camille pouvait revenir, l'occasion ne se représenterait peut-être plus. Brusquement, le peintre se tourna et se trouva face à face avec Thérèse. Ils se contemplèrent pendant quelques secondes.

Puis, d'un mouvement violent, Laurent se baissa et prit la jeune femme contre sa poitrine. Il lui renversa la tête, lui écrasant les lèvres sous les siennes. Elle eut un mouvement de révolte, sauvage, emportée, et, tout d'un coup, elle s'abandonna, glissant par terre, sur le carreau. Ils n'échangèrent pas une seule parole. L'acte fut silencieux et brutal.

VII

Dès le commencement, les amants trouvèrent leur liaison nécessaire, fatale, toute naturelle. À leur première entrevue, ils se tutoyèrent, ils s'embrassèrent, sans embarras, sans rougeur, comme si leur intimité eût daté de plusieurs années. Ils vivaient à l'aise dans leur situation nouvelle, avec une tranquillité et une imprudence parfaites.

Ils fixèrent leurs rendez-vous. Thérèse ne pouvant sortir, il fut décidé que Laurent viendrait. La jeune femme lui expliqua, d'une voix nette et assurée, le moyen qu'elle avait trouvé. Les entrevues auraient lieu dans la chambre des époux. L'amant passerait par l'allée qui donnait sur le passage, et Thérèse lui ouvrirait la porte de l'escalier. Pendant ce temps, Camille serait à son bureau, Mme Raquin, en bas, dans la boutique. C'étaient là des coups d'audace qui devaient réussir.

Laurent accepta. Il avait, dans sa prudence, une sorte de témérité brutale, la témérité d'un homme qui a de gros poings. L'air grave et calme de sa maîtresse l'engagea à venir goûter d'une passion si hardiment offerte. Il choisit un prétexte, il obtint de son chef un congé de deux heures, et il accourut au passage du Pont-Neuf.

Dès l'entrée du passage, il éprouva des voluptés cuisantes. La marchande de bijoux faux était assise juste en face de la porte de l'allée. Il lui fallut attendre qu'elle fût occupée, qu'une jeune ouvrière vînt acheter une bague ou des boucles d'oreilles de cuivre. Alors, rapidement, il entra dans l'allée ; il monta l'escalier étroit et obscur, en s'appuyant aux murs gras d'humidité. Ses pieds heurtaient les marches de pierre ; au bruit de chaque heurt, il sentait une brûlure qui lui traversait la poitrine. Une porte s'ouvrit. Sur le seuil, au milieu d'une lueur blanche, il vit Thérèse en camisole, en jupon, tout éclatante, les cheveux fortement noués derrière la tête. Elle ferma la porte, elle se pendit à son cou. Il s'échappait d'elle une odeur tiède, une odeur de linge blanc et de chair fraîchement lavée.

Laurent, étonné, trouva sa maîtresse belle. Il n'avait jamais vu cette femme. Thérèse, souple et forte, le serrait, renversant la tête en arrière, et, sur son visage, couraient des lumières ardentes, des sourires passionnés. Cette face d'amante s'était comme transfigurée ; elle avait un air fou et caressant ; les lèvres humides, les yeux luisants, elle rayonnait. La jeune femme, tordue et ondoyante, était belle d'une beauté étrange, toute d'emportement. On eût dit que sa figure venait de s'éclairer en dedans, que des flammes s'échappaient de sa chair. Et, autour d'elle, son sang qui brûlait, ses nerfs qui se tendaient, jetaient ainsi des effluves chauds, un air pénétrant et âcre.

Au premier baiser, elle se révéla courtisane. Son corps inassouvi se jeta éperdument dans la volupté. Elle s'éveillait comme d'un songe, elle naissait à la passion. Elle passait des bras débiles de Camille dans les bras vigoureux de Laurent, et cette approche d'un homme puissant lui donnait une brusque secousse qui la tirait du sommeil de la chair. Tous ses instincts de femme nerveuse éclatèrent avec une violence inouïe ; le sang de sa mère, ce sang africain qui brûlait ses veines, se mit à couler, à battre furieusement dans son corps maigre, presque vierge encore[1]. Elle s'étalait, elle s'offrait avec une impudeur souveraine. Et, de la tête aux pieds, de longs frissons l'agitaient.

Jamais Laurent n'avait connu une pareille femme. Il resta surpris, mal à l'aise. D'ordinaire, ses maîtresses ne le recevaient pas avec une telle fougue ; il était accoutumé à des baisers froids et indifférents, à des amours lasses et rassasiées. Les sanglots, les crises de Thérèse l'épouvantèrent presque, tout en irritant ses curiosités voluptueuses. Quand il quitta la jeune femme, il chancelait comme un homme ivre. Le lendemain, lorsque son calme sournois et prudent fut revenu, il se demanda s'il retournerait auprès de cette amante dont les baisers lui donnaient la fièvre. Il décida d'abord nettement qu'il resterait chez lui. Puis il eut des lâchetés. Il voulait oublier, ne plus voir Thérèse dans sa nudité, dans ses caresses douces et brutales, et toujours elle était là, implacable, tendant les bras. La souffrance physique que lui causait ce spectacle devint intolérable.

Il céda, il prit un nouveau rendez-vous, il revint au passage du Pont-Neuf.

À partir de ce jour, Thérèse entra dans sa vie. Il ne l'acceptait pas encore, mais il la subissait. Il avait des heures d'effroi, des moments de prudence, et, en somme, cette liaison le secouait désagréablement ; mais ses peurs, ses malaises tombaient devant ses désirs. Les rendez-vous se suivirent, se multiplièrent.

Thérèse n'avait pas de ces doutes. Elle se livrait sans ménagement, allant droit où la poussait sa passion. Cette femme, que les circonstances avaient pliée et qui se redressait enfin, mettait à nu son être entier, expliquant sa vie.

Parfois elle passait ses bras au cou de Laurent, elle

---

1. Trace de l'intérêt de Zola pour les questions et le problème de l'hérédité, intérêt qu'il étaiera bientôt par des lectures systématiques d'ouvrages médicaux spécialisés (Trélat, Moreau, Lucas) en préparant, vers 1868-1869, sa grande série des *Rougon-Macquart*.

se traînait sur sa poitrine, et, d'une voix encore haletante :

— Oh ! si tu savais, disait-elle, combien j'ai souffert ! J'ai été élevée dans l'humidité tiède de la chambre d'un malade. Je couchais avec Camille ; la nuit, je m'éloignais de lui, écœurée par l'odeur fade qui sortait de son corps. Il était méchant et entêté ; il ne voulait pas prendre les médicaments que je refusais de partager avec lui ; pour plaire à ma tante, je devais boire de toutes les drogues. Je ne sais comment je ne suis pas morte... Ils m'ont rendue laide, mon pauvre ami, ils m'ont volé tout ce que j'avais, et tu ne peux m'aimer comme je t'aime.

Elle pleurait, elle embrassait Laurent, elle continuait avec une haine sourde :

— Je ne leur souhaite pas de mal. Ils m'ont élevée, ils m'ont recueillie et défendue contre la misère... Mais j'aurais préféré l'abandon à leur hospitalité. J'avais des besoins cuisants de grand air ; toute petite, je rêvais de courir les chemins, les pieds nus dans la poussière, demandant l'aumône, vivant en bohémienne. On m'a dit que ma mère était fille d'un chef de tribu, en Afrique ; j'ai souvent songé à elle, j'ai compris que je lui appartenais par le sang et les instincts, j'aurais voulu ne la quitter jamais et traverser les sables, pendue à son dos... Ah ! quelle jeunesse ! J'ai encore des dégoûts et des révoltes, lorsque je me rappelle les longues journées que j'ai passées dans la chambre où râlait Camille. J'étais accroupie devant le feu, regardant stupidement bouillir les tisanes, sentant mes membres se roidir. Et je ne pouvais bouger, ma tante grondait quand je faisais du bruit... Plus tard, j'ai goûté des joies profondes, dans la petite maison du bord de l'eau ; mais j'étais déjà abêtie, je savais à peine marcher, je tombais lorsque je courais. Puis on m'a enterrée toute vive dans cette ignoble boutique.

Thérèse respirait fortement, elle serrait son amant à pleins bras, elle se vengeait, et ses narines minces et souples avaient de petits battements nerveux.

— Tu ne saurais croire, reprenait-elle, combien ils m'ont rendue mauvaise. Ils ont fait de moi une hypocrite et une menteuse... Ils m'ont étouffée dans leur douceur bourgeoise, et je ne m'explique pas comment il y a encore du sang dans mes veines... J'ai baissé les yeux, j'ai eu comme eux un visage morne et imbécile, j'ai mené leur vie morte. Quand tu m'as vue, n'est-ce pas ? j'avais l'air d'une bête. J'étais grave, écrasée, abrutie. Je n'espérais plus en rien, je songeais à me jeter un jour dans la Seine... Mais, avant cet affaissement, que de nuits de colère ! Là-bas, à Vernon, dans ma chambre froide, je mordais mon oreiller pour étouffer mes cris, je me battais, je me traitais de lâche. Mon sang me brûlait et je me serais déchiré le corps. À deux reprises, j'ai voulu fuir, aller devant moi, au soleil ; le courage m'a manqué, ils avaient fait de moi une brute docile avec leur bienveillance molle et leur tendresse écœurante. Alors j'ai menti, j'ai menti toujours. Je suis restée là toute douce, toute silencieuse, rêvant de frapper et de mordre.

La jeune femme s'arrêtait, essuyant ses lèvres humides sur le cou de Laurent. Elle ajoutait, après un silence :

— Je ne sais plus pourquoi j'ai consenti à épouser Camille. Je n'ai pas protesté, par une sorte d'insouciance dédaigneuse. Cet enfant me faisait pitié. Lorsque je jouais avec lui, je sentais mes doigts s'enfoncer dans ses membres comme dans de l'argile. Je l'ai pris, parce que ma tante me l'offrait et que je comptais ne jamais me gêner pour lui... Et j'ai retrouvé dans mon mari le petit garçon souffrant avec lequel j'avais déjà couché à six ans. Il était aussi frêle, aussi plaintif, et il avait toujours cette odeur fade d'enfant malade qui me répugnait tant jadis... Je te dis tout cela pour que tu ne sois pas jaloux... Une sorte de dégoût me montait à la gorge ; je me rappelais les drogues que j'avais bues, et je m'écartais, et je passais des nuits terribles... Mais toi, toi...

Et Thérèse se redressait, se pliait en arrière, les doigts

pris dans les mains épaisses de Laurent, regardant ses larges épaules, son cou énorme...

— Toi, je t'aime, je t'ai aimé le jour où Camille t'a poussé dans la boutique... Tu ne m'estimes peut-être pas, parce que je me suis livrée tout entière, en une fois... Vrai, je ne sais comment cela est arrivé. Je suis fière, je suis emportée. J'aurais voulu te battre, le premier jour, quand tu m'as embrassée et jetée par terre dans cette chambre... J'ignore comment je t'aimais ; je te haïssais plutôt. Ta vue m'irritait, me faisait souffrir ; lorsque tu étais là, mes nerfs se tendaient à se rompre, ma tête se vidait, je voyais rouge. Oh ! que j'ai souffert ! Et je cherchais cette souffrance, j'attendais ta venue, je tournais autour de ta chaise, pour marcher dans ton haleine, pour traîner mes vêtements le long des tiens. Il me semblait que ton sang me jetait des bouffées de chaleur au passage, et c'était cette sorte de nuée ardente, dans laquelle tu t'enveloppais, qui m'attirait et me retenait auprès de toi, malgré mes sourdes révoltes... Tu te souviens quand tu peignais ici : une force fatale me ramenait à ton côté, je respirais ton air avec des délices cruelles. Je comprenais que je paraissais quêter des baisers, j'avais honte de mon esclavage, je sentais que j'allais tomber si tu me touchais. Mais je cédais à mes lâchetés, je grelottais de froid en attendant que tu voulusses bien me prendre dans tes bras...

Alors Thérèse se taisait, frémissante, comme orgueilleuse et vengée. Elle tenait Laurent ivre sur sa poitrine, et, dans la chambre nue et glaciale, se passaient des scènes de passion ardentes, d'une brutalité sinistre. Chaque nouveau rendez-vous amenait des crises plus fougueuses.

La jeune femme semblait se plaire à l'audace et à l'impudence. Elle n'avait pas une hésitation, pas une peur. Elle se jetait dans l'adultère avec une sorte de franchise énergique, bravant le péril, mettant une sorte de vanité à le braver. Quand son amant devait venir, pour toute précaution, elle prévenait sa tante qu'elle montait se reposer ; et, quand il était là, elle marchait, parlait, agissait carrément, sans songer jamais à éviter le bruit. Parfois, dans les commencements, Laurent s'effrayait.

— Bon Dieu ! disait-il tout bas à Thérèse, ne fais donc pas tant de tapage. Mme Raquin va monter.

— Bah ! répondait-elle en riant, tu trembles toujours... Elle est clouée derrière son comptoir ; que veux-tu qu'elle vienne faire ici ? Elle aurait trop peur qu'on ne la volât... Puis, après tout, qu'elle monte, si elle veut. Tu te cacheras... Je me moque d'elle. Je t'aime.

Ces paroles ne rassuraient guère Laurent. La passion n'avait pas encore endormi sa prudence sournoise de paysan. Bientôt, cependant, l'habitude lui fit accepter, sans trop de terreur, les hardiesses de ces rendez-vous donnés en plein jour, dans la chambre de Camille, à deux pas de la vieille mercière. Sa maîtresse lui répétait que le danger épargne ceux qui l'affrontent en face, et elle avait raison. Jamais les amants n'auraient pu trouver un lieu plus sûr que cette pièce où personne ne serait venu les chercher. Ils y contentaient leur amour, dans une tranquillité incroyable.

Un jour, pourtant, Mme Raquin monta, craignant que sa nièce ne fût malade. Il y avait près de trois heures que la jeune femme était en haut. Elle poussait l'audace jusqu'à ne pas fermer au verrou la porte de la chambre qui donnait dans la salle à manger.

Lorsque Laurent entendit les pas lourds de la vieille mercière, montant l'escalier de bois, il se troubla, il chercha fiévreusement son gilet, son chapeau. Thérèse se mit à rire de la singulière mine qu'il faisait. Elle lui prit le bras avec force, le courba au pied du lit, dans un coin, et lui dit d'une voix basse et calme :

— Tiens-toi là... ne remue pas.

Elle jeta sur lui les vêtements d'homme qui traînaient, et étendit sur le tout un jupon blanc qu'elle avait retiré. Elle fit ces choses avec des gestes lestes et précis, sans rien perdre de sa tranquillité. Puis elle se coucha, échevelée, demi-nue, encore rouge et frissonnante.

Mme Raquin ouvrit doucement la porte et s'approcha du lit en étouffant le bruit de ses pas. La jeune femme feignait de dormir. Laurent suait sous le jupon blanc.

— Thérèse, demanda la mercière avec sollicitude, es-tu malade, ma fille ?

Thérèse ouvrit les yeux, bâilla, se retourna et répondit d'une voix dolente qu'elle avait une migraine atroce. Elle supplia sa tante de la laisser dormir. La vieille dame s'en alla comme elle était venue, sans faire de bruit.

Les deux amants, riant en silence, s'embrassèrent avec une violence passionnée.

— Tu vois bien, dit Thérèse triomphante, que nous ne craignons rien ici... Tous ces gens-là sont aveugles : ils n'aiment pas.

Un autre jour, la jeune femme eut une idée bizarre. Parfois, elle était comme folle, elle délirait.

Le chat tigré, François, était assis sur son derrière, au beau milieu de la chambre. Grave, immobile, il regardait de ses yeux ronds les deux amants. Il semblait les examiner avec soin, sans cligner des paupières, perdu dans une sorte d'extase diabolique.

— Regarde donc François, dit Thérèse à Laurent. On dirait qu'il comprend et qu'il va ce soir tout conter à Camille... Dis, ce serait drôle, s'il se mettait à parler dans la boutique, un de ces jours ; il sait de belles histoires sur notre compte...

Cette idée, que François pourrait parler, amusa singulièrement la jeune femme. Laurent regarda les grands yeux verts du chat, et sentit un frisson lui courir sur la peau.

— Voici comment il ferait, reprit Thérèse. Il se mettrait debout, et, me montrant d'une patte, te montrant de l'autre, il s'écrierait : « Monsieur et Madame s'embrassent très fort dans la chambre ; ils ne se sont pas méfiés de moi, mais comme leurs amours criminelles me dégoûtent, je vous prie de les faire mettre en prison tous les deux ; ils ne troubleront plus ma sieste. »

Thérèse plaisantait comme un enfant, elle mimait le

chat, elle allongeait les mains en façon de griffes, elle donnait à ses épaules des ondulations félines. François, gardant une immobilité de pierre, la contemplait toujours ; ses yeux seuls paraissaient vivants ; et il y avait, dans les coins de sa gueule, deux plis profonds qui faisaient éclater de rire cette tête d'animal empaillé.

Laurent se sentait froid aux os. Il trouva ridicule la plaisanterie de Thérèse. Il se leva et mit le chat à la porte. En réalité, il avait peur. Sa maîtresse ne le possédait pas encore entièrement ; il restait au fond de lui un peu de ce malaise qu'il avait éprouvé sous les premiers baisers de la jeune femme.

VIII

Le soir, dans la boutique, Laurent était parfaitement heureux. D'ordinaire, il revenait du bureau avec Camille. Mᵐᵉ Raquin s'était prise pour lui d'une amitié maternelle ; elle le savait gêné, mangeant mal, couchant dans un grenier, et lui avait dit une fois pour toutes que son couvert serait toujours mis à leur table. Elle aimait ce garçon de cette tendresse bavarde que les vieilles femmes ont pour les gens qui viennent de leur pays, apportant avec eux des souvenirs du passé.

Le jeune homme usait largement de l'hospitalité. Avant de rentrer, au sortir du bureau, il faisait avec Camille un bout de promenade sur les quais ; tous deux trouvaient leur compte à cette intimité ; ils s'ennuyaient moins, ils flânaient en causant. Puis ils se décidaient à venir manger la soupe de Mᵐᵉ Raquin. Laurent ouvrait en maître la porte de la boutique ; il s'asseyait à califourchon sur les chaises, fumant et crachant, comme s'il était chez lui.

La présence de Thérèse ne l'embarrassait nullement. Il traitait la jeune femme avec une rondeur amicale, il plaisantait, lui adressait des galanteries banales, sans qu'un pli de sa face bougeât. Camille riait, et, comme sa femme ne répondait à son ami que par des monosyllabes, il croyait fermement qu'ils se détestaient tous deux. Un jour même il fit des reproches à Thérèse sur ce qu'il appelait sa froideur pour Laurent.

Laurent avait deviné juste : il était devenu l'amant

de la femme, l'ami du mari, l'enfant gâté de la mère.
Jamais il n'avait vécu dans un pareil assouvissement
de ses appétits. Il s'endormait au fond des jouissances
infinies que lui donnait la famille Raquin. D'ailleurs,
sa position dans cette famille lui paraissait toute naturelle. Il tutoyait Camille sans colère, sans remords. Il
ne surveillait même pas ses gestes ni ses paroles, tant
il était certain de sa prudence, de son calme ; l'égoïsme
avec lequel il goûtait ces félicités le protégeait contre
toute faute. Dans la boutique, sa maîtresse devenait une
femme comme une autre, qu'il ne fallait point embrasser et qui n'existait pas pour lui. S'il ne l'embrassait
pas devant tous, c'est qu'il craignait de ne pouvoir revenir. Cette seule conséquence l'arrêtait. Autrement, il
se serait parfaitement moqué de la douleur de Camille
et de sa mère. Il n'avait point conscience de ce que la
découverte de sa liaison pourrait amener. Il croyait agir
simplement, comme tout le monde aurait agi à sa place,
en homme pauvre et affamé. De là ses tranquillités
béates, ses audaces prudentes, ses attitudes désintéres-
sées et goguenardes.

Thérèse, plus nerveuse, plus frémissante que lui, était
obligée de jouer un rôle. Elle le jouait à la perfection,
grâce à l'hypocrisie savante que lui avait donnée son
éducation. Pendant près de quinze ans, elle avait menti,
étouffant ses fièvres, mettant une volonté implacable
à paraître morne et endormie. Il lui coûtait peu de poser
sur sa chair ce masque de morte qui glaçait son visage.
Quand Laurent entrait, il la trouvait grave, rechignée,
le nez plus long, les lèvres plus minces. Elle était laide,
revêche, inabordable. D'ailleurs, elle n'exagérait pas
ses effets, elle jouait son ancien personnage, sans éveiller l'attention par une brusquerie plus grande. Pour
elle, elle trouvait une volupté amère à tromper Camille
et Mᵐᵉ Raquin ; elle n'était pas, comme Laurent,
affaissée dans le contentement épais de ses désirs,
inconsciente du devoir ; elle savait qu'elle faisait le mal,
et il lui prenait des envies féroces de se lever de table
et d'embrasser Laurent à pleine bouche, pour montrer

à son mari et à sa tante qu'elle n'était pas une bête et qu'elle avait un amant.

Par moments, des joies chaudes lui montaient à la tête ; toute bonne comédienne qu'elle fût, elle ne pouvait alors se retenir de chanter, quand son amant n'était pas là et qu'elle ne craignait point de se trahir. Ces gaietés soudaines charmaient Mme Raquin qui accusait sa nièce de trop de gravité. La jeune femme acheta des pots de fleurs et en garnit la fenêtre de sa chambre ; puis elle fit coller du papier neuf dans cette pièce, elle voulut un tapis, des rideaux, des meubles de palissandre. Tout ce luxe était pour Laurent.

La nature et les circonstances semblaient avoir fait cette femme pour cet homme, et les avoir poussés l'un vers l'autre. À eux deux, la femme, nerveuse et hypocrite, l'homme, sanguin et vivant en brute, ils faisaient un couple puissamment lié. Ils se complétaient, se protégeaient mutuellement. Le soir, à table, dans les clartés pâles de la lampe, on sentait la force de leur union, à voir le visage épais et souriant de Laurent, en face du masque muet et impénétrable de Thérèse.

C'étaient de douces et calmes soirées. Dans le silence, dans l'ombre transparente et attiédie, s'élevaient des paroles amicales. On se serrait autour de la table ; après le dessert, on causait des mille riens de la journée, des souvenirs de la veille et des espoirs du lendemain. Camille aimait Laurent, autant qu'il pouvait aimer, en égoïste satisfait, et Laurent semblait lui rendre une égale affection ; il y avait entre eux un échange de phrases dévouées, de gestes serviables, de regards prévenants. Mme Raquin, le visage placide, mettait toute sa paix autour de ses enfants, dans l'air tranquille qu'ils respiraient. On eût dit une réunion de vieilles connaissances qui se connaissaient jusqu'au cœur et qui s'endormaient sur la foi de leur amitié.

Thérèse, immobile, paisible comme les autres, regardait ces joies bourgeoises, ces affaissements souriants. Et, au fond d'elle, il y avait des rires sauvages ; tout son être raillait, tandis que son visage gardait une rigi-

dité froide. Elle se disait, avec des raffinements de
volupté, que quelques heures auparavant elle était dans
la chambre voisine, demi-nue, échevelée, sur la poitrine
de Laurent ; elle se rappelait chaque détail de cette
après-midi de passion folle, elle les étalait dans sa
mémoire, elle opposait cette scène brûlante à la scène
morte qu'elle avait sous les yeux. Ah ! comme elle trompait ces bonnes gens, et comme elle était heureuse de
les tromper avec une impudence si triomphante ! Et
c'était là, à deux pas, derrière cette mince cloison,
qu'elle recevait un homme ; c'était là qu'elle se vautrait dans les âpretés de l'adultère. Et son amant, à cette
heure, devenait un inconnu pour elle, un camarade de
son mari, une sorte d'imbécile et d'intrus dont elle ne
devait pas se soucier. Cette comédie atroce, ces dupe-
ries de la vie, cette comparaison entre les baisers ardents
du jour et l'indifférence jouée du soir, donnaient des
ardeurs nouvelles au sang de la jeune femme.

Lorsque Mme Raquin et Camille descendaient, par
hasard, Thérèse se levait d'un bond, collait silencieusement, avec une énergie brutale, ses lèvres sur les lèvres
de son amant, et restait ainsi, haletant, étouffant,
jusqu'à ce qu'elle entendît crier le bois des marches de
l'escalier. Alors, d'un mouvement leste, elle reprenait
sa place, elle retrouvait sa grimace rechignée. Laurent,
d'une voix calme, continuait avec Camille la causerie
interrompue. C'était comme un éclair de passion,
rapide et aveuglant, dans un ciel mort.

Le jeudi, la soirée était un peu plus animée. Laurent,
qui, ce jour-là, s'ennuyait à mourir, se faisait pourtant
un devoir de ne pas manquer une seule des réunions :
il voulait, par mesure de prudence, être connu et estimé
des amis de Camille. Il lui fallait écouter les radotages
de Grivet et du vieux Michaud ; Michaud racontait toujours les mêmes histoires de meurtre et de vol ; Grivet
parlait en même temps de ses employés, de ses chefs,
de son administration. Le jeune homme se réfugiait
auprès d'Olivier et de Suzanne, qui lui paraissaient

d'une bêtise moins assommante. D'ailleurs, il se hâtait de réclamer le jeu de dominos.

C'était le jeudi soir que Thérèse fixait le jour et l'heure de leurs rendez-vous. Dans le trouble du départ, lorsque Mme Raquin et Camille accompagnaient les invités jusqu'à la porte du passage, la jeune femme s'approchait de Laurent, lui parlait bas, lui serrait la main. Parfois même, quand tout le monde avait le dos tourné, elle l'embrassait, par une sorte de fanfaronnade.

Pendant huit mois dura cette vie de secousses et d'apaisements. Les amants vivaient dans une béatitude complète ; Thérèse ne s'ennuyait plus, ne désirait plus rien ; Laurent, repu, choyé, engraissé encore, avait la seule crainte de voir cesser cette belle existence.

IX

Une après-midi, comme Laurent allait quitter son bureau pour courir auprès de Thérèse qui l'attendait, son chef le fit appeler et lui signifia qu'à l'avenir il lui défendait de s'absenter. Il avait abusé des congés ; l'administration était décidée à le renvoyer, s'il sortait une seule fois.

Cloué sur sa chaise, il se désespéra jusqu'au soir. Il devait gagner son pain, il ne pouvait se faire mettre à la porte. Le soir, le visage courroucé de Thérèse fut une torture pour lui. Il ne savait comment expliquer son manque de parole à sa maîtresse. Pendant que Camille fermait la boutique, il s'approcha vivement de la jeune femme :

— Nous ne pouvons plus nous voir, lui dit-il à voix basse. Mon chef me refuse toute nouvelle permission de sortie.

Camille rentrait. Laurent dut se retirer sans donner de plus amples explications, laissant Thérèse sous le coup de cette déclaration brutale. Exaspérée, ne voulant pas admettre qu'on pût troubler ses voluptés, elle passa une nuit d'insomnie à bâtir des plans de rendez-vous extravagants. Le jeudi qui suivit, elle causa une minute au plus avec Laurent. Leur anxiété était d'autant plus vive qu'ils ne savaient où se rencontrer pour se consulter et s'entendre. La jeune femme donna un nouveau rendez-vous à son amant, qui lui manqua de parole une seconde fois. Dès lors, elle n'eut plus qu'une idée fixe, le voir à tout prix.

Il y avait quinze jours que Laurent ne pouvait approcher de Thérèse. Alors il sentit combien cette femme lui était devenue nécessaire ; l'habitude de la volupté lui avait créé des appétits nouveaux, d'une exigence aiguë. Il n'éprouvait plus aucun malaise dans les embrassements de sa maîtresse, il quêtait ces embrassements avec une obstination d'animal affamé. Une passion de sang avait couvé dans ses muscles ; maintenant qu'on lui retirait son amante, cette passion éclatait avec une violence aveugle ; il aimait à la rage. Tout semblait inconscient dans cette florissante nature de brute ; il obéissait à des instincts, il se laissait conduire par les volontés de son organisme. Il aurait ri aux éclats, un an auparavant, si on lui avait dit qu'il serait l'esclave d'une femme, au point de compromettre ses tranquillités. Le sourd travail des désirs s'était opéré en lui, à son insu, et avait fini par le jeter, pieds et poings liés, aux caresses fauves de Thérèse. À cette heure, il redoutait d'oublier la prudence, il n'osait venir, le soir, au passage du Pont-Neuf, craignant de commettre quelque folie. Il ne s'appartenait plus ; sa maîtresse, avec ses souplesses de chatte, ses flexibilités nerveuses, s'était glissée peu à peu dans chacune des fibres de son corps. Il avait besoin de cette femme pour vivre comme on a besoin de boire et de manger.

Il aurait certainement fait une sottise, s'il n'avait reçu une lettre de Thérèse, qui lui recommandait de rester chez lui le lendemain. Son amante lui promettait de venir le trouver vers les huit heures du soir.

Au sortir du bureau, il se débarrassa de Camille, en disant qu'il était fatigué, qu'il allait se coucher tout de suite. Thérèse, après le dîner, joua également son rôle ; elle parla d'une cliente qui avait déménagé sans la payer, elle fit la créancière intraitable, elle déclara qu'elle voulait aller réclamer son argent. La cliente demeurait aux Batignolles. Mme Raquin et Camille trouvèrent la course longue, la démarche hasardeuse ;

d'ailleurs, ils ne s'étonnèrent pas, ils laissèrent partir Thérèse en toute tranquillité.

La jeune femme courut au Port aux Vins, glissant sur les pavés qui étaient gras, heurtant les passants, ayant hâte d'arriver. Des moiteurs lui montaient au visage ; ses mains brûlaient. On aurait dit une femme soûle. Elle gravit rapidement l'escalier de l'hôtel meublé. Au sixième étage, essoufflée, les yeux vagues, elle aperçut Laurent, penché sur la rampe, qui l'attendait.

Elle entra dans le grenier. Ses larges jupes ne pouvaient y tenir, tant l'espace était étroit. Elle arracha d'une main son chapeau, et s'appuya contre le lit, défaillante...

La fenêtre à tabatière, ouverte toute grande, versait les fraîcheurs du soir sur la couche brûlante. Les amants restèrent longtemps dans le taudis, comme au fond d'un trou. Tout d'un coup, Thérèse entendit l'horloge de la Pitié sonner dix heures. Elle aurait voulu être sourde ; elle se leva péniblement et regarda le grenier qu'elle n'avait pas encore vu. Elle chercha son chapeau, noua les rubans, et s'assit en disant d'une voix lente :

— Il faut que je parte.

Laurent était venu s'agenouiller devant elle. Il lui prit les mains.

— Au revoir, reprit-elle, sans bouger.

— Non pas au revoir, s'écria-t-il, cela est trop vague... Quel jour reviendras-tu ?

Elle le regarda en face.

— Tu veux de la franchise ? dit-elle. Eh bien ! vrai, je crois que je ne reviendrai plus. Je n'ai pas de prétexte, je ne puis en inventer.

— Alors, il faut nous dire adieu.

— Non, je ne veux pas !

Elle prononça ces mots avec une colère épouvantée. Elle ajouta plus doucement, sans savoir ce qu'elle disait, sans quitter sa chaise :

— Je vais m'en aller.

Laurent songeait. Il pensait à Camille.

— Je ne lui en veux pas, dit-il enfin sans le nommer ;

mais vraiment il nous gêne trop... Est-ce que tu ne pourrais pas nous en débarrasser, l'envoyer en voyage, quelque part, bien loin ?

— Ah ! oui, l'envoyer en voyage ! reprit la jeune femme en hochant la tête. Tu crois qu'un homme comme ça consent à voyager... Il n'y a qu'un voyage dont on ne revient pas... Mais il nous enterrera tous ; ces gens qui n'ont que le souffle ne meurent jamais.

Il y eut un silence. Laurent se traîna sur les genoux, se serrant contre sa maîtresse, appuyant la tête contre sa poitrine.

— J'avais fait un rêve, dit-il ; je voulais passer une nuit entière avec toi, m'endormir dans tes bras et me réveiller le lendemain sous tes baisers... Je voudrais être ton mari... Tu comprends ?

— Oui, oui, répondit Thérèse, frissonnante.

Et elle se pencha brusquement sur le visage de Laurent, qu'elle couvrit de baisers. Elle égratignait les brides de son chapeau contre la barbe rude du jeune homme ; elle ne songeait plus qu'elle était habillée et qu'elle allait froisser ses vêtements. Elle sanglotait, elle prononçait des paroles haletantes au milieu de ses larmes.

— Ne dis pas ces choses, répétait-elle, car je n'aurais plus la force de te quitter, je resterais là... Donne-moi du courage plutôt ; dis-moi que nous nous verrons encore... N'est-ce pas que tu as besoin de moi et que nous trouverons bien un jour le moyen de vivre ensemble ?

— Alors, reviens, reviens demain, lui répondit Laurent, dont les mains tremblantes montaient le long de sa taille.

— Mais je ne puis revenir... Je te l'ai dit, je n'ai pas de prétexte.

Elle se tordait les bras. Elle reprit :

— Oh ! le scandale ne me fait pas peur. En rentrant, si tu veux, je vais dire à Camille que tu es mon amant, et je reviens coucher ici... C'est pour toi que je tremble ;

je ne veux pas déranger ta vie, je désire te faire une existence heureuse.

Les instincts prudents du jeune homme se réveillèrent.

— Tu as raison, dit-il, il ne faut pas agir comme des enfants. Ah ! si ton mari mourait...

— Si mon mari mourait..., répéta lentement Thérèse.

— Nous nous marierions ensemble, nous ne craindrions plus rien, nous jouirions largement de nos amours... Quelle bonne et douce vie !

La jeune femme s'était redressée. Les joues pâles, elle regardait son amant avec des yeux sombres ; des battements agitaient ses lèvres.

— Les gens meurent quelquefois, murmura-t-elle enfin. Seulement, c'est dangereux pour ceux qui survivent.

Laurent ne répondit pas.

— Vois-tu, continua-t-elle, tous les moyens connus sont mauvais.

— Tu ne m'as pas compris, dit-il paisiblement. Je ne suis pas un sot, je veux t'aimer en paix... Je pensais qu'il arrive des accidents tous les jours, que le pied peut glisser, qu'une tuile peut tomber... Tu comprends ? Dans ce dernier cas, le vent seul est coupable.

Il parlait d'une voix étrange. Il eut un sourire et ajouta d'un ton caressant :

— Va, sois tranquille, nous nous aimerons bien, nous vivrons heureux... Puisque tu ne peux venir, j'arrangerai tout cela... Si nous restons plusieurs mois sans nous voir, ne m'oublie pas, songe que je travaille à nos félicités.

Il saisit dans ses bras Thérèse, qui ouvrait la porte pour partir.

— Tu es à moi, n'est-ce pas ? continua-t-il. Tu jures de te livrer entière, à toute heure, quand je voudrai.

— Oui, cria la jeune femme, je t'appartiens, fais de moi ce qu'il te plaira.

Ils restèrent un moment farouches et muets. Puis Thérèse s'arracha avec brusquerie, et, sans tourner la tête, elle sortit de la mansarde et descendit l'escalier. Laurent écouta le bruit de ses pas qui s'éloignaient.

Quand il n'entendit plus rien, il rentra dans son taudis, il se coucha. Les draps étaient tièdes. Il étouffait au fond de ce trou étroit que Thérèse laissait plein des ardeurs de sa passion. Il lui semblait que son souffle respirait encore un peu de la jeune femme ; elle avait passé là, répandant des émanations pénétrantes, des odeurs de violette, et maintenant il ne pouvait plus serrer entre ses bras que le fantôme insaisissable de sa maîtresse, traînant autour de lui ; il avait la fièvre des amours renaissantes et inassouvies. Il ne ferma pas la fenêtre. Couché sur le dos, les bras nus, les mains ouvertes, cherchant la fraîcheur, il songea, en regardant le carré d'un bleu sombre que le châssis taillait dans le ciel.

Jusqu'au jour, la même idée tourna dans sa tête. Avant la venue de Thérèse, il ne songeait pas au meurtre de Camille ; il avait parlé de la mort de cet homme, poussé par les faits, irrité par la pensée qu'il ne reverrait plus son amante. Et c'est ainsi qu'un nouveau coin de sa nature inconsciente venait de se révéler : il s'était mis à rêver l'assassinat dans les emportements de l'adultère.

Maintenant, plus calme, seul au milieu de la nuit paisible, il étudiait le meurtre. L'idée de la mort, jetée avec désespoir entre deux baisers, revenait implacable et aiguë. Laurent, secoué par l'insomnie, énervé par les senteurs âcres que Thérèse avait laissées derrière elle, dressait des embûches, calculait les mauvaises chances, étalait les avantages qu'il aurait à être assassin.

Tous ses intérêts le poussaient au crime. Il se disait que son père, le paysan de Jeufosse, ne se décidait pas à mourir ; il lui faudrait peut-être rester encore dix ans employé, mangeant dans les crémeries, vivant sans femme dans un grenier. Cette idée l'exaspérait. Au contraire, Camille mort, il épousait Thérèse, il héritait de Mme Raquin, il donnait sa démission et flânait au soleil. Alors, il se plut à rêver cette vie de paresseux ;

il se voyait déjà oisif, mangeant et dormant, attendant avec patience la mort de son père. Et quand la réalité se dressait au milieu de son rêve, il se heurtait contre Camille, il serrait les poings comme pour l'assommer.

Laurent voulait Thérèse ; il la voulait à lui tout seul, toujours à portée de sa main. S'il ne faisait pas disparaître le mari, la femme lui échappait. Elle l'avait dit : elle ne pouvait revenir. Il l'aurait bien enlevée, emportée quelque part, mais alors ils seraient morts de faim tous deux. Il risquait moins en tuant le mari ; il ne soulevait aucun scandale, il poussait seulement un homme pour se mettre à sa place. Dans sa logique brutale de paysan, il trouvait ce moyen excellent et naturel. Sa prudence native lui conseillait même cet expédient rapide.

Il se vautrait sur son lit, en sueur, à plat ventre, collant sa face moite dans l'oreiller où avait traîné le chignon de Thérèse. Il prenait la toile entre ses lèvres séchées, il buvait les parfums légers de ce linge, et il restait là, sans haleine, étouffant, voyant passer des barres de feu le long de ses paupières closes. Il se demandait comment il pourrait bien tuer Camille. Puis, quand la respiration lui manquait, il se retournait d'un bond, se remettait sur le dos, et, les yeux grands ouverts, recevant en plein visage les souffles froids de la fenêtre, il cherchait dans les étoiles, dans le carré bleuâtre de ciel, un conseil de meurtre, un plan d'assassinat.

Il ne trouva rien. Comme il l'avait dit à sa maîtresse, il n'était pas un enfant, un sot ; il ne voulait ni du poignard ni du poison. Il lui fallait un crime sournois, accompli sans danger, une sorte d'étouffement sinistre, sans cris, sans terreur, une simple disparition. La passion avait beau le secouer et le pousser en avant ; tout son être réclamait impérieusement la prudence. Il était trop lâche, trop voluptueux, pour risquer sa tranquillité. Il tuait afin de vivre calme et heureux.

Peu à peu le sommeil le prit. L'air froid avait chassé du grenier le fantôme tiède et odorant de Thérèse. Laurent, brisé, apaisé, se laissa envahir par une sorte d'engourdissement doux et vague. En s'endormant, il décida qu'il attendrait une occasion favorable, et sa pensée, de plus en plus fuyante, le berçait en murmurant : « Je le tuerai, je le tuerai. » Cinq minutes plus tard, il reposait, respirant avec une régularité sereine.

Thérèse était rentrée chez elle à onze heures. La tête en feu, la pensée tendue, elle arriva au passage du Pont-Neuf, sans avoir conscience du chemin parcouru. Il lui semblait qu'elle descendait de chez Laurent, tant ses oreilles étaient pleines encore des paroles qu'elle venait d'entendre. Elle trouva Mᵐᵉ Raquin et Camille anxieux et empressés ; elle répondit sèchement à leurs questions, en disant qu'elle avait fait une course inutile et qu'elle était restée une heure sur un trottoir à attendre un omnibus.

Lorsqu'elle se mit au lit, elle trouva les draps froids et humides. Ses membres, encore brûlants, eurent des frissons de répugnance. Camille ne tarda pas à s'endormir, et Thérèse regarda longtemps cette face blafarde qui reposait bêtement sur l'oreiller, la bouche ouverte. Elle s'écartait de lui, elle avait des envies d'enfoncer son poing fermé dans cette bouche.

X

Près de trois semaines se passèrent. Laurent revenait à la boutique tous les soirs ; il paraissait las, comme malade ; un léger cercle bleuâtre entourait ses yeux, ses lèvres pâlissaient et se gerçaient. D'ailleurs, il avait toujours sa tranquillité lourde, il regardait Camille en face, il lui témoignait la même amitié franche. Mme Raquin choyait davantage l'ami de la maison, depuis qu'elle le voyait s'endormir dans une sorte de fièvre sourde.

Thérèse avait repris son visage muet et rechigné. Elle était plus immobile, plus impénétrable, plus paisible que jamais. Il semblait que Laurent n'existât pas pour elle ; elle le regardait à peine, lui adressait de rares paroles, le traitait avec une indifférence parfaite. Mme Raquin, dont la bonté souffrait de cette attitude, disait parfois au jeune homme : « Ne faites pas attention à la froideur de ma nièce. Je la connais ; son visage paraît froid, mais son cœur est chaud de toutes les tendresses et de tous les dévouements. »

Les deux amants n'avaient plus de rendez-vous. Depuis la soirée de la rue Saint-Victor, ils ne s'étaient plus rencontrés seul à seul. Le soir, lorsqu'ils se trouvaient face à face, en apparence tranquilles et étrangers l'un à l'autre, des orages de passion, d'épouvante et de désir passaient sous la chair calme de leur visage. Et il y avait dans Thérèse des emportements, des lâchetés, des railleries cruelles ; il y avait dans Laurent des brutalités sombres, des indécisions poignantes. Eux-mêmes n'osaient regarder au fond de leur être, au fond de cette fièvre trouble qui emplissait leur cerveau d'une sorte de vapeur épaisse et âcre.

Quand ils pouvaient, derrière une porte, sans parler, ils se serraient les mains à se les briser, dans une étreinte rude et courte. Ils auraient voulu, mutuellement, emporter des lambeaux de leur chair, collés à leurs doigts. Ils n'avaient plus que ce serrement de mains pour apaiser leurs désirs. Ils y mettaient tout leur corps. Ils ne se demandaient rien autre chose. Ils attendaient.

Un jeudi soir, avant de se mettre au jeu, les invités de la famille Raquin, comme à l'ordinaire, eurent un bout de causerie. Un des grands sujets de conversation était de parler au vieux Michaud de ses anciennes fonctions, de le questionner sur les étranges et sinistres aventures auxquelles il avait dû être mêlé. Alors Grivet et Camille écoutaient les histoires du commissaire de police avec la face effrayée et béante des petits enfants qui entendent *Barbe-Bleue* ou *Le Petit Poucet*. Cela les terrifiait et les amusait.

Ce jour-là, Michaud, qui venait de raconter un horrible assassinat dont les détails avaient fait frissonner son auditoire, ajouta en hochant la tête :

— Et l'on ne sait pas tout... Que de crimes restent inconnus ! Que d'assassins échappent à la justice des hommes !

— Comment ! dit Grivet étonné, vous croyez qu'il y a, comme ça, dans la rue, des canailles qui ont assassiné et qu'on n'arrête pas ?

Olivier se mit à sourire d'un air de dédain.

— Mon cher Monsieur, répondit-il de sa voix cassante, si on ne les arrête pas, c'est qu'on ignore qu'ils ont assassiné.

Ce raisonnement ne parut pas convaincre Grivet. Camille vint à son secours.

— Moi, je suis de l'avis de M. Grivet, dit-il avec une importance bête... J'ai besoin de croire que la police est bien faite et que je ne coudoierai jamais un meurtrier sur un trottoir.

Olivier vit une attaque personnelle dans ces paroles.

— Certainement, la police est bien faite, s'écria-t-il d'un ton vexé... Mais nous ne pouvons pourtant pas faire l'impossible. Il y a des scélérats qui ont appris le crime à l'école du diable ; ils échapperaient à Dieu lui-même... N'est-ce pas, mon père ?

— Oui, oui, appuya le vieux Michaud... Ainsi, lorsque j'étais à Vernon — vous vous souvenez peut-être de cela, madame Raquin —, on assassina un roulier sur la grand-route. Le cadavre fut trouvé coupé en morceaux, au fond d'un fossé. Jamais on n'a pu mettre la main sur le coupable... Il vit peut-être encore aujourd'hui, il est peut-être notre voisin, et peut-être M. Grivet va-t-il le rencontrer en rentrant chez lui.

Grivet devint pâle comme un linge. Il n'osait tourner la tête ; il croyait que l'assassin du roulier était derrière lui. D'ailleurs, il était enchanté d'avoir peur.

— Ah bien ! non, balbutia-t-il, sans trop savoir ce qu'il disait, ah bien ! non, je ne veux pas croire cela... Moi aussi, je sais une histoire : il y avait une fois une servante qui fut mise en prison, pour avoir volé à ses maîtres un couvert d'argent. Deux mois après, comme on abattait un arbre, on trouva le couvert dans un nid de pie. C'était une pie qui était la voleuse. On relâcha la servante... Vous voyez bien que les coupables sont toujours punis.

Grivet était triomphant. Olivier ricanait.

— Alors, dit-il, on a mis la pie en prison.

— Ce n'est pas cela que M. Grivet a voulu dire, reprit Camille, fâché de voir tourner son chef en ridicule... Mère, donne-nous le jeu de dominos.

Pendant que Mme Raquin allait chercher la boîte, le jeune homme continua, en s'adressant à Michaud :

— Alors, la police est impuissante, vous l'avouez ? il y a des meurtriers qui se promènent au soleil ?

— Eh ! malheureusement oui, répondit le commissaire.

— C'est immoral, conclut Grivet.

Pendant cette conversation, Thérèse et Laurent étaient restés silencieux. Ils n'avaient pas même souri de la sottise de Grivet. Accoudés tous deux sur la table, légèrement pâles, les yeux vagues, ils écoutaient. Un moment leurs regards s'étaient rencontrés, noirs et ardents. Et de petites gouttes de sueur perlaient à la racine des cheveux de Thérèse, et des souffles froids donnaient des frissons imperceptibles à la peau de Laurent.

XI

Parfois, le dimanche, lorsqu'il faisait beau, Camille forçait Thérèse à sortir avec lui, à faire un bout de promenade aux Champs-Élysées. La jeune femme aurait préféré rester dans l'ombre humide de la boutique ; elle se fatiguait, elle s'ennuyait au bras de son mari qui la traînait sur les trottoirs, en s'arrêtant aux boutiques, avec des étonnements, des réflexions, des silences d'imbécile. Mais Camille tenait bon ; il aimait à montrer sa femme ; lorsqu'il rencontrait un de ses collègues, un de ses chefs surtout, il était tout fier d'échanger un salut avec lui, en compagnie de Madame. D'ailleurs, il marchait pour marcher, sans presque parler, roide et contrefait dans ses habits du dimanche, traînant les pieds, abruti et vaniteux. Thérèse souffrait d'avoir un pareil homme au bras.

Les jours de promenade, Mme Raquin accompagnait ses enfants jusqu'au bout du passage. Elle les embrassait comme s'ils fussent partis pour un voyage. Et c'étaient des recommandations sans fin, des prières pressantes.

— Surtout, leur disait-elle, prenez garde aux accidents... Il y a tant de voitures dans ce Paris !... Vous me promettez de ne pas aller dans la foule...

Elle les laissait enfin s'éloigner, les suivant longtemps des yeux. Puis elle rentrait à la boutique. Ses jambes devenaient lourdes et lui interdisaient toute longue marche.

D'autres fois, plus rarement, les époux sortaient de Paris : ils allaient à Saint-Ouen ou à Asnières, et mangeaient une friture dans un des restaurants du bord de l'eau. C'étaient des jours de grande débauche, dont on parlait un mois à l'avance. Thérèse acceptait plus volontiers, presque avec joie, ces courses qui la retenaient en plein air jusqu'à dix et onze heures du soir. Saint-Ouen, avec ses îles vertes, lui rappelait Vernon ; elle y sentait se réveiller toutes les amitiés sauvages qu'elle avait eues pour la Seine, étant jeune fille. Elle s'asseyait sur les graviers, trempait ses mains dans la rivière, se sentait vivre sous les ardeurs du soleil que tempéraient les souffles frais des ombrages. Tandis qu'elle déchirait et souillait sa robe sur les cailloux et la terre grasse, Camille étalait proprement son mouchoir et s'accroupissait à côté d'elle avec mille précautions. Dans les derniers temps, le jeune ménage emmenait presque toujours Laurent, qui égayait la promenade par ses rires et sa force de paysan.

Un dimanche, Camille, Thérèse et Laurent partirent pour Saint-Ouen, vers onze heures, après le déjeuner. La partie était projetée depuis longtemps, et devait être la dernière de la saison. L'automne venait, des souffles froids commençaient, le soir, à faire frissonner l'air.

Ce matin-là, le ciel gardait encore toute sa sérénité bleue. Il faisait chaud au soleil, et l'ombre était tiède. On décida qu'il fallait profiter des derniers rayons.

Les trois promeneurs prirent un fiacre, accompagnés des doléances, des effusions inquiètes de la vieille mercière. Ils traversèrent Paris et quittèrent le fiacre aux fortifications ; puis ils gagnèrent Saint-Ouen en suivant la chaussée. Il était midi. La route, couverte de poussière, largement éclairée par le soleil, avait des blancheurs aveuglantes de neige. L'air brûlait, épaissi et âcre. Thérèse, au bras de Camille, marchait à petits pas, se cachant sous son ombrelle, tandis que son mari s'éventait la face avec un immense mouchoir. Derrière eux venait Laurent, dont les rayons du soleil mordaient le cou, sans qu'il parût rien sentir ; il sifflait, il poussait du pied les cailloux, et, par moments, il regardait avec des yeux fauves les balancements de hanches de sa maîtresse.

Quand ils arrivèrent à Saint-Ouen, ils se hâtèrent de chercher un bouquet d'arbres, un tapis d'herbe verte étalé à l'ombre. Ils passèrent dans une île et s'enfoncèrent dans un taillis. Les feuilles tombées faisaient à terre une couche rougeâtre qui craquait sous les pieds avec des frémissements secs. Les troncs se dressaient droits, innombrables, comme des faisceaux de colonnettes gothiques ; les branches descendaient jusque sur le front des promeneurs, qui avaient ainsi pour tout horizon la voûte cuivrée des feuillages mourants et les fûts blancs et noirs des trembles et des chênes. Ils étaient au désert, dans un trou mélancolique, dans une étroite clairière silencieuse et fraîche. Tout autour d'eux, ils entendaient la Seine gronder.

Camille avait choisi une place sèche et s'était assis en relevant les pans de sa redingote. Thérèse, avec un grand bruit de jupes froissées, venait de se jeter sur les feuilles ; elle disparaissait à moitié au milieu des plis de sa robe qui se relevait autour d'elle, en découvrant une de ses jambes jusqu'au genou. Laurent, couché à plat ventre, le menton dans la terre, regardait cette jambe et écoutait son ami qui se fâchait contre le gouvernement, en déclarant qu'on devrait changer tous les îlots de la Seine en jardins anglais, avec des bancs, des allées sablées, des arbres taillés, comme aux Tuileries.

Ils restèrent près de trois heures dans la clairière, attendant que le soleil fût moins chaud, pour courir la campagne, avant le dîner. Camille parla de son bureau, il conta des histoires niaises ; puis, fatigué, il se laissa aller à la renverse et s'endormit ; il avait posé son chapeau sur ses yeux. Depuis longtemps, Thérèse, les paupières closes, feignait de sommeiller.

Alors, Laurent se coula doucement vers la jeune

femme ; il avança les lèvres et baisa sa bottine et sa che-
ville. Ce cuir, ce bas blanc qu'il baisait lui brûlaient
la bouche. Les senteurs âpres de la terre, les parfums
légers de Thérèse se mêlaient et le pénétraient, en allu-
mant son sang, en irritant ses nerfs. Depuis un mois,
il vivait dans une chasteté pleine de colère. La marche
au soleil, sur la chaussée de Saint-Ouen, avait mis des
flammes en lui. Maintenant, il était là, au fond d'une
retraite ignorée, au milieu de la grande volupté de
l'ombre et du silence, et il ne pouvait presser contre
sa poitrine cette femme qui lui appartenait. Le mari
allait peut-être s'éveiller, le voir, déjouer ses calculs de
prudence. Toujours cet homme était un obstacle. Et
l'amant, aplati sur le sol, se cachant derrière les jupes,
frémissant et irrité, collait des baisers silencieux sur la
bottine et sur le bas blanc. Thérèse, comme morte, ne
faisait pas un mouvement. Laurent crut qu'elle dormait.

Il se leva, le dos brisé, et s'appuya contre un arbre.
Alors il vit la jeune femme qui regardait en l'air avec
de grands yeux ouverts et luisants. Sa face, posée entre
ses bras relevés, avait une pâleur mate, une rigidité
froide. Thérèse songeait. Ses yeux fixes semblaient un
abîme sombre où l'on ne voyait que de la nuit. Elle ne
bougea pas, elle ne tourna pas ses regards vers Laurent, debout derrière elle.

Son amant la contempla, presque effrayé de la voir
si immobile et si muette sous ses caresses. Cette tête
blanche et morte, noyée dans les plis des jupons, lui
donna une sorte d'effroi plein de désirs cuisants. Il
aurait voulu se pencher et fermer d'un baiser ces grands
yeux ouverts. Mais, presque dans les jupons, dormait
aussi Camille. Le pauvre être, le corps déjeté, montrant
sa maigreur, ronflait légèrement ; sous le chapeau, qui
lui couvrait à demi la figure, on apercevait sa bouche
ouverte, tordue par le sommeil, faisant une grimace
bête ; de petits poils roussâtres, clairsemés sur son menton grêle, salissaient sa chair blafarde, et, comme il
avait la tête renversée en arrière, on voyait son cou
maigre, ridé, au milieu duquel le nœud de la gorge,

saillant et d'un rouge brique, remontait à chaque ronflement. Camille, ainsi vautré, était exaspérant et ignoble.

Laurent, qui le regardait, leva le talon, d'un mouvement brusque. Il allait, d'un coup, lui écraser la face.

Thérèse retint un cri. Elle pâlit et ferma les yeux. Elle tourna la tête, comme pour éviter les éclaboussures du sang.

Et Laurent, pendant quelques secondes, resta, le talon en l'air, au-dessus du visage de Camille endormi. Puis, lentement, il replia la jambe, il s'éloigna de quelques pas. Il s'était dit que ce serait là un assassinat d'imbécile. Cette tête broyée lui aurait mis toute la police sur les bras. Il voulait se débarrasser de Camille uniquement pour épouser Thérèse ; il entendait vivre au soleil, après le crime, comme le meurtrier du roulier, dont le vieux Michaud avait conté l'histoire.

Il alla jusqu'au bord de l'eau, regarda couler la rivière d'un air stupide. Puis, brusquement, il rentra dans le taillis ; il venait enfin d'arrêter un plan, d'inventer un meurtre commode et sans danger pour lui.

Alors, il éveilla le dormeur en lui chatouillant le nez avec une paille. Camille éternua, se leva, trouva la plaisanterie excellente. Il aimait Laurent pour ses farces qui le faisaient rire. Puis il secoua sa femme, qui tenait les yeux fermés ; lorsque Thérèse se fut dressée et qu'elle eut secoué ses jupes, fripées et couvertes de feuilles sèches, les trois promeneurs quittèrent la clairière, en cassant les petites branches devant eux.

Ils sortirent de l'île, ils s'en allèrent par les routes, par les sentiers pleins de groupes endimanchés. Entre les haies, couraient des filles en robes claires ; une équipe de canotiers passait en chantant ; des files de couples bourgeois, de vieilles gens, de commis avec leurs épouses, marchaient à petits pas, au bord des fossés. Chaque chemin semblait une rue populeuse et bruyante. Le soleil seul gardait sa tranquillité large ; il baissait vers l'horizon et jetait sur les arbres rougis, sur les routes blanches, d'immenses nappes de clarté pâle. Du ciel frissonnant commençait à tomber une fraîcheur pénétrante.

Camille ne donnait plus le bras à Thérèse ; il causait avec Laurent, riait des plaisanteries et des tours de force de son ami, qui sautait les fossés et soulevait de grosses pierres. La jeune femme, de l'autre côté de la route, s'avançait, la tête penchée, se courbant parfois pour arracher une herbe. Quand elle était restée en arrière, elle s'arrêtait et regardait de loin son amant et son mari.

— Hé ! tu n'as pas faim ? finit par lui crier Camille.

— Si, répondit-elle.

— Alors, en route !

Thérèse n'avait pas faim ; seulement elle était lasse et inquiète. Elle ignorait les projets de Laurent, ses jambes tremblaient sous elle d'anxiété.

Les trois promeneurs revinrent au bord de l'eau et cherchèrent un restaurant. Ils s'attablèrent sur une sorte de terrasse en planches, dans une gargote puant la graisse et le vin. La maison était pleine de cris, de chansons, de bruits de vaisselle ; dans chaque cabinet, dans chaque salon, il y avait des sociétés qui parlaient haut, et les minces cloisons donnaient une sonorité vibrante à tout ce tapage. Les garçons en montant faisaient trembler l'escalier.

En haut, sur la terrasse, les souffles de la rivière chassaient les odeurs de graillon. Thérèse, appuyée contre la balustrade, regardait sur le quai. À droite et à gauche, s'étendaient deux files de guinguettes et de baraques de foire ; sous les tonnelles, entre les feuilles rares et jaunes, on apercevait la blancheur des nappes, les taches noires des paletots, les jupes éclatantes des femmes ; les gens allaient et venaient, nu-tête, courant et riant ; et, au bruit criard de la foule, se mêlaient les chansons lamentables des orgues de Barbarie. Une odeur de friture et de poussière traînait dans l'air calme.

Au-dessous de Thérèse, des filles du quartier Latin, sur un tapis de gazon usé, tournaient, en chantant une ronde enfantine. Le chapeau tombé sur les épaules, les cheveux dénoués, elles se tenaient par la main, jouant comme des petites filles. Elles retrouvaient un filet de voix fraîche, et leurs visages pâles, que des caresses brutales avaient martelés, se coloraient tendrement de rougeurs de vierges. Dans leurs grands yeux impurs, passaient des humidités attendries. Des étudiants, fumant des pipes de terre blanche, les regardaient tourner en leur jetant des plaisanteries grasses.

Et, au-delà, sur la Seine, sur les coteaux, descendait la sérénité du soir, un air bleuâtre et vague qui noyait les arbres dans une vapeur transparente.

— Eh bien ! cria Laurent en se penchant sur la rampe de l'escalier, garçon, et ce dîner ?

Puis, comme se ravisant :

— Dis donc, Camille, ajouta-t-il, si nous allions faire une promenade sur l'eau, avant de nous mettre à table ?... On aurait le temps de faire rôtir notre poulet. Nous allons nous ennuyer pendant une heure à attendre.

— Comme tu voudras, répondit nonchalamment Camille... Mais Thérèse a faim.

— Non, non, je puis attendre, se hâta de dire la jeune femme que Laurent regardait avec des yeux fixes.

Ils redescendirent tous trois. En passant devant le comptoir, ils retinrent une table, ils arrêtèrent un menu, disant qu'ils seraient de retour dans une heure. Comme le cabaretier louait des canots, ils le prièrent de venir en détacher un. Laurent choisit une mince barque, dont la légèreté effraya Camille.

— Diable, dit-il, il ne va pas falloir remuer là-dedans. On ferait un fameux plongeon.

La vérité était que le commis avait une peur horrible de l'eau. À Vernon, son état maladif ne lui permettait pas, lorsqu'il était enfant, d'aller barboter dans la Seine ; tandis que ses camarades d'école couraient se jeter en pleine rivière, il se couchait entre deux couvertures chaudes. Laurent était devenu un nageur intrépide, un rameur infatigable ; Camille avait gardé cette épouvante que les enfants et les femmes ont pour les eaux profondes. Il tâta du pied le bout du canot, comme pour s'assurer de sa solidité.

— Allons, entre donc, lui cria Laurent en riant... Tu trembles toujours.

Camille enjamba le bord et alla, en chancelant, s'asseoir à l'arrière. Quand il sentit les planches sous lui, il prit ses aises, il plaisanta, pour faire acte de courage.

Thérèse était demeurée sur la rive, grave et immobile, à côté de son amant qui tenait l'amarre. Il se baissa, et, rapidement, à voix basse :

— Prends garde, murmura-t-il, je vais le jeter à l'eau... Obéis-moi... Je réponds de tout.

La jeune femme devint horriblement pâle. Elle resta comme clouée au sol. Elle se roidissait, les yeux agrandis.

— Entre donc dans la barque, murmura encore Laurent.

Elle ne bougea pas. Une lutte terrible se passait en elle. Elle tendait sa volonté de toutes ses forces, car elle avait peur d'éclater en sanglots et de tomber à terre.

— Ah ! ah ! cria Camille... Laurent, regarde donc Thérèse... C'est elle qui a peur !... Elle entrera, elle n'entrera pas...

Il s'était étalé sur le banc de l'arrière, les deux coudes contre les bords du canot, et se dandinait avec fanfaronnade. Thérèse lui jeta un regard étrange ; les ricanements de ce pauvre homme furent comme un coup de fouet qui la cingla et la poussa. Brusquement, elle sauta dans la barque. Elle resta à l'avant. Laurent prit les rames. Le canot quitta la rive, se dirigeant vers les îles avec lenteur.

Le crépuscule venait. De grandes ombres tombaient des arbres, et les eaux étaient noires sur les bords. Au milieu de la rivière, il y avait de larges traînées d'argent pâle. La barque fut bientôt en pleine Seine. Là, tous les bruits des quais s'adoucissaient ; les chants, les cris arrivaient, vagues et mélancoliques, avec des langueurs

●◆ Voir *Au fil du texte*, p. IX.

tristes. On ne sentait plus l'odeur de friture et de poussière. Des fraîcheurs traînaient. Il faisait froid.

Laurent cessa de ramer et laissa descendre le canot au fil du courant.

En face, se dressait le grand massif rougeâtre des îles. Les deux rives, d'un brun sombre taché de gris, étaient comme deux larges bandes qui allaient se rejoindre à l'horizon. L'eau et le ciel semblaient coupés dans la même étoffe blanchâtre. Rien n'est plus douloureusement calme qu'un crépuscule d'automne. Les rayons pâlissent dans l'air frissonnant, les arbres vieillis jettent leurs feuilles. La campagne, brûlée par les rayons ardents de l'été, sent la mort venir avec les premiers vents froids. Et il y a, dans les cieux, des souffles plaintifs de désespérance. La nuit descend de haut, apportant des linceuls dans son ombre.

Les promeneurs se taisaient. Assis au fond de la barque qui coulait avec l'eau, ils regardaient les dernières lueurs quitter les hautes branches. Ils approchaient des îles. Les grandes masses rougeâtres devenaient sombres ; tout le paysage se simplifiait dans le crépuscule ; la Seine, le ciel, les îles, les coteaux n'étaient plus que des taches brunes et grises qui s'effaçaient au milieu d'un brouillard laiteux.

Camille, qui avait fini par se coucher à plat ventre, la tête au-dessus de l'eau, trempa ses mains dans la rivière.

— Fichtre ! que c'est froid ! s'écria-t-il. Il ne ferait pas bon de piquer une tête dans ce bouillon-là.

Laurent ne répondit pas. Depuis un instant il regardait les deux rives avec inquiétude ; il avançait ses grosses mains sur ses genoux, en serrant les lèvres. Thérèse, roide, immobile, la tête un peu renversée, attendait.

La barque allait s'engager dans un petit bras, sombre et étroit, s'enfonçant entre deux îles. On entendait, derrière l'une des îles, les chants adoucis d'une équipe de canotiers qui devaient remonter la Seine. Au loin, en amont, la rivière était libre.

Alors Laurent se leva et prit Camille à bras-le-corps. Le commis éclata de rire.

— Ah ! non, tu me chatouilles, dit-il, pas de ces plaisanteries-là... Voyons, finis : tu vas me faire tomber.

Laurent serra plus fort, donna une secousse. Camille se tourna et vit la figure effrayante de son ami, toute convulsionnée. Il ne comprit pas ; une épouvante vague le saisit. Il voulut crier, et sentit une main rude qui le serrait à la gorge. Avec l'instinct d'une bête qui se défend, il se dressa sur les genoux, se cramponnant au bord de la barque. Il lutta ainsi pendant quelques secondes.

— Thérèse ! Thérèse ! appela-t-il d'une voix étouffée et sifflante.

La jeune femme regardait, se tenant des deux mains à un banc du canot qui craquait et dansait sur la rivière. Elle ne pouvait fermer les yeux ; une effrayante contraction les tenait grands ouverts, fixés sur le spectacle horrible de la lutte. Elle était ridige, muette.

— Thérèse ! Thérèse ! appela de nouveau le malheureux qui râlait.

À ce dernier appel, Thérèse éclata en sanglots. Ses nerfs se détendaient. La crise qu'elle redoutait la jeta toute frémissante au fond de la barque. Elle y resta pliée, pâmée, morte.

Laurent secouait toujours Camille, en le serrant d'une main à la gorge. Il finit par l'arracher de la barque à l'aide de son autre main. Il le tenait en l'air, ainsi qu'un enfant, au bout de ses bras vigoureux. Comme il penchait la tête, découvrant le cou, sa victime, folle de rage et d'épouvante, se tordit, avança les dents et les enfonça dans ce cou. Et lorsque le meurtrier, retenant un cri de souffrance, lança brusquement le commis à la rivière, les dents de celui-ci lui emportèrent un morceau de chair.

Camille tomba en poussant un hurlement. Il revint deux ou trois fois sur l'eau, jetant des cris de plus en plus sourds.

Laurent ne perdit pas une seconde. Il releva le collet

de son paletot pour cacher sa blessure. Puis, il saisit
entre ses bras Thérèse évanouie, fit chavirer le canot
d'un coup de pied, et se laissa tomber dans la Seine
en tenant sa maîtresse. Il la soutint sur l'eau, appelant
au secours d'une voix lamentable.

Les canotiers, dont il avait entendu les chants derrière la pointe de l'île, arrivaient à grands coups de
rames. Ils comprirent qu'un malheur venait d'avoir
lieu : ils opérèrent le sauvetage de Thérèse qu'ils cou-
chèrent sur un banc, et de Laurent qui se mit à se désespérer de la mort de son ami. Il se jeta à l'eau, il chercha Camille dans les endroits où il ne pouvait être, il
revint en pleurant, en se tordant les bras, en s'arrachant
les cheveux. Les canotiers tentaient de le calmer, de le
consoler.

— C'est ma faute, criait-il, je n'aurais pas dû laisser ce pauvre garçon danser et remuer comme il le faisait... À un moment, nous nous sommes trouvés tous
les trois du même côté de la barque, et nous avons cha-
viré... En tombant, il m'a crié de sauver sa femme...

Il y eut, parmi les canotiers, comme cela arrive toujours, deux ou trois jeunes gens qui voulurent avoir été
témoins de l'accident.

— Nous vous avons bien vus, disaient-ils... Aussi,
que diable ! une barque, ce n'est pas aussi solide qu'un
parquet... Ah ! la pauvre petite femme, elle va avoir
un beau réveil !

Ils reprirent leurs rames, ils remorquèrent le canot
et conduisirent Thérèse et Laurent au restaurant, où
le dîner était prêt. Tout Saint-Ouen sut l'accident en
quelques minutes. Les canotiers le racontaient comme
des témoins oculaires. Une foule apitoyée stationnait
devant le cabaret.

Le gargotier et sa femme étaient de bonnes gens qui
mirent leur garde-robe au service des naufragés. Lorsque Thérèse sortit de son évanouissement, elle eut une
crise de nerfs, elle éclata en sanglots déchirants ; il fallut la mettre au lit. La nature aidait à la sinistre comédie qui venait de se jouer.

Quand la jeune femme fut plus calme, Laurent la confia aux soins des maîtres du restaurant. Il voulut retourner seul à Paris, pour apprendre l'affreuse nouvelle à Mme Raquin, avec tous les ménagements possibles. La vérité était qu'il craignait l'exaltation nerveuse de Thérèse. Il préférait lui laisser le temps de réfléchir et d'apprendre son rôle.

Ce furent les canotiers qui mangèrent le dîner de Camille.

XII

Laurent, dans le coin sombre de la voiture publique qui le ramena à Paris, acheva de mûrir son plan. Il était presque certain de l'impunité. Une joie lourde et anxieuse, la joie du crime accompli, l'emplissait. Arrivé à la barrière de Clichy, il prit un fiacre, il se fit conduire chez le vieux Michaud, rue de Seine. Il était neuf heures du soir.

Il trouva l'ancien commissaire de police à table, en compagnie d'Olivier et de Suzanne. Il venait là, pour chercher une protection, dans le cas où il serait soupçonné, et pour s'éviter d'aller annoncer lui-même l'affreuse nouvelle à Mme Raquin. Cette démarche lui répugnait étrangement ; il s'attendait à un tel désespoir qu'il craignait de ne pas jouer son rôle avec assez de larmes ; puis la douleur de cette mère lui était pesante, bien qu'il s'en souciât médiocrement au fond.

Lorsque Michaud le vit entrer vêtu de vêtements grossiers, trop étroits pour lui, il le questionna du regard. Laurent fit le récit de l'accident, d'une voix brisée, comme tout essoufflé de douleur et de fatigue.

— Je suis venu vous chercher, dit-il en terminant, je ne savais que faire des deux pauvres femmes si cruellement frappées... Je n'ai point osé aller seul chez la mère. Je vous en prie, venez avec moi.

Pendant qu'il parlait, Olivier le regardait fixement, avec des regards droits qui l'épouvantaient. Le meurtrier s'était jeté, tête baissée, dans ces gens de police, par un coup d'audace qui devait le sauver. Mais il ne pouvait s'empêcher de frémir, en sentant leurs yeux qui l'examinaient ; il voyait la méfiance où il n'y avait que de la stupeur et de la pitié. Suzanne, plus frêle et plus pâle, était près de s'évanouir. Olivier, que l'idée de la mort effrayait et dont le cœur restait d'ailleurs parfaitement froid, faisait une grimace de surprise douloureuse, en scrutant par habitude le visage de Laurent, sans soupçonner le moins du monde la sinistre vérité. Quant au vieux Michaud, il poussait des exclamations d'effroi, de commisération, d'étonnement ; il se remuait sur sa chaise, joignait les mains, levait les yeux au ciel.

— Ah ! mon Dieu, disait-il d'une voix entrecoupée, ah ! mon Dieu, l'épouvantable chose !... On sort de chez soi, et l'on meurt, comme ça, tout d'un coup... C'est horrible... Et cette pauvre Mme Raquin, cette mère, qu'allons-nous lui dire ?... Certainement, vous avez bien fait de venir nous chercher... Nous allons avec vous...

Il se leva, il tourna, piétina dans la pièce pour trouver sa canne et son chapeau, et, tout en courant, il fit répéter à Laurent les détails de la catastrophe, s'exclamant de nouveau à chaque phrase.

Ils descendirent tous quatre. À l'entrée du passage du Pont-Neuf, Michaud arrêta Laurent.

— Ne venez pas, lui dit-il ; votre présence serait une sorte d'aveu brutal qu'il faut éviter... La malheureuse mère soupçonnerait un malheur et nous forcerait à avouer la vérité plus tôt que nous ne devons la lui dire... Attendez-nous ici.

Cet arrangement soulagea le meurtrier, qui frissonnait à la pensée d'entrer dans la boutique du passage. Le calme se fit en lui, il se mit à monter et à descendre le trottoir, allant et venant en toute paix. Par moments, il oubliait les faits qui se passaient, il regardait les boutiques, sifflait entre ses dents, se retournait pour voir les femmes qui le coudoyaient. Il resta ainsi une grande demi-heure dans la rue, retrouvant de plus en plus son sang-froid.

Il n'avait pas mangé depuis le matin ; la faim le prit, il entra chez un pâtissier et se bourra de gâteaux.

Dans la boutique du passage, une scène déchirante se passait. Malgré les précautions, les phrases adoucies et amicales du vieux Michaud, il vint un instant où Mme Raquin comprit qu'un malheur était arrivé à son fils. Dès lors, elle exigea la vérité avec un emportement de désespoir, une violence de larmes et de cris qui firent plier son vieil ami. Et, lorsqu'elle connut la vérité, sa douleur fut tragique. Elle eut des sanglots sourds, des secousses qui la jetaient en arrière, une crise folle de terreur et d'angoisse ; elle resta là étouffant, jetant de temps à autre un cri aigu dans le grondement profond de sa douleur. Elle se serait traînée à terre, si Suzanne ne l'avait prise à la taille, pleurant sur ses genoux, levant vers elle sa face pâle. Olivier et son père se tenaient debout, énervés et muets, détournant la tête, émus désagréablement par ce spectacle dont leur égoïsme souffrait.

Et la pauvre mère voyait son fils roulé dans les eaux troubles de la Seine, le corps roidi et horriblement gonflé ; en même temps, elle le voyait tout petit dans son berceau, lorsqu'elle chassait la mort penchée sur lui. Elle l'avait mis au monde plus de dix fois, elle l'aimait pour tout l'amour qu'elle lui témoignait depuis trente ans. Et voilà qu'il mourait loin d'elle, tout d'un coup, dans l'eau froide et sale, comme un chien. Elle se rappelait alors les chaudes couvertures au milieu desquelles elle l'enveloppait. Que de soins, quelle enfance tiède, que de cajoleries et d'effusions tendres, tout cela pour le voir un jour se noyer misérablement ! À ces pensées, Mme Raquin sentait sa gorge se serrer ; elle espérait qu'elle allait mourir, étranglée par le désespoir.

Le vieux Michaud se hâta de sortir. Il laissa Suzanne auprès de la mercière, et revint avec Olivier chercher Laurent pour se rendre en toute hâte à Saint-Ouen.

Pendant la route, ils échangèrent à peine quelques mots. Ils s'étaient enfoncés chacun dans un coin du fiacre qui les cahotait sur les pavés. Ils restaient immobiles et muets au fond de l'ombre qui emplissait la voiture. Et, par instants, le rapide rayon d'un bec de gaz jetait une lueur vive sur leurs visages. Le sinistre événement, qui les réunissait, mettait autour d'eux une sorte d'accablement lugubre.

Lorsqu'ils arrivèrent enfin au restaurant du bord de l'eau, ils trouvèrent Thérèse couchée, les mains et la tête brûlantes. Le traiteur leur dit à demi-voix que la jeune dame avait une forte fièvre. La vérité était que Thérèse, se sentant faible et lâche, craignant d'avouer le meurtre dans une crise, avait pris le parti d'être malade. Elle gardait un silence farouche, elle tenait les lèvres et les paupières serrées, ne voulant voir personne, redoutant de parler. Le drap au menton, la face à moitié dans l'oreiller, elle se faisait toute petite, elle écoutait avec anxiété ce qu'on disait autour d'elle. Et, au milieu de la lueur rougeâtre que laissaient passer ses paupières closes, elle voyait toujours Camille et Laurent luttant sur le bord de la barque, elle apercevait son mari, blafard, horrible, grandi, qui se dressait tout droit au-dessus d'une eau limoneuse. Cette vision implacable activait la fièvre de son sang.

Le vieux Michaud essaya de lui parler, de la consoler. Elle fit un mouvement d'impatience, elle se retourna et se mit de nouveau à sangloter.

— Laissez-la, Monsieur, dit le restaurateur, elle frissonne au moindre bruit... Voyez-vous, elle aurait besoin de repos.

En bas, dans la salle commune, il y avait un agent de police qui verbalisait sur l'accident. Michaud et son fils descendirent, suivis de Laurent. Quand Olivier eut fait connaître sa qualité d'employé supérieur de la Préfecture, tout fut terminé en dix minutes. Les canotiers étaient encore là, racontant la noyade dans ses moindres circonstances, décrivant la façon dont les trois promeneurs étaient tombés, se donnant comme des témoins oculaires. Si Olivier et son père avaient eu le moindre soupçon, ce soupçon se serait évanoui, devant de tels témoignages. Mais ils n'avaient pas douté un instant de la véracité de Laurent ; ils le présentèrent au contraire à l'agent de police comme le meilleur ami de la victime, et ils eurent le soin de faire mettre dans le procès-verbal que le jeune homme s'était jeté à l'eau pour sauver Camille Raquin. Le lendemain, les journaux racontèrent l'accident avec un grand luxe de détails ; la malheureuse mère, la veuve inconsolable, l'ami noble et courageux, rien ne manquait à ce fait divers, qui fit le tour de la presse parisienne et qui alla ensuite s'enterrer dans les feuilles des départements.

Quand le procès-verbal fut achevé, Laurent sentit une joie chaude qui pénétra sa chair d'une vie nouvelle. Depuis l'instant où sa victime lui avait enfoncé les dents dans le cou, il était comme roidi, il agissait mécaniquement, d'après un plan arrêté longtemps à l'avance. L'instinct de la conservation seul le poussait, lui dictait ses paroles, lui conseillait ses gestes. À cette heure, devant la certitude de l'impunité, le sang se remettait à couler dans ses veines avec des lenteurs douces. La police avait passé à côté de son crime, et la police n'avait rien vu ; elle était dupée, elle venait de l'acquitter. Il était sauvé. Cette pensée lui fit éprouver tout le long du corps des moiteurs de jouissance, des chaleurs qui rendirent la souplesse à ses membres et à son intelligence. Il continua son rôle d'ami éploré avec une science et un aplomb incomparables. Au fond, il avait des satisfactions de brute ; il songeait à Thérèse qui était couchée dans la chambre, en haut.

— Nous ne pouvons laisser ici cette malheureuse jeune femme, dit-il à Michaud. Elle est peut-être menacée d'une maladie grave, il faut la ramener absolument à Paris... Venez, nous la déciderons à nous suivre.

En haut, il parla, il supplia lui-même Thérèse de se lever, de se laisser conduire au passage du Pont-Neuf. Quand la jeune femme entendit le son de sa voix, elle tressaillit, elle ouvrit ses yeux tout grands et le regarda. Elle était hébétée, frissonnante. Péniblement, elle se dressa sans répondre. Les hommes sortirent, la laissant seule avec la femme du restaurateur. Quand elle fut habillée, elle descendit en chancelant et monta dans le fiacre, soutenue par Olivier.

Le voyage fut silencieux. Laurent, avec une audace et une impudence parfaites, glissa sa main le long des jupes de la jeune femme et lui prit les doigts. Il était assis en face d'elle, dans une ombre flottante ; il ne voyait pas sa figure qu'elle tenait baissée sur sa poitrine. Quand il eut saisi sa main, il la lui serra avec force et la garda dans la sienne jusqu'à la rue Mazarine. Il sentait cette main trembler ; mais elle ne se retirait pas, elle avait au contraire des caresses brusques. Et, l'une dans l'autre, les mains brûlaient ; les paumes moites se collaient, et les doigts, étroitement pressés, se meurtrissaient à chaque secousse. Il semblait à Laurent et à Thérèse que le sang de l'un allait dans la poitrine de l'autre en passant par leurs poings unis ; ces poings devenaient un foyer ardent où leur vie bouillait. Au milieu de la nuit et du silence navré qui traînait, le furieux serrement de main qu'ils échangeaient était comme un poids écrasant jeté sur la tête de Camille pour le maintenir sous l'eau.

Quand le fiacre s'arrêta, Michaud et son fils descendirent les premiers. Laurent se pencha vers sa maîtresse, et, doucement :

— Sois forte, Thérèse, murmura-t-il... Nous avons longtemps à attendre... Souviens-toi.

La jeune femme n'avait pas encore parlé. Elle ouvrit les lèvres pour la première fois depuis la mort de son mari.

— Oh ! je me souviendrai, dit-elle en frémissant, d'une voix légère comme un souffle.

Olivier lui tendait la main, l'invitant à descendre. Laurent alla, cette fois, jusqu'à la boutique. Mme Raquin était couchée, en proie à un violent délire. Thérèse se traîna jusqu'à son lit, et Suzanne eut à peine le temps de la déshabiller. Rassuré, voyant que tout s'arrangeait à souhait, Laurent se retira. Il gagna lentement son taudis de la rue Saint-Victor.

Il était plus de minuit. Un air frais courait dans les

rues désertes et silencieuses. Le jeune homme n'entendait que le bruit régulier de ses pas sonnant sur les dalles des trottoirs. La fraîcheur le pénétrait de bien-être ; le silence, l'ombre lui donnaient des sensations rapides de volupté. Il flânait.

Enfin, il était débarrassé de son crime. Il avait tué Camille. C'était là une affaire faite dont on ne parlerait plus. Il allait vivre tranquille, en attendant de pouvoir prendre possession de Thérèse. La pensée du meurtre l'avait parfois étouffé ; maintenant que le meurtre était accompli, il se sentait la poitrine libre, il respirait à l'aise, il était guéri des souffrances que l'hésitation et la crainte mettaient en lui.

Au fond, il était un peu hébété, la fatigue alourdissait ses membres et ses pensées. Il rentra et s'endormit profondément. Pendant son sommeil, de légères crispations nerveuses couraient sur son visage.

XIII

Le lendemain, Laurent s'éveilla frais et dispos. Il avait bien dormi. L'air froid qui entrait par la fenêtre fouettait son sang alourdi. Il se rappelait à peine les scènes de la veille ; sans la cuisson ardente qui le brûlait au cou, il aurait pu croire qu'il s'était couché à dix heures, après une soirée calme. La morsure de Camille était comme un fer rouge posé sur sa peau ; lorsque sa pensée se fut arrêtée sur la douleur que lui causait cette entaille, il en souffrit cruellement. Il lui semblait qu'une douzaine d'aiguilles pénétraient peu à peu dans sa chair.

Il rabattit le col de sa chemise et regarda la plaie dans un méchant miroir de quinze sous accroché au mur. Cette plaie faisait un trou rouge, large comme une pièce de deux sous ; la peau avait été arrachée, la chair se montrait, rosâtre, avec des taches noires ; des filets de sang avaient coulé jusqu'à l'épaule, en minces traînées qui s'écaillaient. Sur le cou blanc, la morsure paraissait d'un brun sourd et puissant ; elle se trouvait à droite, au-dessous de l'oreille. Laurent, le dos courbé, le cou tendu, regardait, et le miroir verdâtre donnait à sa face une grimace atroce.

Il se lava à grande eau, satisfait de son examen, se disant que la blessure serait cicatrisée au bout de quelques jours. Puis il s'habilla et se rendit à son bureau, tranquillement, comme à l'ordinaire. Il y conta l'accident d'une voix émue. Lorsque ses collègues eurent lu le fait divers qui courait la presse, il devint un véritable héros. Pendant une semaine, les employés du chemin de fer d'Orléans n'eurent pas d'autre sujet de conversation : ils étaient tout fiers qu'un des leurs se fût noyé. Grivet ne tarissait pas sur l'imprudence qu'il y a à s'aventurer en pleine Seine, quand il est si facile de regarder couler l'eau en traversant les ponts.

Il restait à Laurent une inquiétude sourde. Le décès de Camille n'avait pu être constaté officiellement. Le mari de Thérèse était bien mort, mais le meurtrier aurait voulu retrouver son cadavre pour qu'un acte formel fût dressé. Le lendemain de l'accident, on avait inutilement cherché le corps du noyé ; on pensait qu'il s'était sans doute enfoui au fond de quelque trou, sous les berges des îles. Des ravageurs [1] fouillaient activement la Seine pour toucher la prime.

Laurent se donna la tâche de passer chaque matin par la Morgue [2], en se rendant à son bureau. Il s'était juré de faire lui-même ses affaires. Malgré les répugnances qui lui soulevaient le cœur, malgré les frissons qui le secouaient parfois, il alla pendant plus de huit jours, régulièrement, examiner le visage de tous les noyés étendus sur les dalles.

Lorsqu'il entrait, une odeur fade, une odeur de chair lavée l'écœurait, et des souffles froids couraient sur sa peau ; l'humidité des murs semblait alourdir ses vêtements, qui devenaient plus pesants à ses épaules. Il allait droit au vitrage qui sépare les spectateurs des cadavres ; il collait sa face pâle contre les vitres, il regardait.

1. Les ravageurs sont des hommes qui récupèrent les débris de métal dans les rivières et caniveaux des villes.
2. La morgue était, jusqu'en 1864, un bâtiment situé quai du Marché-Neuf dans la Cité. Après cette date, une nouvelle morgue fut construite derrière Notre-Dame. L'actuelle se trouve quai de la Râpée (Institut médico-légal). On retrouve des descriptions de la morgue dans de nombreux romans du XIXe siècle. Au début du XIXe siècle, c'était la morgue du col du Saint-Bernard qui était un « topos », un lieu commun obligé des descriptions des voyages romantiques dans les Alpes.

Devant lui s'alignaient les rangées de dalles grises. Çà et là, sur les dalles, des corps nus faisaient des taches vertes et jaunes, blanches et rouges ; certains corps gardaient leurs chairs vierges dans la rigidité de la mort ; d'autres semblaient des tas de viandes sanglantes et pourries. Au fond, contre le mur, pendaient des loques lamentables, des jupes et des pantalons qui grimaçaient sur la nudité du plâtre. Laurent ne voyait d'abord que l'ensemble blafard des pierres et des murailles, taché de roux et de noir par les vêtements et les cadavres. Un bruit d'eau courante chantait [1].

Peu à peu il distinguait les corps. Alors il allait de l'un à l'autre. Les noyés seuls l'intéressaient ; quand il y avait plusieurs cadavres gonflés et bleuis par l'eau, il les regardait avidement, cherchant à reconnaître Camille. Souvent, les chairs de leur visage s'en allaient en lambeaux, les os avaient troué la peau amollie, la face était comme bouillie et désossée. Laurent hésitait ; il examinait les corps, il tâchait de retrouver les maigreurs de sa victime. Mais tous les noyés sont gras ; il voyait des ventres énormes, des cuisses bouffies, des bras ronds et forts. Il ne savait plus, il restait frissonnant en face de ces haillons verdâtres qui semblaient se moquer avec des grimaces horribles.

Un matin, il fut pris d'une véritable épouvante. Il regardait depuis quelques minutes un noyé, petit de taille, atrocement défiguré. Les chairs de ce noyé étaient tellement molles et dissoutes, que l'eau courante qui les lavait les emportait brin à brin. Le jet qui tombait sur la face creusait un trou à gauche du nez. Et, brusquement, le nez s'aplatit, les lèvres se détachèrent, montrant des dents blanches. La tête du noyé éclata de rire.

Chaque fois qu'il croyait reconnaître Camille, Laurent

1. Une nouvelle de Villiers de L'Isle-Adam, *À s'y méprendre* (1875), qui fait partie de ses *Contes cruels* (1883), fait un parallèle entre un « passage » parisien et la morgue, deux lieux de mort qu'associent certaines analogies (corps vus à travers les vitres, jour blafard, flânerie, etc.).

ressentait une brûlure au cœur. Il désirait ardemment retrouver le corps de sa victime, et des lâchetés le prenaient, lorsqu'il s'imaginait que ce corps était devant lui. Ses visites à la Morgue l'emplissaient de cauchemars, de frissons qui le faisaient haleter. Il secouait ses peurs, il se traitait d'enfant, il voulait être fort ; mais, malgré lui, sa chair se révoltait, le dégoût et l'effroi s'emparaient de son être, dès qu'il se trouvait dans l'humidité et l'odeur fade de la salle.

Quand il n'y avait pas de noyés sur la dernière rangée de dalles, il respirait à l'aise ; ses répugnances étaient moindres. Il devenait alors un simple curieux, il prenait un plaisir étrange à regarder la mort violente en face, dans ses attitudes lugubrement bizarres et grotesques. Ce spectacle l'amusait, surtout lorsqu'il y avait des femmes étalant leur gorge nue. Ces nudités brutalement étendues, tachées de sang, trouées par endroits, l'attiraient et le retenaient. Il vit, une fois, une jeune femme de vingt ans, une fille du peuple, large et forte, qui semblait dormir sur la pierre ; son corps frais et gras blanchissait avec des douceurs de teinte d'une grande délicatesse ; elle souriait à demi, la tête un peu penchée, et tendait la poitrine d'une façon provocante ; on aurait dit une courtisane vautrée, si elle n'avait eu au cou une raie noire qui lui mettait comme un collier d'ombre ; c'était une fille qui venait de se pendre par désespoir d'amour. Laurent la regarda longtemps, promenant ses regards sur sa chair, absorbé dans une sorte de désir peureux [1].

Chaque matin, pendant qu'il était là, il entendait derrière lui le va-et-vient du public qui entrait et qui sortait.

La Morgue est un spectacle à la portée de toutes les bourses, que se payent gratuitement les passants pauvres ou riches. La porte est ouverte, entre qui veut. Il y a des amateurs qui font un détour pour ne pas manquer

---

1. Pour un recensement de « cas » de noyés « intéressants », voir l'article « Morgue » du Grand Larousse du XIXe siècle.

une de ces représentations de la mort. Lorsque les dalles sont nues, les gens sortent désappointés, volés, murmurant entre leurs dents. Lorsque les dalles sont bien garnies, lorsqu'il y a un bel étalage de chair humaine, les visiteurs se pressent, se donnent des émotions à bon marché, s'épouvantent, plaisantent, applaudissent ou sifflent, comme au théâtre, et se retirent satisfaits, en déclarant que la Morgue est réussie, ce jour-là.

Laurent connut vite le public de l'endroit, public mêlé et disparate qui s'apitoyait et ricanait en commun. Des ouvriers entraient, en allant à leur ouvrage, avec un pain et des outils sous le bras ; ils trouvaient la mort drôle. Parmi eux se rencontraient des loustics d'atelier qui faisaient sourire la galerie en disant un mot plaisant sur la grimace de chaque cadavre ; ils appelaient les incendiés des charbonniers ; les pendus, les assassinés, les noyés, les cadavres troués ou broyés excitaient leur verve goguenarde, et leur voix, qui tremblait un peu, balbutiait des phrases comiques dans le silence frissonnant de la salle. Puis venaient de petits rentiers, des vieillards maigres et secs, des flâneurs qui entraient par désœuvrement et qui regardaient les corps avec des yeux bêtes et des moues d'hommes paisibles et délicats. Les femmes étaient en grand nombre ; il y avait de jeunes ouvrières toutes roses, le linge blanc, les jupes propres, qui allaient d'un bout à l'autre du vitrage, lestement, en ouvrant de grands yeux attentifs, comme devant l'étalage d'un magasin de nouveautés ; il y avait encore des femmes du peuple, hébétées, prenant des airs lamentables et des dames bien mises, traînant nonchalamment leur robe de soie.

Un jour, Laurent vit une de ces dernières qui se tenait plantée à quelques pas du vitrage, en appuyant un mouchoir de batiste sur ses narines. Elle portait une délicieuse jupe de soie grise, avec un grand mantelet de dentelle noire ; une voilette lui couvrait le visage, et ses mains gantées paraissaient toutes petites et toutes fines. Autour d'elle traînait une senteur douce de violette. Elle regardait un cadavre. Sur une pierre, à quelques pas, était allongé le corps d'un grand gaillard, d'un maçon qui venait de se tuer net en tombant d'un échafaudage ; il avait une poitrine carrée, des muscles gros et courts, une chair blanche et grasse ; la mort en avait fait un marbre. La dame l'examinait, le retournait en quelque sorte du regard, le pesait, s'absorbait dans le spectacle de cet homme. Elle leva un coin de sa voilette, regarda encore, puis s'en alla.

Par moments, arrivaient des bandes de gamins, des enfants de douze à quinze ans, qui couraient le long du vitrage, ne s'arrêtant que devant les cadavres de femmes. Ils appuyaient leurs mains aux vitres et promenaient des regards effrontés sur les poitrines nues. Ils se poussaient du coude, ils faisaient des remarques brutales, ils apprenaient le vice à l'école de la mort. C'est à la Morgue que les jeunes voyous ont leur première maîtresse.

Au bout d'une semaine, Laurent était écœuré. La nuit, il rêvait des cadavres qu'il avait vus le matin. Cette souffrance, ce dégoût de chaque jour qu'il s'imposait, finit par le troubler à un tel point qu'il résolut de ne plus faire que deux visites. Le lendemain, comme il entrait à la Morgue, il reçut un coup violent dans la poitrine : en face de lui, sur une dalle, Camille le regardait, étendu sur le dos, la tête levée, les yeux entrouverts.

Le meurtrier s'approcha lentement du vitrage, comme attiré, ne pouvant détacher ses regards de sa victime. Il ne souffrait pas ; il éprouvait seulement un grand froid intérieur et de légers picotements à fleur de peau. Il aurait cru trembler davantage. Il resta immobile, pendant cinq grandes minutes, perdu dans une contemplation inconsciente, gravant malgré lui au fond de sa mémoire toutes les lignes horribles, toutes les couleurs sales du tableau qu'il avait sous les yeux.

Camille était ignoble. Il avait séjourné quinze jours dans l'eau. Sa face paraissait encore ferme et rigide ; les traits s'étaient conservés, la peau avait seulement pris une teinte jaunâtre et boueuse. La tête, maigre,

osseuse, légèrement tuméfiée, grimaçait ; elle se penchait un peu, les cheveux collés aux tempes, les paupières levées, montrant le globe blafard des yeux ; les
lèvres tordues, tirées vers un des coins de la bouche,
avaient un ricanement atroce ; un bout de langue noirâtre apparaissait dans la blancheur des dents. Cette
tête, comme tannée et étirée, en gardant une apparence
humaine, était restée plus effrayante de douleur et
d'épouvante. Le corps semblait un tas de chairs dissoutes ; il avait souffert horriblement. On sentait que
les bras ne tenaient plus ; les clavicules perçaient la peau
des épaules. Sur la poitrine verdâtre, les côtes faisaient
des bandes noires ; le flanc gauche, crevé, ouvert, se
creusait au milieu de lambeaux d'un rouge sombre.
Tout le torse pourrissait. Les jambes, plus fermes,
s'allongeaient, plaquées de taches immondes. Les pieds
tombaient.

Laurent regardait Camille. Il n'avait pas encore vu
un noyé si épouvantable. Le cadavre avait, en outre,
un air étriqué, une allure maigre et pauvre ; il se ramas-
sait dans sa pourriture ; il faisait un tout petit tas. On
aurait deviné que c'était là un employé à douze cents
francs, bête et maladif, que sa mère avait nourri de
tisanes. Ce pauvre corps, grandi entre des couvertures
chaudes, grelottait sur la dalle froide.

Quand Laurent put enfin s'arracher à la curiosité poignante qui le tenait immobile et béant, il sortit, il se
mit à marcher rapidement sur le quai. Et, tout en marchant, il répétait : « Voilà ce que j'en ai fait. Il est ignoble. » Il lui semblait qu'une odeur âcre le suivait,
l'odeur que devait exhaler ce corps en putréfaction.

Il alla chercher le vieux Michaud et lui dit qu'il venait
de reconnaître Camille sur une dalle de la Morgue. Les
formalités furent remplies, on enterra le noyé, on dressa
un acte de décès. Laurent, tranquille désormais, se jeta
avec volupté dans l'oubli de son crime et des scènes
fâcheuses et pénibles qui avaient suivi le meurtre.

XIV

La boutique du passage du Pont-Neuf resta fermée
pendant trois jours. Lorsqu'elle s'ouvrit de nouveau,
elle parut plus sombre et plus humide. L'étalage, jauni
par la poussière, semblait porter le deuil de la maison ;
tout traînait à l'abandon dans les vitrines sales. Derrière les bonnets de linge pendus aux tringles rouillées,
le visage de Thérèse avait une pâleur plus mate, plus
terreuse, une immobilité d'un calme sinistre.

Dans le passage, toutes les commères s'apitoyaient.
La marchande de bijoux faux montrait à chacune de
ses clientes le profil amaigri de la jeune veuve comme
une curiosité intéressante et lamentable.

Pendant trois jours, Mme Raquin et Thérèse étaient
restées dans leur lit sans se parler, sans même se voir.
La vieille mercière, assise sur son séant, appuyée contre
des oreillers, regardait vaguement devant elle avec des
yeux d'idiote. La mort de son fils lui avait donné un
grand coup sur la tête, et elle était tombée comme
assommée. Elle demeurait, des heures entières, tranquille et inerte, absorbée au fond du néant de son désespoir ; puis des crises la prenaient parfois, elle pleurait,
elle criait, elle délirait. Thérèse, dans la chambre voisine, semblait dormir ; elle avait tourné la face contre
la muraille et tiré la couverture sur ses yeux ; elle
s'allongeait ainsi, roide et muette, sans qu'un sanglot
de son corps soulevât le drap qui la couvrait. On eût
dit qu'elle cachait dans l'ombre de l'alcôve les pensées

qui la tenaient rigide. Suzanne, qui gardait les deux femmes, allait mollement de l'une à l'autre, traînant les pieds avec douceur, penchant son visage de cire sur les deux couches, sans parvenir à faire retourner Thérèse, qui avait de brusques mouvements d'impatience, ni à consoler Mme Raquin, dont les pleurs coulaient dès qu'une voix la tirait de son abattement.

Le troisième jour, Thérèse repoussa la couverture, s'assit sur le lit, rapidement, avec une sorte de décision fiévreuse. Elle écarta ses cheveux, en se prenant les tempes, et resta ainsi un moment, les mains au front, les yeux fixes, semblant réfléchir encore. Puis elle sauta sur le tapis. Ses membres étaient frissonnants et rouges de fièvre ; de larges plaques livides marbraient sa peau qui se plissait par endroits comme vide de chair. Elle était vieillie.

Suzanne, qui entrait, resta toute surprise de la trouver levée ; elle lui conseilla, d'un ton placide et traînard, de se recoucher, de se reposer encore. Thérèse ne l'écoutait pas ; elle cherchait et mettait ses vêtements avec des gestes pressés et tremblants. Lorsqu'elle fut habillée, elle alla se regarder dans une glace, frotta ses yeux, passa ses mains sur son visage, comme pour effacer quelque chose. Puis, sans prononcer une parole, elle traversa vivement la salle à manger et entra chez Mme Raquin.

L'ancienne mercière était dans un moment de calme hébété. Quand Thérèse entra, elle tourna la tête et suivit du regard la jeune veuve, qui vint se placer devant elle, muette et oppressée. Les deux femmes se contemplèrent pendant quelques secondes, la nièce avec une anxiété qui grandissait, la tante avec des efforts pénibles de mémoire. Se souvenant enfin, Mme Raquin tendit ses bras tremblants, et, prenant Thérèse par le cou, s'écria :

— Mon pauvre enfant, mon pauvre Camille !

Elle pleurait, et ses larmes séchaient sur la peau brûlante de la veuve, qui cachait ses yeux secs dans les plis du drap. Thérèse demeura ainsi courbée, laissant la vieille mère épuiser ses pleurs. Depuis le meurtre, elle redoutait cette première entrevue ; elle était restée couchée pour en retarder le moment, pour réfléchir à l'aise au rôle terrible qu'elle avait à jouer.

Quand elle vit Mme Raquin plus calme, elle s'agita autour d'elle, elle lui conseilla de se lever, de descendre à la boutique. La vieille mercière était presque tombée en enfance. L'apparition brusque de sa nièce avait amené en elle une crise favorable qui venait de lui rendre la mémoire et la conscience des choses et des êtres qui l'entouraient. Elle remercia Suzanne de ses soins, elle parla, affaiblie, ne délirant plus, pleine d'une tristesse qui l'étouffait par moments. Elle regardait marcher Thérèse avec des larmes soudaines ; alors, elle l'appelait auprès d'elle, l'embrassait en sanglotant encore, lui disait en suffoquant qu'elle n'avait plus qu'elle au monde.

Le soir, elle consentit à se lever, à essayer de manger. Thérèse put voir alors quel terrible coup avait reçu sa tante. Les jambes de la pauvre vieille s'étaient alourdies. Il lui fallut une canne pour se traîner dans la salle à manger, et là il lui sembla que les murs vacillaient autour d'elle.

Dès le lendemain, elle voulut cependant qu'on ouvrît la boutique. Elle craignait de devenir folle en restant seule dans sa chambre. Elle descendit pesamment l'escalier de bois, en posant les deux pieds sur chaque marche, et vint s'asseoir derrière le comptoir. À partir de ce jour, elle y resta clouée dans une douleur sereine.

À côté d'elle, Thérèse songeait et attendait. La boutique reprit son calme noir.

XV

Laurent revint parfois, le soir, tous les deux ou trois
jours. Il restait dans la boutique, causant avec
Mme Raquin pendant une demi-heure. Puis il s'en
allait, sans avoir regardé Thérèse en face. La vieille
mercière le considérait comme le sauveur de sa nièce,
comme un noble cœur qui avait tout fait pour lui rendre son fils. Elle l'accueillait avec une bonté attendrie.

Un jeudi soir, Laurent se trouvait là, lorsque le vieux
Michaud et Grivet entrèrent. Huit heures sonnaient.
L'employé et l'ancien commissaire avaient jugé chacun
de leur côté qu'ils pouvaient reprendre leurs chères
habitudes, sans se montrer importuns, et ils arrivaient
à la même minute, comme poussés par le même ressort. Derrière eux, Olivier et Suzanne firent leur entrée.

On monta dans la salle à manger. Mme Raquin, qui
n'attendait personne, se hâta d'allumer la lampe et de
faire du thé. Lorsque tout le monde se fut assis autour
de la table, chacun devant sa tasse, lorsque la boîte de
dominos eut été vidée, la pauvre mère, subitement
ramenée dans le passé, regarda ses invités et éclata en
sanglots. Il y avait une place vide, la place de son fils.

Ce désespoir glaça et ennuya la société. Tous les visages avaient un air de béatitude égoïste. Ces gens se trouvèrent gênés, n'ayant plus dans le cœur le moindre souvenir vivant de Camille.

— Voyons, chère dame, s'écria le vieux Michaud

avec une légère impatience, il ne faut pas vous désespérer comme cela. Vous vous rendrez malade.

— Nous sommes tous mortels, affirma Grivet.

— Vos pleurs ne vous rendront pas votre fils, dit sentencieusement Olivier.

— Je vous en prie, murmura Suzanne, ne nous faites pas de la peine.

Et comme Mme Raquin sanglotait plus fort, ne pouvant arrêter ses larmes :

— Allons, allons, reprit Michaud, un peu de courage. Vous comprenez bien que nous venons ici pour vous distraire. Que diable ! ne nous attristons pas, tâchons d'oublier... Nous jouons à deux sous la partie. Hein ! qu'en dites-vous ?

La mercière rentra ses pleurs, dans un effort suprême. Peut-être eut-elle conscience de l'égoïsme heureux de ses hôtes. Elle essuya ses yeux, encore toute secouée. Les dominos tremblaient dans ses pauvres mains, et les larmes restées sous ses paupières l'empêchaient de voir.

On joua.

Laurent et Thérèse avaient assisté à cette courte scène d'un air grave et impassible. Le jeune homme était enchanté de voir revenir les soirées du jeudi. Il les souhaitait ardemment, sachant qu'il aurait besoin de ces réunions pour atteindre son but. Puis, sans se demander pourquoi, il se sentait plus à l'aise au milieu de ces quelques personnes qu'il connaissait, il osait regarder Thérèse en face.

La jeune femme, vêtue de noir, pâle et recueillie, lui parut avoir une beauté qu'il ignorait encore. Il fut heureux de rencontrer ses regards et de les voir s'arrêter sur les siens avec une fixité courageuse. Thérèse lui appartenait toujours, chair et cœur.

XVI

Quinze mois se passèrent. Les âpretés des premières heures s'adoucirent ; chaque jour amena une tranquillité, un affaissement de plus ; la vie reprit son cours avec une langueur lasse, elle eut cette stupeur monotone qui suit les grandes crises. Et, dans les commencements, Laurent et Thérèse se laissèrent aller à l'existence nouvelle qui les transformait ; il se fit en eux un travail sourd qu'il faudrait analyser avec une délicatesse extrême, si l'on voulait en marquer toutes les phases.

Laurent revint bientôt chaque soir à la boutique, comme par le passé. Mais il n'y mangeait plus, il ne s'y établissait plus pendant des soirées entières. Il arrivait à neuf heures et demie, et s'en allait après avoir fermé le magasin. On eût dit qu'il accomplissait un devoir en venant se mettre au service des deux femmes. S'il négligeait un jour sa corvée, il s'excusait le lendemain avec des humilités de valet. Le jeudi, il aidait Mme Raquin à allumer le feu, à faire les honneurs de la maison. Il avait des prévenances tranquilles qui charmaient la vieille mercière.

Thérèse le regardait paisiblement s'agiter autour d'elle. La pâleur de son visage s'en était allée ; elle paraissait mieux portante, plus souriante, plus douce. À peine si parfois sa bouche, en se pinçant dans une contraction nerveuse, creusait deux plis profonds qui donnaient à sa face une expression étrange de douleur et d'effroi.

Les deux amants ne cherchèrent plus à se voir en particulier. Jamais ils ne se demandèrent un rendez-vous,
jamais ils n'échangèrent furtivement un baiser. Le
meurtre avait comme apaisé pour un moment les fièvres
voluptueuses de leur chair ; ils étaient parvenus à
contenter, en tuant Camille, ces désirs fougueux et insa-
tiables qu'ils n'avaient pu assouvir en se brisant dans
les bras l'un de l'autre. Le crime leur semblait une jouissance aiguë qui les écœurait et les dégoûtait de leurs
embrassements.

Ils auraient eu cependant mille facilités pour mener
cette vie libre d'amour dont le rêve les avait poussés
à l'assassinat. Mme Raquin, impotente, hébétée, n'était
pas un obstacle. La maison leur appartenait, ils pouvaient
sortir, aller où bon leur semblait. Mais l'amour ne les
tentait plus, leurs appétits s'en étaient allés ; ils restaient
là, causant avec calme, se regardant sans rougeurs et
sans frissons, paraissant avoir oublié les étreintes folles
qui avaient meurtri leur chair et fait craquer leurs os.
Ils évitaient même de se rencontrer seul à seul ; dans
l'intimité, ils ne trouvaient rien à se dire, ils craignaient
tous deux de montrer trop de froideur. Lorsqu'ils
échangeaient une poignée de main, ils éprouvaient une
sorte de malaise en sentant leur peau se toucher.

D'ailleurs, ils croyaient s'expliquer chacun ce qui les
tenait ainsi indifférents et effrayés en face l'un de
l'autre. Ils mettaient leur attitude froide sur le compte
de la prudence. Leur calme, leur abstinence, selon eux,
étaient œuvres de haute sagesse. Ils prétendaient vouloir cette tranquillité de leur chair, ce sommeil de leur
cœur. D'autre part, ils regardaient la répugnance, le
malaise qu'ils ressentaient comme un reste d'effroi,
comme une peur sourde du châtiment. Parfois, ils se
forçaient à l'espérance, ils cherchaient à reprendre les
rêves brûlants d'autrefois, et ils demeuraient tout étonnés, en voyant que leur imagination était vide. Alors
ils se cramponnaient à l'idée de leur prochain mariage ;
arrivés à leur but, n'ayant plus aucune crainte, livrés
l'un à l'autre, ils retrouveraient leur passion, ils goû-

teraient les délices rêvées. Cet espoir les calmait, les empêchait de descendre au fond du néant qui s'était creusé en eux. Ils se persuadaient qu'ils s'aimaient comme par le passé, ils attendaient l'heure qui devait les rendre parfaitement heureux en les liant pour toujours.

Jamais Thérèse n'avait eu l'esprit si calme. Elle devenait certainement meilleure. Toutes les volontés implacables de son être se détendaient.

La nuit, seule dans son lit, elle se trouvait heureuse ; elle ne sentait plus à son côté la face maigre, le corps chétif de Camille qui exaspérait sa chair et la jetait dans des désirs inassouvis. Elle se croyait petite fille, vierge sous les rideaux blancs, paisible au milieu du silence et de l'ombre. Sa chambre, vaste, un peu froide, lui plaisait, avec son plafond élevé, ses coins obscurs, ses senteurs de cloître. Elle finissait même par aimer la grande muraille noire qui montait devant sa fenêtre ; pendant tout un été, chaque soir, elle resta des heures entières à regarder les pierres grises de cette muraille et les nappes étroites de ciel étoilé que découpaient les cheminées et les toits. Elle ne pensait à Laurent que lorsqu'un cauchemar l'éveillait en sursaut ; alors, assise sur son séant, tremblante, les yeux agrandis, se serrant dans sa chemise, elle se disait qu'elle n'éprouverait pas ces peurs brusques, si elle avait un homme couché à côté d'elle. Elle songeait à son amant comme à un chien qui l'eût gardée et protégée ; sa peau fraîche et calme n'avait pas un frisson de désir.

Le jour, dans la boutique, elle s'intéressait aux choses extérieures ; elle sortait d'elle-même, ne vivant plus sourdement révoltée, repliée en pensées de haine et de vengeance. La rêverie l'ennuyait ; elle avait le besoin d'agir et de voir. Du matin au soir, elle regardait les gens qui traversaient le passage ; ce bruit, ce va-et-vient l'amusaient. Elle devenait curieuse et bavarde, femme en un mot, car jusque-là elle n'avait eu que des actes et des idées d'homme.

Dans l'espionnage qu'elle établit, elle remarqua un

jeune homme, un étudiant, qui habitait un hôtel garni du voisinage et qui passait plusieurs fois par jour devant la boutique. Ce garçon avait une beauté pâle, avec de grands cheveux de poète et une moustache d'officier. Thérèse le trouva distingué. Elle en fut amoureuse pendant une semaine, amoureuse comme une pensionnaire. Elle lut des romans, elle compara le jeune homme à Laurent, et trouva ce dernier bien épais, bien lourd. La lecture lui ouvrit des horizons romanesques qu'elle ignorait encore ; elle n'avait aimé qu'avec son sang et ses nerfs, elle se mit à aimer avec sa tête. Puis, un jour, l'étudiant disparut ; il avait sans doute déménagé. Thérèse l'oublia en quelques heures.

Elle s'abonna à un cabinet littéraire et se passionna pour tous les héros des contes qui lui passèrent sous les yeux. Ce subit amour de la lecture eut une grande influence sur son tempérament. Elle acquit une sensibilité nerveuse qui la faisait rire ou pleurer sans motif. L'équilibre, qui tendait à s'établir en elle, fut rompu. Elle tomba dans une sorte de rêverie vague. Par moments, la pensée de Camille la secouait, et elle songeait à Laurent avec de nouveaux désirs, pleins d'effroi et de défiance. Elle fut ainsi rendue à ses angoisses ; tantôt elle cherchait un moyen pour épouser son amant à l'instant même, tantôt elle songeait à se sauver, à ne jamais le revoir. Les romans, en lui parlant de chasteté et d'honneur, mirent comme un obstacle entre ses instincts et sa volonté. Elle resta la bête indomptable qui voulait lutter avec la Seine et qui s'était jetée violemment dans l'adultère ; mais elle eut conscience de la bonté et de la douceur, elle comprit le visage mou et l'attitude morte de la femme d'Olivier, elle sut qu'on pouvait ne pas tuer son mari et être heureuse. Alors elle ne se vit plus bien elle-même, elle vécut dans une indécision cruelle [1].

---

1. Ce passage sur les lectures de Thérèse fait penser à un résumé de *Madame Bovary* dont l'héroïne, on le sait, est une véritable « intoxiquée » de romans.

De son côté, Laurent passa par différentes phases de calme et de fièvre. Il goûta d'abord une tranquillité profonde ; il était comme soulagé d'un poids énorme. Par moments, il s'interrogeait avec étonnement, il croyait avoir fait un mauvais rêve, il se demandait s'il était bien vrai qu'il eût jeté Camille à l'eau et qu'il eût revu son cadavre sur une dalle de la Morgue. Le souvenir de son crime le surprenait étrangement ; jamais il ne se serait cru capable d'un assassinat ; toute sa prudence, toute sa lâcheté frissonnait, il lui montait au front des sueurs glacées, lorsqu'il songeait qu'on aurait pu découvrir son crime et le guillotiner. Alors il sentait à son cou le froid du couteau. Tant qu'il avait agi, il était allé droit devant lui, avec un entêtement et un aveuglement de brute. Maintenant il se retournait, et, à voir l'abîme qu'il venait de franchir, des défaillances d'épouvante le prenaient.

— Sûrement, j'étais ivre, pensait-il ; cette femme m'avait soûlé de caresses. Bon Dieu ! ai-je été bête et fou ! Je risquais la guillotine, avec une pareille histoire... Enfin, tout s'est bien passé. Si c'était à refaire, je ne recommencerais pas.

Laurent s'affaissa, devint mou, plus lâche et plus prudent que jamais. Il engraissa et s'avachit. Quelqu'un qui aurait étudié ce grand corps, tassé sur lui-même, et qui ne paraissait avoir ni os ni nerfs, n'aurait jamais songé à l'accuser de violence et de cruauté.

Il reprit ses anciennes habitudes. Il fut pendant plusieurs mois un employé modèle, faisant sa besogne avec un abrutissement exemplaire. Le soir, il mangeait dans une crémerie de la rue Saint-Victor, coupant son pain par petites tranches, mâchant avec lenteur, faisant traîner son repas le plus possible ; puis il se renversait, il s'adossait au mur, et fumait sa pipe. On aurait dit un bon gros père. Le jour, il ne pensait à rien ; la nuit, il dormait d'un sommeil lourd et sans rêves. Le visage rose et gras, le ventre plein, le cerveau vide, il était heureux.

Sa chair semblait morte, il ne songeait guère à Thérèse. Il pensait parfois à elle, comme on pense à une femme qu'on doit épouser plus tard, dans un avenir indéterminé. Il attendait l'heure de son mariage avec patience, oubliant la femme, rêvant à la nouvelle position qu'il aurait alors. Il quitterait son bureau, il peindrait en amateur, il flânerait. Ces espoirs le ramenaient, chaque soir, à la boutique du passage, malgré le vague malaise qu'il éprouvait en y entrant.

Un dimanche, s'ennuyant, ne sachant que faire, il alla chez son ancien ami de collège, chez le jeune peintre avec lequel il avait logé pendant longtemps. L'artiste travaillait à un tableau qu'il comptait envoyer au Salon et qui représentait une Bacchante nue, vautrée sur un lambeau d'étoffe. Dans le fond de l'atelier, un modèle, une femme était couchée, la tête ployée en arrière, le torse tordu, la hanche haute. Cette femme riait par moments et tendait la poitrine, allongeant les bras, s'étirant, pour se délasser. Laurent, qui s'était assis en face d'elle, la regardait, en fumant et en causant avec son ami. Son sang battait, ses nerfs s'irritèrent dans cette contemplation. Il resta jusqu'au soir, il emmena la femme chez lui. Pendant près d'un an, il la garda pour maîtresse. La pauvre fille s'était mise à l'aimer, le trouvant bel homme. Le matin, elle partait, allait poser tout le jour, et revenait régulièrement chaque soir à la même heure ; elle se nourrissait, s'habillait, s'entretenait avec l'argent qu'elle gagnait, ne coûtant ainsi pas un sou à Laurent, qui ne s'inquiétait nullement d'où elle venait ni de ce qu'elle avait pu faire. Cette femme mit un équilibre de plus dans sa vie ; il l'accepta comme un objet utile et nécessaire qui maintenait son corps en paix et en santé ; il ne sut jamais s'il l'aimait, et jamais il ne lui vint à la pensée qu'il était infidèle à Thérèse. Il se sentait plus gras et plus heureux. Voilà tout.

Cependant le deuil de Thérèse était fini. La jeune femme s'habillait de robes claires, et il arriva qu'un soir Laurent la trouva rajeunie et embellie. Mais il éprouvait toujours un certain malaise devant elle ; depuis quelque temps, elle lui paraissait fiévreuse, pleine de caprices étranges, riant et s'attristant sans raison. L'indécision où il la voyait l'effrayait, car il devinait en partie ses luttes et ses troubles. Il se mit à hésiter, ayant une peur atroce de compromettre sa tranquillité ; lui, il vivait paisible, dans un contentement sage de ses appétits, il craignait de risquer l'équilibre de sa vie en se liant à une femme nerveuse dont la passion l'avait déjà rendu fou. D'ailleurs, il ne raisonnait pas ces choses, il sentait d'instinct les angoisses que la possession de Thérèse devait mettre en lui.

Le premier choc qu'il reçut et qui le secoua dans son affaissement fut la pensée qu'il lui fallait enfin songer à son mariage. Il y avait près de quinze mois que Camille était mort. Un instant, Laurent pensa à ne pas se marier du tout, à planter là Thérèse, et à garder le modèle, dont l'amour complaisant et à bon marché lui suffisait. Puis, il se dit qu'il ne pouvait avoir tué un homme pour rien ; en se rappelant le crime, les efforts terribles qu'il avait faits pour posséder à lui seul cette femme qui le troublait maintenant, il sentit que le meurtre deviendrait inutile et atroce, s'il ne se mariait pas avec elle. Jeter un homme à l'eau afin de lui voler sa veuve, attendre quinze mois, et se décider ensuite à vivre avec une petite fille qui traînait son corps dans tous les ateliers, lui parut ridicule et le fit sourire. D'ailleurs, n'était-il pas lié à Thérèse par un lien de sang et d'horreur ? Il la sentait vaguement crier et se tordre en lui, il lui appartenait. Il avait peur de sa complice ; peut-être, s'il ne l'épousait pas, irait-elle tout dire à la justice, par vengeance et jalousie. Ces idées battaient dans sa tête. La fièvre le reprit.

Sur ces entrefaites, le modèle le quitta brusquement. Un dimanche, cette fille ne rentra pas ; elle avait sans doute trouvé un gîte plus chaud et plus confortable. Laurent fut médiocrement affligé ; seulement, il s'était habitué à avoir, la nuit, une femme couchée à son côté, et il éprouva un vide subit dans son existence. Huit jours après ses nerfs se révoltèrent. Il revint s'établir, pendant des soirées entières, dans la boutique du passage, regardant de nouveau Thérèse avec des yeux où luisaient des lueurs rapides. La jeune femme, qui sortait toute frissonnante des longues lectures qu'elle faisait, s'alanguissait et s'abandonnait sous ses regards.

Ils en étaient ainsi revenus tous deux à l'angoisse et au désir, après une longue année d'attente écœurée et indifférente. Un soir Laurent, en fermant la boutique, retint un instant Thérèse dans le passage.

— Veux-tu que je vienne ce soir dans ta chambre ? lui demanda-t-il d'une voix ardente.

La jeune femme fit un geste d'effroi.

— Non, non, attendons…, dit-elle ; soyons prudents.

— J'attends depuis assez longtemps, je crois, reprit Laurent ; je suis las, je te veux.

Thérèse le regarda follement ; des chaleurs lui brûlaient les mains et le visage. Elle sembla hésiter ; puis, d'un ton brusque :

— Marions-nous, je serai à toi.

XVII

Laurent quitta le passage, l'esprit tendu, la chair inquiète. L'haleine chaude, le consentement de Thérèse, venaient de remettre en lui les âpretés d'autrefois. Il prit les quais, et marcha, son chapeau à la main, pour recevoir au visage tout l'air du ciel.

Lorsqu'il fut arrivé rue Saint-Victor, à la porte de son hôtel, il eut peur de monter, d'être seul. Un effroi d'enfant, inexplicable, imprévu, lui fit craindre de trouver un homme caché dans sa mansarde. Jamais il n'avait été sujet à de pareilles poltronneries. Il n'essaya même pas de raisonner le frisson étrange qui le prenait ; il entra chez un marchand de vin et y resta pendant une heure, jusqu'à minuit, immobile et muet à une table, buvant machinalement de grands verres de vin. Il songeait à Thérèse, il s'irritait contre la jeune femme, qui n'avait pas voulu le recevoir le soir même dans sa chambre, et il pensait qu'il n'aurait pas eu peur avec elle.

On ferma la boutique, on le mit à la porte. Il rentra pour demander des allumettes. Le bureau de l'hôtel se trouvait au premier étage. Laurent avait une longue allée à suivre et quelques marches à monter, avant de pouvoir prendre sa bougie. Cette allée, ce bout d'escalier, d'un noir terrible, l'épouvantaient. D'ordinaire, il traversait gaillardement ces ténèbres. Ce soir-là, il n'osait sonner, il se disait qu'il y avait peut-être, dans un certain renfoncement formé par l'entrée de la cave, des assassins qui lui sauteraient brusquement à la gorge quand il passerait. Enfin, il sonna, il alluma une allumette et se décida à s'engager dans l'allée. L'allumette s'éteignit. Il resta immobile, haletant, n'osant s'enfuir, frottant les allumettes sur le mur humide avec une anxiété qui faisait trembler sa main. Il lui semblait entendre des voix, des bruits de pas devant lui. Les allumettes se brisaient entre ses doigts. Il réussit à en allumer une. Le soufre se mit à bouillir, à enflammer le bois avec une lenteur qui redoubla les angoisses de Laurent ; dans la clarté pâle et bleuâtre du soufre, dans les lueurs vacillantes qui couraient, il crut distinguer des formes monstrueuses. Puis l'allumette pétilla, la lumière devint blanche et claire. Laurent, soulagé, s'avança avec précaution, en ayant soin de ne pas manquer de lumière. Lorsqu'il lui fallut passer devant la cave, il se serra contre le mur opposé ; il y avait là une masse d'ombre qui l'effrayait. Il gravit ensuite vivement les quelques marches qui le séparaient du bureau de l'hôtel, et se crut sauvé lorsqu'il tint sa bougie. Il monta les autres étages plus doucement, en élevant la bougie, en éclairant tous les coins devant lesquels il devait passer. Les grandes ombres bizarres qui vont et viennent, lorsqu'on se trouve dans un escalier avec une lumière le remplissaient d'un vague malaise, en se dressant et en s'effaçant brusquement devant lui.

Quand il fut en haut, il ouvrit sa porte et s'enferma, rapidement. Son premier soin fut de regarder sous son lit, de faire une visite minutieuse dans la chambre, pour voir si personne ne s'y trouvait caché. Il ferma la fenêtre du toit, en pensant que quelqu'un pourrait bien descendre par là. Quand il eut pris ces dispositions, il se sentit plus calme, il se déshabilla, en s'étonnant de sa poltronnerie. Il finit par sourire, par se traiter d'enfant. Il n'avait jamais été peureux et ne pouvait s'expliquer cette crise subite de terreur.

Il se coucha. Lorsqu'il fut dans la tiédeur des draps, il songea de nouveau à Thérèse, que ses frayeurs lui avaient fait oublier. Les yeux fermés obstinément, cherchant le sommeil, il sentait malgré lui ses pensées travailler, s'imposer, se lier les unes aux autres, lui présenter toujours les avantages qu'il aurait à se marier au plus vite. Par moments, il se retournait, il se disait : « Ne pensons plus, dormons ; il faut que je me lève à huit heures demain pour aller à mon bureau. » Et il faisait effort pour se laisser glisser au sommeil. Mais les idées revenaient une à une ; le travail sourd de ses raisonnements recommençait ; il se retrouvait bientôt dans une sorte de rêverie aiguë, qui étalait au fond de son cerveau les nécessités de son mariage, les arguments que ses désirs et sa prudence donnaient tour à tour pour et contre la possession de Thérèse.

Alors, voyant qu'il ne pouvait dormir, que l'insomnie tenait sa chair irritée, il se mit sur le dos, il ouvrit les yeux tout grands, il laissa son cerveau s'emplir du souvenir de la jeune femme. L'équilibre était rompu, la fièvre chaude de jadis le secouait de nouveau. Il eut l'idée de se lever, de retourner au passage du Pont-Neuf. Il se ferait ouvrir la grille, il irait frapper à la petite porte de l'escalier, et Thérèse le recevrait. À cette pensée, le sang montait à son cou.

Sa rêverie avait une lucidité étonnante. Il se voyait dans les rues, marchant vite, le long des maisons, et il se disait : « Je prends ce boulevard, je traverse ce carrefour, pour être plus tôt arrivé. » Puis la grille du passage grinçait, il suivait l'étroite galerie, sombre et déserte, en se félicitant de pouvoir monter chez Thérèse sans être vu de la marchande de bijoux faux ; puis il s'imaginait être dans l'allée, dans le petit escalier par où il avait passé si souvent. Là, il éprouvait les joies cuisantes de jadis, il se rappelait les terreurs délicieuses, les voluptés poignantes de l'adultère. Ses souvenirs devenaient des réalités qui impressionnaient tous ses sens : il sentait l'odeur fade du couloir, il touchait les murs gluants, il voyait l'ombre sale qui traînait. Et il montait chaque marche, haletant, prêtant l'oreille, contentant déjà ses désirs dans cette approche craintive de la femme désirée. Enfin il grattait à la porte, la porte s'ouvrait, Thérèse était là qui l'attendait, en jupon, toute blanche.

Ses pensées se déroulaient devant lui en spectacles réels. Les yeux fixés sur l'ombre, il voyait. Lorsque, au bout de sa course dans les rues, après être entré dans le passage et avoir gravi le petit escalier, il crut apercevoir Thérèse, ardente et pâle, il sauta vivement de son lit, en murmurant : « Il faut que j'y aille, elle m'attend. » Le brusque mouvement qu'il venait de faire chassa l'hallucination : il sentit le froid du carreau, il eut peur. Il resta un instant immobile, les pieds nus, écoutant. Il lui semblait entendre du bruit sur le carré. S'il allait chez Thérèse, il lui faudrait passer de nouveau devant la porte de la cave, en bas ; cette pensée lui fit courir un grand frisson froid dans le dos. L'épouvante le reprit, une épouvante bête et écrasante. Il regarda avec défiance dans sa chambre, il y vit traîner des lambeaux blanchâtres de clarté ; alors, doucement, avec des précautions pleines d'une hâte anxieuse, il remonta sur son lit, et, là, se pelotonna, se cacha, comme pour se dérober à une arme, à un couteau qui l'aurait menacé.

Le sang s'était porté violemment à son cou, et son cou le brûlait. Il y porta la main, il sentit sous ses doigts la cicatrice de la morsure de Camille. Il avait presque oublié cette morsure. Il fut terrifié en la retrouvant sur sa peau, il crut qu'elle lui mangeait la chair. Il avait vivement retiré la main pour ne plus la sentir, et il la sentait toujours, dévorante, trouant son cou. Alors, il voulut la gratter délicatement, du bout de l'ongle ; la terrible cuisson redoubla. Pour ne pas s'arracher la peau, il serra les deux mains entre ses genoux repliés. Roidi, irrité, il resta là, le cou rongé, les dents claquant de peur.

Maintenant ses idées s'attachaient à Camille, avec une fixité effrayante. Jusque-là, le noyé n'avait pas troublé les nuits de Laurent. Et voilà que la pensée de Thérèse amenait le spectre de son mari. Le meurtrier n'osait plus ouvrir les yeux ; il craignait d'apercevoir sa victime dans un coin de la chambre. À un moment, il lui sembla que sa couche était étrangement secouée ; il s'imagina que Camille se trouvait caché sous le lit, et que c'était lui qui le remuait ainsi, pour le faire tomber et le mordre. Hagard, les cheveux dressés sur la tête, il se cramponna à son matelas, croyant que les secousses devenaient de plus en plus violentes.

Puis, il s'aperçut que le lit ne remuait pas. Il y eut une réaction en lui. Il se mit sur son séant, alluma sa bougie, en se traitant d'imbécile. Pour apaiser sa fièvre, il avala un grand verre d'eau.

— J'ai eu tort de boire chez ce marchand de vin, pensait-il... Je ne sais ce que j'ai, cètte nuit. C'est bête. Je serai éreinté aujourd'hui à mon bureau. J'aurais dû dormir tout de suite, en me mettant au lit, et ne pas penser à un tas de choses : c'est cela qui m'a donné l'insomnie... Dormons.

Il souffla de nouveau la lumière, il enfonça la tête dans l'oreiller, un peu rafraîchi, bien décidé à ne plus penser, à ne plus avoir peur. La fatigue commençait à détendre ses nerfs.

Il ne s'endormit pas de son sommeil ordinaire, lourd et accablé ; il glissa lentement à une somnolence vague. Il était comme simplement engourdi, comme plongé dans un abrutissement doux et voluptueux. Il sentait son corps en sommeillant ; son intelligence restait éveillée dans sa chair morte. Il avait chassé les pensées qui venaient, il s'était défendu contre la veille. Puis, quand il fut assoupi, quand les forces lui manquèrent et que la volonté lui échappa, les pensées revinrent doucement, une à une, reprenant possession de son être défaillant. Ses rêveries recommencèrent. Il refit le chemin qui le séparait de Thérèse : il descendit, passa devant la cave en courant et se trouva dehors ; il suivit toutes les rues qu'il avait déjà suivies auparavant, lorsqu'il rêvait les yeux ouverts ; il entra dans le passage du Pont-Neuf, monta le petit escalier et gratta à la porte. Mais au lieu de Thérèse, au lieu de la jeune femme en jupon, la gorge nue, ce fut Camille qui lui ouvrit, Camille tel qu'il l'avait vu à la Morgue, verdâtre, atrocement défiguré. Le cadavre lui tendait les bras, avec un rire ignoble, en montrant un bout de langue noirâtre dans la blancheur des dents.

Laurent poussa un cri et se réveilla en sursaut. Il était trempé d'une sueur glacée. Il ramena la couverture sur ses yeux, en s'injuriant, en se mettant en colère contre lui-même. Il voulut se rendormir.

Il se rendormit comme précédemment, avec lenteur ; le même accablement le prit, et dès que la volonté lui eut de nouveau échappé dans la langueur du demi-sommeil, il se remit en marche, il retourna où le conduisait son idée fixe, il courut pour voir Thérèse, et ce fut encore le noyé qui lui ouvrit la porte.

Terrifié, le misérable se mit sur son séant. Il aurait voulu pour tout au monde chasser ce rêve implacable. Il souhaitait un sommeil de plomb qui écrasât ses pensées. Tant qu'il se tenait éveillé, il avait assez d'énergie pour chasser le fantôme de sa victime ; mais dès qu'il n'était plus maître de son esprit, son esprit le conduisait à l'épouvante en le conduisant à la volupté.

Il tenta encore le sommeil. Alors ce fut une succession d'assoupissements voluptueux et de réveils brusques et déchirants. Dans son entêtement furieux, toujours il allait vers Thérèse, toujours il se heurtait contre le corps de Camille. À plus de dix reprises, il refit le chemin, il partit la chair brûlante, suivit le même itinéraire, eut les mêmes sensations, accomplit les mêmes actes, avec une exactitude minutieuse, et, à plus de dix reprises, il vit le noyé s'offrir à son embrassement, lorsqu'il étendait les bras pour saisir et étreindre sa maîtresse. Ce même dénouement sinistre qui le réveillait chaque fois, haletant et éperdu, ne décourageait pas son désir ; quelques minutes après, dès qu'il se rendormait, son désir oubliait le cadavre ignoble qui l'attendait, et courait chercher de nouveau le corps chaud et souple d'une femme. Pendant une heure, Laurent vécut dans cette suite de cauchemars, dans ce mauvais rêve sans cesse répété et sans cesse imprévu, qui, à chaque sursaut, le brisait d'une épouvante plus aiguë.

Une des secousses, la dernière, fut si violente, si douloureuse, qu'il se décida à se lever, à ne pas lutter davantage. Le jour venait ; une lueur grise et morne entrait par la fenêtre du toit qui coupait dans le ciel un carré blanchâtre couleur de cendre.

Laurent s'habilla lentement, avec une irritation sourde. Il était exaspéré de n'avoir pas dormi, exaspéré de s'être laissé prendre par une peur qu'il traitait maintenant d'enfantillage. Tout en mettant son pantalon, il s'étirait, il se frottait les membres, il se passait les mains sur son visage battu et brouillé par une nuit de fièvre. Et il répétait :

— Je n'aurais pas dû penser à tout ça, j'aurais dormi, je serais frais et dispos, à cette heure... Ah ! si Thérèse avait bien voulu, hier soir, si Thérèse avait couché avec moi...

Cette idée, que Thérèse l'aurait empêché d'avoir peur, le tranquillisa un peu. Au fond, il redoutait de passer d'autres nuits semblables à celle qu'il venait d'endurer.

Il se jeta de l'eau à la face, puis se donna un coup de peigne. Ce bout de toilette rafraîchit sa tête et dissipa ses dernières terreurs. Il raisonnait librement, il ne sentait plus qu'une grande fatigue dans tous ses membres.

— Je ne suis pourtant pas poltron, se disait-il en achevant de se vêtir, je me moque pas mal de Camille... C'est absurde de croire que ce pauvre diable est sous mon lit. Maintenant, je vais peut-être croire cela toutes les nuits... Décidément il faut que je me marie au plus tôt. Quand Thérèse me tiendra dans ses bras, je ne penserai guère à Camille. Elle m'embrassera sur le cou, et je ne sentirai plus l'atroce cuisson que j'ai éprouvée... Voyons donc cette morsure.

Il s'approcha de son miroir, tendit le cou et regarda. La cicatrice était d'un rose pâle. Laurent, en distinguant la marque des dents de sa victime, éprouva une certaine émotion, le sang lui monta à la tête, et il s'aperçut alors d'un étrange phénomène. La cicatrice fut empourprée par le flot qui montait, elle devint vive et sanglante, elle se détacha, toute rouge, sur le cou gras et blanc. En même temps, Laurent ressentit des picotements aigus, comme si l'on eût enfoncé des aiguilles dans la plaie. Il se hâta de relever le col de sa chemise.

— Bah ! reprit-il, Thérèse guérira cela... Quelques baisers suffiront... Que je suis bête de songer à ces choses !

Il mit son chapeau et descendit. Il avait besoin de prendre l'air, besoin de marcher. En passant devant la porte de la cave, il sourit ; il s'assura cependant de la solidité du crochet qui fermait cette porte. Dehors, il marcha à pas lents, dans l'air frais du matin, sur les trottoirs déserts. Il était environ cinq heures.

Laurent passa une journée atroce. Il dut lutter contre le sommeil accablant qui le saisit dans l'après-midi à son bureau. Sa tête, lourde et endolorie, se penchait malgré lui, et il la relevait brusquement, dès qu'il entendait le pas d'un de ses chefs. Cette lutte, ces secousses achevèrent de briser ses membres, en lui causant des anxiétés intolérables.

Le soir, malgré sa lassitude, il voulut aller voir Thérèse. Il la trouva fiévreuse, accablée, lasse comme lui.

— Notre pauvre Thérèse a passé une mauvaise nuit, lui dit Mme Raquin, lorsqu'il se fut assis. Il paraît qu'elle a eu des cauchemars, une insomnie terrible... À plusieurs reprises, je l'ai entendue crier. Ce matin, elle était toute malade.

Pendant que sa tante parlait, Thérèse regardait fixement Laurent. Sans doute, ils devinèrent leurs communes terreurs, car un même frisson nerveux courut sur leurs visages. Ils restèrent en face l'un de l'autre jusqu'à dix heures, parlant de banalités, se comprenant, se conjurant tous deux du regard de hâter le moment où ils pourraient s'unir contre le noyé.

XVIII

Thérèse, elle aussi, avait été visitée par le spectre de Camille, pendant cette nuit de fièvre.

La proposition brûlante de Laurent, demandant un rendez-vous, après plus d'une année d'indifférence, l'avait brusquement fouettée. La chair s'était mise à lui cuire, lorsque, seule et couchée, elle avait songé que le mariage devait avoir bientôt lieu. Alors, au milieu des secousses de l'insomnie, elle avait vu se dresser le noyé ; elle s'était, comme Laurent, tordue dans le désir et dans l'épouvante, et, comme lui, elle s'était dit qu'elle n'aurait plus peur, qu'elle n'éprouverait plus de telles souffrances, lorsqu'elle tiendrait son amant entre ses bras.

Il y avait eu, à la même heure, chez cette femme et chez cet homme, une sorte de détraquement nerveux qui les rendait, pantelants et terrifiés, à leurs terribles amours. Une parenté de sang et de volupté s'était établie entre eux. Ils frissonnaient des mêmes frissons ; leurs cœurs, dans une espèce de fraternité poignante, se serraient aux mêmes angoisses. Ils eurent dès lors un seul corps et une seule âme pour jouir et pour souffrir. Cette communauté, cette pénétration mutuelle est un fait de psychologie et de physiologie qui a souvent lieu chez les êtres que de grandes secousses nerveuses heurtent violemment l'un à l'autre.

Pendant plus d'une année, Thérèse et Laurent portèrent légèrement la chaîne rivée à leurs membres, qui les unissait ; dans l'affaissement succédant à la crise aiguë du meurtre, dans les dégoûts et les besoins de calme et d'oubli qui avaient suivi, ces deux forçats purent croire qu'ils étaient libres, qu'un lien de fer ne les liait plus ; la chaîne détendue traînait à terre ; eux, ils se reposaient, ils se trouvaient frappés d'une sorte de stupeur heureuse, ils cherchaient à aimer ailleurs, à vivre avec un sage équilibre. Mais le jour où, poussés par les faits, ils en étaient venus à échanger de nouveau des paroles ardentes, la chaîne se tendit violemment, ils reçurent une secousse telle qu'ils se sentirent à jamais attachés l'un à l'autre.

Dès le lendemain, Thérèse se mit à l'œuvre, travailla sourdement à amener son mariage avec Laurent. C'était là une tâche difficile, pleine de périls. Les amants tremblaient de commettre une imprudence, d'éveiller les soupçons, de montrer trop brusquement l'intérêt qu'ils avaient eu à la mort de Camille. Comprenant qu'ils ne pouvaient parler de mariage, ils arrêtèrent un plan fort sage qui consistait à se faire offrir ce qu'ils n'osaient demander, par Mᵐᵉ Raquin elle-même et par les invités du jeudi. Il ne s'agissait plus que de donner l'idée à ces braves gens de remarier Thérèse, surtout de leur faire accroire que cette idée venait d'eux et leur appartenait en propre.

La comédie fut longue et délicate à jouer. Thérèse et Laurent avaient pris chacun le rôle qui leur convenait ; ils avançaient avec une prudence extrême, calculant le moindre geste, la moindre parole. Au fond, ils étaient dévorés par une impatience qui roidissait et tendait leurs nerfs. Ils vivaient au milieu d'une irritation continuelle, il leur fallait toute leur lâcheté pour s'imposer des airs souriants et paisibles.

S'ils avaient hâte d'en finir, c'est qu'ils ne pouvaient plus rester séparés et solitaires. Chaque nuit, le noyé les visitait, l'insomnie les couchait sur un lit de charbons ardents et les retournait avec des pinces de feu. L'état d'énervement dans lequel ils vivaient activait encore chaque soir la fièvre de leur sang, en dressant devant eux des hallucinations atroces. Thérèse, lorsque le crépuscule était venu, n'osait plus monter dans sa chambre ; elle éprouvait des angoisses vives, quand il lui fallait s'enfermer jusqu'au matin dans cette grande pièce, qui s'éclairait de lueurs étranges et se peuplait de fantômes, dès que la lumière était éteinte. Elle finit par laisser sa bougie allumée, par ne plus vouloir dormir, afin de tenir toujours ses yeux grands ouverts. Et quand la fatigue baissait ses paupières, elle voyait Camille dans le noir, elle rouvrait les yeux en sursaut. Le matin, elle se traînait, brisée, n'ayant sommeillé que quelques heures, au jour. Quant à Laurent, il était devenu décidément poltron depuis le soir où il avait eu peur en passant devant la porte de la cave ; auparavant, il vivait dans des confiances de brute ; maintenant, au moindre bruit, il tremblait, il pâlissait, comme un petit garçon. Un frisson d'effroi avait brusquement secoué ses membres, et ne l'avait plus quitté. La nuit, il souffrait plus encore que Thérèse ; la peur, dans ce grand corps mou et lâche, amenait des déchirements profonds. Il voyait tomber le jour avec des appréhensions cruelles. Il lui arriva, à plusieurs reprises, de ne pas vouloir rentrer, de passer des nuits entières à marcher au milieu des rues désertes. Une fois, il resta jusqu'au matin sous un pont, par une pluie battante ; là, accroupi, glacé, n'osant se lever pour remonter sur le quai, il regarda, pendant près de six heures, couler l'eau sale dans l'ombre blanchâtre ; par moments, des terreurs l'aplatissaient contre la terre humide : il lui semblait voir, sous l'arche du pont, passer de longues traînées de noyés qui descendaient au fil du courant. Lorsque la lassitude le poussait chez lui, il s'y enfermait à double tour, il s'y débattait jusqu'à l'aube, au milieu d'accès effrayants de fièvre. Le même cauchemar revenait avec persistance : il croyait tomber des bras ardents et passionnés de Thérèse entre les bras froids et gluants de Camille ; il rêvait que sa maîtresse l'étouffait dans une étreinte chaude, et il rêvait ensuite que le noyé le serrait contre sa poitrine pourrie, dans un embrassement glacial ; ces sensations brusques et alternées de volupté et de dégoût, ces contacts successifs de chair brûlante d'amour et de chair froide, amollie par la vase, le faisaient haleter et frissonner, râler d'angoisse.

Et, chaque jour, l'épouvante des amants grandissait, chaque jour leurs cauchemars les écrasaient, les affolaient davantage. Ils ne comptaient plus que sur leurs baisers pour tuer l'insomnie. Par prudence, ils n'osaient se donner des rendez-vous, ils attendaient le jour du mariage comme un jour de salut qui serait suivi d'une nuit heureuse.

C'est ainsi qu'ils voulaient leur union de tout le désir qu'ils éprouvaient de dormir un sommeil calme. Pendant les heures d'indifférence, ils avaient hésité, oubliant chacun les raisons égoïstes et passionnées qui s'étaient comme évanouies, après les avoir tous deux poussés au meurtre. La fièvre les brûlant de nouveau, ils retrouvaient, au fond de leur passion et de leur égoïsme, ces raisons premières qui les avaient décidés à tuer Camille, pour goûter ensuite les joies que, selon eux, leur assurerait un mariage légitime. D'ailleurs, c'était avec un vague désespoir qu'ils prenaient la résolution suprême de s'unir ouvertement. Tout au fond d'eux, il y avait de la crainte. Leurs désirs frissonnaient. Ils étaient penchés, en quelque sorte, l'un sur l'autre, comme sur un abîme dont l'horreur les attirait ; ils se courbaient mutuellement, au-dessus de leur être, cramponnés, muets, tandis que des vertiges, d'une volupté cuisante, alanguissaient leurs membres, leur donnaient la folie de la chute. Mais en face du moment présent, de leur attente anxieuse et de leurs désirs peureux, ils sentaient l'impérieuse nécessité de s'aveugler, de rêver un avenir de félicités amoureuses et de jouissances paisibles. Plus ils tremblaient l'un devant l'autre, plus ils devinaient l'horreur du gouffre au fond duquel ils allaient se jeter, et plus ils cherchaient à se faire à eux-mêmes des promesses de bonheur, à étaler devant eux les faits invincibles qui les amenaient fatalement au mariage.

Thérèse désirait uniquement se marier parce qu'elle avait peur et que son organisme réclamait les caresses violentes de Laurent. Elle était en proie à une crise nerveuse qui la rendait comme folle. À vrai dire, elle ne raisonnait guère, elle se jetait dans la passion, l'esprit détraqué par les romans qu'elle venait de lire, la chair irritée par les insomnies cruelles qui la tenaient éveillée depuis plusieurs semaines.

Laurent, d'un tempérament plus épais, tout en cédant à ses terreurs et à ses désirs, entendait raisonner sa décision. Pour se bien prouver que son mariage était nécessaire et qu'il allait enfin être parfaitement heureux, pour dissiper les craintes vagues qui le prenaient, il refaisait tous ses calculs d'autrefois. Son père, le paysan de Jeufosse, s'entêtant à ne pas mourir, il se disait que l'héritage pouvait se faire longtemps attendre ; il craignait même que cet héritage ne lui échappât et n'allât dans les poches d'un de ses cousins, grand gaillard qui piochait la terre à la vive satisfaction du vieux Laurent. Et lui, il serait toujours pauvre, il vivrait sans femme, dans un grenier, dormant mal, mangeant plus mal encore. D'ailleurs, il comptait ne pas travailler toute sa vie ; il commençait à s'ennuyer singulièrement à son bureau ; la légère besogne qui lui était confiée devenait accablante pour sa paresse. Le résultat de ses réflexions était toujours que le suprême bonheur consiste à ne rien faire. Alors il se rappelait qu'il avait noyé Camille pour épouser Thérèse et ne plus rien faire ensuite. Certes, le désir de posséder à lui seul sa maîtresse était entré pour beaucoup dans la pensée de son crime, mais il avait été conduit au meurtre peut-être plus encore par l'espérance de se mettre à la place de Camille, de se faire soigner comme lui, de goûter une béatitude de toutes les heures ; si la passion seule l'eût poussé, il n'aurait pas montré tant de lâcheté, tant de prudence ; la vérité était qu'il avait cherché à assurer, par un assassinat, le calme et l'oisiveté de sa vie, le contentement durable de ses appétits. Toutes ces pensées, avouées ou inconscientes, lui revenaient. Il se répétait, pour s'encourager, qu'il était temps de tirer le profit attendu de la mort de Camille. Et il étalait devant lui les avantages, les bonheurs de son existence future : il quitterait son bureau, il vivrait dans une paresse délicieuse ; il mangerait, il boirait, il dormirait son soûl ; il aurait sans cesse sous la main une femme ardente qui rétablirait l'équilibre de son sang et de ses nerfs ; bientôt il hériterait des quarante et quelques mille francs de Mme Raquin, car la pauvre vieille se mourait un peu chaque jour ; enfin, il se créerait une vie de brute heureuse, il oublierait tout. À chaque heure, depuis que leur mariage était décidé entre Thérèse et lui, Laurent se disait ces choses ; il cherchait encore d'autres avantages, et il était tout joyeux, lorsqu'il croyait avoir trouvé un nouvel argument, puisé dans son égoïsme, qui l'obligeait à épouser la veuve du noyé. Mais il avait beau se forcer à l'espérance, il avait beau rêver un avenir gras de paresse et de volupté, il sentait toujours de brusques frissons lui glacer la peau, il éprouvait toujours, par moments, une anxiété qui étouffait la joie dans sa gorge.

XIX

Cependant, le travail sourd de Thérèse et de Laurent amenait des résultats. Thérèse avait pris une attitude morne et désespérée, qui, au bout de quelques jours, inquiéta Mme Raquin. La vieille mercière voulut savoir ce qui attristait ainsi sa nièce. Alors, la jeune femme joua son rôle de veuve inconsolée avec une habileté exquise ; elle parla d'ennui, d'affaissement, de douleurs nerveuses, vaguement, sans rien préciser. Lorsque sa tante la pressait de questions, elle répondait qu'elle se portait bien, qu'elle ignorait ce qui l'accablait ainsi, qu'elle pleurait sans savoir pourquoi. Et c'étaient des étouffements continus, des sourires pâles et navrants, des silences écrasants de vide et de désespérance. Devant cette jeune femme, pliée sur elle-même, qui semblait mourir lentement d'un mal inconnu, Mme Raquin finit par s'alarmer sérieusement ; elle n'avait plus au monde que sa nièce, elle priait Dieu chaque soir de lui conserver cette enfant pour lui fermer les yeux. Un peu d'égoïsme se mêlait à ce dernier amour de sa vieillesse. Elle se sentit frappée dans les faibles consolations qui l'aidaient encore à vivre, lorsqu'il lui vint à la pensée qu'elle pouvait perdre Thérèse et mourir seule au fond de la boutique humide du passage. Dès lors, elle ne quitta plus sa nièce du regard, elle étudia avec épouvante les tristesses de la jeune femme, elle se demanda ce qu'elle pourrait bien faire pour la guérir de ses désespoirs muets.

En de si graves circonstances, elle crut devoir prendre l'avis de son vieil ami Michaud. Un jeudi soir, elle le retint dans la boutique et lui dit ses craintes.

— Pardieu, lui répondit le vieillard avec la brutalité franche de ses anciennes fonctions, je m'aperçois depuis longtemps que Thérèse boude, et je sais bien pourquoi elle a ainsi la figure toute jaune et toute chagrine.

— Vous savez pourquoi ? dit la mercière. Parlez vite. Si nous pouvions la guérir !

— Oh ! le traitement est facile, reprit Michaud en riant. Votre nièce s'ennuie, parce qu'elle est seule, le soir, dans sa chambre, depuis bientôt deux ans. Elle a besoin d'un mari ; cela se voit dans ses yeux.

La franchise brutale de l'ancien commissaire frappa douloureusement Mme Raquin. Elle pensait que la blessure qui saignait toujours en elle, depuis l'affreux accident de Saint-Ouen, était tout aussi vive, tout aussi cruelle au fond du cœur de la jeune veuve. Son fils mort, il lui semblait qu'il ne pouvait plus exister de mari pour sa nièce. Et voilà que Michaud affirmait, avec un gros rire, que Thérèse était malade par besoin de mari.

— Mariez-la au plus tôt, dit-il en s'en allant, si vous ne voulez pas la voir se dessécher entièrement. Tel est mon avis, chère dame, et il est bon, croyez-moi.

Mme Raquin ne put s'habituer tout de suite à la pensée que son fils était déjà oublié. Le vieux Michaud n'avait pas même prononcé le nom de Camille, et il s'était mis à plaisanter en parlant de la prétendue maladie de Thérèse. La pauvre mère comprit qu'elle gardait seule, au fond de son être, le souvenir vivant de son cher enfant. Elle pleura, il lui sembla que Camille venait de mourir une seconde fois. Puis, quand elle eut bien pleuré, qu'elle fut lasse de regrets, elle songea malgré elle aux paroles de Michaud, elle s'accoutuma à l'idée d'acheter un peu de bonheur au prix d'un mariage qui, dans les délicatesses de sa mémoire, tuait de nouveau son fils. Des lâchetés lui venaient, lorsqu'elle se trouvait seule en face de Thérèse, morne et accablée, au milieu du silence glacial de la boutique.

Elle n'était pas un de ces esprits roides et secs qui prennent une joie âpre à vivre d'un désespoir éternel ; il y avait en elle des souplesses, des dévouements, des effusions, tout un tempérament de bonne dame, grasse et affable, qui la poussait à vivre dans une tendresse active. Depuis que sa nièce ne parlait plus et restait là, pâle et affaiblie, l'existence devenait intolérable pour elle, la boutique lui paraissait un tombeau ; elle aurait voulu une affection chaude autour d'elle, de la vie, des caresses, quelque chose de doux et de gai qui l'aidât à attendre paisiblement la mort. Ces désirs inconscients lui firent accepter le projet de remarier Thérèse ; elle oublia même un peu son fils ; il y eut, dans l'existence morte qu'elle menait, comme un réveil, comme des volontés et des occupations nouvelles d'esprit. Elle cherchait un mari pour sa nièce, et cela emplissait sa tête. Ce choix d'un mari était une grande affaire ; la pauvre vieille songeait encore plus à elle qu'à Thérèse ; elle voulait la marier de façon à être heureuse elle-même, car elle craignait vivement que le nouvel époux de la jeune femme ne vînt troubler les dernières heures de sa vieillesse. La pensée qu'elle allait introduire un étranger dans son existence de chaque jour l'épouvantait ; cette pensée seule l'arrêtait, l'empêchait de causer mariage avec sa nièce, ouvertement.

Pendant que Thérèse jouait, avec cette hypocrisie parfaite que son éducation lui avait donnée, la comédie de l'ennui et de l'accablement, Laurent avait pris le rôle d'homme sensible et serviable. Il était aux petits soins pour les deux femmes, surtout pour Mme Raquin, qu'il comblait d'attentions délicates. Peu à peu, il se rendit indispensable dans la boutique ; lui seul mettait un peu de gaieté au fond de ce trou noir. Quand il n'était pas là, le soir, la vieille mercière cherchait autour d'elle, mal à l'aise, comme s'il lui manquait quelque chose, ayant presque peur de se trouver en tête à tête avec les désespoirs de Thérèse. D'ailleurs, Laurent ne s'absentait une soirée que pour mieux asseoir sa puissance ; il venait tous les jours à la boutique en sortant de son bureau, il y restait jusqu'à la fermeture du passage. Il faisait les commissions, il donnait à Mme Raquin, qui ne marchait qu'avec peine, les menus objets dont elle avait besoin. Puis il s'asseyait, il causait. Il avait trouvé une voix d'acteur, douce et pénétrante, qu'il employait pour flatter les oreilles et le cœur de la bonne vieille. Surtout, il semblait s'inquiéter beaucoup de la santé de Thérèse, en ami, en homme tendre dont l'âme souffre de la souffrance d'autrui. À plusieurs reprises, il prit Mme Raquin à part, il la terrifia en paraissant très effrayé lui-même des changements, des ravages qu'il disait voir sur le visage de la jeune femme.

— Nous la perdrons bientôt, murmurait-il avec des larmes dans la voix. Nous ne pouvons nous dissimuler qu'elle est bien malade. Ah ! notre pauvre bonheur, nos bonnes et tranquilles soirées !

Mme Raquin l'écoutait avec angoisse. Laurent poussait même l'audace jusqu'à parler de Camille.

— Voyez-vous, disait-il encore à la mercière, la mort de mon pauvre ami a été un coup terrible pour elle. Elle se meurt depuis deux ans, depuis le jour funeste où elle a perdu Camille. Rien ne la consolera, rien ne la guérira. Il faut nous résigner.

Ces mensonges impudents faisaient pleurer la vieille dame à chaudes larmes. Le souvenir de son fils la troublait et l'aveuglait. Chaque fois qu'on prononçait le nom de Camille, elle éclatait en sanglots, elle s'abandonnait, elle aurait embrassé la personne qui nommait son pauvre enfant. Laurent avait remarqué l'effet de trouble et d'attendrissement que ce nom produisait sur elle. Il pouvait la faire pleurer à volonté, la briser d'une émotion qui lui ôtait la vue nette des choses, et il abusait de son pouvoir pour la tenir toujours souple et endolorie dans sa main. Chaque soir, malgré les révoltes sourdes de ses entrailles qui tressaillaient, il mettait la conversation sur les rares qualités, sur le cœur tendre et l'esprit de Camille ; il vantait sa victime avec une impudence parfaite. Par moments, lorsqu'il rencontrait les regards de Thérèse fixés étrangement sur les siens, il frissonnait, il finissait par croire lui-même tout le bien qu'il disait du noyé ; alors il se taisait, pris brusquement d'une atroce jalousie, craignant que la veuve n'aimât l'homme qu'il avait jeté à l'eau et qu'il vantait maintenant avec une conviction d'halluciné. Pendant toute la conversation, Mme Raquin était dans les larmes, ne voyant rien autour d'elle. Tout en pleurant, elle songeait que Laurent était un cœur aimant et généreux ; lui seul se souvenait de son fils, lui seul en parlait encore d'une voix tremblante et émue. Elle essuyait ses larmes, elle regardait le jeune homme avec une tendresse infinie, elle l'aimait comme son propre enfant.

Un jeudi soir, Michaud et Grivet se trouvaient déjà dans la salle à manger, lorsque Laurent entra et s'approcha de Thérèse, lui demandant avec une inquiétude douce des nouvelles de sa santé. Il s'assit un instant à côté d'elle, jouant, pour les personnes qui étaient là, son rôle d'ami affectueux et effrayé. Comme les jeunes gens étaient près l'un de l'autre, échangeant quelques mots, Michaud, qui les regardait, se pencha et dit tout bas à la vieille mercière, en lui montrant Laurent :

— Tenez, voilà le mari qu'il faut à votre nièce. Arrangez vite ce mariage. Nous vous aiderons, s'il est nécessaire.

Michaud souriait d'un air de gaillardise ; dans sa pensée, Thérèse devait avoir besoin d'un mari vigoureux. Mme Raquin fut comme frappée d'un trait de lumière ; elle vit d'un coup tous les avantages qu'elle retirerait personnellement du mariage de Thérèse et de Laurent. Ce mariage ne ferait que resserrer les liens qui les unissaient déjà, elle et sa nièce, à l'ami de son fils, à l'excellent cœur qui venait les distraire, le soir. De cette façon, elle n'introduirait pas un étranger chez elle, elle ne courrait pas le risque d'être malheureuse ; au contraire, tout en donnant un soutien à Thérèse, elle mettrait une joie de plus autour de sa vieillesse, elle trouverait un second fils dans ce garçon qui depuis trois ans lui témoignait une affection filiale. Puis il lui semblait que Thérèse

serait moins infidèle au souvenir de Camille en épousant Laurent. Les religions du cœur ont des délicatesses
étranges. Mme Raquin, qui aurait pleuré en voyant un
inconnu embrasser la jeune veuve, ne sentait en elle
aucune révolte à la pensée de la livrer aux embrassements de l'ancien camarade de son fils. Elle pensait,
comme on dit, que cela ne sortait pas de la famille.

Pendant toute la soirée, tandis que ses invités jouaient
aux dominos, la vieille mercière regarda le couple avec
des attendrissements qui firent deviner au jeune homme
et à la jeune femme que leur comédie avait réussi et
que le dénouement était proche. Michaud, avant de se
retirer, eut une courte conversation à voix basse avec
Mme Raquin ; puis il prit avec affectation le bras de
Laurent et déclara qu'il allait l'accompagner un bout
de chemin. Laurent, en s'éloignant, échangea un rapide
regard avec Thérèse, un regard plein de recommandations pressantes.

Michaud s'était chargé de tâter le terrain. Il trouva
le jeune homme très dévoué pour ces dames, mais très
surpris du projet d'un mariage entre Thérèse et lui. Laurent ajouta, d'une voix émue, qu'il aimait comme une
sœur la veuve de son pauvre ami, et qu'il croirait commettre un véritable sacrilège en l'épousant. L'ancien
commissaire de police insista ; il donna cent bonnes raisons pour obtenir un consentement, il parla même de
dévouement, il alla jusqu'à dire au jeune homme que
son devoir lui dictait de rendre un fils à Mme Raquin
et un époux à Thérèse. Peu à peu, Laurent se laissa
vaincre ; il feignit de céder à l'émotion, d'accepter la
pensée de mariage, comme une pensée tombée du ciel,
dictée par le dévouement et le devoir, ainsi que le disait
le vieux Michaud. Quand celui-ci eut obtenu un oui formel, il quitta son compagnon, en se frottant les mains ;
il venait, croyait-il, de remporter une grande victoire,
il s'applaudissait d'avoir eu le premier l'idée de ce
mariage qui rendrait aux soirées du jeudi toute leur
ancienne joie.

Pendant que Michaud causait ainsi avec Laurent, en

suivant lentement les quais, Mme Raquin avait une conversation presque semblable avec Thérèse. Au moment où sa nièce, pâle et chancelante comme toujours, allait se retirer, la vieille mercière la retint un instant. Elle la questionna d'une voix tendre, elle la supplia d'être franche, de lui avouer les causes de cet ennui qui la pliait. Puis, comme elle n'obtenait que des réponses vagues, elle parla des vides du veuvage, elle en vint peu à peu à préciser l'offre d'un nouveau mariage, elle finit par demander nettement à Thérèse si elle n'avait pas le secret désir de se remarier. Thérèse se récria, dit qu'elle ne songeait pas à cela et qu'elle resterait fidèle à Camille. Mme Raquin se mit à pleurer. Elle plaida contre son cœur, elle fit entendre que le désespoir ne peut être éternel ; enfin, en réponse à un cri de la jeune femme disant que jamais elle ne remplacerait Camille, elle nomma brusquement Laurent. Alors, elle s'étendit avec un flot de paroles sur la convenance, sur les avantages d'une pareille union ; elle vida son âme, répéta tout haut ce qu'elle avait pensé durant la soirée ; elle peignit, avec un naïf égoïsme, le tableau de ses derniers bonheurs, entre ses deux chers enfants. Thérèse l'écoutait, la tête basse, résignée et docile, prête à contenter ses moindres souhaits.

— J'aime Laurent comme un frère, dit-elle douloureusement, lorsque sa tante se tut. Puisque vous le désirez, je tâcherai de l'aimer comme un époux. Je veux vous rendre heureuse... J'espérais que vous me laisseriez pleurer en paix, mais j'essuierai mes larmes, puisqu'il s'agit de votre bonheur.

Elle embrassa la vieille dame, qui demeura surprise et effrayée d'avoir été la première à oublier son fils. En se mettant au lit, Mme Raquin sanglota amèrement en s'accusant d'être moins forte que Thérèse, de vouloir par égoïsme un mariage que la jeune veuve acceptait par simple abnégation.

Le lendemain matin, Michaud et sa vieille amie eurent une courte conversation dans le passage, devant la porte de la boutique. Ils se communiquèrent le résultat de leurs démarches, et convinrent de mener les choses rondement, en forçant les jeunes gens à se fiancer, le soir même.

Le soir, à cinq heures, Michaud était déjà dans le magasin, lorsque Laurent entra. Dès que le jeune homme fut assis, l'ancien commissaire de police lui dit à l'oreille :

— Elle accepte.

Ce mot brutal fut entendu de Thérèse, qui resta pâle, les yeux impudemment fixés sur Laurent. Les deux amants se regardèrent pendant quelques secondes, comme pour se consulter. Ils comprirent tous deux qu'il fallait accepter la position sans hésiter et en finir d'un coup. Laurent, se levant, alla prendre la main de Mme Raquin, qui faisait tous ses efforts pour retenir ses larmes.

— Chère mère, lui dit-il en souriant, j'ai causé de votre bonheur avec M. Michaud, hier soir. Vos enfants veulent vous rendre heureuse.

La pauvre vieille, en s'entendant appeler « chère mère », laissa couler ses larmes. Elle saisit vivement la main de Thérèse et la mit dans celle de Laurent, sans pouvoir parler.

Les deux amants eurent un frisson en sentant leur peau se toucher. Ils restèrent les doigts serrés et brûlants, dans une étreinte nerveuse. Le jeune homme reprit d'une voix hésitante :

— Thérèse, voulez-vous que nous fassions à votre tante une existence gaie et paisible ?

— Oui, répondit la jeune femme faiblement, nous avons une tâche à remplir.

Alors Laurent se tourna vers Mme Raquin et ajouta, très pâle :

— Lorsque Camille est tombé à l'eau, il m'a crié : « Sauve ma femme, je te la confie. » Je crois accomplir ses derniers vœux en épousant Thérèse.

Thérèse lâcha la main de Laurent, en entendant ces mots. Elle avait reçu comme un coup dans la poitrine. L'impudence de son amant l'écrasa. Elle le regarda avec des yeux hébétés, tandis que Mme Raquin, que les sanglots étouffaient, balbutiait :

— Oui, oui, mon ami, épousez-la, rendez-la heureuse, mon fils vous remerciera du fond de sa tombe.

Laurent sentit qu'il fléchissait, il s'appuya sur le dossier d'une chaise. Michaud, qui, lui aussi, était ému aux larmes, le poussa vers Thérèse, en disant :

— Embrassez-vous, ce seront vos fiançailles.

Le jeune homme fut pris d'un étrange malaise en posant ses lèvres sur les joues de la veuve, et celle-ci se recula brusquement, comme brûlée par les deux baisers de son amant. C'étaient les premières caresses que cet homme lui faisait devant témoins ; tout son sang lui monta à la face, elle se sentit rouge et ardente, elle qui ignorait la pudeur et qui n'avait jamais rougi dans les hontes de ses amours.

Après cette crise, les deux meurtriers respirèrent. Leur mariage était décidé, ils touchaient enfin au but qu'ils poursuivaient depuis si longtemps. Tout fut réglé le soir même. Le jeudi suivant, le mariage fut annoncé à Grivet, à Olivier et à sa femme. Michaud, en donnant cette nouvelle, était ravi ; il se frottait les mains et répétait :

— C'est moi qui ai pensé à cela, c'est moi qui les ai mariés... Vous verrez le joli couple !

Suzanne vint embrasser silencieusement Thérèse. Cette pauvre créature, toute morte et toute blanche, s'était prise d'amitié pour la jeune veuve, sombre et roide. Elle l'aimait en enfant, avec une sorte de terreur respectueuse. Olivier complimenta la tante et la nièce, Grivet hasarda quelques plaisanteries épicées qui eurent un succès médiocre. En somme, la compagnie se montra enchantée, ravie, et déclara que tout était pour le mieux ; à vrai dire, la compagnie se voyait déjà à la noce.

L'attitude de Thérèse et de Laurent resta digne et savante. Ils se témoignaient une amitié tendre et prévenante, simplement. Ils avaient l'air d'accomplir un acte de dévouement suprême. Rien dans leur physionomie ne pouvait faire soupçonner les terreurs, les désirs qui les secouaient. Mme Raquin les regardait avec de pâles sourires, avec des bienveillances molles et reconnaissantes.

Il y avait quelques formalités à remplir. Laurent dut écrire à son père pour lui demander son consentement. Le vieux paysan de Jeufosse, qui avait presque oublié qu'il eût un fils à Paris, lui répondit, en quatre lignes, qu'il pouvait se marier et se faire pendre, s'il voulait ; il lui fit comprendre que, résolu à ne jamais lui donner un sou, il le laissait maître de son corps et l'autorisait à commettre toutes les folies du monde. Une autorisation ainsi accordée inquiéta singulièrement Laurent.

Mme Raquin, après avoir lu la lettre de ce père dénaturé, eut un élan de bonté qui la poussa à faire une sottise. Elle mit sur la tête de sa nièce les quarante et quelques mille francs qu'elle possédait, elle se dépouilla entièrement pour les nouveaux époux, se confiant à leur bon cœur, voulant tenir d'eux toute sa félicité. Laurent n'apportait rien à la communauté ; il fit même entendre qu'il ne garderait pas toujours son emploi et qu'il se remettrait peut-être à la peinture. D'ailleurs, l'avenir de la petite famille était assuré ; les rentes des quarante et quelques mille francs, jointes aux bénéfices du commerce de mercerie, devaient faire vivre aisément trois personnes. Ils auraient tout juste assez pour être heureux.

Les préparatifs de mariage furent pressés. On abrégea les formalités autant qu'il fut possible. On eût dit que chacun avait hâte de pousser Laurent dans la chambre de Thérèse. Le jour désiré vint enfin.

XX

Le matin, Laurent et Thérèse, chacun dans sa chambre, s'éveillèrent avec la même pensée profonde : tous deux se dirent que leur dernière nuit de terreur était finie. Ils ne coucheraient plus seuls, ils se défendraient mutuellement contre le noyé.

Thérèse regarda autour d'elle et eut un étrange sourire en mesurant des yeux son grand lit. Elle se leva, puis s'habilla lentement, en attendant Suzanne qui devait venir l'aider à faire sa toilette de mariée.

Laurent se mit sur son séant. Il resta ainsi quelques minutes, faisant ses adieux à son grenier qu'il trouvait ignoble. Enfin, il allait quitter ce chenil et avoir une femme à lui. On était en décembre. Il frissonnait. Il sauta sur le carreau, en se disant qu'il aurait chaud le soir.

Mme Raquin, sachant combien il était gêné, lui avait glissé dans la main, huit jours auparavant, une bourse contenant cinq cents francs, toutes ses économies. Le jeune homme avait accepté carrément et s'était fait habiller de neuf. L'argent de la vieille mercière lui avait en outre permis de donner à Thérèse les cadeaux d'usage.

Le pantalon noir, l'habit, ainsi que le gilet blanc, la chemise et la cravate de fine toile, étaient étalés sur deux chaises. Laurent se savonna, se parfuma le corps avec un flacon d'eau de Cologne, puis il procéda minutieusement à sa toilette. Il voulait être beau. Comme il attachait son faux col, un faux col haut et roide, il éprouva une souffrance vive au cou ; le bouton du faux col lui échappait des doigts, il s'impatientait, et il lui semblait que l'étoffe amidonnée lui coupait la chair. Il voulut voir, il leva le menton : alors, il aperçut la morsure de Camille toute rouge ; le faux col avait légèrement écorché la cicatrice. Laurent serra les lèvres et devint pâle ; la vue de cette tache, qui lui marbrait le cou, l'effraya et l'irrita, à cette heure. Il froissa le faux col, en choisit un autre qu'il mit avec mille précautions. Puis il acheva de s'habiller. Quand il descendit, ses vêtements neufs le tenaient tout roide ; il n'osait tourner la tête, le cou emprisonné dans des toiles gommées. À chaque mouvement qu'il faisait, un pli de ces toiles pinçait la plaie que les dents du noyé avaient creusée dans sa chair. Ce fut en souffrant de ces sortes de piqûres aiguës qu'il monta en voiture et alla chercher Thérèse pour la conduire à la mairie et à l'église.

Il prit en passant un employé du chemin de fer d'Orléans et le vieux Michaud, qui devaient lui servir de témoins. Lorsqu'ils arrivèrent à la boutique, tout le monde était prêt : il y avait là Grivet et Olivier, témoins de Thérèse, et Suzanne, qui regardaient la mariée comme les petites filles regardent les poupées qu'elles viennent d'habiller. Mme Raquin, bien que ne pouvant plus marcher, voulut accompagner partout ses enfants. On la hissa dans une voiture, et l'on partit.

Tout se passa convenablement à la mairie et à l'église. L'attitude calme et modeste des époux fut remarquée et approuvée. Ils prononcèrent le oui sacramentel avec une émotion qui attendrit Grivet lui-même. Ils étaient comme dans un rêve. Tandis qu'ils restaient assis ou agenouillés côte à côte, tranquillement, des pensées furieuses les traversaient malgré eux et les déchiraient. Ils évitèrent de se regarder en face. Quand ils remontèrent en voiture, il leur sembla qu'ils étaient plus étrangers l'un à l'autre qu'auparavant.

Il avait été décidé que le repas se ferait en famille, dans un petit restaurant, sur les hauteurs de Belleville.

Les Michaud et Grivet étaient seuls invités. En attendant six heures, la noce se promena en voiture tout le
long des boulevards ; puis elle se rendit à la gargote
où une table de sept couverts était dressée dans un cabinet peint en jaune, qui puait la poussière et le vin.

Le repas fut d'une gaieté médiocre. Les époux étaient
graves, pensifs. Ils éprouvaient depuis le matin des sensations étranges, dont ils ne cherchaient pas eux-mêmes
à se rendre compte. Ils s'étaient trouvés étourdis, dès
les premières heures, par la rapidité des formalités et
de la cérémonie qui venaient de les lier à jamais. Puis,
la longue promenade sur les boulevards les avait comme
bercés et endormis ; il leur semblait que cette promenade avait duré des mois entiers ; d'ailleurs, ils s'étaient
laissés aller sans impatience dans la monotonie des rues,
regardant les boutiques et les passants avec des yeux
morts, pris d'un engourdissement qui les hébétait et
qu'ils tâchaient de secouer en essayant des éclats de rire.
Quand ils étaient entrés dans le restaurant, une fatigue accablante pesait à leurs épaules, une stupeur crois-
sante les envahissait.

Placés à table en face l'un de l'autre, ils souriaient
d'un air contraint et retombaient toujours dans une
rêverie lourde ; ils mangeaient, ils répondaient, ils
remuaient les membres comme des machines. Au milieu
de la lassitude paresseuse de leur esprit, une même série
de pensées fuyantes revenaient sans cesse. Ils étaient
mariés et ils n'avaient pas conscience d'un nouvel état ;
cela les étonnait profondément. Ils s'imaginaient qu'un
abîme les séparait encore ; par moments, ils se demandaient comment ils pourraient franchir cet abîme. Ils
croyaient être avant le meurtre, lorsqu'un obstacle
matériel se dressait entre eux. Puis, brusquement, ils
se rappelaient qu'ils coucheraient ensemble, le soir,
dans quelques heures ; alors ils se regardaient, étonnés, ne comprenant plus pourquoi cela leur serait permis. Ils ne sentaient pas leur union, ils rêvaient au
contraire qu'on venait de les écarter violemment et de
les jeter loin l'un de l'autre.

Les invités, qui ricanaient bêtement autour d'eux, ayant voulu les entendre se tutoyer, pour dissiper toute gêne, ils balbutièrent, ils rougirent, ils ne purent jamais se résoudre à se traiter en amants, devant le monde.

Dans l'attente leurs désirs s'étaient usés, tout le passé avait disparu. Ils perdaient leurs violents appétits de volupté, ils oubliaient même leur joie du matin, cette joie profonde qui les avait pris à la pensée qu'ils n'auraient plus peur désormais. Ils étaient simplement las et ahuris de tout ce qui se passait ; les faits de la journée tournaient dans leur tête, incompréhensibles et monstrueux. Ils restaient là, muets, souriants, n'attendant rien, n'espérant rien. Au fond de leur accablement, s'agitait une anxiété vaguement douloureuse.

Et Laurent, à chaque mouvement de son cou, éprouvait une cuisson ardente qui lui mordait la chair ; son faux col coupait et pinçait la morsure de Camille. Pendant que le maire lui lisait le code, pendant que le prêtre lui parlait de Dieu, à toutes les minutes de cette longue journée, il avait senti les dents du noyé qui lui entraient dans la peau. Il s'imaginait par moments qu'un filet de sang lui coulait sur la poitrine et allait tacher de rouge la blancheur de son gilet.

Mme Raquin fut intérieurement reconnaissante aux époux de leur gravité ; une joie bruyante aurait blessé la pauvre mère ; pour elle, son fils était là, invisible, remettant Thérèse entre les mains de Laurent. Grivet n'avait pas les mêmes idées ; il trouvait la noce triste, il cherchait vainement à l'égayer, malgré les regards de Michaud et d'Olivier qui le clouaient sur sa chaise toutes les fois qu'il voulait se dresser pour dire quelque sottise. Il réussit cependant à se lever une fois. Il porta un toast.

— Je bois aux enfants de monsieur et de madame, dit-il d'un ton égrillard.

Il fallut trinquer. Thérèse et Laurent étaient devenus extrêmement pâles, en entendant la phrase de Grivet. Ils n'avaient jamais songé qu'ils auraient peut-être des enfants. Cette pensée les traversa comme un frisson glacial. Ils choquèrent leur verre d'un mouvement nerveux, ils s'examinèrent, surpris, effrayés d'être là, face à face.

On se leva de table de bonne heure. Les invités voulurent accompagner les époux jusqu'à la chambre nuptiale. Il n'était guère plus de neuf heures et demie lorsque la noce rentra dans la boutique du passage. La marchande de bijoux faux se trouvait encore au fond de son armoire, devant la boîte garnie de velours bleu. Elle leva curieusement la tête, regardant les nouveaux mariés avec un sourire. Ceux-ci surprirent son regard, et en furent terrifiés. Peut-être cette vieille femme avait-elle eu connaissance de leurs rendez-vous, autrefois, en voyant Laurent se glisser dans la petite allée.

Thérèse se retira presque sur-le-champ, avec Mme Raquin et Suzanne. Les hommes restèrent dans la salle à manger, tandis que la mariée faisait sa toilette de nuit. Laurent, mou et affaissé, n'éprouvait pas la moindre impatience ; il écoutait complaisamment les grosses plaisanteries du vieux Michaud et de Grivet, qui s'en donnaient à cœur joie, maintenant que les dames n'étaient plus là. Lorsque Suzanne et Mme Raquin sortirent de la chambre nuptiale, et que la vieille mercière dit d'une voix émue au jeune homme que sa femme l'attendait, il tressaillit, il resta un instant effaré ; puis il serra fiévreusement les mains qu'on lui tendait, et il entra chez Thérèse en se tenant à la porte, comme un homme ivre.

XXI

Laurent ferma soigneusement la porte derrière lui, et demeura un instant appuyé contre cette porte, regardant dans la chambre d'un air inquiet et embarrassé.

Un feu clair flambait dans la cheminée, jetant de larges clartés jaunes qui dansaient au plafond et sur les murs. La pièce était ainsi éclairée d'une lueur vive et vacillante ; la lampe, posée sur une table, pâlissait au milieu de cette lueur. Mme Raquin avait voulu arranger coquettement la chambre, qui se trouvait toute blanche et toute parfumée, comme pour servir de nid à de jeunes et fraîches amours ; elle s'était plu à ajouter au lit quelques bouts de dentelle et à garnir de gros bouquets de roses les vases de la cheminée. Une chaleur douce, des senteurs tièdes traînaient. L'air était recueilli et apaisé, pris d'une sorte d'engourdissement voluptueux. Au milieu du silence frissonnant, les pétillements du foyer jetaient de petits bruits secs. On eût dit un désert heureux, un coin ignoré, chaud et sentant bon, fermé à tous les cris du dehors, un de ces coins faits et apprêtés pour les sensualités et les besoins de mystère de la passion.

Thérèse était assise sur une chaise basse, à droite de la cheminée. Le menton dans la main, elle regardait les flammes vives, fixement. Elle ne tourna pas la tête quand Laurent entra. Vêtue d'un jupon et d'une camisole bordés de dentelle, elle était d'une blancheur crue sous l'ardente clarté du foyer. Sa camisole glissait, et un bout d'épaule passait, rose, à demi caché par une mèche noire de cheveux.

Laurent fit quelques pas sans parler. Il ôta son habit et son gilet. Quand il fut en manches de chemise, il regarda de nouveau Thérèse qui n'avait pas bougé. Il semblait hésiter. Puis il aperçut le bout d'épaule, et il se baissa en frémissant pour coller ses lèvres à ce morceau de peau nue. La jeune femme retira son épaule en se retournant brusquement. Elle fixa sur Laurent un regard si étrange de répugnance et d'effroi, qu'il recula, troublé et mal à l'aise, comme pris lui-même de terreur et de dégoût.

Laurent s'assit en face de Thérèse, de l'autre côté de la cheminée. Ils restèrent ainsi, muets, immobiles, pendant cinq grandes minutes. Par instants, des jets de flammes rougeâtres s'échappaient du bois, et alors des reflets sanglants couraient sur le visage des meurtriers.

Il y avait près de deux ans que les amants ne s'étaient trouvés enfermés dans la même chambre, sans témoins, pouvant se livrer l'un à l'autre. Ils n'avaient plus eu de rendez-vous d'amour depuis le jour où Thérèse était venue rue Saint-Victor, apportant à Laurent l'idée du meurtre avec elle. Une pensée de prudence avait sevré leur chair. À peine s'étaient-ils permis de loin en loin un serrement de main, un baiser furtif. Après le meurtre de Camille, lorsque de nouveaux désirs les avaient brûlés, ils s'étaient contenus, attendant le soir des noces, se promettant des voluptés folles, lorsque l'impunité leur serait assurée. Et le soir des noces venait enfin d'arriver, et ils restaient face à face, anxieux, pris d'un malaise subit. Ils n'avaient qu'à allonger les bras pour se presser dans une étreinte passionnée, et leurs bras semblaient mous, comme déjà las et rassasiés d'amour. L'accablement de la journée les écrasait de plus en plus. Ils se regardaient sans désir, avec un embarras peureux, souffrant de rester ainsi silencieux et froids. Leurs rêves brûlants aboutissaient à une étrange réalité : il suffisait qu'ils eussent réussi à tuer Camille et à se marier ensemble, il suffisait que la bouche de Laurent eût

effleuré l'épaule de Thérèse, pour que leur luxure fût
contentée jusqu'à l'écœurement et à l'épouvante.

Ils se mirent à chercher désespérément en eux un peu
de cette passion qui les brûlait jadis. Il leur semblait
que leur peau était vide de muscles, vide de nerfs. Leur
embarras, leur inquiétude croissaient ; ils avaient une
mauvaise honte de rester ainsi muets et mornes en face
l'un de l'autre. Ils auraient voulu avoir la force de
s'étreindre et de se briser, afin de ne point passer à leurs
propres yeux pour des imbéciles. Hé quoi ! ils s'appartenaient, ils avaient tué un homme et joué une atroce
comédie pour pouvoir se vautrer avec impudence dans
un assouvissement de toutes les heures, et ils se tenaient
là, aux deux coins d'une cheminée, roides, épuisés,
l'esprit troublé, la chair morte. Un tel dénouement finit
par leur paraître d'un ridicule horrible et cruel. Alors
Laurent essaya de parler d'amour, d'évoquer les souvenirs d'autrefois, faisant appel à son imagination pour
ressusciter ses tendresses.

— Thérèse, dit-il en se penchant vers la jeune femme,
te souviens-tu de nos après-midi dans cette chambre ?...
Je venais par cette porte... Aujourd'hui, je suis entré
par celle-ci... Nous sommes libres, nous allons pouvoir
nous aimer en paix.

Il parlait d'une voix hésitante, mollement. La jeune
femme, accroupie sur la chaise basse, regardait toujours
la flamme, songeuse, n'écoutant pas. Laurent continua :

— Te rappelles-tu ? J'avais un rêve, je voulais passer une nuit entière avec toi, m'endormir dans tes bras
et me réveiller le lendemain sous tes baisers. Je vais
contenter ce rêve.

Thérèse fit un mouvement, comme surprise d'entendre une voix qui balbutiait à ses oreilles ; elle se tourna
vers Laurent sur le visage duquel le foyer envoyait en
ce moment un large reflet rougeâtre ; elle regarda ce
visage sanglant, et frissonna.

Le jeune homme reprit, plus troublé, plus inquiet :

— Nous avons réussi, Thérèse, nous avons brisé tous
les obstacles, et nous nous appartenons... L'avenir est

à nous, n'est-ce pas ? un avenir de bonheur tranquille, d'amour satisfait... Camille n'est plus là...

Laurent s'arrêta, la gorge sèche, étranglant, ne pouvant continuer. Au nom de Camille, Thérèse avait reçu un choc aux entrailles. Les deux meurtriers se contemplèrent, hébétés, pâles et tremblants. Les clartés jaunes du foyer dansaient toujours au plafond et sur les murs, l'odeur tiède des roses traînait, les pétillements du bois jetaient de petits bruits secs dans le silence.

Les souvenirs étaient lâchés. Le spectre de Camille évoqué venait de s'asseoir entre les nouveaux époux, en face du feu qui flambait. Thérèse et Laurent retrouvaient la senteur froide et humide du noyé dans l'air chaud qu'ils respiraient ; ils se disaient qu'un cadavre était là, près d'eux, et ils s'examinaient l'un l'autre, sans oser bouger. Alors toute la terrible histoire de leur crime se déroula au fond de leur mémoire. Le nom de leur victime suffit pour les emplir du passé, pour les obliger à vivre de nouveau les angoisses de l'assassinat. Ils n'ouvrirent pas les lèvres, ils se regardèrent, et tous deux eurent à la fois le même cauchemar, tous deux entamèrent mutuellement des yeux la même histoire cruelle. Cet échange de regards terrifiés, ce récit muet qu'ils allaient se faire du meurtre, leur causa une appréhension aiguë, intolérable. Leurs nerfs qui se tendaient les menaçaient d'une crise ; ils pouvaient crier, se battre peut-être. Laurent, pour chasser les souvenirs, s'arracha violemment à l'extase épouvantée qui le tenait sous le regard de Thérèse ; il fit quelques pas, dans la chambre ; il retira ses bottes et mit des pantoufles ; puis il revint s'asseoir au coin de la cheminée, il essaya de parler de choses indifférentes.

Thérèse comprit son désir. Elle s'efforça de répondre à ses questions. Ils causèrent de la pluie et du beau temps. Ils voulurent se forcer à une causerie banale. Laurent déclara qu'il faisait chaud dans la chambre, Thérèse dit que cependant des courants d'air passaient sous la petite porte de l'escalier. Et ils se retournèrent vers la petite porte avec un frémissement subit. Le jeune homme se hâta de parler des roses, du feu, de tout ce qu'il voyait ; la jeune femme faisait effort, trouvait des monosyllabes, pour ne pas laisser tomber la conversation. Ils s'étaient reculés l'un de l'autre ; ils prenaient des airs dégagés ; ils tâchaient d'oublier qui ils étaient et de se traiter comme des étrangers qu'un hasard quelconque aurait mis face à face.

Et malgré eux, par un étrange phénomène, tandis qu'ils prononçaient des mots vides, ils devinaient mutuellement les pensées qu'ils cachaient sous la banalité de leurs paroles. Ils songeaient invinciblement à Camille. Leurs yeux se continuaient le récit du passé ; ils tenaient toujours du regard une conversation suivie et muette, sous leur conversation à haute voix qui se traînait au hasard. Les mots qu'ils jetaient çà et là ne signifiaient rien, ne se liaient pas entre eux, se démentaient ; tout leur être s'employait à l'échange silencieux de leurs souvenirs épouvantés. Lorsque Laurent parlait des roses ou du feu, d'une chose ou d'une autre, Thérèse entendait parfaitement qu'il lui rappelait la lutte dans la barque, la chute sourde de Camille ; et, lorsque Thérèse répondait un oui ou un non à une question insignifiante, Laurent comprenait qu'elle disait se souvenir ou ne pas se souvenir d'un détail du crime. Ils causaient ainsi, à cœur ouvert, sans avoir besoin de mots, parlant d'autre chose. N'ayant d'ailleurs pas conscience des paroles qu'ils prononçaient, ils suivaient leurs pensées secrètes, phrase à phrase ; ils auraient pu brusquement continuer leurs confidences à voix haute, sans cesser de se comprendre. Cette sorte de divination, cet entêtement de leur mémoire à leur présenter sans cesse l'image de Camille les affolaient peu à peu ; ils voyaient bien qu'ils se devinaient, et que, s'ils ne se taisaient pas, les mots allaient monter d'eux-mêmes à leur bouche, nommer le noyé, décrire l'assassinat. Alors ils serrèrent fortement les lèvres, ils cessèrent leur causerie.

Et dans le silence accablant qui se fit, les deux meurtriers s'entretinrent encore de leur victime. Il leur sembla que leurs regards pénétraient mutuellement leur

chair et enfonçaient en eux des phrases nettes et aiguës.
Par moments, ils croyaient s'entendre parler à voix
haute ; leurs sens se faussaient, la vue devenait une
sorte d'ouïe, étrange et délicate ; ils lisaient si nettement leurs pensées sur leurs visages, que ces pensées
prenaient un son étrange, éclatant, qui secouait tout
leur organisme. Ils ne se seraient pas mieux entendus
s'ils s'étaient crié d'une voix déchirante : « Nous avons
tué Camille, et son cadavre est là, étendu entre nous,
glaçant nos membres. » Et les terribles confidences
allaient toujours, plus visibles, plus retentissantes, dans
l'air calme et moite de la chambre.

Laurent et Thérèse avaient commencé le récit muet au
jour de leur première entrevue dans la boutique. Puis les
souvenirs étaient venus un à un, en ordre ; ils s'étaient
conté les heures de volupté, les moments d'hésitation
et de colère, le terrible instant du meurtre. C'est alors
qu'ils avaient serré les lèvres, cessant de causer de ceci
et de cela, par crainte de nommer tout à coup Camille
sans le vouloir. Et leurs pensées, ne s'arrêtant pas, les
avaient promenés ensuite dans les angoisses, dans
l'attente peureuse qui avait suivi l'assassinat. Ils arrivèrent ainsi à songer au cadavre du noyé étalé sur une
dalle de la Morgue. Laurent, dans un regard, dit toute
son épouvante à Thérèse, et Thérèse poussée à bout,
obligée par une main de fer de desserrer les lèvres, continua brusquement la conversation à voix haute :

— Tu l'as vu à la Morgue ? demanda-t-elle à Laurent, sans nommer Camille.

Laurent paraissait s'attendre à cette question. Il la
lisait depuis un moment sur le visage blanc de la jeune
femme.

— Oui, répondit-il d'une voix étranglée.

Les meurtriers eurent un frisson. Ils se rapprochèrent du feu ; ils étendirent leurs mains devant la
flamme, comme si un souffle glacé eût subitement passé
dans la chambre chaude. Ils gardèrent un instant le
silence, pelotonnés, accroupis. Puis Thérèse reprit sourdement :

— Paraissait-il avoir beaucoup souffert ?

Laurent ne put répondre. Il fit un geste d'effroi, comme pour écarter une vision ignoble. Il se leva, alla vers le lit, et revint avec violence, les bras ouverts, s'avançant vers Thérèse.

— Embrasse-moi, lui dit-il en tendant le cou.

Thérèse s'était levée, toute pâle dans sa toilette de nuit ; elle se renversait à demi, le coude posé sur le marbre de la cheminée. Elle regarda le cou de Laurent. Sur la blancheur de la peau, elle venait d'apercevoir une tache rose. Le flot de sang qui montait, agrandit cette tache, qui devint d'un rouge ardent.

— Embrasse-moi, embrasse-moi, répétait Laurent, le visage et le cou en feu.

La jeune femme renversa la tête davantage, pour éviter un baiser, et, appuyant le bout de son doigt sur la morsure de Camille, elle demanda à son mari :

— Qu'as-tu là ? Je ne te connaissais pas cette blessure.

Il sembla à Laurent que le doigt de Thérèse lui trouait la gorge. Au contact de ce doigt, il eut un brusque mouvement de recul, en poussant un léger cri de douleur.

— Ça, dit-il en balbutiant, ça...

Il hésita, mais il ne put mentir, il dit la vérité malgré lui.

— C'est Camille qui m'a mordu, tu sais, dans la barque. Ce n'est rien, c'est guéri... Embrasse-moi, embrasse-moi.

Et le misérable tendait son cou qui le brûlait. Il désirait que Thérèse le baisât sur la cicatrice, il comptait que le baiser de cette femme apaiserait les mille piqûres qui lui déchiraient la chair. Le menton levé, le cou en avant, il s'offrait. Thérèse, presque couchée sur le marbre de la cheminée, fit un geste de suprême dégoût et s'écria d'une voix suppliante :

— Oh ! non, pas là... Il y a du sang.

Elle retomba sur la chaise basse, frémissante, le front entre les mains. Laurent resta stupide. Il abaissa le menton, il regarda vaguement Thérèse. Puis, tout d'un coup, avec une étreinte de bête fauve, il lui prit la tête dans ses larges mains, et, de force, lui appliqua les lèvres sur son cou, sur la morsure de Camille. Il garda, il écrasa un instant cette tête de femme contre sa peau. Thérèse s'était abandonnée, elle poussait des plaintes sourdes, elle étouffait sur le cou de Laurent. Quand elle se fut dégagée de ses doigts, elle s'essuya violemment la bouche, elle cracha dans le foyer. Elle n'avait pas prononcé une parole.

Laurent, honteux de sa brutalité, se mit à marcher lentement, allant du lit à la fenêtre. La souffrance seule, l'horrible cuisson lui avait fait exiger un baiser de Thérèse, et, quand les lèvres de Thérèse s'étaient trouvées froides sur la cicatrice brûlante, il avait souffert davantage. Ce baiser obtenu par la violence venait de le briser. Pour rien au monde, il n'aurait voulu en recevoir un second, tant le choc avait été douloureux. Et il regardait la femme avec laquelle il devait vivre et qui frissonnait, pliée devant le feu, lui tournant le dos ; il se répétait qu'il n'aimait plus cette femme et que cette femme ne l'aimait plus. Pendant près d'une heure, Thérèse resta affaissée, Laurent se promena de long en large, silencieusement. Tous deux s'avouaient avec terreur que leur passion était morte, qu'ils avaient tué leurs désirs en tuant Camille. Le feu se mourait doucement ; un grand brasier rose luisait sur les cendres. Peu à peu la chaleur était devenue étouffante dans la chambre ; les fleurs se fanaient, alanguissant l'air épais de leurs senteurs lourdes.

Tout à coup Laurent crut avoir une hallucination. Comme il se tournait, revenant de la fenêtre au lit, il vit Camille dans un coin plein d'ombre, entre la cheminée et l'armoire à glace. La face de sa victime était verdâtre et convulsionnée, telle qu'il l'avait aperçue sur une dalle de la Morgue. Il demeura cloué sur le tapis, défaillant, s'appuyant contre un meuble. Au râle sourd qu'il poussa, Thérèse leva la tête.

— Là, là, disait Laurent d'une voix terrifiée.

Le bras tendu, il montrait le coin d'ombre dans lequel

il apercevait le visage sinistre de Camille. Thérèse, gagnée par l'épouvante, vint se serrer contre lui.

— C'est son portrait, murmura-t-elle à voix basse, comme si la figure peinte de son ancien mari eût pu l'entendre.

— Son portrait, répéta Laurent dont les cheveux se dressaient.

— Oui, tu sais, la peinture que tu as faite. Ma tante devait le prendre chez elle, à partir d'aujourd'hui. Elle aura oublié de le décrocher.

— Bien sûr, c'est son portrait...

Le meurtrier hésitait à reconnaître la toile. Dans son trouble, il oubliait qu'il avait lui-même dessiné ces traits heurtés, étalé ces teintes sales qui l'épouvantaient. L'effroi lui faisait voir le tableau tel qu'il était, igno-ble, mal bâti, boueux, montrant sur un fond noir une face grimaçante de cadavre. Son œuvre l'étonnait et l'écrasait par sa laideur atroce ; il y avait surtout les deux yeux blancs flottant dans les orbites molles et jau-nâtres, qui lui rappelaient exactement les yeux pourris du noyé de la Morgue. Il resta un moment haletant, croyant que Thérèse mentait pour le rassurer. Puis il distingua le cadre, il se calma peu à peu.

— Va le décrocher, dit-il tout bas à la jeune femme.

— Oh ! non, j'ai peur, répondit celle-ci avec un frisson.

Laurent se remit à trembler. Par instants, le cadre disparaissait, il ne voyait plus que les deux yeux blancs qui se fixaient sur lui longuement.

— Je t'en prie, reprit-il en suppliant sa compagne, va le décrocher.

— Non, non.

— Nous le tournerons contre le mur, nous n'aurons plus peur.

— Non, je ne puis pas.

Le meurtrier, lâche et humble, poussait la jeune femme vers la toile, se cachait derrière elle, pour se dérober aux regards du noyé. Elle s'échappa, et il vou-lut payer d'audace ; il s'approcha du tableau, levant la main, cherchant le clou. Mais le portrait eut un regard si écrasant, si ignoble, si long, que Laurent, après avoir voulu lutter de fixité avec lui, fut vaincu et recula, accablé, en murmurant :

— Non, tu as raison, Thérèse, nous ne pouvons pas... Ta tante le décrochera demain.

Il reprit sa marche de long en large, baissant la tête, sentant que le portrait le regardait, le suivait des yeux. Il ne pouvait s'empêcher, par instants, de jeter un coup d'œil du côté de la toile ; alors, au fond de l'ombre, il apercevait toujours les regards ternes et morts du noyé. La pensée que Camille était là, dans un coin, le guettant, assistant à sa nuit de noces, les examinant, Thérèse et lui, acheva de rendre Laurent fou de terreur et de désespoir.

Un fait, dont tout autre aurait souri, lui fit perdre entièrement la tête. Comme il se trouvait devant la cheminée, il entendit une sorte de grattement. Il pâlit, il s'imagina que ce grattement venait du portrait, que Camille descendait de son cadre. Puis il comprit que le bruit avait lieu à la petite porte donnant sur l'escalier. Il regarda Thérèse que la peur reprenait.

— Il y a quelqu'un dans l'escalier, murmura-t-il. Qui peut venir par là ?

La jeune femme ne répondit pas. Tous deux songeaient au noyé, une sueur glacée mouillait leurs tempes. Ils se réfugièrent au fond de la chambre, s'attendant à voir la porte s'ouvrir brusquement en laissant tomber sur le carreau le cadavre de Camille. Le bruit continuant plus sec, plus irrégulier, ils pensèrent que leur victime écorchait le bois avec ses ongles pour entrer. Pendant près de cinq minutes, ils n'osèrent bouger. Enfin un miaulement se fit entendre. Laurent, en s'approchant, reconnut le chat tigré de Mme Raquin, qui avait été enfermé par mégarde dans la chambre, et qui tentait d'en sortir en secouant la petite porte avec ses griffes. François eut peur de Laurent ; d'un bond, il sauta sur une chaise ; le poil hérissé, les pattes roidies, il regardait son nouveau maître en face, d'un air dur et cruel. Le jeune homme n'aimait pas les chats,

François l'effrayait presque. Dans cette heure de fièvre et de crainte, il crut que le chat allait lui sauter au
visage pour venger Camille. Cette bête devait tout
savoir : il y avait des pensées dans ses yeux ronds, étrangement dilatés. Laurent baissa les paupières, devant la
fixité de ces regards de brute. Comme il allait donner
un coup de pied à François :

— Ne lui fais pas de mal, s'écria Thérèse.

Ce cri lui causa une étrange impression. Une idée
absurde lui emplit la tête.

— Camille est entré dans ce chat, pensa-t-il. Il faudra
que je tue cette bête... Elle a l'air d'une personne.

Il ne donna pas le coup de pied, craignant d'entendre François lui parler avec le son de voix de Camille.
Puis il se rappela les plaisanteries de Thérèse, au temps
de leurs voluptés, lorsque le chat était témoin des baisers qu'ils échangeaient. Il se dit alors que cette bête
en savait trop et qu'il fallait la jeter par la fenêtre. Mais
il n'eut pas le courage d'accomplir son dessein. François
gardait une attitude de guerre ; les griffes allongées,
le dos soulevé par une irritation sourde, il suivait les
moindres mouvements de son ennemi avec une tranquillité superbe. Laurent fut gêné par l'éclat métallique de
ses yeux ; il se hâta de lui ouvrir la porte de la salle
à manger, et le chat s'enfuit en poussant un miaulement aigu.

Thérèse s'était assise de nouveau devant le foyer
éteint. Laurent reprit sa marche du lit à la fenêtre.
C'est ainsi qu'ils attendirent le jour. Ils ne songèrent
pas à se coucher ; leur chair et leur cœur étaient bien
morts. Un seul désir les tenait, le désir de sortir de cette
chambre où ils étouffaient. Ils éprouvaient un véritable malaise à être enfermés ensemble, à respirer le
même air ; ils auraient voulu qu'il y eût quelqu'un pour
rompre leur tête-à-tête, pour les tirer de l'embarras cruel
où ils étaient, en restant l'un devant l'autre sans parler,
sans pouvoir ressusciter leur passion. Leurs longs silences les torturaient ; ces silences étaient lourds de plaintes

amères et désespérées, de reproches muets, qu'ils entendaient distinctement dans l'air tranquille.

Le jour vint enfin, sale et blanchâtre, amenant avec lui un froid pénétrant.

Lorsqu'une clarté pâle eut empli la chambre, Laurent qui grelottait se sentit plus calme. Il regarda en face le portrait de Camille, et le vit tel qu'il était, banal et puéril ; il le décrocha en haussant les épaules, en se traitant de bête. Thérèse s'était levée et défaisait le lit pour tromper sa tante, pour faire croire à une nuit heureuse.

— Ah çà, lui dit brutalement Laurent, j'espère que nous dormirons ce soir ?... Ces enfantillages-là ne peuvent durer.

Thérèse lui jeta un coup d'œil grave et profond.

— Tu comprends, continua-t-il, je ne me suis pas marié pour passer des nuits blanches... Nous sommes des enfants... C'est toi qui m'as troublé, avec tes airs de l'autre monde. Ce soir, tu tâcheras d'être gaie et de ne pas m'effrayer.

Il se força à rire, sans savoir pourquoi il riait.

— Je tâcherai, reprit sourdement la jeune femme.

Telle fut la nuit de noces de Thérèse et de Laurent.

XXII

Les nuits suivantes furent encore plus cruelles. Les meurtriers avaient voulu être deux, la nuit, pour se défendre contre le noyé, et, par un étrange effet, depuis qu'ils se trouvaient ensemble, ils frissonnaient davantage. Ils s'exaspéraient, ils irritaient leurs nerfs, ils subissaient des crises atroces de souffrance et de terreur, en échangeant une simple parole, un simple regard. À la moindre conversation qui s'établissait entre eux, au moindre tête-à-tête qu'ils avaient, ils voyaient rouge, ils déliraient.

La nature sèche et nerveuse de Thérèse avait agi d'une façon bizarre sur la nature épaisse et sanguine de Laurent. Jadis, aux jours de passion, leur différence de tempérament avait fait de cet homme et de cette femme un couple puissamment lié, en établissant entre eux une sorte d'équilibre, en complétant pour ainsi dire leur organisme. L'amant donnait de son sang, l'amante de ses nerfs, et ils vivaient l'un dans l'autre, ayant besoin de leurs baisers pour régulariser le mécanisme de leur être. Mais un détraquement venait de se produire ; les nerfs surexcités de Thérèse avaient dominé. Laurent s'était trouvé tout d'un coup jeté en plein éréthisme nerveux [1] ; sous l'influence ardente de

---

1. L'expression « éréthisme nerveux » revient très souvent sous la plume des écrivains réalistes ou naturalistes (Goncourt, Daudet, Huysmans, etc.), entre 1860 et 1880. L'éréthisme est un terme de la médecine de l'époque qui signifie l'excitation violente d'une passion, d'un sentiment, ou d'un organe.

la jeune femme, son tempérament était devenu peu à peu celui d'une fille secouée par une névrose aiguë. Il serait curieux d'étudier les changements qui se produisent parfois dans certains organismes, à la suite de circonstances déterminées. Ces changements, qui partent de la chair, ne tardent pas à se communiquer au cerveau, à tout l'individu.

Avant de connaître Thérèse, Laurent avait la lourdeur, le calme prudent, la vie sanguine d'un fils de paysan. Il dormait, mangeait, buvait en brute. À toute heure, dans tous les faits de l'existence journalière, il respirait d'un souffle large et épais, content de lui, un peu abêti par sa graisse. À peine, au fond de sa chair alourdie, sentait-il parfois des chatouillements. C'étaient ces chatouillements que Thérèse avait développés en horribles secousses. Elle avait fait pousser dans ce grand corps, gras et mou, un système nerveux d'une sensibilité étonnante. Laurent qui, auparavant, jouissait de la vie plus par le sang que par les nerfs eut des sens moins grossiers. Une existence nerveuse, poignante et nouvelle pour lui, lui fut brusquement révélée, aux premiers baisers de sa maîtresse. Cette existence décupla ses voluptés, donna un caractère si aigu à ses joies, qu'il en fut d'abord comme affolé ; il s'abandonna éperdument à ces crises d'ivresse que jamais son sang ne lui avait procurées. Alors eut lieu en lui un étrange travail ; les nerfs se développèrent, l'emportèrent sur l'élément sanguin, et ce fait seul modifia sa nature. Il perdit son calme, sa lourdeur, il ne vécut plus une vie endormie. Un moment arriva où les nerfs et le sang se tinrent en équilibre ; ce fut là un moment de jouissance profonde, d'existence parfaite. Puis les nerfs dominèrent et il tomba dans les angoisses qui secouent les corps et les esprits détraqués.

C'est ainsi que Laurent s'était mis à trembler devant un coin d'ombre, comme un enfant poltron. L'être frissonnant et hagard, le nouvel individu qui venait de se dégager en lui du paysan épais et abruti, éprouvait les peurs, les anxiétés des tempéraments nerveux. Toutes les circonstances, les caresses fauves de Thérèse, la fièvre du meurtre, l'attente épouvantée de la volupté, l'avaient rendu comme fou, en exaltant ses sens, en frappant à coups brusques et répétés sur ses nerfs. Enfin l'insomnie était venue fatalement, apportant avec elle l'hallucination. Dès lors, Laurent avait roulé dans la vie intolérable, dans l'effroi éternel où il se débattait.

Ses remords étaient purement physiques. Son corps, ses nerfs irrités et sa chair tremblante avaient seuls peur du noyé. Sa conscience n'entrait pour rien dans ses terreurs, il n'avait pas le moindre regret d'avoir tué Camille ; lorsqu'il était calme, lorsque le spectre ne se trouvait pas là, il aurait commis de nouveau le meurtre, s'il avait pensé que son intérêt l'exigeât. Pendant le jour, il se raillait de ses effrois, il se promettait d'être fort, il gourmandait Thérèse, qu'il accusait de le troubler ; selon lui, c'était Thérèse qui frissonnait, c'était Thérèse seule qui amenait des scènes épouvantables, le soir, dans la chambre. Et, dès que la nuit tombait, dès qu'il était enfermé avec sa femme, des sueurs glacées montaient à sa peau, des effrois d'enfant le secouaient. Il subissait ainsi des crises périodiques, des crises de nerfs qui revenaient tous les soirs, qui détraquaient ses sens, en lui montrant la face verte et ignoble de sa victime. On eût dit les accès d'une effrayante maladie, d'une sorte d'hystérie du meurtre. Le nom de maladie, d'affection nerveuse était réellement le seul qui convînt aux épouvantes de Laurent. Sa face se convulsionnait, ses membres se roidissaient ; on voyait que les nerfs se nouaient en lui. Le corps souffrait horriblement, l'âme restait absente. Le misérable n'éprouvait pas un repentir ; la passion de Thérèse lui avait communiqué un mal effroyable, et c'était tout.

Thérèse se trouvait, elle aussi, en proie à des secousses profondes. Mais, chez elle, la nature première n'avait fait que s'exalter outre mesure. Depuis l'âge de dix ans, cette femme était troublée par des désordres nerveux, dus en partie à la façon dont elle grandissait dans l'air tiède et nauséabond de la chambre où râlait le petit Camille. Il s'amassait en elle des orages, des fluides puissants qui devaient éclater plus tard en véritables tempêtes. Laurent avait été pour elle ce qu'elle avait été pour Laurent, une sorte de choc brutal. Dès la première étreinte d'amour, son tempérament sec et voluptueux s'était développé avec une énergie sauvage ; elle n'avait plus vécu que pour la passion. S'abandonnant de plus en plus aux fièvres qui la brûlaient, elle en était arrivée à une sorte de stupeur maladive. Les faits l'écrasaient, tout la poussait à la folie. Dans ses effrois, elle se montrait plus femme que son nouveau mari ; elle avait de vagues remords, des regrets inavoués ; il lui prenait des envies de se jeter à genoux et d'implorer le spectre de Camille, de lui demander grâce en lui jurant de l'apaiser par son repentir. Peut-être Laurent s'apercevait-il de ces lâchetés de Thérèse. Lorsqu'une épouvante commune les agitait, il s'en prenait à elle, il la traitait avec brutalité.

Les premières nuits, ils ne purent se coucher. Ils attendirent le jour, assis devant le feu, se promenant de long en large, comme le jour des noces. La pensée de s'étendre côte à côte sur le lit leur causait une sorte de répugnance effrayée. D'un accord tacite, ils évitèrent de s'embrasser, ils ne regardèrent même pas la couche que Thérèse défaisait le matin. Quand la fatigue les accablait, ils s'endormaient pendant une ou deux heures dans des fauteuils, pour s'éveiller en sursaut, sous le coup du dénouement sinistre de quelque cauchemar. Au réveil, les membres roidis et brisés, le visage marbré de taches livides, tout grelottants de malaise et de froid, ils se contemplaient avec stupeur, étonnés de se voir là, ayant vis-à-vis l'un de l'autre des pudeurs étranges, des hontes de montrer leur écœurement et leur terreur.

Ils luttaient d'ailleurs contre le sommeil autant qu'ils pouvaient. Ils s'asseyaient aux deux coins de la cheminée et causaient de mille riens, ayant grand soin de ne pas laisser tomber la conversation. Il y avait un large espace entre eux, en face du foyer. Quand ils tournaient la tête, ils s'imaginaient que Camille avait approché un siège et qu'il occupait cet espace, se chauffant les pieds d'une façon lugubrement goguenarde. Cette vision qu'ils avaient eue le soir des noces revenait chaque nuit. Ce cadavre qui assistait, muet et railleur, à leurs entretiens, ce corps horriblement défiguré qui se tenait toujours là, les accablait d'une continuelle anxiété. Ils n'osaient bouger, ils s'aveuglaient à regarder les flammes ardentes, et, lorsque invinciblement ils jetaient un coup d'œil craintif à côté d'eux, leurs yeux, irrités par les charbons ardents, créaient la vision et lui donnaient des reflets rougeâtres.

Laurent finit par ne plus vouloir s'asseoir, sans avouer à Thérèse la cause de ce caprice. Thérèse comprit que Laurent devait voir Camille, comme elle le voyait ; elle déclara à son tour que la chaleur lui faisait mal, qu'elle serait mieux à quelques pas de la cheminée. Elle poussa son fauteuil au pied du lit et y resta affaissée, tandis que son mari reprenait ses promenades dans la chambre. Par moments, il ouvrait la fenêtre, il laissait les nuits froides de janvier emplir la pièce de leur souffle glacial. Cela calmait sa fièvre.

Pendant une semaine, les nouveaux époux passèrent ainsi les nuits entières. Ils s'assoupissaient, ils se reposaient un peu dans la journée, Thérèse derrière le comptoir de la boutique, Laurent à son bureau. La nuit, ils appartenaient à la douleur et à la crainte. Et le fait le plus étrange était encore l'attitude qu'ils gardaient vis-à-vis l'un de l'autre. Ils ne prononçaient pas un mot d'amour, ils feignaient d'avoir oublié le passé ; ils semblaient s'accepter, se tolérer, comme des malades éprouvant une pitié secrète pour leurs souffrances communes. Tous les deux avaient l'espérance de cacher leurs dégoûts et leurs peurs, et aucun des deux ne paraissait songer à l'étrangeté des nuits qu'ils passaient, et qui devaient les éclairer mutuellement sur l'état véritable de leur être. Lorsqu'ils restaient debout jusqu'au matin, se parlant à peine, pâlissant au moindre bruit, ils avaient l'air de croire que tous les nouveaux époux

se conduisent ainsi, les premiers jours de leur mariage.
C'était l'hypocrisie maladroite de deux fous.

La lassitude les écrasa bientôt à tel point qu'ils se
décidèrent, un soir, à se coucher sur le lit. Ils ne se dés-
habillèrent pas, ils se jetèrent tout vêtus sur le couvre-
pied, craignant que leur peau ne vînt à se toucher. Il
leur semblait qu'ils recevraient une secousse douloureuse au moindre contact. Puis, lorsqu'ils eurent sommeillé ainsi, pendant deux nuits, d'un sommeil inquiet,
ils se hasardèrent à quitter leurs vêtements et à se couler dans les draps. Mais ils restèrent écartés l'un de
l'autre, ils prirent des précautions pour ne point se heurter. Thérèse montait la première et allait se mettre au
fond, contre le mur. Laurent attendait qu'elle se fût
bien étendue ; alors il se risquait à s'étendre lui-même
sur le devant du lit, tout au bord. Il y avait entre eux
une large place. Là couchait le cadavre de Camille.

Lorsque les deux meurtriers étaient allongés sous le
même drap, et qu'ils fermaient les yeux, ils croyaient
sentir le corps humide de leur victime, couché au milieu
du lit, qui leur glaçait la chair. C'était comme un
obstacle ignoble qui les séparait. La fièvre, le délire les
prenait, et cet obstacle devenait matériel pour eux ; ils
touchaient le corps, ils le voyaient étalé, pareil à un lambeau verdâtre et dissous, ils respiraient l'odeur infecte
de ce tas de pourriture humaine ; tous leurs sens s'hal-
lucinaient, donnant une acuité intolérable à leurs sensations. La présence de cet immonde compagnon de
lit les tenait immobiles, silencieux, éperdus d'angoisse.
Laurent songeait parfois à prendre violemment Thérèse dans ses bras ; mais il n'osait bouger, il se disait
qu'il ne pouvait allonger la main sans saisir une poignée de la chair molle de Camille. Il pensait alors que
le noyé venait se coucher entre eux, pour les empêcher
de s'étreindre. Il finit par comprendre que le noyé était
jaloux.

Parfois, cependant, ils cherchaient à échanger un baiser timide pour voir ce qui arriverait. Le jeune homme
raillait sa femme en lui ordonnant de l'embrasser. Mais

leurs lèvres étaient si froides, que la mort semblait s'être placée entre leurs bouches. Des nausées leur venaient, Thérèse avait un frisson d'horreur, et Laurent, qui entendait ses dents claquer, s'emportait contre elle.

— Pourquoi trembles-tu ? lui criait-il. Aurais-tu peur de Camille ?... Va, le pauvre homme ne sent plus ses os, à cette heure.

Ils évitaient tous deux de se confier la cause de leurs frissons. Quand une hallucination dressait devant l'un d'eux le masque blafard du noyé, il fermait les yeux, il se renfermait dans sa terreur, n'osant parler à l'autre de sa vision, par crainte de déterminer une crise encore plus terrible. Lorsque Laurent, poussé à bout, dans une rage de désespoir, accusait Thérèse d'avoir peur de Camille, ce nom, prononcé tout haut, amenait un redoublement d'angoisse. Le meurtrier délirait.

— Oui, oui, balbutiait-il en s'adressant à la jeune femme, tu as peur de Camille... Je le vois bien, par-bleu !... Tu es une sotte, tu n'as pas pour deux sous de courage. Eh ! dors tranquillement. Crois-tu que ton premier mari va venir te tirer par les pieds, parce que je suis couché avec toi ?...

Cette pensée, cette supposition que le noyé pouvait venir leur tirer les pieds, faisait dresser les cheveux de Laurent. Il continuait, avec plus de violence, en se déchirant lui-même :

— Il faudra que je te mène une nuit au cimetière... Nous ouvrirons la bière de Camille, et tu verras quel tas de pourriture ! Alors tu n'auras plus peur, peut-être... Va, il ne sait pas que nous l'avons jeté à l'eau.

Thérèse, la tête dans les draps, poussait des plaintes étouffées.

— Nous l'avons jeté à l'eau parce qu'il nous gênait, reprenait son mari... Nous l'y jetterions encore, n'est-ce pas ?... Ne fais donc pas l'enfant comme ça. Sois forte. C'est bête de troubler notre bonheur... Vois-tu, ma bonne, quand nous serons morts, nous ne nous trouverons ni plus ni moins heureux dans la terre, parce que nous avons lancé un imbécile à la Seine, et nous aurons joui librement de notre amour, ce qui est un avantage… Voyons, embrasse-moi.

La jeune femme l'embrassait, glacée, folle, et il était tout aussi frémissant qu'elle.

Laurent, pendant plus de quinze jours, se demanda comment il pourrait bien faire pour tuer de nouveau Camille. Il l'avait jeté à l'eau, et voilà qu'il n'était pas assez mort, qu'il revenait toutes les nuits se coucher dans le lit de Thérèse. Lorsque les meurtriers croyaient avoir achevé l'assassinat et pouvoir se livrer en paix aux douceurs de leurs tendresses, leur victime ressuscitait pour glacer leur couche. Thérèse n'était pas veuve, Laurent se trouvait être l'époux d'une femme qui avait déjà pour mari un noyé.

XXIII

Peu à peu, Laurent en vint à la folie furieuse. Il résolut de chasser Camille de son lit. Il s'était d'abord couché tout habillé, puis il avait évité de toucher la peau
de Thérèse. Par rage, par désespoir, il voulut enfin
prendre sa femme sur sa poitrine, et l'écraser plutôt que
de la laisser au spectre de sa victime. Ce fut une révolte
superbe de brutalité.

En somme, l'espérance que les baisers de Thérèse le
guériraient de ses insomnies l'avait seule amené dans
la chambre de la jeune femme. Lorsqu'il s'était trouvé
dans cette chambre, en maître, sa chair, déchirée par
des crises plus atroces, n'avait même plus songé à tenter la guérison. Et il était resté comme écrasé pendant
trois semaines, ne se rappelant pas qu'il avait tout fait
pour posséder Thérèse, et ne pouvant la toucher sans
accroître ses souffrances, maintenant qu'il la possédait.

L'excès de ses angoisses le fit sortir de cet abrutissement. Dans le premier moment de stupeur, dans
l'étrange accablement de la nuit de noces, il avait pu
oublier les raisons qui venaient de le pousser au
mariage. Mais sous les coups répétés de ses mauvais
rêves, une irritation sourde l'envahit, qui triompha de
ses lâchetés et lui rendit la mémoire. Il se souvint qu'il
s'était marié pour chasser ses cauchemars, en serrant
sa femme étroitement. Alors il prit brusquement Thérèse entre ses bras, une nuit, au risque de passer sur
le corps du noyé, et la tira à lui avec violence.

La jeune femme était poussée à bout, elle aussi ; elle se serait jetée dans la flamme, si elle eût pensé que la flamme purifiât sa chair et la délivrât de ses maux. Elle rendit à Laurent son étreinte, décidée à être brûlée par les caresses de cet homme ou à trouver en elles un soulagement.

Et ils se serrèrent dans un embrassement horrible. La douleur et l'épouvante leur tinrent lieu de désirs. Quand leurs membres se touchèrent, ils crurent qu'ils étaient tombés sur un brasier. Ils poussèrent un cri et se pressèrent davantage, afin de ne pas laisser entre leur chair de place pour le noyé. Et ils sentaient toujours des lambeaux de Camille, qui s'écrasait ignoblement entre eux, glaçant leur peau par endroits, tandis que le reste de leur corps brûlait.

Leurs baisers furent affreusement cruels. Thérèse chercha des lèvres la morsure de Camille sur le cou gonflé et roidi de Laurent, et elle y colla sa bouche avec emportement. Là était la plaie vive ; cette blessure guérie, les meurtriers dormiraient en paix. La jeune femme comprenait cela, elle tentait de cautériser le mal sous le feu de ses caresses. Mais elle se brûla les lèvres, et Laurent la repoussa violemment, en jetant une plainte sourde ; il lui semblait qu'on lui appliquait un fer rouge sur le cou. Thérèse, affolée, revint, voulut baiser encore la cicatrice ; elle éprouvait une volupté âcre à poser sa bouche sur cette peau où s'étaient enfoncées les dents de Camille. Un instant, elle eut la pensée de mordre son mari à cet endroit, d'arracher un large morceau de chair, de faire une nouvelle blessure, plus profonde, qui emporterait les marques de l'ancienne. Et elle se disait qu'elle ne pâlirait plus alors en voyant l'empreinte de ses propres dents. Mais Laurent défendait son cou contre ses baisers ; il éprouvait des cuissons trop dévorantes, il la repoussait chaque fois qu'elle allongeait les lèvres. Ils luttèrent ainsi, râlant, se débattant dans l'horreur de leurs caresses.

Ils sentaient bien qu'ils ne faisaient qu'augmenter leurs souffrances. Ils avaient beau se briser dans des

étreintes terribles, ils criaient de douleur, ils se brûlaient
et se meurtrissaient, mais ils ne pouvaient apaiser leurs
nerfs épouvantés. Chaque embrassement ne donnait
que plus d'acuité à leurs dégoûts. Tandis qu'ils échangeaient ces baisers affreux, ils étaient en proie à
d'effrayantes hallucinations ; ils s'imaginaient que le
noyé les tirait par les pieds et imprimait au lit de violentes secousses.

Ils se lâchèrent un moment. Ils avaient des répugnances, des révoltes nerveuses invincibles. Puis ils ne voulurent pas être vaincus ; ils se reprirent dans une nouvelle étreinte et furent encore obligés de se lâcher,
comme si des pointes rougies étaient entrées dans leurs
membres. À plusieurs fois, ils tentèrent ainsi de triom-
pher de leurs dégoûts, de tout oublier en lassant, en
brisant leurs nerfs. Et, chaque fois, leurs nerfs s'irritèrent et se tendirent en leur causant des exaspérations
telles qu'ils seraient peut-être morts d'énervement s'ils
étaient restés dans les bras l'un de l'autre. Ce combat
contre leur propre corps les avait exaltés jusqu'à la
rage ; ils s'entêtaient, ils voulaient l'emporter. Enfin
une crise plus aiguë les brisa ; ils reçurent un choc d'une
violence inouïe et crurent qu'ils allaient tomber du haut
mal.

Rejetés aux deux bords de la couche, brûlés et meur-
tris, ils se mirent à sangloter.

Et, dans leurs sanglots, il leur sembla entendre les
rires de triomphe du noyé, qui se glissait de nouveau
sous le drap avec des ricanements. Ils n'avaient pu le
chasser du lit ; ils étaient vaincus. Camille s'étendit
doucement entre eux, tandis que Laurent pleurait son
impuissance et que Thérèse tremblait qu'il ne prît au
cadavre la fantaisie de profiter de sa victoire pour la
serrer à son tour entre ses bras pourris, en maître légitime. Ils avaient tenté un moyen suprême ; devant leur
défaite, ils comprenaient que, désormais, ils n'oseraient
plus échanger le moindre baiser. La crise de l'amour
fou qu'ils avaient essayé de déterminer pour tuer leurs

terreurs venait de les plonger plus profondément dans
l'épouvante. En sentant le froid du cadavre, qui, maintenant, devait les séparer à jamais, ils versaient des
larmes de sang, ils se demandaient avec angoisse ce
qu'ils allaient devenir.

XXIV

Ainsi que l'espérait le vieux Michaud en travaillant au mariage de Thérèse et de Laurent, les soirées du jeudi reprirent leur ancienne gaieté, dès le lendemain de la noce. Ces soirées avaient couru un grand péril, lors de la mort de Camille. Les invités ne s'étaient plus présentés que craintivement dans cette maison en deuil ; chaque semaine, ils tremblaient de recevoir un congé définitif. La pensée que la porte de la boutique finirait sans doute par se fermer devant eux épouvantait Michaud et Grivet, qui tenaient à leurs habitudes avec l'instinct et l'entêtement des brutes. Ils se disaient que la vieille mère et la jeune veuve s'en iraient un beau matin pleurer leur défunt à Vernon ou ailleurs, et qu'ils se trouveraient ainsi sur le pavé, le jeudi soir, ne sachant que faire ; ils se voyaient dans le passage, errant d'une façon lamentable, rêvant à des parties de dominos gigantesques. En attendant ces mauvais jours, ils jouissaient timidement de leurs derniers bonheurs, ils venaient d'un air inquiet et doucereux à la boutique, en se répétant chaque fois qu'ils n'y reviendraient peut-être plus. Pendant plus d'un an, ils eurent ces craintes, ils n'osèrent s'étaler et rire en face des larmes de Mme Raquin et des silences de Thérèse. Ils ne se sentaient pas chez eux, comme au temps de Camille ; ils semblaient, pour ainsi dire, voler chaque soirée qu'ils passaient autour de la table de la salle à manger. C'est dans ces circonstances désespérées que l'égoïsme du vieux Michaud

le poussa à faire un coup de maître en mariant la veuve
du noyé.

Le jeudi qui suivit le mariage, Grivet et Michaud
firent une entrée triomphale. Ils avaient vaincu. La salle
à manger leur appartenait de nouveau, ils ne craignaient
plus qu'on les en congédiât. Ils entrèrent en gens heureux, ils s'étalèrent, ils dirent à la file leurs anciennes
plaisanteries. À leur attitude béate et confiante, on
voyait que, pour eux, une révolution venait de s'accomplir. Le souvenir de Camille n'était plus là ; le mari
mort, ce spectre qui les glaçait, avait été chassé par le
mari vivant. Le passé ressuscitait avec ses joies. Laurent remplaçait Camille, toute raison de s'attrister disparaissait, les invités pouvaient rire sans chagriner personne, et même ils devaient rire pour égayer l'excellente
famille qui voulait bien les recevoir. Dès lors, Grivet
et Michaud, qui depuis près de dix-huit mois venaient
sous prétexte de consoler Mme Raquin, purent mettre
leur petite hypocrisie de côté et venir franchement pour
s'endormir l'un en face de l'autre, au bruit sec des
dominos.

Et chaque semaine ramena un jeudi soir, chaque
semaine réunit une fois autour de la table ces têtes
mortes et grotesques qui exaspéraient Thérèse jadis. La
jeune femme parla de mettre ces gens à la porte ; ils
l'irritaient avec leurs éclats de rire bêtes, avec leurs
réflexions sottes. Mais Laurent lui fit comprendre
qu'un pareil congé serait une faute ; il fallait autant
que possible que le présent ressemblât au passé ; il fallait surtout conserver l'amitié de la police, de ces imbéciles qui les protégeaient contre tout soupçon. Thérèse
plia ; les invités, bien reçus, virent avec béatitude s'étendre une longue suite de soirées tièdes devant eux.

Ce fut vers cette époque que la vie des époux se
dédoubla en quelque sorte.

Le matin, lorsque le jour chassait les effrois de la
nuit, Laurent s'habillait en toute hâte. Il n'était à son
aise, il ne reprenait son calme égoïste que dans la salle
à manger, attablé devant un énorme bol de café au lait,

que lui préparait Thérèse. Mme Raquin, impotente, pouvant à peine descendre à la boutique, le regardait manger avec des sourires maternels. Il avalait du pain grillé, il s'emplissait l'estomac, il se rassurait peu à peu. Après le café, il buvait un petit verre de cognac. Cela le remettait complètement. Il disait : « À ce soir » à Mme Raquin et à Thérèse, sans jamais les embrasser, puis il se rendait à son bureau en flânant. Le printemps venait ; les arbres des quais se couvraient de feuilles, d'une légère dentelle d'un vert pâle. En bas, la rivière coulait avec des bruits caressants ; en haut, les rayons des premiers soleils avaient des tiédeurs douces. Laurent se sentait renaître dans l'air frais ; il respirait largement ces souffles de vie jeune qui descendent des cieux d'avril et de mai ; il cherchait le soleil, s'arrêtait pour regarder les reflets d'argent qui moiraient la Seine, écoutait les bruits des quais, se laissait pénétrer par les senteurs âcres du matin, jouissait par tous les sens de la matinée claire et heureuse. Certes, il ne songeait guère à Camille ; quelquefois il lui arrivait de contempler machinalement la Morgue, de l'autre côté de l'eau ; il pensait alors au noyé en homme courageux qui penserait à une peur bête qu'il aurait eue. L'estomac plein, le visage rafraîchi, il retrouvait sa tranquillité épaisse, il arrivait à son bureau et y passait la journée entière à bâiller, à attendre l'heure de la sortie. Il n'était plus qu'un employé comme les autres, abruti et ennuyé, ayant la tête vide. La seule idée qu'il eût alors était l'idée de donner sa démission et de louer un atelier ; il rêvait vaguement une nouvelle existence de paresse, et cela suffisait pour l'occuper jusqu'au soir. Jamais le souvenir de la boutique du passage ne venait le troubler. Le soir, après avoir désiré l'heure de la sortie depuis le matin, il sortait avec regret, il reprenait les quais, sourdement troublé et inquiet. Il avait beau marcher lentement, il lui fallait enfin rentrer à la boutique. Là, l'épouvante l'attendait.

Thérèse éprouvait les mêmes sensations. Tant que Laurent n'était pas auprès d'elle, elle se trouvait à l'aise.

Elle avait congédié la femme de ménage, disant que tout traînait, que tout était sale dans la boutique et dans l'appartement. Des idées d'ordre lui venaient. La vérité était qu'elle avait besoin de marcher, d'agir, de briser ses membres roidis. Elle tournait toute la matinée, balayant, époussetant, nettoyant les chambres, lavant la vaisselle, faisant des besognes qui l'auraient écœurée autrefois. Jusqu'à midi, ces soins de ménage la tenaient sur les jambes, active et muette, sans lui laisser le temps de songer à autre chose qu'aux toiles d'araignée qui pendaient du plafond et qu'à la graisse qui salissait les assiettes. Alors elle se mettait en cuisine, elle préparait le déjeuner. À table, Mme Raquin se désolait de la voir toujours se lever pour aller prendre les plats ; elle était émue et fâchée de l'activité que déployait sa nièce ; elle la grondait, et Thérèse répondait qu'il fallait faire des économies. Après le repas, la jeune femme s'habillait et se décidait enfin à rejoindre sa tante derrière le comptoir. Là, des somnolences la prenaient ; brisée par les veilles, elle sommeillait, elle cédait à l'engourdissement voluptueux qui s'emparait d'elle, dès qu'elle était assise. Ce n'étaient que de légers assoupissements, pleins d'un charme vague, qui calmaient ses nerfs. La pensée de Camille s'en allait ; elle goûtait ce repos profond des malades que leurs douleurs quittent tout d'un coup. Elle se sentait la chair assouplie, l'esprit libre, elle s'enfonçait dans une sorte de néant tiède et réparateur. Sans ces quelques moments de calme, son organisme aurait éclaté sous la tension de son système nerveux ; elle y puisait les forces nécessaires pour souffrir encore et s'épouvanter la nuit suivante. D'ailleurs, elle ne s'endormait point, elle baissait à peine les paupières, perdue au fond d'un rêve de paix ; lorsqu'une cliente entrait, elle ouvrait les yeux, elle servait les quelques sous de marchandise demandés, puis retombait dans sa rêverie flottante. Elle passait ainsi trois ou quatre heures, parfaitement heureuse, répondant par monosyllabes à sa tante, se laissant aller avec une véritable jouissance aux évanouissements qui

lui ôtaient la pensée et qui l'affaissaient sur elle-même.
Elle jetait à peine, de loin en loin, un coup d'œil dans
le passage, se trouvant surtout à l'aise par les temps
gris, lorsqu'il faisait noir et qu'elle cachait sa lassitude
au fond de l'ombre. Le passage humide, ignoble, traversé par un peuple de pauvres diables mouillés, dont
les parapluies s'égouttaient sur les dalles, lui semblait
l'allée d'un mauvais lieu, une sorte de corridor sale et
sinistre où personne ne viendrait la chercher et la troubler. Par moments, en voyant les lueurs terreuses qui
traînaient autour d'elle, en sentant l'odeur âcre de
l'humidité, elle s'imaginait qu'elle venait d'être enterrée vive ; elle croyait se trouver dans la terre, au fond
d'une fosse commune où grouillaient des morts. Et cette
pensée la consolait, l'apaisait ; elle se disait qu'elle était
en sûreté maintenant, qu'elle allait mourir, qu'elle ne
souffrirait plus. D'autres fois, il lui fallait tenir les yeux
ouverts ; Suzanne lui rendait visite et restait à broder
auprès du comptoir toute l'après-midi. La femme d'Olivier, avec son visage mou, avec ses gestes lents, plaisait maintenant à Thérèse, qui éprouvait un étrange
soulagement à regarder cette pauvre créature toute dis-
soute ; elle en avait fait son amie, elle aimait à la voir
à son côté, souriant d'un sourire pâle, vivant à demi,
mettant dans la boutique une fade senteur de cimetière.
Quand les yeux bleus de Suzanne, d'une transparence
vitreuse, se fixaient sur les siens, elle éprouvait au fond
de ses os un froid bienfaisant. Thérèse attendait ainsi
quatre heures. À ce moment, elle se remettait en cuisine, elle cherchait de nouveau la fatigue, elle préparait le dîner de Laurent avec une hâte fébrile. Et quand
son mari paraissait sur le seuil de la porte, sa gorge se
serrait, l'angoisse tordait de nouveau tout son être.

Chaque jour, les sensations des époux étaient à peu
près les mêmes. Pendant la journée, lorsqu'ils ne se
trouvaient pas face à face, ils goûtaient des heures délicieuses de repos ; le soir, dès qu'ils étaient réunis, un
malaise poignant les envahissait.

C'étaient d'ailleurs de calmes soirées. Thérèse et

Laurent, qui frissonnaient à la pensée de rentrer dans leur chambre, faisaient durer la veillée le plus longtemps possible. Mme Raquin, à demi couchée au fond d'un large fauteuil, était placée entre eux et causait de sa voix placide. Elle parlait de Vernon, pensant toujours à son fils, mais évitant de le nommer, par une sorte de pudeur ; elle souriait à ses chers enfants, elle faisait pour eux des projets d'avenir. La lampe jetait sur sa face blanche des lueurs pâles ; ses paroles prenaient une douceur extraordinaire dans l'air mort et silencieux. Et, à ses côtés, les deux meurtriers, muets, immobiles, semblaient l'écouter avec recueillement ; à la vérité, ils ne cherchaient pas à suivre le sens des bavardages de la bonne vieille, ils étaient simplement heureux de ce bruit de paroles douces qui les empêchait d'entendre l'éclat de leurs pensées. Ils n'osaient se regarder, ils regardaient Mme Raquin pour avoir une contenance. Jamais ils ne parlaient de se coucher ; ils seraient restés là jusqu'au matin, dans le radotage caressant de l'ancienne mercière, dans l'apaisement qu'elle mettait autour d'elle, si elle n'avait pas témoigné elle-même le désir de gagner son lit. Alors seulement ils quittaient la salle à manger et rentraient chez eux avec désespoir, comme on se jette au fond d'un gouffre.

À ces soirées intimes, ils préférèrent bientôt de beaucoup les soirées du jeudi. Quand ils étaient seuls avec Mme Raquin, ils ne pouvaient s'étourdir ; le mince filet de voix de leur tante, sa gaieté attendrie n'étouffaient pas les cris qui les déchiraient. Ils sentaient venir l'heure du coucher, ils frémissaient lorsque, par hasard, ils rencontraient du regard la porte de leur chambre ; l'attente de l'instant où ils seraient seuls devenait de plus en plus cruelle, à mesure que la soirée avançait. Le jeudi, au contraire, ils se grisaient de sottise, ils oubliaient mutuellement leur présence, ils souffraient moins. Thérèse elle-même finit par souhaiter ardemment les jours de réception. Si Michaud et Grivet n'étaient pas venus, elle serait allée les chercher. Lorsqu'il y avait des étrangers dans la salle à manger, entre elle et Laurent, elle se sentait plus calme ; elle aurait voulu qu'il y eût toujours là des invités, du bruit, quelque chose qui l'étourdît et l'isolât. Devant le monde, elle montrait une sorte de gaieté nerveuse. Laurent retrouvait, lui aussi, ses grosses plaisanteries de paysan, ses rires gras, ses farces d'ancien rapin. Jamais les réceptions n'avaient été si gaies ni si bruyantes.

C'est ainsi qu'une fois par semaine, Laurent et Thérèse pouvaient rester face à face sans frissonner.

Bientôt une crainte les prit. La paralysie gagnait peu à peu Mme Raquin, et ils prévirent le jour où elle serait clouée dans son fauteuil, impotente et hébétée. La pauvre vieille commençait à balbutier des lambeaux de phrase qui se cousaient mal les uns aux autres ; sa voix faiblissait, ses membres se mouraient un à un. Elle devenait une chose. Thérèse et Laurent voyaient avec effroi s'en aller cet être qui les séparait encore et dont la voix les tirait de leurs mauvais rêves. Quand l'intelligence aurait abandonné l'ancienne mercière et qu'elle resterait muette et roidie au fond de son fauteuil, ils se trouveraient seuls ; le soir, ils ne pourraient plus échapper à un tête-à-tête redoutable. Alors leur épouvante commencerait à six heures, au lieu de commencer à minuit ; ils en deviendraient fous.

Tous leurs efforts tendirent à conserver à Mme Raquin une santé qui leur était si précieuse. Ils firent venir des médecins, ils furent aux petits soins auprès d'elle, ils trouvèrent même dans ce métier de garde-malade un oubli, un apaisement qui les engagea à redoubler de zèle. Ils ne voulaient pas perdre un tiers qui leur rendait les soirées supportables ; ils ne voulaient pas que la salle à manger, que la maison tout entière devînt un lieu cruel et sinistre comme leur chambre. Mme Raquin fut singulièrement touchée des soins empressés qu'ils lui prodiguaient ; elle s'applaudissait, avec des larmes, de les avoir unis et de leur avoir abandonné ses quarante et quelques mille francs. Jamais, après la mort de son fils, elle n'avait compté sur une pareille affection à ses dernières heures ; sa vieillesse était tout attiédie par la tendresse de ses chers enfants. Elle ne sentait pas la paralysie implacable qui, malgré tout, la roidissait davantage chaque jour.

Cependant Thérèse et Laurent menaient leur double existence. Il y avait en chacun d'eux comme deux êtres bien distincts : un être nerveux et épouvanté qui frissonnait dès que tombait le crépuscule, et un être engourdi et oublieux, qui respirait à l'aise dès que se levait le soleil. Ils vivaient deux vies, ils criaient d'angoisse, seul à seul, et ils souriaient paisiblement lorsqu'il y avait du monde. Jamais leur visage, en public, ne laissait deviner les souffrances qui venaient de les déchirer dans l'intimité ; ils paraissaient calmes et heureux, ils cachaient instinctivement leurs maux.

Personne n'aurait soupçonné, à les voir si tranquilles pendant le jour, que des hallucinations les torturaient chaque nuit. On les eût pris pour un ménage béni du ciel, vivant en pleine félicité. Grivet les appelait galamment « les tourtereaux ». Lorsque leurs yeux étaient cernés par des veilles prolongées, il les plaisantait, il demandait à quand le baptême. Et toute la société riait. Laurent et Thérèse pâlissaient à peine, parvenaient à sourire ; ils s'habituaient aux plaisanteries risquées du vieil employé. Tant qu'ils se trouvaient dans la salle à manger, ils étaient maîtres de leurs terreurs. L'esprit ne pouvait deviner l'effroyable changement qui se produisait en eux, lorsqu'ils s'enfermaient dans la chambre à coucher. Le jeudi soir surtout, ce changement était d'une brutalité si violente qu'il semblait s'accomplir dans un monde surnaturel. Le drame de leurs nuits, par son étrangeté, par ses emportements sauvages, dépassait toute croyance et restait profondément caché au fond de leur être endolori. Ils auraient parlé qu'on les eût crus fous.

— Sont-ils heureux, ces amoureux-là ! disait souvent le vieux Michaud. Ils ne causent guère, mais ils n'en pensent pas moins. Je parie qu'ils se dévorent de caresses, quand nous ne sommes plus là.

Telle était l'opinion de toute la société. Il arriva que

Thérèse et Laurent furent donnés comme un ménage modèle. Le passage du Pont-Neuf entier célébrait l'affection, le bonheur tranquille, la lune de miel éternelle des deux époux. Eux seuls savaient que le cadavre de Camille couchait entre eux ; eux seuls sentaient, sous la chair calme de leur visage, les contractions nerveuses qui, la nuit, tiraient horriblement leurs traits et changeaient l'expression placide de leur physionomie en un masque ignoble et douloureux.

XXV

Au bout de quatre mois, Laurent songea à retirer les bénéfices qu'il s'était promis de son mariage. Il aurait abandonné sa femme et se serait enfui devant le spectre de Camille, trois jours après la noce, si son intérêt ne l'eût pas cloué dans la boutique du passage. Il acceptait ses nuits de terreur, il restait au milieu des angoisses qui l'étouffaient, pour ne pas perdre les profits de son crime. En quittant Thérèse, il retombait dans la misère, il était forcé de conserver son emploi ; en demeurant auprès d'elle, il pouvait au contraire contenter ses appétits de paresse, vivre grassement, sans rien faire, sur les rentes que Mme Raquin avait mises au nom de sa femme. Il est à croire qu'il se serait sauvé avec les quarante mille francs, s'il avait pu les réaliser ; mais la vieille mercière, conseillée par Michaud, avait eu la prudence de sauvegarder dans le contrat les intérêts de sa nièce. Laurent se trouvait ainsi attaché à Thérèse par un lien puissant. En dédommagement de ses nuits atroces, il voulut au moins se faire entretenir dans une oisiveté heureuse, bien nourri, chaudement vêtu, ayant en poche l'argent nécessaire pour contenter ses caprices. À ce prix seul, il consentait à coucher avec le cadavre du noyé.

Un soir, il annonça à Mme Raquin et à sa femme qu'il avait donné sa démission et qu'il quitterait son bureau à la fin de la quinzaine. Thérèse eut un geste d'inquiétude. Il se hâta d'ajouter qu'il allait louer un petit atelier où il se remettrait à faire de la peinture. Il s'étendit longuement sur les ennuis de son emploi, sur les larges horizons que l'art lui ouvrait ; maintenant qu'il avait quelques sous et qu'il pouvait tenter le succès, il voulait voir s'il n'était pas capable de grandes choses. La tirade qu'il déclama à ce propos cachait simplement une féroce envie de reprendre son ancienne vie d'atelier. Thérèse, les lèvres pincées, ne répondit pas ; elle n'entendait point que Laurent lui dépensât la petite fortune qui assurait sa liberté. Lorsque son mari la pressa de questions, pour obtenir son consentement, elle fit quelques réponses sèches ; elle lui donna à comprendre que, s'il quittait son bureau, il ne gagnerait plus rien et serait complètement à sa charge. Tandis qu'elle parlait, Laurent la regardait d'une façon aiguë qui la troubla et arrêta dans sa gorge le refus qu'elle allait formuler ; elle crut lire dans les yeux de son complice cette pensée menaçante : « Je dis tout, si tu ne consens pas. » Elle se mit à balbutier. Mme Raquin s'écria alors que le désir de son cher fils était trop juste, et qu'il fallait lui donner les moyens de devenir un homme de talent. La bonne dame gâtait Laurent comme elle avait gâté Camille ; elle était tout amollie par les caresses que lui prodiguait le jeune homme, elle lui appartenait et se rangeait toujours à son avis.

Il fut donc décidé que l'artiste louerait un atelier et qu'il toucherait cent francs par mois pour les divers frais qu'il aurait à faire. Le budget de la famille fut ainsi réglé : les bénéfices réalisés dans le commerce de mercerie payeraient le loyer de la boutique et de l'appartement, et suffiraient presque aux dépenses journalières du ménage ; Laurent prendrait le loyer de son atelier et ses cent francs par mois sur les deux mille et quelques cents francs de rente ; le reste de ces rentes serait appliqué aux besoins communs. De cette façon, on n'entamerait pas le capital. Thérèse se tranquillisa un peu. Elle fit jurer à son mari de ne jamais dépasser la somme qui lui était allouée. D'ailleurs, elle se disait que

Laurent ne pouvait s'emparer des quarante mille francs sans avoir sa signature, et elle se promettait bien de ne signer aucun papier.

Dès le lendemain, Laurent loua, vers le bas de la rue Mazarine, un petit atelier qu'il convoitait depuis un mois. Il ne voulait pas quitter son emploi sans avoir un refuge pour passer tranquillement ses journées, loin de Thérèse. Au bout de la quinzaine, il fit ses adieux à ses collègues. Grivet fut stupéfait de son départ. Un jeune homme, disait-il, qui avait devant lui un si bel avenir, un jeune homme qui en était arrivé, en quatre années, au chiffre d'appointements que lui, Grivet, avait mis vingt ans à atteindre ! Laurent le stupéfia encore davantage en lui disant qu'il allait se remettre tout entier à la peinture.

Enfin l'artiste s'installa dans son atelier. Cet atelier était une sorte de grenier carré, long et large d'environ cinq ou six mètres ; le plafond s'inclinait brusquement, en pente raide, percé d'une large fenêtre qui laissait tomber une lumière blanche et crue sur le plancher et sur les murs noirâtres. Les bruits de la rue ne montaient pas jusqu'à ces hauteurs. La pièce, silencieuse, blafarde, s'ouvrant en haut sur le ciel, ressemblait à un trou, à un caveau creusé dans une argile grise. Laurent meubla ce caveau tant bien que mal ; il y apporta deux chaises dépaillées, une table qu'il appuya contre un mur pour qu'elle ne se laissât pas glisser à terre, un vieux buffet de cuisine, sa boîte à couleurs et son ancien chevalet ; tout le luxe du lieu consista en un vaste divan qu'il acheta trente francs chez un brocanteur.

Il resta quinze jours sans songer seulement à toucher à ses pinceaux. Il arrivait entre huit et neuf heures, fumait, se couchait sur le divan, attendait midi, heureux d'être au matin et d'avoir encore devant lui de longues heures de jour. À midi, il allait déjeuner, puis il se hâtait de revenir, pour être seul, pour ne plus voir le visage pâle de Thérèse. Alors il digérait, il dormait, il se vautrait jusqu'au soir. Son atelier était un lieu de paix où il ne tremblait pas. Un jour sa femme lui demanda à visiter son cher refuge. Il refusa, et comme, malgré son refus, elle vint frapper à sa porte, il n'ouvrit pas ; il lui dit le soir qu'il avait passé la journée au musée du Louvre. Il craignait que Thérèse n'introduisît avec elle le spectre de Camille.

L'oisiveté finit par lui peser. Il acheta une toile et des couleurs, il se mit à l'œuvre. N'ayant pas assez d'argent pour payer des modèles, il résolut de peindre au gré de sa fantaisie, sans se soucier de la nature. Il entreprit une tête d'homme.

D'ailleurs, il ne se cloîtra plus autant ; il travailla pendant deux ou trois heures chaque matin et employa ses après-midi à flâner ici et là, dans Paris et dans la banlieue. Ce fut en rentrant d'une de ces longues promenades qu'il rencontra, devant l'Institut, son ancien ami de collège, qui avait obtenu un joli succès de camaraderie au dernier Salon.

— Comment, c'est toi ! s'écria le peintre. Ah ! mon pauvre Laurent, je ne t'aurais jamais reconnu. Tu as maigri.

— Je me suis marié, répondit Laurent d'un ton embarrassé.

— Marié, toi ! Ça ne m'étonne plus de te voir tout drôle... Et que fais-tu maintenant ?

— J'ai loué un petit atelier ; je peins un peu, le matin.

Laurent conta son mariage en quelques mots ; puis il exposa ses projets d'avenir d'une voix fiévreuse. Son ami le regardait d'un air étonné qui le troublait et l'inquiétait. La vérité était que le peintre ne retrouvait pas dans le mari de Thérèse le garçon épais et commun qu'il avait connu autrefois. Il lui semblait que Laurent prenait des allures distinguées ; le visage s'était aminci et avait des pâleurs de bon goût, le corps entier se tenait plus digne et plus souple.

— Mais tu deviens joli garçon, ne put s'empêcher de s'écrier l'artiste, tu as une tenue d'ambassadeur. C'est du dernier chic. À quelle école es-tu donc ?

L'examen qu'il subissait pesait beaucoup à Laurent. Il n'osait s'éloigner d'une façon brusque.

— Veux-tu monter un instant à mon atelier ? demanda-t-il enfin à son ami, qui ne le quittait pas.

— Volontiers, répondit celui-ci.

Le peintre, ne se rendant pas compte des changements qu'il observait, était désireux de visiter l'atelier de son ancien camarade. Certes, il ne montait pas cinq étages pour voir les nouvelles œuvres de Laurent, qui allaient sûrement lui donner des nausées ; il avait la seule envie de contenter sa curiosité.

Quand il fut monté et qu'il eut jeté un coup d'œil sur les toiles accrochées aux murs, son étonnement redoubla. Il y avait là cinq études, deux têtes de femme et trois têtes d'homme, peintes avec une véritable énergie ; l'allure en était grasse et solide, chaque morceau s'enlevait par taches magnifiques sur les fonds d'un gris clair. L'artiste s'approcha vivement, et, stupéfait, ne cherchant même pas à cacher sa surprise :

— C'est toi qui as fait cela ? demanda-t-il à Laurent.

— Oui, répondit celui-ci. Ce sont des esquisses qui me serviront pour un grand tableau que je prépare.

— Voyons, pas de blague, tu es vraiment l'auteur de ces machines-là ?

— Eh ! oui. Pourquoi n'en serais-je pas l'auteur ?

Le peintre n'osa répondre : « Parce que ces toiles sont d'un artiste, et que tu n'as jamais été qu'un ignoble maçon. » Il resta longtemps en silence devant les études. Certes, ces études étaient gauches, mais elles avaient une étrangeté, un caractère si puissant qu'elles annonçaient un sens artistique des plus développés. On eût dit de la peinture vécue. Jamais l'ami de Laurent n'avait vu des ébauches si pleines de hautes promesses. Quand il eut bien examiné les toiles, il se tourna vers l'auteur :

— Là, franchement, lui dit-il, je ne t'aurais pas cru capable de peindre ainsi. Où diable as-tu appris à avoir du talent ? Ça ne s'apprend pas d'ordinaire.

Et il considérait Laurent, dont la voix lui semblait plus douce, dont chaque geste avait une sorte d'élégance. Il ne pouvait deviner l'effroyable secousse qui

avait changé cet homme, en développant en lui des nerfs
de femme, des sensations aiguës et délicates. Sans doute
un phénomène étrange s'était accompli dans l'organisme du meurtrier de Camille. Il est difficile à l'analyse
de pénétrer à de telles profondeurs. Laurent était peut-
être devenu artiste comme il était devenu peureux, à
la suite du grand détraquement qui avait bouleversé sa
chair et son esprit. Auparavant, il étouffait sous le
poids lourd de son sang, il restait aveuglé par l'épaisse
vapeur de santé qui l'entourait ; maintenant, maigri,
frissonnant, il avait la verve inquiète, les sensations
vives et poignantes des tempéraments nerveux. Dans
la vie de terreur qu'il menait, sa pensée délirait et montait jusqu'à l'extase du génie ; la maladie en quelque
sorte morale, la névrose dont tout son être était secoué,
développait en lui un sens artistique d'une lucidité
étrange ; depuis qu'il avait tué, sa chair s'était comme
allégée, son cerveau éperdu lui semblait immense, et,
dans ce brusque agrandissement de sa pensée, il voyait
passer des créations exquises, des rêveries de poète. Et
c'est ainsi que ses gestes avaient pris une distinction
subite, c'est ainsi que ses œuvres étaient belles, rendues
tout d'un coup personnelles et vivantes [1].

Son ami n'essaya pas davantage de s'expliquer la
naissance de cet artiste. Il s'en alla avec son étonnement. Avant de partir, il regarda encore les toiles et
dit à Laurent :

---

1. Pour Zola comme pour les Goncourt et de nombreux écrivains
de l'avant-garde réaliste-naturaliste autour de 1865, l'artiste moderne
est essentiellement un « nerveux ». Voir, des Goncourt, le roman
des peintres (*Manette Salomon*, 1868) et le roman de l'écrivain (*Charles Demailly*, 1860). Le personnage de Laurent préfigure ici, en cet
avatar, le héros de *L'Œuvre* (1886), le peintre Claude Lantier (peintre « nerveux », « détraqué », « chaste » et « raté ») qui finira lui
aussi par se suicider. Préparant en 1868-1869 ses *Rougon-Macquart*
et commençant à distribuer ses personnages en « classes » et « mon-
des » à décrire, Zola, curieusement, associera meurtriers et artistes
dans le même « monde à part » (voir les notes préparatoires aux
Rougon-Macquart publiées par H. Mitterand dans l'édition de la
Bibliothèque de La Pléiade, tome V, Paris, Gallimard, 1975, p. 1735).

— Je n'ai qu'un reproche à te faire, c'est que toutes tes études ont un air de famille. Ces cinq têtes se ressemblent. Les femmes elles-mêmes prennent je ne sais quelle allure violente qui leur donne l'air d'hommes déguisés... Tu comprends, si tu veux faire un tableau avec ces ébauches-là, il faudra changer quelques-unes des physionomies ; tes personnages ne peuvent pas être tous frères, cela ferait rire.

Il sortit de l'atelier, et ajouta sur le carré, en riant :

— Vrai, mon vieux, ça me fait plaisir de t'avoir vu. Maintenant je vais croire aux miracles... Bon Dieu ! es-tu comme il faut !

Il descendit. Laurent rentra dans l'atelier, vivement troublé. Lorsque son ami lui avait fait l'observation que toutes ses têtes d'étude avaient un air de famille, il s'était brusquement tourné pour cacher sa pâleur. C'est que déjà cette ressemblance fatale l'avait frappé. Il revint lentement se placer devant les toiles ; à mesure qu'il les contemplait, qu'il passait de l'une à l'autre, une sueur glacée lui mouillait le dos.

— Il a raison, murmura-t-il, ils se ressemblent tous... Ils ressemblent à Camille.

Il se recula, il s'assit sur le divan, sans pouvoir détacher les yeux des têtes d'étude. La première était une face de vieillard, avec une longue barbe blanche ; sous cette barbe blanche, l'artiste devinait le menton maigre de Camille. La seconde représentait une jeune fille blonde, et cette jeune fille le regardait avec les yeux bleus de sa victime. Les trois autres figures avaient chacune quelque trait du noyé. On eût dit Camille grimé en vieillard, en jeune fille, prenant le déguisement qu'il plaisait au peintre de lui donner, mais gardant toujours le caractère général de sa physionomie. Il existait une autre ressemblance terrible entre ces têtes : elles paraissaient souffrantes et terrifiées, elles étaient comme écrasées sous le même sentiment d'horreur. Chacune avait un léger pli à gauche de la bouche, qui tirait les lèvres et les faisait grimacer. Ce pli, que Laurent se

rappela avoir vu sur la face convulsionnée du noyé, les
frappait d'un signe d'ignoble parenté.

Laurent comprit qu'il avait trop regardé Camille à
la Morgue. L'image du cadavre s'était gravée profondément en lui. Maintenant, sa main, sans qu'il en eût
conscience, traçait toujours les lignes de ce visage atroce
dont le souvenir le suivait partout.

Peu à peu, le peintre, qui se renversait sur le divan,
crut voir les figures s'animer. Et il eut cinq Camille
devant lui, cinq Camille que ses propres doigts avaient
puissamment créés, et qui, par une étrangeté effrayante,
prenaient tous les âges et tous les sexes. Il se leva, il
lacéra les toiles et les jeta dehors. Il se disait qu'il mourrait d'effroi dans son atelier, s'il le peuplait lui-même
des portraits de sa victime.

Une crainte venait de le prendre : il redoutait de ne
pouvoir plus dessiner une tête, sans dessiner celle du
noyé. Il voulut savoir tout de suite s'il était maître de
sa main. Il posa une toile blanche sur son chevalet ;
puis, avec un bout de fusain, il indiqua une figure en
quelques traits. La figure ressemblait à Camille. Laurent effaça brusquement cette esquisse et en tenta une
autre. Pendant une heure, il se débattit contre la fatalité qui poussait ses doigts. À chaque nouvel essai, il
revenait à la tête du noyé. Il avait beau tendre sa
volonté, éviter les lignes qu'il connaissait si bien ; malgré lui, il traçait ces lignes, il obéissait à ses muscles,
à ses nerfs révoltés. Il avait d'abord jeté les croquis rapidement ; il s'appliqua ensuite à conduire le fusain avec
lenteur. Le résultat fut le même : Camille, grimaçant
et douloureux, apparaissait sans cesse sur la toile.
L'artiste esquissa successivement les têtes les plus diverses, des têtes d'anges, de vierges avec des auréoles, de
guerriers romains coiffés de leur casque, d'enfants
blonds et roses, de vieux bandits couturés de cicatrices ; toujours, toujours le noyé renaissait, il était tour
à tour ange, vierge, guerrier, enfant et bandit. Alors
Laurent se jeta dans la caricature, il exagéra les traits,
il fit des profils monstrueux, il inventa des têtes gro-

tesques, et il ne réussit qu'à rendre plus horribles les portraits frappants de sa victime. Il finit par dessiner des animaux, des chiens et des chats ; les chiens et les chats ressemblaient vaguement à Camille.

Une rage sourde s'était emparée de Laurent. Il creva la toile d'un coup de poing, en songeant avec désespoir à son grand tableau. Maintenant il n'y fallait plus penser ; il sentait bien que, désormais, il ne dessinerait plus que la tête de Camille, et, comme le lui avait dit son ami, des figures qui se ressembleraient toutes feraient rire. Il s'imaginait ce qu'aurait été son œuvre ; il voyait sur les épaules de ses personnages, des hommes et des femmes, la face blafarde et épouvantée du noyé ; l'étrange spectacle qu'il évoquait ainsi lui parut d'un ridicule atroce et l'exaspéra.

Ainsi il n'oserait plus travailler, il redouterait toujours de ressusciter sa victime au moindre coup de pinceau. S'il voulait vivre paisible dans son atelier, il devrait ne jamais y peindre. Cette pensée que ses doigts avaient la faculté fatale et inconsciente de reproduire sans cesse le portrait de Camille lui fit regarder sa main avec terreur. Il lui semblait que cette main ne lui appartenait plus.

XXVI

La crise dont Mme Raquin était menacée se déclara. Brusquement, la paralysie, qui depuis plusieurs mois rampait le long de ses membres, toujours près de l'étreindre, la prit à la gorge et lui lia le corps. Un soir, comme elle s'entretenait paisiblement avec Thérèse et Laurent, elle resta, au milieu d'une phrase, la bouche béante : il lui semblait qu'on l'étranglait. Quand elle voulut crier, appeler au secours, elle ne put balbutier que des sons rauques. Sa langue était devenue de pierre. Ses mains et ses pieds s'étaient roidis. Elle se trouvait frappée de mutisme et d'immobilité.

Thérèse et Laurent se levèrent, effrayés devant ce coup de foudre, qui tordit la vieille mercière en moins de cinq secondes. Quand elle fut roide et qu'elle fixa sur eux des regards suppliants, ils la pressèrent de questions pour connaître la cause de sa souffrance. Elle ne put répondre, elle continua à les regarder avec une angoisse profonde. Ils comprirent alors qu'ils n'avaient plus qu'un cadavre devant eux, un cadavre vivant à moitié qui les voyait et les entendait, mais qui ne pouvait leur parler. Cette crise les désespéra : au fond, ils se souciaient peu des douleurs de la paralytique, ils pleuraient sur eux, qui vivraient désormais dans un éternel tête-à-tête.

Dès ce jour, la vie des époux devint intolérable. Ils passèrent des soirées cruelles, en face de la vieille impotente qui n'endormait plus leur effroi de ses doux radotages. Elle gisait dans un fauteuil, comme un paquet, comme une chose, et ils restaient seuls, aux deux bouts de la table, embarrassés et inquiets. Ce cadavre ne les séparait plus ; par moments, ils l'oubliaient, ils le confondaient avec les meubles. Alors leurs épouvantes de la nuit les prenaient, la salle à manger devenait, comme la chambre, un lieu terrible où se dressait le spectre de Camille. Ils souffrirent ainsi quatre ou cinq heures de plus par jour. Dès le crépuscule, ils frissonnaient, baissant l'abat-jour de la lampe pour ne pas se voir, tâchant de croire que Mme Raquin allait parler et leur rappeler ainsi sa présence. S'ils la gardaient, s'ils ne se débarrassaient pas d'elle, c'est que ses yeux vivaient encore, et qu'ils éprouvaient parfois quelque soulagement à les regarder se mouvoir et briller.

Ils plaçaient toujours la vieille impotente sous la clarté crue de la lampe, afin de bien éclairer son visage et de l'avoir sans cesse devant eux. Ce visage mou et blafard eût été un spectacle insoutenable pour d'autres, mais ils éprouvaient un tel besoin de compagnie, qu'ils y reposaient leurs regards avec une véritable joie. On eût dit le masque dissous d'une morte, au milieu duquel on aurait mis deux yeux vivants ; ces yeux seuls bougeaient, roulant rapidement dans leur orbite ; les joues, la bouche étaient comme pétrifiées, elles gardaient une immobilité qui épouvantait. Lorsque Mme Raquin se laissait aller au sommeil et baissait les paupières, sa face, alors toute blanche et toute muette, était vraiment celle d'un cadavre ; Thérèse et Laurent, qui ne sentaient plus personne avec eux, faisaient du bruit jusqu'à ce que la paralytique eût relevé les paupières et les eût regardés. Ils l'obligeaient ainsi à rester éveillée.

Ils la considéraient comme une distraction qui les tirait de leurs mauvais rêves. Depuis qu'elle était infirme, il fallait la soigner ainsi qu'un enfant. Les soins qu'ils lui prodiguaient les forçaient à secouer leurs pensées. Le matin, Laurent la levait, la portait dans son fauteuil, et, le soir, il la remettait sur son lit ; elle était lourde encore, il devait user de toute sa force pour la prendre délicatement entre ses bras et la transporter. C'était également lui qui roulait son fauteuil. Les autres soins regardaient Thérèse : elle habillait l'impotente, elle la faisait manger, elle cherchait à comprendre ses moindres désirs. Mme Raquin conserva pendant quelques jours l'usage de ses mains, elle put écrire sur une ardoise et demander ainsi ce dont elle avait besoin ; puis ces mains moururent, il lui devint impossible de les soulever et de tenir un crayon ; dès lors, elle n'eut plus que le langage du regard, il fallut que sa nièce devinât ce qu'elle désirait. La jeune femme se voua au rude métier de garde-malade ; cela lui créa une occupation de corps et d'esprit qui lui fit grand bien.

Les époux, pour ne point rester face à face, roulaient dès le matin, dans la salle à manger, le fauteuil de la pauvre vieille. Ils l'apportaient entre eux, comme si elle eût été nécessaire à leur existence ; ils la faisaient assister à leur repas, à toutes leurs entrevues. Ils feignaient de ne pas comprendre, lorsqu'elle témoignait le désir de passer dans sa chambre. Elle n'était bonne qu'à rompre leur tête-à-tête, elle n'avait pas le droit de vivre à part. À huit heures, Laurent allait à son atelier, Thérèse descendait à la boutique, la paralytique demeurait seule dans la salle à manger jusqu'à midi ; puis, après le déjeuner, elle se trouvait seule de nouveau jusqu'à six heures. Souvent, pendant la journée, sa nièce montait et tournait autour d'elle, s'assurant si elle ne manquait de rien. Les amis de la famille ne savaient quels éloges inventer pour exalter les vertus de Thérèse et de Laurent.

Les réceptions du jeudi continuèrent, et l'impotente y assista, comme par le passé. On approchait son fauteuil de la table ; de huit heures à onze heures, elle tenait les yeux ouverts, regardant tour à tour les invités avec des lueurs pénétrantes. Les premiers jours, le vieux Michaud et Grivet demeurèrent un peu embarrassés en face du cadavre de leur vieille amie ; ils ne savaient quelle contenance tenir, ils n'éprouvaient qu'un chagrin médiocre, et ils se demandaient dans quelle juste

mesure il était convenable de s'attrister. Fallait-il parler
à cette face morte, fallait-il ne pas s'en occuper du tout ?
Peu à peu, ils prirent le parti de traiter Mme Raquin
comme si rien ne lui était arrivé. Ils finirent par feindre
d'ignorer complètement son état. Ils causaient avec elle,
faisant les demandes et les réponses, riant pour elle et
pour eux, ne se laissant jamais démonter par l'expression rigide de son visage. Ce fut un étrange spectacle ;
ces hommes avaient l'air de parler raisonnablement à
une statue, comme les petites filles parlent à leur poupée. La paralytique se tenait roide et muette devant eux,
et ils bavardaient, et ils multipliaient les gestes, ayant
avec elle des conversations très animées. Michaud et Grivet s'applaudirent de leur excellente tenue. En agissant
ainsi, ils croyaient faire preuve de politesse ; ils s'évitaient, en outre, l'ennui des condoléances d'usage.
Mme Raquin devait être flattée de se voir traitée en personne bien portante, et, dès lors, il leur était permis de
s'égayer en sa présence sans le moindre scrupule.

Grivet eut une manie. Il affirma qu'il s'entendait parfaitement avec Mme Raquin, qu'elle ne pouvait le
regarder sans qu'il comprît sur-le-champ ce qu'elle désirait. C'était encore là une attention délicate. Seulement,
à chaque fois, Grivet se trompait. Souvent, il interrompait la partie de dominos, il examinait la paralytique
dont les yeux suivaient paisiblement le jeu, et il décla-
rait qu'elle demandait telle ou telle chose. Vérification
faite, Mme Raquin ne demandait rien du tout ou
demandait une chose toute différente. Cela ne décourageait pas Grivet, qui lançait un victorieux : « Quand
je vous le disais ! » et qui recommençait quelques minutes plus tard. C'était une bien autre affaire lorsque
l'impotente témoignait ouvertement un désir ; Thérèse,
Laurent, les invités nommaient l'un après l'autre les
objets qu'elle pouvait souhaiter. Grivet se faisait alors
remarquer par la maladresse de ses offres. Il nommait
tout ce qui lui passait par la tête, au hasard, offrant
toujours le contraire de ce que Mme Raquin désirait.
Ce qui ne lui empêchait pas de répéter :

— Moi, je lis dans ses yeux comme dans un livre. Tenez, elle me dit que j'ai raison... N'est-ce pas, chère dame... Oui, oui.

D'ailleurs, ce n'était pas une chose facile que de saisir les souhaits de la pauvre vieille. Thérèse seule avait cette science. Elle communiquait assez aisément avec cette intelligence murée, vivante encore et enterrée au fond d'une chair morte. Que se passait-il dans cette misérable créature qui vivait juste assez pour assister à la vie sans y prendre part ? Elle voyait, elle entendait, elle raisonnait sans doute d'une façon nette et claire, et elle n'avait plus le geste, elle n'avait plus la voix pour exprimer au-dehors les pensées qui naissaient en elle. Ses idées l'étouffaient peut-être. Elle n'aurait pu lever la main, ouvrir la bouche, quand même un de ses mouvements, une de ses paroles eût décidé des destinées du monde. Son esprit était comme un de ces vivants qu'on ensevelit par mégarde et qui se réveillent dans la nuit de la terre, à deux ou trois mètres au-dessous du sol ; ils crient, ils se débattent, et l'on passe sur eux sans entendre leurs atroces lamentations [1]. Souvent, Laurent regardait Mme Raquin, les lèvres serrées, les mains allongées sur les genoux, mettant toute sa vie dans ses yeux vifs et rapides, et il se disait :

— Qui sait à quoi elle peut penser toute seule... Il doit se passer quelque drame cruel au fond de cette morte.

Laurent se trompait, Mme Raquin était heureuse, heureuse des soins et de l'affection de ses chers enfants. Elle avait toujours rêvé de finir comme cela, lentement, au milieu de dévouements et de caresses. Certes, elle aurait voulu conserver la parole pour remercier ses amis qui l'aidaient à mourir en paix. Mais elle acceptait son

---

1. On trouve ici la trace d'un fantasme, l'homme enseveli vivant, qui ne cesse de hanter l'écrivain Zola. Il en fera le sujet d'une nouvelle (*La Mort d'Olivier Bécaille*, 1879), d'un texte autobiographique inédit (*Le Journal d'un convalescent*, 1860), et le reprendra dans de nombreux romans (*La Faute de l'abbé Mouret*, 1875, *Germinal*, 1885, *La Joie de vivre*, 1884, etc.).

état sans révolte ; la vie paisible et retirée qu'elle avait toujours menée, les douceurs de son tempérament lui empêchaient de sentir trop rudement les souffrances du mutisme et de l'immobilité. Elle était redevenue enfant, elle passait des journées sans ennui, à regarder devant elle, à songer au passé. Elle finit même par goûter des charmes à rester bien sage dans son fauteuil, comme une petite fille.

Ses yeux prenaient chaque jour une douceur, une clarté plus pénétrantes. Elle en était arrivée à se servir de ses yeux comme d'une main, comme d'une bouche, pour demander et remercier. Elle suppléait ainsi, d'une façon étrange et charmante, aux organes qui lui faisaient défaut. Ses regards étaient beaux d'une beauté céleste, au milieu de sa face dont les chairs pendaient molles et grimaçantes. Depuis que ses lèvres tordues et inertes ne pouvaient plus sourire, elle souriait du regard, avec des tendresses adorables ; des lueurs humides passaient, et des rayons d'aurore sortaient des orbites. Rien n'était plus singulier que ces yeux qui riaient comme des lèvres dans ce visage mort ; le bas du visage restait morne et blafard, le haut s'éclairait divinement. C'était surtout pour ses chers enfants qu'elle mettait ainsi toutes ses reconnaissances, toutes les affections de son âme dans un simple coup d'œil. Lorsque, le soir et le matin, Laurent la prenait entre ses bras pour la transporter, elle le remerciait avec amour par des regards pleins d'une tendre effusion.

Elle vécut ainsi pendant plusieurs semaines, attendant la mort, se croyant à l'abri de tout nouveau malheur. Elle pensait avoir payé sa part de souffrance. Elle se trompait. Un soir, un effroyable coup l'écrasa.

Thérèse et Laurent avaient beau la mettre entre eux, en pleine lumière, elle ne vivait plus assez pour les séparer et les défendre contre leurs angoisses. Quand ils oubliaient qu'elle était là, qu'elle les voyait et les entendait, la folie les prenait, ils apercevaient Camille et cherchaient à le chasser. Alors, ils balbutiaient, ils laissaient échapper malgré eux des aveux, des phrases qui finirent par tout révéler à Mme Raquin. Laurent eut une sorte de crise pendant laquelle il parla comme un halluciné. Brusquement, la paralytique comprit.

Une effrayante contraction passa sur son visage, et elle éprouva une telle secousse, que Thérèse crut qu'elle allait bondir et crier. Puis elle retomba dans une rigidité de fer. Cette espèce de choc fut d'autant plus épouvantable qu'il sembla galvaniser un cadavre. La sensibilité, un instant rappelée, disparut ; l'impotente demeura plus écrasée, plus blafarde. Ses yeux, si doux d'ordinaire, étaient devenus noirs et durs, pareils à des morceaux de métal.

Jamais désespoir n'était tombé plus rudement dans un être. La sinistre vérité, comme un éclair, brûla les yeux de la paralytique et entra en elle avec le heurt suprême d'un coup de foudre. Si elle avait pu se lever, jeter le cri d'horreur qui montait à sa gorge, maudire les assassins de son fils, elle eût moins souffert. Mais, après avoir tout entendu, tout compris, il lui fallut rester immobile et muette, gardant en elle l'éclat de sa douleur. Il lui sembla que Thérèse et Laurent l'avaient liée, clouée sur son fauteuil pour l'empêcher de s'élancer, et qu'ils prenaient un atroce plaisir à lui répéter : « Nous avons tué Camille », après avoir posé sur ses lèvres un bâillon qui étouffait ses sanglots. L'épouvante, l'angoisse couraient furieusement dans son corps sans trouver une issue. Elle faisait des efforts surhumains pour soulever le poids qui l'écrasait, pour dégager sa gorge et donner ainsi passage au flot de son désespoir. Et vainement elle tendait ses dernières énergies ; elle sentait sa langue froide contre son palais, elle ne pouvait s'arracher de la mort. Une impuissance de cadavre la tenait rigide. Ses sensations ressemblaient à celles d'un homme tombé en léthargie qu'on enterrerait et qui, bâillonné par les liens de sa chair, entendrait sur sa tête le bruit sourd des pelletées de sable.

Le ravage qui se fit dans son cœur fut plus terrible encore. Elle sentit en elle un écroulement qui la brisa. Sa vie entière était désolée, toutes ses tendresses, toutes

ses bontés, tous ses dévouements venaient d'être brutalement renversés et foulés aux pieds. Elle avait mené
une vie d'affection et de douceur, et, à ses heures dernières, lorsqu'elle allait emporter dans la tombe la
croyance aux bonheurs calmes de l'existence, une voix
lui criait que tout est mensonge et que tout est crime.
Le voile qui se déchirait lui montrait, au-delà des
amours et des amitiés qu'elle avait cru voir, un spectacle effroyable de sang et de honte. Elle eût injurié Dieu,
si elle avait pu crier un blasphème. Dieu l'avait trompée pendant plus de soixante ans, en la traitant en petite
fille douce et bonne, en amusant ses yeux par des
tableaux mensongers de joie tranquille. Et elle était
demeurée enfant, croyant sottement à mille choses
niaises, ne voyant pas la vie réelle se traîner dans la boue
sanglante des passions. Dieu était mauvais ; il aurait
dû lui dire la vérité plus tôt, ou la laisser s'en aller avec
ses innocences et son aveuglement. Maintenant, il ne
lui restait qu'à mourir en niant l'amour, en niant l'amitié, en niant le dévouement. Rien n'existait que le meurtre et la luxure.

Hé quoi ! Camille était mort sous les coups de Thérèse et de Laurent, et ceux-ci avaient conçu le crime
au milieu des hontes de l'adultère ! Il y avait pour
Mme Raquin un tel abîme dans cette pensée, qu'elle ne
pouvait la raisonner ni la saisir d'une façon nette et
détaillée. Elle n'éprouvait qu'une sensation, celle d'une
chute horrible ; il lui semblait qu'elle tombait dans un
trou noir et froid. Et elle se disait : « Je vais aller me
briser au fond. »

Après la première secousse, la monstruosité du crime
lui parut invraisemblable. Puis elle eut peur de devenir folle, lorsque la conviction de l'adultère et du meurtre s'établit en elle, au souvenir de petites circonstances
qu'elle ne s'était pas expliquées jadis. Thérèse et Laurent étaient bien les meurtriers de Camille, Thérèse
qu'elle avait élevée, Laurent qu'elle avait aimé en mère
dévouée et tendre. Cela tournait dans sa tête comme
une roue immense, avec un bruit assourdissant. Elle

devinait des détails si ignobles, elle descendait dans une hypocrisie si grande, elle assistait en pensée à un double spectacle d'une ironie si atroce, qu'elle eût voulu mourir pour ne plus penser. Une seule idée, machinale et implacable, broyait son cerveau avec une pesanteur et un entêtement de meule. Elle se répétait : « Ce sont mes enfants qui ont tué mon enfant », et elle ne trouvait rien autre chose pour exprimer son désespoir.

Dans le brusque changement de son cœur, elle se cherchait avec égarement et ne se reconnaissait plus ; elle restait écrasée sous l'envahissement brutal des pensées de vengeance qui chassaient toute la bonté de sa vie. Quand elle eut été transformée, il fit noir en elle ; elle sentit naître dans sa chair mourante un nouvel être, impitoyable et cruel, qui aurait voulu mordre les assassins de son fils.

Lorsqu'elle eut succombé sous l'étreinte accablante de la paralysie, lorsqu'elle eut compris qu'elle ne pouvait sauter à la gorge de Thérèse et de Laurent, qu'elle rêvait d'étrangler, elle se résigna au silence et à l'immobilité, et de grosses larmes tombèrent lentement de ses yeux. Rien ne fut plus navrant que ce désespoir muet et immobile. Ces larmes qui coulaient une à une sur ce visage mort dont pas une ride ne bougeait, cette face inerte et blafarde qui ne pouvait pleurer par tous ses traits et où les yeux seuls sanglotaient, offraient un spectacle poignant.

Thérèse fut prise d'une pitié épouvantée.

— Il faut la coucher, dit-elle à Laurent en lui montrant sa tante.

Laurent se hâta de rouler la paralytique dans sa chambre. Puis il se baissa pour la prendre dans ses bras. À ce moment, Mme Raquin espéra qu'un ressort puissant allait la mettre sur ses pieds ; elle tenta un effort suprême. Dieu ne pouvait permettre que Laurent la serrât contre sa poitrine ; elle comptait que la foudre allait l'écraser s'il avait cette impudence monstrueuse. Mais aucun ressort ne la poussa, et le ciel réserva son tonnerre. Elle resta affaissée, passive, comme un paquet de linge. Elle fut saisie, soulevée, transportée par l'assassin ; elle éprouva l'angoisse de se sentir, molle et abandonnée, entre les bras du meurtrier de Camille. Sa tête roula sur l'épaule de Laurent, qu'elle regarda avec des yeux agrandis par l'horreur.

— Va, va, regarde-moi bien, murmura-t-il, tes yeux ne me mangeront pas...

Et il la jeta brutalement sur le lit. L'impotente y tomba évanouie. Sa dernière pensée avait été une pensée de terreur et de dégoût. Désormais, il lui faudrait, matin et soir, subir l'étreinte immonde des bras de Laurent.

XXVII

Une crise d'épouvante avait seule pu amener les époux à parler, à faire des aveux en présence de Mme Raquin. Ils n'étaient cruels ni l'un ni l'autre ; ils auraient évité une semblable révélation par humanité, si leur sûreté ne leur eût pas déjà fait une loi de garder le silence.

Le jeudi suivant, ils furent singulièrement inquiets. Le matin, Thérèse demanda à Laurent s'il croyait prudent de laisser la paralytique dans la salle à manger pendant la soirée. Elle savait tout, elle pourrait donner l'éveil.

— Bah ! répondit Laurent, il lui est impossible de remuer le petit doigt. Comment veux-tu qu'elle bavarde ?

— Elle trouvera peut-être un moyen, répondit Thérèse. Depuis l'autre soir, je lis dans ses yeux une pensée implacable.

— Non, vois-tu, le médecin m'a dit que tout était bien fini pour elle. Si elle parle encore une fois, elle parlera dans le dernier hoquet de l'agonie... Elle n'en a pas pour longtemps, va. Ce serait bête de charger encore notre conscience en l'empêchant d'assister à cette soirée...

Thérèse frissonna.

— Tu ne m'as pas comprise, cria-t-elle. Oh ! tu as raison, il y a assez de sang... Je voulais te dire que nous pourrions enfermer ma tante dans sa chambre et prétendre qu'elle est plus souffrante, qu'elle dort.

— C'est cela, reprit Laurent, et cet imbécile de
Michaud entrerait carrément dans la chambre pour voir
quand même sa vieille amie... Ce serait une excellente
façon pour nous perdre.

Il hésitait, il voulait paraître tranquille, et l'anxiété
le faisait balbutier.

— Il vaut mieux laisser aller les événements, continua-t-il. Ces gens-là sont bêtes comme des oies ; ils
n'entendront certainement rien aux désespoirs muets
de la vieille. Jamais ils ne se douteront de la chose, car
ils sont trop loin de la vérité. Une fois l'épreuve faite,
nous serons tranquilles sur les suites de notre imprudence... Tu verras, tout ira bien.

Le soir, quand les invités arrivèrent, Mme Raquin
occupait sa place ordinaire, entre le poêle et la table.
Laurent et Thérèse jouaient la belle humeur, cachant
leurs frissons, attendant avec angoisse l'incident qui ne
pouvait manquer de se produire. Ils avaient baissé très
bas l'abat-jour de la lampe ; la toile cirée seule était
éclairée.

Les invités eurent ce bout de causerie banale et
bruyante qui précédait toujours la première partie de
dominos. Grivet et Michaud ne manquèrent pas d'adres-
ser à la paralytique les questions d'usage sur sa santé,
questions auxquelles ils firent eux-mêmes des réponses excellentes, comme ils en avaient l'habitude. Après
quoi, sans plus s'occuper de la pauvre vieille, la compagnie se plongea dans le jeu avec délices.

Mme Raquin, depuis qu'elle connaissait l'horrible
secret, attendait fiévreusement cette soirée. Elle avait
réuni ses dernières forces pour dénoncer les coupables.
Jusqu'au dernier moment, elle craignit de ne pas assister
à la réunion ; elle pensait que Laurent la ferait disparaître, la tuerait peut-être, ou tout au moins l'enfer-
merait dans sa chambre. Quand elle vit qu'on la laissait là, quand elle fut en présence des invités, elle goûta
une joie chaude en songeant qu'elle allait tenter de venger son fils. Comprenant que sa langue était bien morte,
elle essaya un nouveau langage. Par une puissance de

volonté étonnante, elle parvint à galvaniser en quelque sorte sa main droite, à la soulever légèrement de son genou où elle était toujours étendue, inerte ; elle la fit ensuite ramper peu à peu le long d'un des pieds de la table, qui se trouvait devant elle, et parvint à la poser sur la toile cirée. Là, elle agita faiblement les doigts comme pour attirer l'attention.

Quand les joueurs aperçurent au milieu d'eux cette main de morte, blanche et molle, ils furent très surpris. Grivet s'arrêta, le bras en l'air, au moment où il allait poser victorieusement le double-six. Depuis son attaque, l'impotente n'avait plus remué les mains.

— Hé ! voyez donc, Thérèse, cria Michaud, voilà Mme Raquin qui agite les doigts... Elle désire sans doute quelque chose.

Thérèse ne put répondre ; elle avait suivi, ainsi que Laurent, le labeur de la paralytique, elle regardait la main de sa tante, blafarde sous la lumière crue de la lampe, comme une main vengeresse qui allait parler. Les deux meurtriers attendaient, haletants.

— Pardieu ! oui, dit Grivet, elle désire quelque chose... Oh ! nous nous comprenons bien tous les deux... Elle veut jouer aux dominos... Hein ! n'est-ce pas, chère dame ?

Mme Raquin fit un signe violent de dénégation. Elle allongea un doigt, replia les autres, avec des peines infinies, et se mit à tracer péniblement des lettres sur la table. Elle n'avait pas indiqué quelques traits, que Grivet s'écria de nouveau avec triomphe :

— Je comprends : elle dit que je fais bien de poser le double-six.

L'impotente jeta sur le vieil employé un regard terrible et reprit le mot qu'elle voulait écrire. Mais, à chaque instant, Grivet l'interrompait en déclarant que c'était inutile, qu'il avait compris, et il avançait une sottise. Michaud finit par le faire taire.

— Que diable ! laissez parler Mme Raquin, dit-il. Parlez, ma vieille amie.

Et il regarda sur la toile cirée, comme il aurait prêté

l'oreille. Mais les doigts de la paralytique se lassaient, ils avaient recommencé un mot à plus de dix reprises, et ils ne traçaient plus ce mot qu'en s'égarant à droite et à gauche. Michaud et Olivier se penchaient, ne pouvant lire, forçant l'impotente à toujours reprendre les premières lettres.

— Ah ! bien, s'écria tout à coup Olivier, j'ai lu, cette fois... Elle vient d'écrire votre nom, Thérèse... Voyons : « *Thérèse et...* » Achevez, chère dame.

Thérèse faillit crier d'angoisse. Elle regardait les doigts de sa tante glisser sur la toile cirée, et il lui semblait que ces doigts traçaient son nom et l'aveu de son crime en caractères de feu. Laurent s'était levé violemment, se demandant s'il n'allait pas se précipiter sur la paralytique et lui briser le bras. Il crut que tout était perdu, il sentit sur son être la pesanteur et le froid du châtiment, en voyant cette main revivre pour révéler l'assassinat de Camille.

Mme Raquin écrivait toujours, d'une façon de plus en plus hésitante.

— C'est parfait, je lis très bien, reprit Olivier au bout d'un instant, en regardant les époux. Votre tante écrit vos deux noms : « *Thérèse et Laurent...* »

La vieille dame fit coup sur coup des signes d'affirmation, en jetant sur les meurtriers des regards qui les écrasèrent. Puis elle voulut achever. Mais ses doigts s'étaient roidis, la volonté suprême qui les galvanisait lui échappait ; elle sentait la paralysie remonter lentement le long de son bras, et de nouveau s'emparer de son poignet. Elle se hâta, elle traça encore un mot.

Le vieux Michaud lut à haute voix :

— « *Thérèse et Laurent ont...* »

Et Olivier demanda :

— Qu'est-ce qu'ils ont, vos chers enfants ?

Les meurtriers, pris d'une terreur folle, furent sur le point d'achever la phrase tout haut. Ils contemplaient la main vengeresse avec des yeux fixes et troubles, lorsque, tout d'un coup, cette main fut prise d'une convulsion et s'aplatit sur la table ; elle glissa et retomba le long du genou de l'impotente, comme une masse de chair inanimée. La paralysie était revenue et avait arrêté le châtiment. Michaud et Olivier se rassirent, désappointés, tandis que Thérèse et Laurent goûtaient une joie si âcre, qu'ils se sentaient défaillir sous le flux brusque du sang qui battait dans leur poitrine.

Grivet était vexé de ne pas avoir été cru sur parole. Il pensa que le moment était venu de reconquérir son infaillibilité en complétant la phrase inachevée de Mme Raquin. Comme on cherchait le sens de cette phrase :

— C'est très clair, dit-il, je devine la phrase entière dans les yeux de madame. Je n'ai pas besoin qu'elle écrive sur une table, moi ; un de ses regards me suffit... Elle a voulu dire : « Thérèse et Laurent ont bien soin de moi. »

Grivet dut s'applaudir de son imagination, car toute la société fut de son avis. Les invités se mirent à faire l'éloge des époux, qui se montraient si bons pour la pauvre dame.

— Il est certain, dit gravement le vieux Michaud, que Mme Raquin a voulu rendre hommage aux tendres attentions que lui prodiguent ses enfants. Cela honore toute la famille.

Et il ajouta en reprenant ses dominos :

— Allons, continuons. Où en étions-nous ?... Grivet allait poser le double-six, je crois.

Grivet posa le double-six. La partie continua, stupide et monotone.

La paralytique regardait sa main, abîmée dans un affreux désespoir. Sa main venait de la trahir. Elle la sentait lourde comme du plomb, maintenant ; jamais plus elle ne pourrait la soulever. Le ciel ne voulait pas que Camille fût vengé, il retirait à sa mère le seul moyen de faire connaître aux hommes le meurtre dont il avait été la victime. Et la malheureuse se disait qu'elle n'était plus bonne qu'à aller rejoindre son enfant dans la terre. Elle baissa les paupières, se sentant inutile désormais, voulant se croire déjà dans la nuit du tombeau.

XXVIII

Depuis deux mois, Thérèse et Laurent se débattaient dans les angoisses de leur union. Ils souffraient l'un par l'autre. Alors la haine monta lentement en eux, ils finirent par se jeter des regards de colère, pleins de menaces sourdes.

La haine devait forcément venir. Ils s'étaient aimés comme des brutes, avec une passion chaude, toute de sang ; puis, au milieu des énervements du crime, leur amour était devenu de la peur, et ils avaient éprouvé une sorte d'effroi physique de leurs baisers ; aujourd'hui, sous la souffrance que le mariage, que la vie en commun leur imposait, ils se révoltaient et s'emportaient.

Ce fut une haine atroce, aux éclats terribles. Ils sentaient bien qu'ils se gênaient l'un l'autre ; ils se disaient qu'ils mèneraient une existence tranquille, s'ils n'étaient pas toujours là face à face. Quand ils étaient en présence, il leur semblait qu'un poids énorme les étouffait, et ils auraient voulu écarter ce poids, l'anéantir ; leurs lèvres se pinçaient, des pensées de violence passaient dans leurs yeux clairs, il leur prenait des envies de s'entre-dévorer.

Au fond, une pensée unique les rongeait : ils s'irritaient contre leur crime, ils se désespéraient d'avoir à jamais troublé leur vie. De là venaient toute leur colère et toute leur haine. Ils sentaient que le mal était incurable, qu'ils souffriraient jusqu'à leur mort du meurtre de Camille, et cette idée de perpétuité dans la souffrance les exaspérait. Ne sachant sur qui frapper, ils s'en prenaient à eux-mêmes, ils s'exécraient.

Ils ne voulaient pas reconnaître tout haut que leur mariage était le châtiment fatal du meurtre ; ils se refusaient à entendre la voix intérieure qui leur criait la vérité, en étalant devant eux l'histoire de leur vie. Et pourtant, dans les crises d'emportement qui les secouaient, ils lisaient chacun nettement au fond de leur colère, ils devinaient les fureurs de leur être égoïste qui les avait poussés à l'assassinat pour contenter ses appétits, et qui ne trouvait dans l'assassinat qu'une existence désolée et intolérable. Ils se souvenaient du passé, ils savaient que leur espérance trompée de luxure et de bonheur paisible les amenait seule aux remords ; s'ils avaient pu s'embrasser en paix et vivre en joie, ils n'auraient point pleuré Camille, ils se seraient engraissés de leur crime. Mais leur corps s'était révolté, refusant le mariage, et ils se demandaient avec terreur où allaient les conduire l'épouvante et le dégoût. Ils n'apercevaient qu'un avenir effroyable de douleur, qu'un dénouement sinistre et violent. Alors, comme deux ennemis qu'on aurait attachés ensemble et qui feraient de vains efforts pour se soustraire à cet embrassement forcé, ils tendaient leurs muscles et leurs nerfs, ils se roidissaient sans parvenir à se délivrer. Puis, comprenant que jamais ils n'échapperaient à leur étreinte, irrités par les cordes qui leur coupaient la chair, écœurés de leur contact, sentant à chaque heure croître leur malaise, oubliant qu'ils s'étaient eux-mêmes liés l'un à l'autre, et ne pouvant supporter leurs liens un instant de plus, ils s'adressaient des reproches sanglants, ils essayaient de souffrir moins, de panser les blessures qu'ils se faisaient, en s'injuriant, en s'étourdissant de leurs cris et de leurs accusations.

Chaque soir une querelle éclatait. On eût dit que les meurtriers cherchaient des occasions pour s'exaspérer, pour détendre leurs nerfs roidis. Ils s'épiaient, se tâtaient du regard, fouillant leurs blessures, trouvant le vif de chaque plaie, et prenant une âcre volupté à se faire crier de douleur. Ils vivaient au milieu d'une irritation continuelle, las d'eux-mêmes, ne pouvant plus supporter un mot, un geste, un regard, sans souffrir et sans délirer. Leur être entier se trouvait préparé pour la violence ; la plus légère impatience, la contrariété la plus ordinaire grandissaient d'une façon étrange dans leur organisme détraqué, et devenaient tout d'un coup grosses de brutalité. Un rien soulevait un orage qui durait jusqu'au lendemain. Un plat trop chaud, une fenêtre ouverte, un démenti, une simple observation suffisaient pour les pousser à de véritables crises de folie. Et toujours, à un moment de la dispute, ils se jetaient le noyé à la face. De parole en parole, ils en arrivaient à se reprocher la noyade de Saint-Ouen ; alors ils voyaient rouge, ils s'exaltaient jusqu'à la rage. C'étaient des scènes atroces, des étouffements, des coups, des cris ignobles, des brutalités honteuses. D'ordinaire, Thérèse et Laurent s'exaspéraient ainsi après le repas ; ils s'enfermaient dans la salle à manger pour que le bruit de leur désespoir ne fût pas entendu. Là, ils pouvaient se dévorer à l'aise, au fond de cette pièce humide, de cette sorte de caveau que la lampe éclairait de lueurs jaunâtres. Leurs voix, au milieu du silence et de la tranquillité de l'air, prenaient des sécheresses déchirantes. Et ils ne cessaient que lorsqu'ils étaient brisés de fatigue ; alors seulement ils pouvaient aller goûter quelques heures de repos. Leurs querelles devinrent comme un besoin pour eux, comme un moyen de gagner le sommeil en hébétant leurs nerfs.

Mme Raquin les écoutait. Elle était là sans cesse, dans son fauteuil, les mains pendantes sur les genoux, la tête droite, la face muette. Elle entendait tout, et sa chair morte n'avait pas un frisson. Ses yeux s'attachaient sur les meurtriers avec une fixité aiguë. Son martyre devait être atroce. Elle sut ainsi, détail par détail, les faits qui avaient précédé et suivi le meurtre de Camille, elle descendit peu à peu dans les saletés et les crimes de ceux qu'elle avait appelés ses chers enfants.

Les querelles des époux la mirent au courant des moindres circonstances, étalèrent devant son esprit terrifié, un à un, les épisodes de l'horrible aventure. Et à mesure qu'elle pénétrait plus avant dans cette boue sanglante, elle criait grâce, elle croyait toucher le fond de l'infamie, et il lui fallait descendre encore. Chaque soir, elle apprenait quelque nouveau détail. Toujours l'affreuse histoire s'allongeait devant elle ; il lui semblait qu'elle était perdue dans un rêve d'horreur qui n'aurait pas de fin. Le premier aveu avait été brutal et écrasant, mais elle souffrait davantage de ces coups répétés, de ces petits faits que les époux laissaient échapper au milieu de leur emportement et qui éclairaient le crime de lueurs sinistres. Une fois par jour, cette mère entendait le récit de l'assassinat de son fils, et, chaque jour, ce récit devenait plus épouvantable, plus circonstancié, et était crié à ses oreilles avec plus de cruauté et d'éclat.

Parfois, Thérèse était prise de remords, en face de ce masque blafard sur lequel coulaient silencieusement de grosses larmes. Elle montrait sa tante à Laurent, le conjurant du regard de se taire.

— Eh ! laisse donc ! criait celui-ci avec brutalité, tu sais bien qu'elle ne peut pas nous livrer... Est-ce que je suis plus heureux qu'elle, moi ?... Nous avons son argent, je n'ai pas besoin de me gêner.

Et la querelle continuait, âpre, éclatante, tuant de nouveau Camille. Ni Thérèse ni Laurent n'osaient céder à la pensée de pitié qui leur venait parfois, d'enfermer la paralytique dans sa chambre, lorsqu'ils se disputaient, et de lui éviter ainsi le récit du crime. Ils redoutaient de s'assommer l'un l'autre, s'ils n'avaient plus entre eux ce cadavre à demi vivant. Leur pitié cédait devant leur lâcheté, ils imposaient à Mme Raquin des souffrances indicibles, parce qu'ils avaient besoin de sa présence pour se protéger contre leurs hallucinations.

Toutes leurs disputes se ressemblaient et les amenaient aux mêmes accusations. Dès que le nom de Camille était prononcé, dès que l'un d'eux accusait l'autre d'avoir tué cet homme, il y avait un choc effrayant.

Un soir, à dîner, Laurent, qui cherchait un prétexte pour s'irriter, trouva que l'eau de la carafe était tiède ; il déclara que l'eau tiède lui donnait des nausées, et qu'il en voulait de la fraîche.

— Je n'ai pu me procurer de la glace, répondit sèchement Thérèse.

— C'est bien, je ne boirai pas, reprit Laurent.

— Cette eau est excellente.

— Elle est chaude et a un goût de bourbe. On dirait de l'eau de rivière.

Thérèse répéta :

— De l'eau de rivière...

Et elle éclata en sanglots. Un rapprochement d'idées venait d'avoir lieu dans son esprit.

— Pourquoi pleures-tu ? demanda Laurent, qui prévoyait la réponse et qui pâlissait.

— Je pleure, sanglota la jeune femme, je pleure parce que... tu le sais bien... Oh ! mon Dieu ! mon Dieu ! c'est toi qui l'as tué.

— Tu mens ! cria l'assassin avec véhémence, avoue que tu mens... Si je l'ai jeté à la Seine, c'est que tu m'as poussé à ce meurtre.

— Moi ! moi !

— Oui, toi !... Ne fais pas l'ignorante, ne m'oblige pas à te faire avouer de force la vérité. J'ai besoin que tu confesses ton crime, que tu acceptes ta part dans l'assassinat. Cela me tranquillise et me soulage.

— Mais ce n'est pas moi qui ai noyé Camille.

— Si, mille fois si, c'est toi !... Oh ! tu feins l'étonnement et l'oubli. Attends, je vais rappeler tes souvenirs.

Il se leva de table, se pencha vers la jeune femme, et, le visage en feu, lui cria dans la face :

— Tu étais au bord de l'eau, tu te souviens, et je t'ai dit tout bas : « Je vais le jeter à la rivière. » Alors tu as accepté, tu es entrée dans la barque... Tu vois bien que tu l'as assassiné avec moi.

— Ce n'est pas vrai... J'étais folle, je ne sais plus ce que j'ai fait, mais je n'ai jamais voulu le tuer. Toi seul as commis le crime.

Ces dénégations torturaient Laurent. Comme il le
disait, l'idée d'avoir une complice le soulageait ; il
aurait tenté, s'il l'avait osé, de se prouver à lui-même
que toute l'horreur du meurtre retombait sur Thérèse.
Il lui venait des envies de battre la jeune femme pour
lui faire confesser qu'elle était la plus coupable.

Il se mit à marcher de long en large, criant, délirant,
suivi par les regards fixes de Mme Raquin.

— Ah ! la misérable ! la misérable ! balbutiait-il
d'une voix étranglée, elle veut me rendre fou… Eh !
n'es-tu pas montée un soir dans ma chambre comme
une prostituée, ne m'as-tu pas soûlé de tes caresses pour
me décider à te débarrasser de ton mari ? Il te déplai-
sait, il sentait l'enfant malade, me disais-tu lorsque je
venais te voir ici… Il y a trois ans, est-ce que je pensais
à tout cela moi ? Est-ce que j'étais un coquin ? Je vivais
tranquille, en honnête homme, ne faisant de mal à personne. Je n'aurais pas écrasé une mouche.

— C'est toi qui as tué Camille, répéta Thérèse avec
une obstination désespérée qui faisait perdre la tête à
Laurent.

— Non, c'est toi, je te dis que c'est toi, reprit-il
avec un éclat terrible… Vois-tu, ne m'exaspère pas,
cela pourrait mal finir… Comment, malheureuse, tu
ne te rappelles rien ! Tu t'es livrée à moi comme une
fille, là, dans la chambre de ton mari ; tu m'y as fait
connaître des voluptés qui m'ont affolé. Avoue que tu
avais calculé tout cela, que tu haïssais Camille, et que
depuis longtemps tu voulais le tuer. Tu m'as sans doute
pris pour amant afin de me heurter contre lui et de le
briser.

— Ce n'est pas vrai… C'est monstrueux ce que tu
dis là… Tu n'as pas le droit de me reprocher ma faiblesse. Je puis dire, comme toi, qu'avant de te connaître, j'étais une honnête femme qui n'avait jamais fait
de mal à personne. Si je t'ai rendu fou, tu m'as rendue
plus folle encore. Ne nous disputons pas, entends-tu,
Laurent.. J'aurais trop de choses à te reprocher.

— Qu'aurais-tu donc à me reprocher ?

— Non, rien... Tu ne m'as pas sauvée de moi-même, tu as profité de mes abandons, tu t'es plu à désoler ma vie... Je te pardonne tout cela... Mais, par grâce, ne m'accuse pas d'avoir tué Camille. Garde ton crime pour toi, ne cherche pas à m'épouvanter davantage.

Laurent leva la main pour frapper Thérèse au visage.

— Bats-moi, j'aime mieux ça, ajouta-t-elle, je souffrirai moins.

Et elle tendit la face. Il se retint, il prit une chaise et s'assit à côté de la jeune femme.

— Écoute, lui dit-il d'une voix qu'il s'efforçait de rendre calme, il y a de la lâcheté à refuser ta part du crime. Tu sais parfaitement que nous l'avons commis ensemble, tu sais que tu es aussi coupable que moi. Pourquoi veux-tu rendre ma charge plus lourde en te disant innocente ? Si tu étais innocente, tu n'aurais pas consenti à m'épouser. Souviens-toi des deux années qui ont suivi le meurtre. Désires-tu tenter une épreuve ? Je vais aller tout dire au procureur impérial, et tu verras si nous ne serons pas condamnés l'un et l'autre.

Ils frissonnèrent, et Thérèse reprit :

— Les hommes me condamneraient peut-être, mais Camille sait bien que tu as tout fait... Il ne me tourmente pas la nuit comme il te tourmente.

— Camille me laisse en repos, dit Laurent pâle et tremblant, c'est toi qui le vois passer dans tes cauchemars, je t'ai entendue crier.

— Ne dis pas cela, s'écria la jeune femme avec colère, je n'ai pas crié, je ne veux pas que le spectre vienne. Oh ! je comprends, tu cherches à le détourner de toi... Je suis innocente, je suis innocente !

Ils se regardèrent terrifiés, brisés de fatigue, craignant d'avoir évoqué le cadavre du noyé. Leurs querelles finissaient toujours ainsi ; ils protestaient de leur innocence, ils cherchaient à se tromper eux-mêmes pour mettre en fuite les mauvais rêves. Leurs continuels efforts tendaient à rejeter à tour de rôle la responsabilité du crime, à se défendre comme devant un tribunal, en faisant mutuellement peser sur eux les charges les plus graves. Le plus étrange était qu'ils ne parvenaient pas à être dupes de leurs serments, qu'ils se rappelaient parfaitement tous deux les circonstances de l'assassinat. Ils lisaient des aveux dans leurs yeux, lorsque leurs lèvres se donnaient des démentis. C'étaient des mensonges puérils, des affirmations ridicules, la dispute toute de mots de deux misérables qui mentaient pour mentir, sans pouvoir se cacher qu'ils mentaient. Successivement, ils prenaient le rôle d'accusateur, et, bien que jamais le procès qu'ils se faisaient n'eût amené un résultat, ils le recommençaient chaque soir avec un acharnement cruel. Ils savaient qu'ils ne se prouveraient rien, qu'ils ne parviendraient pas à effacer le passé, et ils tentaient toujours cette besogne, ils revenaient toujours à la charge, aiguillonnés par la douleur et l'effroi, vaincus à l'avance par l'accablante réalité. Le bénéfice le plus net qu'ils tiraient de leurs disputes était de produire une tempête de mots et de cris dont le tapage les étourdissait un moment.

Et tant que duraient leurs emportements, tant qu'ils s'accusaient, la paralytique ne les quittait pas du regard. Une joie ardente luisait dans ses yeux, lorsque Laurent levait sa large main sur la tête de Thérèse.

XXIX

Une nouvelle phase se déclara. Thérèse, poussée à bout par la peur, ne sachant où trouver une pensée consolante, se mit à pleurer le noyé tout haut devant Laurent.

Il y eut un brusque affaissement en elle. Ses nerfs trop tendus se brisèrent, sa nature sèche et violente s'amollit. Déjà elle avait eu des attendrissements pendant les premiers jours du mariage. Ces attendrissements revinrent, comme une réaction nécessaire et fatale. Lorsque la jeune femme eut lutté de toute son énergie nerveuse contre le spectre de Camille, lorsqu'elle eut vécu pendant plusieurs mois sourdement irritée, révoltée contre ses souffrances, cherchant à les guérir par les seules volontés de son être, elle éprouva tout d'un coup une telle lassitude qu'elle plia et fut vaincue. Alors, redevenue femme, petite fille même, ne se sentant plus la force de se roidir, de se tenir fiévreusement debout en face de ses épouvantes, elle se jeta dans la pitié, dans les larmes et les regrets, espérant y trouver quelque soulagement. Elle essaya de tirer parti des faiblesses de chair et d'esprit qui la prenaient ; peut-être le noyé, qui n'avait pas cédé devant ses irritations, céderait-il devant ses pleurs. Elle eut ainsi des remords par calcul, se disant que c'était sans doute le meilleur moyen d'apaiser et de contenter Camille. Comme certaines dévotes, qui pensent tromper Dieu et en arracher un pardon en priant des lèvres et en prenant l'atti-

tude humble de la pénitence, Thérèse s'humilia, frappa
sa poitrine, trouva des mots de repentir, sans avoir au
fond du cœur autre chose que de la crainte et de la
lâcheté. D'ailleurs, elle éprouvait une sorte de plaisir
physique à s'abandonner, à se sentir molle et brisée,
à s'offrir à la douleur sans résistance.

Elle accabla Mme Raquin de son désespoir lar-
moyant. La paralytique lui devint d'un usage journa-
lier ; elle lui servait en quelque sorte de prie-Dieu, de
meuble devant lequel elle pouvait sans crainte avouer
ses fautes et en demander le pardon. Dès qu'elle éprouvait le besoin de pleurer, de se distraire en sanglotant,
elle s'agenouillait devant l'impotente, et là, criait,
étouffait, jouait à elle seule une scène de remords qui
la soulageait en l'affaiblissant.

— Je suis une misérable, balbutiait-elle, je ne mérite
pas de grâce. Je vous ai trompée, j'ai poussé votre fils
à la mort. Jamais vous ne me pardonnerez... Et pourtant si vous lisiez en moi les remords qui me déchirent,
si vous saviez combien je souffre, peut-être auriez-vous
pitié... Non, pas de pitié pour moi. Je voudrais mourir ainsi à vos pieds, écrasée par la honte et la douleur.

Elle parlait de la sorte pendant des heures entières,
passant du désespoir à l'espérance, se condamnant, puis
se pardonnant ; elle prenait une voix de petite fille
malade, tantôt brève, tantôt plaintive ; elle s'aplatissait
sur le carreau et se redressait ensuite, obéissant à toutes les idées d'humilité et de fierté, de repentir et de
révolte qui lui passaient par la tête. Parfois même elle
oubliait qu'elle était agenouillée devant Mme Raquin,
elle continuait son monologue dans le rêve. Quand elle
s'était bien étourdie de ses propres paroles, elle se
relevait chancelante, hébétée et elle descendait à la boutique, calmée, ne craignant plus d'éclater en sanglots
nerveux devant ses clientes. Lorsqu'un nouveau besoin
de remords la prenait, elle se hâtait de remonter et de
s'agenouiller encore aux pieds de l'impotente. Et la
scène recommençait dix fois par jour.

Thérèse ne songeait jamais que ses larmes et l'étalage

de son repentir devaient imposer à sa tante des angoisses indicibles. La vérité était que, si l'on avait cherché à inventer un supplice pour torturer Mme Raquin, on n'en aurait pas à coup sûr trouvé de plus effroyable que la comédie du remords jouée par sa nièce. La paralytique devinait l'égoïsme caché sous ces effusions de douleur. Elle souffrait horriblement de ces longs monologues qu'elle était forcée de subir à chaque instant, et qui toujours remettaient devant elle l'assassinat de Camille. Elle ne pouvait pardonner, elle s'enfermait dans une pensée implacable de vengeance, que son impuissance rendait plus aiguë, et, toute la journée, il lui fallait entendre des demandes de pardon, des prières humbles et lâches. Elle aurait voulu répondre ; certaines phrases de sa nièce faisaient monter à sa gorge des refus écrasants, mais elle devait rester muette, laissant Thérèse plaider sa cause, sans jamais l'interrompre. L'impossibilité où elle était de crier et de se boucher les oreilles l'emplissait d'un tourment inexprimable. Et, une à une, les paroles de la jeune femme entraient dans son esprit lentes et plaintives, comme un chant irritant. Elle crut un instant que les meurtriers lui infligeaient ce genre de supplice par une pensée diabolique de cruauté. Son unique moyen de défense était de fermer les yeux, dès que sa nièce s'agenouillait devant elle ; si elle l'entendait, elle ne la voyait pas.

Thérèse finit par s'enhardir jusqu'à embrasser sa tante. Un jour, pendant un accès de repentir, elle feignit d'avoir surpris dans les yeux de la paralytique une pensée de miséricorde ; elle se traîna sur les genoux, elle se souleva, en criant d'une voix éperdue : « Vous me pardonnez ! vous me pardonnez ! » puis elle baisa le front et les joues de la pauvre vieille, qui ne put rejeter la tête en arrière. La chair froide sur laquelle Thérèse posa les lèvres lui causa un violent dégoût. Elle pensa que ce dégoût serait, comme les larmes et les remords, un excellent moyen d'apaiser ses nerfs ; elle continua à embrasser chaque jour l'impotente, par pénitence et pour se soulager.

— Oh ! que vous êtes bonne ! s'écriait-elle parfois. Je vois bien que mes larmes vous ont touchée... Vos regards sont pleins de pitié... Je suis sauvée...

Et elle l'accablait de caresses, elle posait sa tête sur ses genoux, lui baisait les mains, lui souriait d'une façon heureuse, la soignait avec les marques d'une affection passionnée. Au bout de quelque temps, elle crut à la réalité de cette comédie, elle s'imagina qu'elle avait obtenu le pardon de Mme Raquin, et ne l'entretint plus que du bonheur qu'elle éprouvait d'avoir sa grâce.

C'en était trop pour la paralytique. Elle faillit en mourir. Sous les baisers de sa nièce, elle ressentait cette sensation âcre de répugnance et de rage qui l'emplissait matin et soir, lorsque Laurent la prenait dans ses bras pour la lever ou la coucher. Elle était obligée de subir les caresses immondes de la misérable qui avait trahi et tué son fils ; elle ne pouvait même essuyer de la main les baisers que cette femme laissait sur ses joues. Pendant de longues heures, elle sentait ces baisers qui la brûlaient. C'est ainsi qu'elle était devenue la poupée des meurtriers de Camille, poupée qu'ils habillaient, qu'ils tournaient à droite et à gauche, dont ils se servaient selon leurs besoins et leurs caprices. Elle restait inerte entre leurs mains, comme si elle n'avait eu que du son dans les entrailles, et cependant ses entrailles vivaient, révoltées et déchirées, au moindre contact de Thérèse ou de Laurent. Ce qui l'exaspéra surtout, ce fut l'atroce moquerie de la jeune femme qui prétendait lire des pensées de miséricorde dans ses regards, lorsque ses regards auraient voulu foudroyer la criminelle. Elle fit souvent des efforts suprêmes pour jeter un cri de protestation, elle mit toute sa haine dans ses yeux. Mais Thérèse, qui trouvait son compte à se répéter vingt fois par jour qu'elle était pardonnée, redoubla de caresses ne voulant rien deviner. Il fallut que la paralytique acceptât des remerciements et des effusions que son cœur repoussait. Elle vécut, dès lors, pleine d'une irritation amère et impuissante, en face de sa nièce assouplie qui cherchait des tendresses adorables pour la récompenser de ce qu'elle nommait sa bonté céleste.

Lorsque Laurent était là et que sa femme s'agenouillait devant Mme Raquin, il la relevait avec brutalité :

— Pas de comédie, lui disait-il. Est-ce que je pleure, est-ce que je me prosterne, moi ?... Tu fais tout cela pour me troubler.

Les remords de Thérèse l'agitaient étrangement. Il souffrait davantage depuis que sa complice se traînait autour de lui, les yeux rougis par les larmes, les lèvres suppliantes. La vue de ce regret vivant redoublait ses effrois, augmentait son malaise. C'était comme un reproche éternel qui marchait dans la maison. Puis, il craignait que le repentir ne poussât un jour sa femme à tout révéler. Il aurait préféré qu'elle restât roidie et menaçante, se défendant avec âpreté contre ses accusations. Mais elle avait changé de tactique, elle reconnaissait volontiers maintenant la part qu'elle avait prise au crime, elle s'accusait elle-même, elle se faisait molle et craintive, et partait de là pour implorer la rédemption avec des humilités ardentes. Cette attitude irritait Laurent. Leurs querelles étaient, chaque soir, plus accablantes et plus sinistres.

— Écoute, disait Thérèse à son mari, nous sommes de grands coupables, il faut nous repentir, si nous voulons goûter quelque tranquillité... Vois, depuis que je pleure, je suis plus paisible. Imite-moi. Disons ensemble que nous sommes justement punis d'avoir commis un crime horrible.

— Bah ! répondait brusquement Laurent, dis ce que tu voudras. Je te sais diablement habile et hypocrite. Pleure, si cela peut te distraire. Mais, je t'en prie, ne me casse pas la tête avec tes larmes.

— Ah ! tu es mauvais, tu refuses le remords. Tu es lâche, cependant, tu as pris Camille en traître.

— Veux-tu dire que je suis seul coupable ?

— Non, je ne dis pas cela. Je suis coupable, plus coupable que toi. J'aurais dû sauver mon mari de tes mains. Oh ! je connais toute l'horreur de ma faute, mais je tâche de me la faire pardonner, et j'y réussirai, Laurent, tandis que toi tu continueras à mener une vie désolée... Tu n'as pas même le cœur d'éviter à ma pauvre tante la vue de tes ignobles colères, tu ne lui as jamais adressé un mot de regret.

Et elle embrassait Mme Raquin, qui fermait les yeux. Elle tournait autour d'elle, remontant l'oreiller qui lui soutenait la tête, lui prodiguant mille amitiés. Laurent était exaspéré.

— Eh ! laisse-la, criait-il, tu ne vois pas que ta vue et tes soins lui sont odieux. Si elle pouvait lever la main, elle te souffletterait.

Les paroles lentes et plaintives de sa femme, ses attitudes résignées le faisaient peu à peu entrer dans des colères aveugles. Il voyait bien quelle était sa tactique ; elle voulait ne plus faire cause commune avec lui, se mettre à part, au fond de ses regrets, afin de se soustraire aux étreintes du noyé. Par moments, il se disait qu'elle avait peut-être pris le bon chemin, que les larmes la guériraient de ses épouvantes, et il frissonnait à la pensée d'être seul à souffrir, seul à avoir peur. Il aurait voulu se repentir, lui aussi, jouer tout au moins la comédie du remords, pour essayer ; mais il ne pouvait trouver les sanglots et les mots nécessaires, il se rejetait dans la violence, il secouait Thérèse pour l'irriter et la ramener avec lui dans la folie furieuse. La jeune femme s'étudiait à rester inerte, à répondre par des soumissions larmoyantes aux cris de sa colère, à se faire d'autant plus humble et repentante qu'il se montrait plus rude. Laurent montait ainsi jusqu'à la rage. Pour mettre le comble à son irritation, Thérèse finissait toujours par faire le panégyrique de Camille, par étaler les vertus de sa victime.

— Il était bon, disait-elle, et il a fallu que nous fussions bien cruels pour nous attaquer à cet excellent cœur qui n'avait jamais eu une mauvaise pensée.

— Il était bon, oui, je sais, ricanait Laurent, tu veux dire qu'il était bête, n'est-ce pas... Tu as donc oublié ? Tu prétendais que la moindre de ses paroles t'irritait, qu'il ne pouvait ouvrir la bouche sans laisser échapper une sottise.

— Ne raille pas... Il ne te manque plus que d'insulter l'homme que tu as assassiné... Tu ne connais rien au cœur des femmes ; Laurent, Camille m'aimait et je l'aimais.

— Tu l'aimais, ah ! vraiment, voilà qui est bien trouvé... C'est sans doute parce que tu aimais ton mari que tu m'as pris pour amant... Je me souviens d'un jour où tu te traînais sur ma poitrine en me disant que Camille t'écœurait lorsque tes doigts s'enfonçaient dans sa chair comme dans de l'argile... Oh ! je sais pourquoi tu m'as aimé, moi. Il te fallait des bras autrement vigoureux que ceux de ce pauvre diable.

— Je l'aimais comme une sœur. Il était le fils de ma bienfaitrice, il avait toutes les délicatesses des natures faibles, il se montrait noble et généreux, serviable et aimant... Et nous l'avons tué, mon Dieu ! mon Dieu !

Elle pleurait, elle se pâmait. Mme Raquin lui jetait des regards aigus, indignée d'entendre l'éloge de Camille dans une pareille bouche. Laurent, ne pouvant rien contre ce débordement de larmes, se promenait à pas fiévreux, cherchant quelque moyen suprême pour étouffer les remords de Thérèse. Tout le bien qu'il entendait dire de sa victime finissait par lui causer une anxiété poignante ; il se laissait prendre parfois aux accents déchirants de sa femme, il croyait réellement aux vertus de Camille, et ses effrois redoublaient. Mais ce qui le jetait hors de lui, ce qui l'amenait à des actes de violence, c'était le parallèle que la veuve du noyé ne manquait jamais d'établir entre son premier et son second mari, tout à l'avantage du premier.

— Eh bien ! oui, criait-elle, il était meilleur que toi ; je préférerais qu'il vécût encore et que tu fusses à sa place couché dans la terre.

Laurent haussait d'abord les épaules.

— Tu as beau dire, continuait-elle en s'animant, je ne l'ai peut-être pas aimé de son vivant, mais mainte-

nant je me souviens et je l'aime... Je l'aime et je te hais,
vois-tu. Toi, tu es un assassin...

— Te tairas-tu ! hurlait Laurent.

— Et lui, il est une victime, un honnête homme
qu'un coquin a tué. Oh ! tu ne me fais pas peur... Tu
sais bien que tu es un misérable, un homme brutal, sans
cœur, sans âme. Comment veux-tu que je t'aime, maintenant que te voilà couvert du sang de Camille ?...
Camille avait toutes les tendresses pour moi, et je te
tuerais, entends-tu ? si cela pouvait ressusciter Camille
et me rendre son amour.

— Te tairas-tu, misérable !

— Pourquoi me tairais-je ? je dis la vérité. J'achè-
terais le pardon au prix de ton sang. Ah ! que je pleure
et que je souffre ! C'est ma faute si ce scélérat a assassiné mon mari... Il faudra que j'aille, une nuit, baiser
la terre où il repose. Ce seront là mes dernières voluptés.

Laurent, ivre, rendu furieux par les tableaux atroces que Thérèse étalait devant ses yeux, se précipitait
sur elle, la renversait par terre et la serrait sous son
genou, le poing haut.

— C'est cela, criait-elle, frappe-moi, tue-moi...
Jamais Camille n'a levé la main sur ma tête, mais toi,
tu es un monstre.

Et Laurent, fouetté par ces paroles, la secouait avec
rage, la battait, meurtrissait son corps de son poing
fermé. À deux reprises, il faillit l'étrangler. Thérèse
mollissait sous les coups ; elle goûtait une volupté âpre
à être frappée ; elle s'abandonnait, elle s'offrait, elle
provoquait son mari pour qu'il l'assommât davantage.
C'était encore là un remède contre les souffrances de
sa vie ; elle dormait mieux la nuit, quand elle avait été
bien battue le soir. Mme Raquin goûtait des délices
cuisantes, lorsque Laurent traînait ainsi sa nièce sur le
carreau, lui labourant le corps de coups de pied.

L'existence de l'assassin était effroyable, depuis le
jour où Thérèse avait eu l'infernale invention d'avoir
des remords et de pleurer tout haut Camille. À partir
de ce moment, le misérable vécut éternellement avec

sa victime ; à chaque heure, il dut entendre sa femme louant et regrettant son premier mari. La moindre circonstance devenait un prétexte : Camille faisait ceci, Camille faisait cela, Camille avait telle qualité, Camille aimait de telle manière. Toujours Camille, toujours des phrases attristées qui pleuraient sur la mort de Camille. Thérèse employait toute sa méchanceté à rendre plus cruelle cette torture qu'elle infligeait à Laurent pour se sauvegarder elle-même. Elle descendit dans les détails les plus intimes, elle conta les mille riens de sa jeunesse avec des soupirs de regrets, et mêla ainsi le souvenir du noyé à chacun des actes de la vie journalière. Le cadavre, qui hantait déjà la maison, y fut introduit ouvertement. Il s'assit sur les sièges, se mit devant la table, s'étendit dans le lit, se servit des meubles, des objets qui traînaient. Laurent ne pouvait toucher une fourchette, une brosse, n'importe quoi, sans que Thérèse lui fît sentir que Camille avait touché cela avant lui. Sans cesse heurté contre l'homme qu'il avait tué, le meurtrier finit par éprouver une sensation bizarre qui faillit le rendre fou ; il s'imagina, à force d'être comparé à Camille, de se servir des objets dont Camille s'était servi, qu'il était Camille, qu'il s'identifiait avec sa victime. Son cerveau éclatait, et alors il se ruait sur sa femme pour la faire taire, pour ne plus entendre les paroles qui le poussaient au délire. Toutes leurs querelles se terminaient par des coups.

XXX

Il vint une heure où Mme Raquin, pour échapper
aux souffrances qu'elle endurait, eut la pensée de se
laisser mourir de faim. Son courage était à bout, elle
ne pouvait supporter plus longtemps le martyre que lui
imposait la continuelle présence des meurtriers, elle
rêvait de chercher dans la mort un soulagement
suprême. Chaque jour, ses angoisses devenaient plus
vives, lorsque Thérèse l'embrassait, lorsque Laurent la
prenait dans ses bras et la portait comme un enfant.
Elle décida qu'elle échapperait à ces caresses et à ces
étreintes qui lui causaient d'horribles dégoûts. Puisqu'elle ne vivait déjà plus assez pour venger son fils,
elle préférait être tout à fait morte et ne laisser entre
les mains des assassins qu'un cadavre qui ne sentirait
rien et dont ils feraient ce qu'ils voudraient.

Pendant deux jours, elle refusa toute nourriture, mettant ses dernières forces à serrer les dents, rejetant ce
qu'on réussissait à lui introduire dans la bouche. Thérèse était désespérée ; elle se demandait au pied de
quelle borne elle irait pleurer et se repentir, quand sa
tante ne serait plus là. Elle lui tint d'interminables discours pour lui prouver qu'elle devait vivre ; elle pleura,
elle se fâcha même, retrouvant ses anciennes colères,
ouvrant les mâchoires de la paralytique comme on
ouvre celles d'un animal qui résiste. Mme Raquin
tenait bon. C'était une lutte odieuse.

Laurent restait parfaitement neutre et indifférent. Il

s'étonnait de la rage que Thérèse mettait à empêcher le suicide de l'impotente. Maintenant que la présence de la vieille femme leur était inutile, il souhaitait sa mort. Il ne l'aurait pas tuée, mais puisqu'elle désirait mourir, il ne voyait pas la nécessité de lui en refuser les moyens.

— Eh ! laisse-la donc, criait-il à sa femme. Ce sera un bon débarras... Nous serons peut-être plus heureux, quand elle ne sera plus là.

Cette parole, répétée à plusieurs reprises devant elle, causa à Mme Raquin une étrange émotion. Elle eut peur que l'espérance de Laurent ne se réalisât, qu'après sa mort le ménage ne goûtât des heures calmes et heureuses. Elle se dit qu'elle était lâche de mourir, qu'elle n'avait pas le droit de s'en aller avant d'avoir assisté au dénouement de la sinistre aventure. Alors seulement elle pourrait descendre dans la nuit, pour dire à Camille : « Tu es vengé. » La pensée du suicide lui devint lourde, lorsqu'elle songea tout d'un coup à l'ignorance qu'elle emporterait dans la tombe ; là, au milieu du froid et du silence de la terre, elle dormirait, éternellement tourmentée par l'incertitude où elle serait du châtiment de ses bourreaux. Pour bien dormir du sommeil de la mort, il lui fallait s'assoupir dans la joie cuisante de la vengeance, il lui fallait emporter un rêve de haine satisfaite, un rêve qu'elle ferait pendant l'éternité. Elle prit les aliments que sa nièce lui présentait, elle consentit à vivre encore.

D'ailleurs, elle voyait bien que le dénouement ne pouvait être loin. Chaque jour, la situation entre les époux devenait plus tendue, plus insoutenable. Un éclat qui devait tout briser était imminent. Thérèse et Laurent se dressaient plus menaçants l'un devant l'autre, à toute heure. Ce n'était plus seulement la nuit qu'ils souffraient de leur intimité ; leurs journées entières se passaient au milieu d'anxiétés, de crises déchirantes. Tout leur devenait effroi et souffrance. Ils vivaient dans un enfer, se meurtrissant, rendant amer et cruel ce qu'ils faisaient et ce qu'ils disaient, voulant se pousser l'un l'autre au fond du gouffre qu'ils sentaient sous leurs pieds, et tombant à la fois.

La pensée de la séparation leur était bien venue à tous deux. Ils avaient rêvé, chacun de son côté, de fuir, d'aller goûter quelque repos, loin de ce passage du Pont-Neuf dont l'humidité et la crasse semblaient faites pour leur vie désolée. Mais ils n'osaient, ils ne pouvaient se sauver. Ne point se déchirer mutuellement, ne point rester là pour souffrir et se faire souffrir, leur paraissait impossible. Ils avaient l'entêtement de la haine et de la cruauté. Une sorte de répulsion et d'attraction les écartait et les retenait à la fois ; ils éprouvaient cette sensation étrange de deux personnes qui, après s'être querellées, veulent se séparer, et qui cependant reviennent toujours pour se crier de nouvelles injures. Puis des obstacles matériels s'opposaient à leur fuite, ils ne savaient que faire de l'impotente, ni que dire aux invités du jeudi. S'ils fuyaient, peut-être se douterait-on de quelque chose ; alors ils s'imaginaient qu'on les poursuivait, qu'on les guillotinait. Et ils restaient par lâcheté, ils restaient et se traînaient misérablement dans l'horreur de leur existence.

Quand Laurent n'était pas là, pendant la matinée et l'après-midi, Thérèse allait de la salle à manger à la boutique, inquiète et troublée, ne sachant comment remplir le vide qui chaque jour se creusait davantage en elle. Elle était désœuvrée, lorsqu'elle ne pleurait pas aux pieds de Mme Raquin ou qu'elle n'était pas battue et injuriée par son mari. Dès qu'elle se trouvait seule dans la boutique, un accablement la prenait, elle regardait d'un air hébété les gens qui traversaient la galerie sale et noire, elle devenait triste à mourir au fond de ce caveau sombre, puant le cimetière. Elle finit par prier Suzanne de venir passer les journées entières avec elle, espérant que la présence de cette pauvre créature, douce et pâle, la calmerait.

Suzanne accepta son offre avec joie ; elle l'aimait toujours d'une sorte d'amitié respectueuse ; depuis longtemps elle avait le désir de venir travailler avec elle, pendant qu'Olivier était à son bureau. Elle apporta sa broderie et prit, derrière le comptoir, la place vide de Mme Raquin.

Thérèse, à partir de ce jour, délaissa un peu sa tante. Elle monta moins souvent pleurer sur ses genoux et baiser sa face morte. Elle avait une autre occupation. Elle écoutait avec des efforts d'intérêt les bavardages lents de Suzanne qui parlait de son ménage, des banalités de sa vie monotone. Cela la tirait d'elle-même. Elle se surprenait parfois à s'intéresser à des sottises, ce qui la faisait ensuite sourire amèrement.

Peu à peu, elle perdit toute la clientèle qui fréquentait la boutique. Depuis que sa tante était étendue en haut dans son fauteuil, elle laissait le magasin se pourrir, elle abandonnait les marchandises à la poussière et à l'humidité. Des odeurs de moisi traînaient, des araignées descendaient du plafond, le parquet n'était presque jamais balayé. D'ailleurs, ce qui mit en fuite les clientes fut l'étrange façon dont Thérèse les recevait parfois. Lorsqu'elle était en haut, battue par Laurent ou secouée par une crise d'effroi, et que la sonnette de la porte du magasin tintait impérieusement, il lui fallait descendre, sans presque prendre le temps de renouer ses cheveux ni d'essuyer ses larmes ; elle servait alors avec brusquerie la cliente qui l'attendait, elle s'épargnait même souvent la peine de la servir, en répondant, du haut de l'escalier de bois, qu'elle ne tenait plus ce dont on demandait. Ces façons peu engageantes n'étaient pas faites pour retenir les gens. Les petites ouvrières du quartier, habituées aux amabilités doucereuses de Mme Raquin, se retirèrent devant les rudesses et les regards fous de Thérèse. Quand cette dernière eut pris Suzanne avec elle, la défection fut complète : les deux jeunes femmes, pour ne plus être dérangées au milieu de leus bavardages, s'arrangèrent de manière à congédier les dernières acheteuses qui se présentaient encore. Dès lors, le commerce de mercerie cessa de fournir un sou aux besoins du ménage ; il fallut attaquer le capital des quarante et quelques mille francs.

Parfois, Thérèse sortait pendant des après-midi entières. Personne ne savait où elle allait. Elle avait sans
doute pris Suzanne avec elle, non seulement pour lui
tenir compagnie, mais aussi pour garder la boutique,
pendant ses absences. Le soir, quand elle rentrait, éreintée, les paupières noires d'épuisement, elle retrouvait
la petite femme d'Olivier, derrière le comptoir, affaissée, souriant d'un sourire vague, dans la même attitude
où elle l'avait laissée cinq heures auparavant.

Cinq mois environ après son mariage, Thérèse eut
une épouvante. Elle acquit la certitude qu'elle était
enceinte. La pensée d'avoir un enfant de Laurent lui
paraissait monstrueuse, sans qu'elle s'expliquât pourquoi. Elle avait vaguement peur d'accoucher d'un noyé.
Il lui semblait sentir dans ses entrailles le froid d'un
cadavre dissous et amolli. À tout prix, elle voulut débarrasser son sein de cet enfant qui la glaçait et qu'elle ne
pouvait porter davantage. Elle ne dit rien à son mari,
et, un jour, après l'avoir cruellement provoqué, comme
il levait le pied contre elle, elle présenta le ventre. Elle
se laissa frapper ainsi à en mourir. Le lendemain, elle
faisait une fausse couche.

De son côté, Laurent menait une existence affreuse.
Les journées lui semblaient d'une longueur insupportable ; chacune d'elles ramenait les mêmes angoisses,
les mêmes ennuis lourds, qui l'accablaient à heures fixes
avec une monotonie et une régularité écrasantes. Il se
traînait dans sa vie, épouvanté chaque soir par le souvenir de la journée et par l'attente du lendemain. Il
savait que, désormais, tous ses jours se ressembleraient,
que tous lui apporteraient d'égales souffrances. Et il
voyait les semaines, les mois, les années qui l'attendaient, sombres et implacables, venant à la file, tombant sur lui et l'étouffant peu à peu. Lorsque l'avenir
est sans espoir, le présent prend une amertume ignoble. Laurent n'avait plus de révolte, il s'avachissait, il
s'abandonnait au néant qui s'emparait déjà de son être.
L'oisiveté le tuait. Dès le matin, il sortait, ne sachant
où aller, écœuré à la pensée de faire ce qu'il avait fait

la veille, et forcé malgré lui de le faire de nouveau. Il
se rendait à son atelier, par habitude, par manie. Cette
pièce, aux murs gris, d'où l'on ne voyait qu'un carré
désert de ciel, l'emplissait d'une tristesse morne. Il se
vautrait sur son divan, les bras pendants, la pensée
alourdie. D'ailleurs, il n'osait plus toucher à un pinceau. Il avait fait de nouvelles tentatives, et toujours
la face de Camille s'était mise à ricaner sur la toile. Pour
ne pas glisser à la folie, il finit par jeter sa boîte à couleurs dans un coin, par s'imposer la paresse la plus
absolue. Cette paresse forcée lui était d'une lourdeur
incroyable.

L'après-midi, il se questionnait avec angoisse pour
savoir ce qu'il ferait. Il restait pendant une demi-heure,
sur le trottoir de la rue Mazarine, à se consulter, à
hésiter sur les distractions qu'il pourrait prendre. Il
repoussait l'idée de remonter à son atelier, il se décidait
toujours à descendre la rue Guénégaud, puis à marcher
le long des quais. Et, jusqu'au soir, il allait devant lui,
hébété, pris de frissons brusques, lorsqu'il regardait la
Seine. Qu'il fût dans son atelier ou dans les rues, son
accablement était le même. Le lendemain, il recommençait, il passait la matinée sur son divan, il se traînait
l'après-midi le long des quais. Cela durait depuis des
mois, et cela pouvait durer pendant des années.

Parfois Laurent songeait qu'il avait tué Camille pour
ne rien faire ensuite, et il était tout étonné, maintenant
qu'il ne faisait rien, d'endurer de telles souffrances. Il
aurait voulu se forcer au bonheur. Il se prouvait qu'il
avait tort de souffrir, qu'il venait d'atteindre la suprême
félicité, qui consiste à se croiser les bras, et qu'il était
un imbécile de ne pas goûter en paix cette félicité. Mais
ses raisonnements tombaient devant les faits. Il était
obligé de s'avouer au fond de lui que son oisiveté rendait ses angoisses plus cruelles en lui laissant toutes les
heures de sa vie pour songer à ses désespoirs et en
approfondir l'âpreté incurable. La paresse, cette existence de brute qu'il avait rêvée, était son châtiment.
Par moments, il souhaitait avec ardeur une occupation

qui le tirât de ses pensées. Puis il se laissait aller, il retombait sous le poids de la fatalité sourde qui lui liait les membres pour l'écraser plus sûrement.

À la vérité, il ne goûtait quelque soulagement que lorsqu'il battait Thérèse, le soir. Cela le faisait sortir de sa douleur engourdie.

Sa souffrance la plus aiguë, souffrance physique et morale, lui venait de la morsure que Camille lui avait faite au cou. À certains moments, il s'imaginait que cette cicatrice lui couvrait tout le corps. S'il venait à oublier le passé, une piqûre ardente, qu'il croyait ressentir, rappelait le meurtre à sa chair et à son esprit. Il ne pouvait se mettre devant un miroir, sans voir s'accomplir le phénomène qu'il avait si souvent remarqué et qui l'épouvantait toujours : sous l'émotion qu'il éprouvait, le sang montait à son cou, empourprait la plaie, qui se mettait à lui ronger la peau. Cette sorte de blessure vivant sur lui, se réveillant, rougissant et le mordant au moindre trouble, l'effrayait et le torturait. Il finissait par croire que les dents du noyé avaient enfoncé là une bête qui le dévorait. Le morceau de son cou où se trouvait la cicatrice ne lui semblait plus appartenir à son corps ; c'était comme de la chair étrangère qu'on aurait collée en cet endroit, comme une viande empoisonnée qui pourrissait ses propres muscles. Il portait ainsi partout avec lui le souvenir vivant et dévorant de son crime. Thérèse, quand il la battait, cherchait à l'égratigner à cette place ; elle y entrait parfois ses ongles et le faisait hurler de douleur. D'ordinaire, elle feignait de sangloter, dès qu'elle voyait la morsure, afin de la rendre plus insupportable à Laurent. Toute la vengeance qu'elle tirait de ses brutalités était de le martyriser à l'aide de cette morsure.

Il avait bien des fois été tenté, lorsqu'il se rasait, de s'entamer le cou, pour faire disparaître les marques des dents du noyé. Devant le miroir, quand il levait le menton et qu'il apercevait la tache rouge, sous la mousse blanche du savon, il lui prenait des rages soudaines, il approchait vivement le rasoir, près de couper en pleine chair. Mais le froid du rasoir sur sa peau le rappelait toujours à lui ; il avait une défaillance, il était obligé de s'asseoir et d'attendre que sa lâcheté rassurée lui permît d'achever de se faire la barbe.

Il ne sortait, le soir, de son engourdissement que pour entrer dans des colères aveugles et puériles. Lorsqu'il était las de se quereller avec Thérèse et de la battre, il donnait, comme les enfants, des coups de pied dans les murs, il cherchait quelque chose à briser. Cela le soulageait. Il avait une haine particulière pour le chat tigré François qui, dès qu'il arrivait, allait se réfugier sur les genoux de l'impotente. Si Laurent ne l'avait pas encore tué, c'est qu'à la vérité il n'osait le saisir. Le chat le regardait avec de gros yeux ronds d'une fixité diabolique. C'étaient ces yeux, toujours ouverts sur lui, qui exaspéraient le jeune homme ; il se demandait ce que lui voulaient ces yeux qui ne le quittaient pas ; il finissait par avoir de véritables épouvantes, s'imaginant des choses absurdes. Lorsque à table, à n'importe quel moment, au milieu d'une querelle ou d'un long silence, il venait tout d'un coup, en tournant la tête, à apercevoir les regards de François qui l'examinait d'un air lourd et implacable, il pâlissait, il perdait la tête, il était sur le point de crier au chat : « Hé ! parle donc, dis-moi enfin ce que tu me veux. » Quand il pouvait lui écraser une patte ou la queue, il le faisait avec une joie effrayée, et alors le miaulement de la pauvre bête le remplissait d'une vague terreur, comme s'il eût entendu le cri de douleur d'une personne. Laurent, à la lettre, avait peur de François. Depuis surtout que ce dernier vivait sur les genoux de l'impotente, comme au sein d'une forteresse inexpugnable, d'où il pouvait impunément braquer ses yeux verts sur son ennemi, le meurtrier de Camille établissait une vague ressemblance entre cette bête irritée et la paralytique. Il se disait que le chat, ainsi que Mme Raquin, connaissait le crime et le dénoncerait, si jamais il parlait un jour.

Un soir enfin, François regarda si fixement Laurent, que celui-ci, au comble de l'irritation, décida qu'il fallait en finir. Il ouvrit toute grande la fenêtre de la salle à manger, vint prendre le chat par la peau du cou. Mme Raquin comprit ; deux grosses larmes coulèrent sur ses joues. Le chat se mit à jurer, à se roidir, en tâchant de se retourner pour mordre la main de Laurent. Mais celui-ci tint bon ; il lui fit faire deux ou trois tours, puis l'envoya de toute la force de son bras contre la grande muraille noire d'en face. François s'y aplatit, s'y cassa les reins, et retomba sur le vitrage du passage. Pendant toute la nuit, la misérable bête se traîna le long de la gouttière, l'échine brisée, en poussant des miaulements rauques. Cette nuit-là, Mme Raquin pleura François presque autant qu'elle avait pleuré Camille ; Thérèse eut une atroce crise de nerfs. Les plaintes du chat étaient sinistres, dans l'ombre, sous les fenêtres.

Bientôt Laurent eut de nouvelles inquiétudes. Il s'effraya de certains changements qu'il remarqua dans l'attitude de sa femme.

Thérèse devint sombre et taciturne. Elle ne prodigua plus à Mme Raquin des effusions de repentir, des baisers reconnaissants. Elle reprenait devant la paralytique ses airs de cruauté froide, d'indifférence égoïste. On eût dit qu'elle avait essayé du remords, et que, le remords n'ayant pas réussi à la soulager, elle s'était tournée vers un autre remède. Sa tristesse venait sans doute de son impuissance à calmer sa vie. Elle regarda l'impotente avec une sorte de dédain, comme une chose inutile qui ne pouvait même plus servir à sa consolation. Elle ne lui accorda que les soins nécessaires pour ne pas la laisser mourir de faim. À partir de ce moment, muette, accablée, elle se traîna dans la maison. Elle multiplia ses sorties, s'absenta jusqu'à quatre et cinq fois par semaine.

Ces changements surprirent et alarmèrent Laurent. Il crut que le remords, prenant une nouvelle forme chez Thérèse, se manifestait maintenant par cet ennui morne qu'il remarquait en elle. Cet ennui lui parut bien plus inquiétant que le désespoir bavard dont elle l'accablait

auparavant. Elle ne disait plus rien, elle ne le querel-
lait plus, elle semblait tout garder au fond de son être.
Il aurait mieux aimé l'entendre épuiser sa souffrance
que de la voir ainsi repliée sur elle-même. Il craignit
qu'un jour l'angoisse ne l'étouffât et que, pour se soulager, elle n'allât tout conter à un prêtre ou à un juge
d'instruction.

Les nombreuses sorties de Thérèse prirent alors une
effrayante signification à ses yeux. Il pensa qu'elle cherchait un confident au-dehors, qu'elle préparait sa tra-
hison. À deux reprises il voulut la suivre et la perdit
dans les rues. Il se mit à la guetter de nouveau. Une
pensée fixe s'était emparée de lui : Thérèse allait faire
des révélations, poussée à bout par la souffrance, et
il lui fallait la bâillonner, arrêter les aveux dans sa
gorge.

XXXI

Un matin, Laurent, au lieu de monter à son atelier, s'établit chez un marchand de vin qui occupait un des coins de la rue Guénégaud, en face du passage. De là, il se mit à examiner les personnes qui débouchaient sur le trottoir de la rue Mazarine. Il guettait Thérèse. La veille, la jeune femme avait dit qu'elle sortirait de bonne heure et qu'elle ne rentrerait sans doute que le soir.

Laurent attendit une grande demi-heure. Il savait que sa femme s'en allait toujours par la rue Mazarine ; un moment, pourtant, il craignit qu'elle ne lui eût échappé en prenant la rue de Seine. Il eut l'idée de rentrer dans la galerie, de se cacher dans l'allée même de la maison. Comme il s'impatientait, il vit Thérèse sortir vivement du passage. Elle était vêtue d'étoffes claires, et, pour la première fois, il remarqua qu'elle s'habillait comme une fille, avec une robe à longue traîne ; elle se dandinait sur le trottoir d'une façon provocante, regardant les hommes, relevant si haut le devant de sa jupe, en la prenant à poignée qu'elle montrait tout le devant de ses jambes, ses bottines lacées et ses bas blancs. Elle remonta la rue Mazarine. Laurent la suivit.

Le temps était doux, la jeune femme marchait lentement, la tête un peu renversée, les cheveux dans le dos. Les hommes qui l'avaient regardée de face se retournaient pour la voir par-derrière. Elle prit la rue de l'École-de-Médecine. Laurent fut terrifié ; il savait qu'il y avait quelque part près de là un commissariat de police ; il se dit qu'il ne pouvait plus douter, que sa femme allait sûrement le livrer. Alors il se promit de s'élancer sur elle, si elle franchissait la porte du commissariat, de la supplier, de la battre, de la forcer à se taire. Au coin d'une rue, elle regarda un sergent de ville qui passait, et il trembla de lui voir aborder ce sergent de ville ; il se cacha dans le creux d'une porte, saisi de la crainte soudaine d'être arrêté sur-le-champ, s'il se montrait. Cette course fut pour lui une véritable agonie ; tandis que sa femme s'étalait au soleil sur le trottoir, traînant ses jupes, nonchalante et impudique, il venait derrière elle, pâle et frémissant, se répétant que tout était fini, qu'il ne pourrait se sauver et qu'on le guillotinerait. Chaque pas qu'il lui voyait faire lui semblait un pas de plus vers le châtiment. La peur lui donnait une sorte de conviction aveugle, les moindres mouvements de la jeune femme ajoutaient à sa certitude. Il la suivait, il allait où elle allait, comme on va au supplice.

Brusquement, en débouchant sur l'ancienne place Saint-Michel, Thérèse se dirigea vers un café qui faisait le coin de la rue Monsieur-le-Prince. Elle s'assit au milieu d'un groupe de femmes et d'étudiants, à une des tables posées sur le trottoir. Elle donna familièrement des poignées de main à tout ce monde. Puis elle se fit servir une absinthe.

Elle semblait à l'aise, elle causait avec un jeune homme blond, qui l'attendait sans doute là depuis quelque temps. Deux filles vinrent se pencher sur la table qu'elle occupait, et se mirent à la tutoyer de leur voix enrouée. Autour d'elle, les femmes fumaient des cigarettes, les hommes embrassaient les femmes en pleine rue, devant les passants, qui ne tournaient seulement pas la tête. Les gros mots, les rires gras arrivaient jusqu'à Laurent, demeuré immobile de l'autre côté de la place, sous une porte cochère.

Lorsque Thérèse eut achevé son absinthe, elle se leva, prit le bras du jeune homme blond et descendit la rue de la Harpe. Laurent les suivit jusqu'à la rue Saint-André-des-Arts. Là, il les vit entrer dans une maison meublée. Il resta au milieu de la chaussée, les yeux levés, regardant la façade de la maison. Sa femme se montra un instant à une fenêtre ouverte du second étage. Puis il crut distinguer les mains du jeune homme blond qui se glissaient autour de la taille de Thérèse. La fenêtre se ferma avec un bruit sec.

Laurent comprit. Sans attendre davantage, il s'en alla tranquillement, rassuré, heureux.

— Bah ! se disait-il en descendant vers les quais, cela vaut mieux. Comme ça, elle a une occupation, elle ne songe pas à mal... Elle est diablement plus fine que moi.

Ce qui l'étonnait, c'était de ne pas avoir eu le premier l'idée de se jeter dans le vice. Il pouvait y trouver un remède contre la terreur. Il n'y avait pas pensé, parce que sa chair était morte, et qu'il ne se sentait plus le moindre appétit de débauche. L'infidélité de sa femme le laissait parfaitement froid ; il n'éprouvait aucune révolte de sang et de nerfs à la pensée qu'elle se trouvait entre les bras d'un autre homme. Au contraire, cela lui paraissait plaisant ; il lui semblait qu'il avait suivi la femme d'un camarade, et il riait du bon tour que cette femme jouait à son mari. Thérèse lui était devenue étrangère à ce point, qu'il ne l'entendait plus vivre dans sa poitrine ; il l'aurait vendue et livrée cent fois pour acheter une heure de calme.

Il se mit à flâner, jouissant de la réaction brusque et heureuse qui venait de le faire passer de l'épouvante à la paix. Il remerciait presque sa femme d'être allée chez un amant lorsqu'il croyait qu'elle se rendait chez un commissaire de police. Cette aventure avait un dénouement tout imprévu qui le surprenait d'une façon agréable. Ce qu'il vit de plus clair dans tout cela, c'est qu'il avait eu tort de trembler, et qu'il devait à son tour goûter du vice pour voir si le vice ne le soulagerait pas en étourdissant ses pensées.

Le soir, Laurent, en revenant à la boutique, décida qu'il demanderait quelques milliers de francs à sa femme et qu'il emploierait les grands moyens pour les obtenir. Il pensait que le vice coûte cher à un homme, il enviait vaguement le sort des filles qui peuvent se vendre. Il attendit patiemment Thérèse, qui n'était pas encore rentrée. Quand elle arriva, il joua la douceur, il ne lui parla pas de son espionnage du matin. Elle était un peu grise ; il s'échappait de ses vêtements mal rattachés cette senteur âcre de tabac et de liqueur qui traîne dans les estaminets. Éreintée, la face marbrée de plaques livides, elle chancelait, tout alourdie par la fatigue honteuse de la journée.

Le dîner fut silencieux. Thérèse ne mangea pas. Au dessert, Laurent posa les coudes sur la table et lui demanda carrément cinq mille francs.

— Non, répondit-elle avec sécheresse. Si je te laissais libre, tu nous mettrais sur la paille... Ignores-tu notre position ? Nous allons tout droit à la misère.

— C'est possible, reprit-il tranquillement, cela m'est égal, je veux de l'argent.

— Non, mille fois non !... Tu as quitté ta place, le commerce de mercerie ne marche plus du tout, et ce n'est pas avec les rentes de ma dot que nous pouvons vivre. Chaque jour j'entame le capital pour te nourrir et te donner les cent francs par mois que tu m'as arrachés. Tu n'auras pas davantage, entends-tu ? C'est inutile.

— Réfléchis, ne refuse pas comme ça. Je te dis que je veux cinq mille francs, et je les aurai, tu me les donneras quand même.

Cet entêtement tranquille irrita Thérèse et acheva de la soûler.

— Ah ! je sais, cria-t-elle, tu veux finir comme tu as commencé... Il y a quatre ans que nous t'entretenons. Tu n'es venu chez nous que pour manger et pour boire, et, depuis ce temps, tu es à notre charge. Monsieur ne fait rien, monsieur s'est arrangé de façon à vivre à mes dépens, les bras croisés... Non, tu n'auras rien, pas un sou... Veux-tu que je te le dise, eh bien ! tu es un...

Et elle dit le mot. Laurent se mit à rire en haussant les épaules. Il se contenta de répondre :

— Tu apprends de jolis mots dans le monde où tu vis maintenant.

Ce fut la seule allusion qu'il se permit de faire aux amours de Thérèse. Celle-ci redressa vivement la tête et dit d'un ton aigre :

— En tout cas, je ne vis pas avec des assassins.

Laurent devint très pâle. Il garda un instant le silence, les yeux fixés sur sa femme ; puis, d'une voix tremblante :

— Écoute, ma fille, reprit-il, ne nous fâchons pas ; cela ne vaudrait rien, ni pour toi, ni pour moi. Je suis à bout de courage. Il serait prudent de nous entendre, si nous ne voulons pas qu'il nous arrive malheur... Je t'ai demandé cinq mille francs, parce que j'en ai besoin ; je puis même te dire que je compte les employer à assurer notre tranquillité.

Il eut un étrange sourire et continua :

— Voyons, réfléchis, donne-moi ton dernier mot.

— C'est tout réfléchi, répondit la jeune femme, je te l'ai dit, tu n'auras pas un sou.

Son mari se leva avec violence. Elle eut peur d'être battue ; elle se fit toute petite, décidée à ne pas céder sous les coups. Mais Laurent ne s'approcha même pas, il se contenta de lui déclarer froidement qu'il était las de la vie et qu'il allait conter l'histoire du meurtre au commissaire de police du quartier.

— Tu me pousses à bout, dit-il, tu me rends l'existence insupportable. Je préfère en finir... Nous serons jugés et condamnés tous deux. Voilà tout.

— Crois-tu me faire peur ? lui cria sa femme. Je suis tout aussi lasse que toi. C'est moi qui vais aller chez le commissaire de police, si tu n'y vas pas. Ah ! bien, je suis prête à te suivre sur l'échafaud, je n'ai pas ta lâcheté... Allons, viens avec moi chez le commissaire.

Elle s'était levée, elle se dirigeait déjà vers l'escalier.

— C'est cela, balbutia Laurent, allons-y ensemble.

Quand ils furent descendus dans la boutique, ils se regardèrent, inquiets, effrayés. Il leur sembla qu'on venait de les clouer au sol. Les quelques secondes qu'ils

avaient mises à franchir l'escalier de bois leur avaient
suffi pour leur montrer, dans un éclair, les conséquences d'un aveu. Ils virent en même temps les gendarmes,
la prison, la cour d'assises, la guillotine, tout cela brusquement et nettement. Et, au fond de leur être, ils
éprouvaient des défaillances, ils étaient tentés de se jeter
aux genoux l'un de l'autre, pour se supplier de rester,
de ne rien révéler. La peur, l'embarras les tinrent immobiles et muets pendant deux ou trois minutes. Ce fut
Thérèse qui se décida la première à parler et à céder.

— Après tout, dit-elle, je suis bien bête de te dispu-
ter cet argent. Tu arriveras toujours à me le manger
un jour ou l'autre. Autant vaut-il que je te le donne
tout de suite.

Elle n'essaya pas de déguiser davantage sa défaite.
Elle s'assit au comptoir et signa un bon de cinq mille
francs que Laurent devait toucher chez un banquier.
Il ne fut plus question du commissaire, ce soir-là.

Dès que Laurent eut de l'or dans les poches, il se
grisa, fréquenta les filles, se traîna au milieu d'une vie
bruyante et affolée. Il découchait, dormait le jour, courait la nuit, recherchait les émotions fortes, tâchait
d'échapper au réel. Mais il ne réussit qu'à s'affaisser
davantage. Lorsqu'on criait autour de lui, il entendait
le grand silence terrible qui était en lui ; lorsqu'une maîtresse l'embrassait, lorsqu'il vidait son verre, il ne trouvait au fond de l'assouvissement qu'une tristesse
lourde. Il n'était plus fait pour la luxure et la glouton-
nerie ; son être, refroidi, comme rigide à l'intérieur,
s'énervait sous les baisers et dans les repas. Écœuré à
l'avance, il ne parvenait point à se monter l'imagination, à exciter ses sens et son estomac. Il souffrait un
peu plus en se forçant à la débauche, et c'était tout.
Puis, quand il rentrait, quand il revoyait Mme Raquin
et Thérèse, sa lassitude le livrait à des crises affreuses
de terreur ; il jurait alors de ne plus sortir, de rester
dans sa souffrance pour s'y habituer et la vaincre.

De son côté Thérèse sortit de moins en moins. Pendant un mois, elle vécut comme Laurent, sur les trottoirs,

dans les cafés. Elle rentrait un instant, le soir, faisait manger Mme Raquin, la couchait, et s'absentait de nouveau jusqu'au lendemain. Elle et son mari restèrent, une fois, quatre jours sans se voir. Puis elle eut des dégoûts profonds, elle sentit que le vice ne lui réussissait pas plus que la comédie du remords. Elle s'était en vain traînée dans tous les hôtels garnis du quartier Latin, elle avait en vain mené une vie sale et tapageuse. Ses nerfs étaient brisés ; la débauche, les plaisirs physiques ne lui donnaient plus des secousses assez violentes pour lui procurer l'oubli. Elle était comme un de ces ivrognes dont le palais brûlé reste insensible, sous le feu des liqueurs les plus fortes. Elle restait inerte dans la luxure, elle n'allait plus chercher auprès de ses amants qu'ennui et lassitude. Alors elle les quitta, se disant qu'ils lui étaient inutiles. Elle fut prise d'une paresse désespérée qui la retint au logis, en jupon malpropre, dépeignée, la figure et les mains sales. Elle s'oublia dans la crasse.

Lorsque les deux meurtriers se retrouvèrent ainsi face à face, lassés, ayant épuisé tous les moyens de se sauver l'un de l'autre, ils comprirent qu'ils n'auraient plus la force de lutter. La débauche n'avait pas voulu d'eux et venait de les rejeter à leurs angoisses. Ils étaient de nouveau dans le logement sombre et humide du passage, ils y étaient comme emprisonnés désormais, car souvent ils avaient tenté le salut, et jamais ils n'avaient pu briser le lien sanglant qui les liait. Ils ne songèrent même plus à essayer une besogne impossible. Ils se sentirent tellement poussés, écrasés, attachés ensemble par les faits, qu'ils eurent conscience que toute révolte serait ridicule. Ils reprirent leur vie commune, mais leur haine devint de la rage furieuse.

Les querelles du soir recommencèrent. D'ailleurs les coups, les cris duraient tout le jour. À la haine vint se joindre la méfiance, et la méfiance acheva de les rendre fous.

Ils eurent peur l'un de l'autre. La scène qui avait suivi la demande des cinq mille francs se reproduisit bientôt

matin et soir. Leur idée fixe était qu'ils voulaient se
livrer mutuellement. Ils ne sortaient pas de là. Quand
l'un d'eux disait une parole, faisait un geste, l'autre
s'imaginait qu'il avait le projet d'aller chez le commissaire de police. Alors, ils se battaient ou ils s'implo-
raient. Dans leur colère, ils criaient qu'ils couraient tout
révéler, ils s'épouvantaient à en mourir ; puis ils frissonnaient, ils s'humiliaient, ils se promettaient avec des
larmes amères de garder le silence. Ils souffraient horriblement, mais ils ne se sentaient pas le courage de se
guérir en posant un fer rouge sur la plaie. S'ils se menaçaient de confesser le crime, c'était uniquement pour
se terrifier et s'en ôter la pensée, car jamais ils
n'auraient eu la force de parler et de chercher la paix
dans le châtiment.

À plus de vingt reprises, ils allèrent jusqu'à la porte
du commissariat de police, l'un suivant l'autre. Tantôt
c'était Laurent qui voulait avouer le meurtre, tantôt
c'était Thérèse qui courait se livrer. Et ils se rejoignaient
toujours dans la rue, et ils se décidaient toujours à
attendre encore, après avoir échangé des insultes et des
prières ardentes.

Chaque nouvelle crise les laissait plus soupçonneux
et plus farouches.

Du matin au soir, ils s'espionnaient. Laurent ne quittait plus le logement du passage, et Thérèse ne le laissait plus sortir seul. Leurs soupçons, leur épouvante
des aveux les rapprochèrent, les unirent dans une intimité atroce. Jamais, depuis leur mariage, ils n'avaient
vécu si étroitement liés l'un à l'autre, et jamais ils
n'avaient tant souffert. Mais, malgré les angoisses qu'ils
s'imposaient, ils ne se quittaient pas des yeux, ils
aimaient mieux endurer les douleurs les plus cuisantes
que de se séparer pendant une heure. Si Thérèse descendait à la boutique, Laurent la suivait, par crainte
qu'elle ne causât avec une cliente ; si Laurent se tenait
sur la porte, regardant les gens qui traversaient le passage, Thérèse se plaçait à côté de lui, pour voir s'il ne
parlait à personne. Le jeudi soir, quand les invités

étaient là, les meurtriers s'adressaient des regards supliants, ils s'écoutaient avec terreur, s'attendant chacun à quelque aveu de son complice, donnant aux phrases commencées des sens compromettants.

Un tel état de guerre ne pouvait durer davantage.

Thérèse et Laurent en arrivèrent, chacun de son côté, à rêver d'échapper par un nouveau crime aux conséquences de leur premier crime. Il fallait absolument que l'un d'eux disparût pour que l'autre goûtât quelque repos. Cette réflexion leur vint en même temps ; tous deux sentirent la nécessité pressante d'une séparation, tous deux voulurent une séparation éternelle. Le meurtre, qui se présenta à leur pensée, leur sembla naturel, fatal, forcément amené par le meurtre de Camille. Ils ne le discutèrent même pas, ils en acceptèrent le projet comme le seul moyen de salut. Laurent décida qu'il tuerait Thérèse, parce que Thérèse le gênait, qu'elle pouvait le perdre d'un mot et qu'elle lui causait des souffrances insupportables ; Thérèse décida qu'elle tuerait Laurent, pour les mêmes raisons.

La résolution bien arrêtée d'un assassinat les calma un peu. Ils prirent leurs dispositions. D'ailleurs, ils agissaient dans la fièvre, sans trop de prudence ; ils ne pensaient que vaguement aux conséquences probables d'un meurtre commis, sans que la fuite et l'impunité fussent assurées. Ils sentaient invinciblement le besoin de se tuer, ils obéissaient à ce besoin en brutes furieuses. Ils ne se seraient pas livrés pour leur premier crime, qu'ils avaient dissimulé avec tant d'habileté, et ils risquaient la guillotine, en en commettant un second, qu'ils ne songeaient seulement pas à cacher. Il y avait là une contradiction de conduite qu'ils ne voyaient même point. Ils se disaient simplement que s'ils parvenaient à fuir, ils iraient vivre à l'étranger, après avoir pris tout l'argent. Thérèse, depuis quinze à vingt jours, avait retiré les quelques milliers de francs qui restaient de sa dot, et les tenait enfermés dans un tiroir que Laurent connaissait. Ils ne se demandèrent pas un instant ce que deviendrait Mme Raquin.

Laurent avait rencontré, quelques semaines auparavant, un de ses anciens camarades de collège, alors
préparateur chez un chimiste célèbre qui s'occupait
beaucoup de toxicologie. Ce camarade lui avait fait visiter le laboratoire où il travaillait, lui montrant les appareils, lui nommant les drogues. Un soir, lorsqu'il se fut
décidé au meurtre, Laurent, comme Thérèse buvait
devant lui un verre d'eau sucrée, se souvint d'avoir vu
dans ce laboratoire un petit flacon de grès, contenant
de l'acide prussique. En se rappelant ce que lui avait
dit le jeune préparateur sur les effets terribles de ce poison qui foudroie et laisse peu de traces, il songea que
c'était là le poison qu'il lui fallait. Le lendemain, il réussit à s'échapper, il rendit visite à son ami, et, pendant
que celui-ci avait le dos tourné, il vola le petit flacon
de grès.

Le même jour, Thérèse profita de l'absence de Laurent pour faire repasser un grand couteau de cuisine,
avec lequel on cassait le sucre, et qui était tout ébré-
ché. Elle cacha le couteau dans un coin du buffet.

XXXII

Le jeudi qui suivit, la soirée chez les Raquin, comme les invités continuaient à appeler le ménage de leurs hôtes, fut d'une gaieté toute particulière. Elle se prolongea jusqu'à onze heures et demie. Grivet, en se retirant, déclara ne jamais avoir passé des heures plus agréables.

Suzanne, qui était enceinte, parla tout le temps à Thérèse de ses douleurs et de ses joies. Thérèse semblait l'écouter avec un grand intérêt ; les yeux fixes, les lèvres serrées, elle penchait la tête par moments ; ses paupières, qui se baissaient, couvraient d'ombre tout son visage. Laurent, de son côté, prêtait une attention soutenue aux récits du vieux Michaud et d'Olivier. Ces messieurs ne tarissaient pas, et Grivet ne parvenait qu'avec peine à placer un mot entre deux phrases du père et du fils. D'ailleurs, il avait pour eux un certain respect ; il trouvait qu'ils parlaient bien. Ce soir-là, la causerie ayant remplacé le jeu, il s'écria naïvement que la conversation de l'ancien commissaire de police l'amusait presque autant qu'une partie de dominos.

Depuis près de quatre ans que les Michaud et Grivet passaient les jeudis soir chez les Raquin, ils ne s'étaient pas fatigués une seule fois de ces soirées monotones qui revenaient avec une régularité énervante. Jamais ils n'avaient soupçonné un instant le drame qui se jouait dans cette maison, si paisible et si douce, lorsqu'ils y entraient. Olivier prétendait d'ordinaire, par une plaisanterie d'homme de police, que la salle à manger sentait l'honnête homme. Grivet, pour ne pas rester en arrière, l'avait appelée le Temple de la Paix. À deux ou trois reprises, dans les derniers temps, Thérèse expliqua les meurtrissures qui lui marbraient le visage, en disant aux invités qu'elle était tombée. Aucun d'eux, d'ailleurs, n'aurait reconnu les marques du poing de Laurent ; ils étaient convaincus que le ménage de leurs hôtes était un ménage modèle, tout de douceur et d'amour.

La paralytique n'avait plus essayé de leur révéler les infamies qui se cachaient derrière la morne tranquillité des soirées du jeudi. En face des déchirements des meurtriers, devinant la crise qui devait éclater un jour ou l'autre, amenée par la succession fatale des événements, elle finit par comprendre que les faits n'avaient pas besoin d'elle. Dès lors, elle s'effaça, elle laissa agir les conséquences de l'assassinat de Camille qui devaient tuer les assassins à leur tour. Elle pria seulement le ciel de lui donner assez de vie pour assister au dénouement violent qu'elle prévoyait ; son dernier désir était de repaître ses regards du spectacle des souffrances suprêmes qui briseraient Thérèse et Laurent.

Ce soir-là Grivet vint se placer à côté d'elle et causa longtemps, faisant comme d'habitude les demandes et les réponses. Mais il ne put en tirer même un regard. Lorsque onze heures et demie sonnèrent, les invités se levèrent vivement.

— On est si bien chez vous, déclara Grivet, qu'on ne songe jamais à s'en aller.

— Le fait est, appuya Michaud, que je n'ai jamais sommeil ici, moi qui me couche à neuf heures d'habitude.

Olivier crut devoir placer sa plaisanterie.

— Voyez-vous, dit-il, en montrant ses dents jaunes, ça sent les honnêtes gens dans cette pièce : c'est pourquoi l'on y est si bien.

Grivet, fâché d'avoir été devancé, se mit à déclamer, en faisant un geste emphatique :

— Cette pièce est le Temple de la Paix.

Pendant ce temps, Suzanne nouait les brides de son chapeau et disait à Thérèse :

— Je viendrai demain matin à neuf heures.

— Non, se hâta de répondre la jeune femme, ne venez que l'après-midi... Je sortirai sans doute pendant la matinée.

Elle parlait d'une voix étrange, troublée. Elle accompagna les invités jusque dans le passage. Laurent descendit aussi une lampe à la main. Quand ils furent seuls, les époux poussèrent chacun un soupir de soulagement ; une impatience sourde avait dû les dévorer pendant toute la soirée. Depuis la veille, ils étaient plus sombres, plus inquiets en face l'un de l'autre. Ils évitèrent de se regarder, ils remontèrent silencieusement. Leurs mains avaient de légers tremblements convulsifs, et Laurent fut obligé de poser la lampe sur la table, pour ne pas la laisser tomber.

Avant de coucher Mme Raquin, ils avaient l'habitude de mettre en ordre la salle à manger, de préparer un verre d'eau sucrée pour la nuit, d'aller et de venir ainsi autour de la paralytique, jusqu'à ce que tout fût prêt.

Lorsqu'ils furent remontés, ce soir-là, ils s'assirent un instant, les yeux vagues, les lèvres pâles. Au bout d'un silence :

— Eh bien ! nous ne nous couchons pas ? demanda Laurent qui semblait sortir en sursaut d'un rêve.

— Si, si, nous nous couchons, répondit Thérèse en frissonnant, comme si elle avait eu grand froid.

Elle se leva et prit la carafe.

— Laisse, s'écria son mari d'une voix qu'il s'efforçait de rendre naturelle, je préparerai le verre d'eau sucrée... Occupe-toi de ta tante.

Il enleva la carafe des mains de sa femme et remplit un verre d'eau. Puis, se tournant à demi, il y vida le petit flacon de grès, en y mettant un morceau de sucre. Pendant ce temps, Thérèse s'était accroupie devant le buffet ; elle avait pris le couteau de cuisine et cherchait à le glisser dans une des grandes poches qui pendaient à sa ceinture.

À ce moment, cette sensation étrange qui prévient

de l'approche d'un danger fit tourner la tête aux époux, d'un mouvement instinctif. Ils se regardèrent. Thérèse vit le flacon dans les mains de Laurent, et Laurent aperçut l'éclair blanc du couteau qui luisait entre les plis de la jupe de Thérèse. Ils s'examinèrent ainsi pendant quelques secondes, muets et froids, le mari près de la table, la femme pliée devant le buffet. Ils comprenaient. Chacun d'eux resta glacé en retrouvant sa propre pensée chez son complice. En lisant mutuellement leur secret dessein sur leur visage bouleversé, ils se firent pitié et horreur.

Mᵐᵉ Raquin, sentant que le dénouement était proche, les regardait avec des yeux fixes et aigus.

Et brusquement Thérèse et Laurent éclatèrent en sanglots. Une crise suprême les brisa, les jeta dans les bras l'un de l'autre, faibles comme des enfants. Il leur sembla que quelque chose de doux et d'attendri s'éveillait dans leur poitrine. Ils pleurèrent, sans parler, songeant à la voie de boue qu'ils avaient menée et qu'ils mèneraient encore, s'ils étaient assez lâches pour vivre. Alors, au souvenir du passé, ils se sentirent tellement las et écœurés d'eux-mêmes, qu'ils éprouvèrent un besoin immense de repos, de néant. Ils échangèrent un dernier regard, un regard de remerciement, en face du couteau et du verre de poison. Thérèse prit le verre, le vida à moitié et le tendit à Laurent qui l'acheva d'un trait. Ce fut un éclair. Ils tombèrent l'un sur l'autre, foudroyés, trouvant enfin une consolation dans la mort. La bouche de la jeune femme alla heurter, sur le cou de son mari, la cicatrice qu'avaient laissée les dents de Camille.

Les cadavres restèrent toute la nuit sur le carreau de la salle à manger, tordus, vautrés, éclairés de lueurs jaunâtres par les clartés de la lampe que l'abat-jour jetait sur eux. Et, pendant près de douze heures, jusqu'au lendemain vers midi, Mᵐᵉ Raquin, roide et muette, les contempla à ses pieds, ne pouvant se rassasier les yeux, les écrasant de regards lourds.

➡ Voir *Au fil du texte*, p. X.

LES CLÉS DE L'ŒUVRE

I - AU FIL DU TEXTE

II - DOSSIER HISTORIQUE ET LITTÉRAIRE

Pour approfondir votre lecture, LIRE vous propose une sélection commentée :
- de morceaux « classiques » devenus incontournables, signalés par ➻ (droit au but).
- d'extraits représentatifs de l'œuvre, signalés par ➻ (en flânant).

AU FIL DU TEXTE

Par Gérard Gengembre,
professeur de littérature française à l'université de Caen.

AU FIL DU TEXTE

I - DÉCOUVRIR

> *La phrase clé*
>
> « Dans *Thérèse Raquin* j'ai voulu étudier des tempéraments et non des caractères. Là est le livre tout entier. »
>
> Préface de 1868, p. 262.

• LA DATE

Le roman est publié en 1867. Âgé de vingt-sept ans, Zola a déjà fait paraître des essais littéraires, comme *La Confession de Claude*, et des articles. Inspiré par un roman populaire, il rédige *Un mariage d'amour*, publié dans *Le Figaro*, puis l'étend et l'approfondit. Ce sera *Thérèse Raquin*. L'action se situe au début du Second Empire et dure environ quatre ans. L'héroïne est née des amours d'une indigène et d'un officier français occupé à la pacification de l'Algérie. Tout se déroule dans le Paris d'avant les travaux d'Haussmann, entouré par les fortifications. On se rend à Saint-Ouen par des chemins de campagne.

• LE TITRE

Selon un modèle très répandu au XIXᵉ siècle (*Eugénie Grandet* de Balzac, *Germinie Lacerteux* des Goncourt, par exemple), le titre est celui d'un personnage dont tout porte à croire qu'elle sera l'héroïne. Chez Zola, le titre adopte rarement cette formule : on citera *Madeleine Férat* (1868), *Nana* (Pocket Classiques, n° 6054) et *Le Docteur Pascal* (n° 6140). On remarque d'ailleurs que ces derniers titres apportent des informations supplémentaires : Nana est un surnom et on peut donc supposer que l'héroïne est d'un milieu, social ou professionnel, où ce type d'appellation est courant ; Pascal (qui peut être un prénom ou un nom) est désigné comme médecin, et cette indication prédétermine plusieurs caractéristiques. En somme, on a affaire à une sorte de mini-résumé de l'action.

Ce n'est pas le cas ici. On en déduira que Zola souhaite traiter d'un destin de femme. On remarquera l'art du nom : le rythme d'abord : 2 + 2, si on ne prononce pas le « e » final du prénom, ou 3 + 2 dans le cas contraire. La sonorité ensuite : la reprise du « r », la position initiale du « t » et le « k », dentale et occlusive qui se répondent, le « z » final du prénom et la nasale finale du nom (comparer ces effets à ceux du titre de Mauriac, *Thérèse Desqueyroux*, 1927). Le roman nous apprendra qu'elle était née Degans et ce nom fonctionne comme l'anagramme de « de sang ». Le nom de Raquin est assez proche de Rougon : deux syllabes, un « r » initial, une nasale finale, une occlusive centrale.

• COMPOSITION

Le point de vue de l'auteur

Le pacte de lecture

Le récit est fait du point de vue d'un narrateur omniscient qui organise une histoire simple, linéaire, d'allure tragique, dans l'espace clos de la boutique, lieu principal du roman. Comme chez Balzac, l'interaction du milieu et des personnages joue à plein. Zola ajoutera le déterminisme héréditaire dans les *Rougon-Macquart*. Le tempérament des corps est ici primordial.

Les objectifs d'écriture

Ils sont définis par la préface de la deuxième édition parue en 1868. Zola y revendique un statut quasi scientifique pour son roman, fondé sur l'observation. Nous sommes aux origines du naturalisme. Zola décrit ainsi son sujet : « Deux personnages souverainement dominés par leurs nerfs et par leur sang, dépourvus de libre arbitre, entraînés à chaque acte de leur vie par les fatalités de leur chair. » Le récit étudie les réactions, au sens chimique du terme, provoquées par l'intrusion d'un troisième personnage dans un système jusqu'alors équilibré. Y compris dans les descriptions fortement teintées de fantastique, le roman annonce ce qui deviendra le naturalisme.

• La notion de naturalisme

Apparu au XVIe siècle, le mot « naturaliste » désigne un savant qui s'occupe spécialement de sciences naturelles, puis de biologie. Un peu plus tard dans le siècle, il désigne également un philosophe adepte du naturalisme (voir ci-après). En 1717, le *Dictionnaire* de Furetière définit le naturaliste comme celui qui explique « les phénomènes par les lois du mécanisme et sans recourir à des causes naturelles ».

Formé à partir du latin *naturalis*, le terme naturalisme apparaît en 1582 et désigne une doctrine philosophique selon laquelle rien n'existe en dehors de la nature, ce qui exclut donc le surnaturel ainsi que toute explication d'ordre métaphysique. Dans l'*Encyclopédie*, Diderot donne cette définition : « Les naturalistes sont ceux qui n'admettent point de Dieu, mais qui croient qu'il n'y a qu'une substance matérielle. [...] Naturaliste en ce sens est synonyme d'athée, spinoziste, matérialiste, etc. »

Le sens esthétique est postérieur.

En 1839, se forge en peinture le concept de naturalisme, autrement dit la représentation réaliste, l'imitation exacte de la nature. On cite souvent le critique J. Castagnery qui a le mieux défini cette notion : « L'école naturaliste affirme que l'art est l'expression de la vie sous tous ses modes et à tous ses degrés et que son but unique est de reproduire la nature en l'amenant à son maximum de puissance et d'intensité : c'est la vérité s'équilibrant avec la science » (*Salon* de 1863). À partir de ce moment va naître le concept littéraire.

En 1865, Zola reprend le mot à son compte en lui donnant les trois sens. Pendant quelques années, jusqu'à la parution de *La Fortune des Rougon* (1871), les termes « réalisme » et « naturalisme » seront employés presque indifféremment, alors qu'ils ne recouvrent pas exactement les mêmes notions et ne renvoient pas aux mêmes enjeux. Cependant, le naturalisme affiche d'emblée ses ambitions scientifiques.

• Le naturalisme et la science

Il faut d'abord insister sur l'influence du positivisme. Dans son *Cours de philosophie positive* (1830-1842), Auguste Comte souligne le rôle capital du progrès de la raison dans l'histoire de l'humanité, et en particulier la découverte progressive des lois intellectuelles permettant de comprendre la réalité de la nature sous toutes ses formes. Médecin, historien, philologue, auteur du *Dictionnaire* (1863-1877), Émile Littré incarne l'idéal positiviste.

Il faut ensuite insister sur l'influence des découvertes concernant les lois de l'hérédité. Écrivains et critiques naturalistes subissent l'influence de l'évolutionnisme défini par Charles Darwin, dont *De l'origine des espèces par voie de sélection naturelle* (1859) est traduit en français en 1862. Hippolyte Taine applique aux sciences humaines les idées relatives à l'action du milieu sur les espèces et à la transmission héréditaire des caractères acquis. Dans la deuxième édition de *Thérèse Raquin* (1868), Zola reprend sa célèbre formule : « Le vice et la vertu sont des produits comme le sucre et le vitriol. »

Se référant aux travaux du docteur Lucas (*Traité philosophique et physiologique de l'hérédité naturelle*, 1868), il construira l'arbre généalogique des *Rougon-Macquart* en fonction de l'hérédité, dont il a déjà appliqué les lois dans *Thérèse Raquin*, sorte d'annonce de la grande saga romanesque à venir.

Enfin, on indiquera que le naturalisme s'intéresse aussi à la physique, notamment aux principes de la thermodynamique. Circulation et transformation de l'énergie, travail et jeu des forces fournissent à l'écriture thèmes et métaphores. Ainsi, la vie sera perçue comme un mécanisme et un jeu énergétique, alors que la matière s'anime d'un souffle vital.

• Le naturalisme et la méthode scientifique

Les auteurs empruntent aux savants leurs méthodes. Zola élabore la théorie du roman expérimental à partir de l'*Introduction à l'étude de la médecine expérimentale* de Claude Bernard (1865). En 1891, le critique Jules Huret définit le naturalisme comme « une méthode de penser, de voir, de réfléchir, d'étudier, d'expérimenter, un besoin d'analyser pour savoir, non une façon spéciale d'écrire ».

Structure de l'œuvre

L'intrigue se développe en trente-deux chapitres. Mme Raquin, son fils Camille et sa belle-fille Thérèse vivent dans une sombre mercerie. Employé des chemins de fer, Camille est un être souffreteux et sa mère lui a donné pour épouse une cousine jadis recueillie. La vie est morne et Thérèse s'ennuie. Camille rencontre un ancien ami, Laurent, qui devient l'amant de Thérèse. Les rendez-vous clandestins et l'hypocrisie née de la situation conduisent à l'idée du meurtre. Laurent noie Camille. Après cet acte, qui met fin au désir entre les amants, s'installe une angoisse obsessionnelle. Le mariage ne sera qu'une longue souffrance et la belle-mère de Thérèse, devenue impotente, comprend le secret, que, aphasique, elle ne peut dénoncer. Les deux anciens amants devenus mari et femme tombent dans la débauche avant de se suicider ensemble.

On peut résumer l'œuvre d'une manière plus brève :

De tempérament nerveux, Thérèse a épousé son cousin Camille, de tempérament lymphatique. Elle rencontre ensuite Laurent, de tempérament sanguin, qui éveille sa sensualité. Ils noient le mari et se marient. Se déchirant devant la mère de Camille, paralytique et aphasique, ils finissent par se suicider.

II - LIRE

Pour approfondir votre lecture, LIRE vous propose une sélection commentée :
• *de morceaux « classiques » devenus incontournables, signalés par ●◇ (droit au but).*
• *d'extraits représentatifs de l'œuvre, signalés par ○◇ (en flânant).*

◆◇ **1 - *Un roman dans une boutique*** chapitre I dans son entier.	pp. 17-21

La description qui ouvre le roman définit le cadre de l'action. On comparera ce début avec celui du *Père Goriot* de Balzac (Pocket Classiques, n° 6023). On repérera :
– l'ordre de la description : quartier, rue (en fait un passage), boutique ;
– la création d'une atmosphère : étroitesse, laideur, obscurité, couleurs ;
– la dégradation et la médiocrité générales ;
– le choix des adjectifs ;
– le rapport établi entre ce cadre et les personnages qui ne sont pas encore nommés, mais forment un trio.

◆◇ **2 - *La scène du meurtre*** de « Le crépuscule venait… » à « … sourds ».	pp. 86-88

Scène décisive, qui va faire basculer le roman en même temps que le rapport entre les amants, le meurtre est décrit dans toute son horreur. On soulignera plus particulièrement :
– l'atmosphère crépusculaire et la peinture du lieu ;
– l'insistance du passage sur la mélancolie et la désespérance ;
– l'importance du thème de l'eau, nécessaire pour la noyade, mais aussi pour la présence du froid ;
– la description de l'acte lui-même, avec la lutte du fort et du faible ;
– la bestialité, qui culmine avec la morsure.

●◆ 3 - *Le suicide final*
| de « Mᵐᵉ Raquin, sentant... » à la fin. | p. 252 |

Le dénouement est l'aboutissement logique du drame. La mort doit conclure le roman, qui obéit à une loi de fatalité. La force de la scène finale tient avant tout à la présence de Mᵐᵉ Raquin, infirme et témoin muet, jouissant du châtiment des deux coupables. Si le côté réaliste est évident, on sera sensible à l'atmosphère presque fantastique dans la lueur jaunâtre de la lampe.

• LES THÈMES CLÉS

La préface de Philippe Hamon les énumère (voir les pages 7 à 11) : le corps (Thérèse est nerveuse, Camille lymphatique, Laurent sanguin), la bête humaine, l'homme sans tempérament ou l'homme mécanique, le regard.

III - POURSUIVRE

• LECTURES CROISÉES

Les romans triangulaires (le mari, la femme et l'amant) dans la littérature.

• PISTES DE RECHERCHES

L'évolution du naturalisme

Après les premières batailles de Zola autour de la parution de *Thérèse Raquin*, on peut distinguer deux générations.

Tout d'abord, la génération de Médan, ainsi nommée en raison de la publication en 1880 des *Soirées de Médan*, recueil collectif. En effet, il ne faut pas oublier que toute l'histoire du naturalisme se définit par rapport à Zola. Se réunissant d'abord autour de Flaubert, dont *L'Éducation sentimentale* (1869) les a marqués et en qui ils saluent un maître, alors qu'il n'est en rien naturaliste, les premiers auteurs naturalistes se regroupent autour de leur maître à penser et porte-parole, qui s'installe à Médan en 1878. Le recueil collectif de nouvelles, *Les Soirées de Médan*, proclame leur unité et leur caractère de disciples de Zola et des autres grands maîtres, Flaubert, les Goncourt, Alphonse Daudet. Les membres en sont Henri Céard et Paul Alexis, qui se consacrent avant tout au journalisme et à la critique, sans négliger le roman, Léon Hennique, qui se tourne vers le théâtre, et Maupassant qui va accumuler contes et nouvelles. Quant à Joris-Karl Huysmans, il rompt avec le naturalisme en 1884 avec *À rebours* (Pocket Classiques, n° 6116). Si le groupe se désagrège vers 1885, les amitiés demeurent.

Après la génération de Médan, on peut distinguer celle du « Manifeste des cinq ». En août 1887, Paul Bonnetain, Lucien Descaves, Gustave Guiches, Paul Margueritte et J.-H. Rosny (pseudonyme des deux frères Rosny) attaquent Zola et son roman *La Terre*. Il s'agit moins pour eux de dénoncer le naturalisme en tant que tel que de s'affirmer comme génération littéraire cherchant une littérature plus élevée, « par la compréhension plus profonde, plus analytique et plus juste de l'univers tout entier et des plus humbles individus,

acquise par la science et par la philosophie des temps modernes »
(Rosny). Leur intérêt se tourne moins vers les questions théoriques
que vers le métier de romancier et les ambitions du roman.

Quelques thèmes réalistes et naturalistes

Ces mouvements littéraires entendent traiter des sujets contemporains et sociaux et mettre les mœurs en scène.

La société et les mœurs

Pour cela ils envisagent d'abord les différentes classes sociales et
étudient les milieux. Le réalisme reste le plus souvent cantonné
dans les couches bourgeoises. Le naturalisme étend son enquête aux
classes populaires. Moyenne et petite bourgeoisie constituent la
population favorite des romanciers des années 1850-1860 : employés, commerçants, petits propriétaires, rentiers, souvent situés en
province. Observateur du monde bourgeois, le naturalisme peint
aussi le monde ouvrier et la paysannerie. Assurant d'une certaine
façon la transition, les Goncourt s'attachent aux « basses classes ».

Réalisme et naturalisme ont en partage le goût des milieux
artistes, qui vivent dans une sorte de marginalité, soit par leur retrait
esthétique, soit par leur pauvreté.

Le roman est le roman de mœurs par excellence. Le naturalisme
accentue ce caractère et met en fiction une sorte d'anthropologie
culturelle de la France du XIXe siècle et de la vie quotidienne. Parmi
les éléments les plus importants, on peut distinguer tout ce qui
concerne la socialisation de l'espace et du temps.

On pourrait parler d'histoire des classes sociales chez Zola, avec
la mise en évidence d'une fatalité à l'œuvre, qui conduit inéluc-
tablement à la déchéance, à la ruine, à la mort. Plus généralement, le
naturalisme s'attache à peindre des types et des mœurs sociaux :
employés ou paysans normands chez Maupassant, figures de la rue
chez Vallès, petit peuple provençal ou mœurs parisiennes chez
Daudet, etc.

L'histoire, déterminisme et fatalité

Le réalisme accorde la plus grande importance aux effets de la
situation historique. Le roman s'inscrit dans l'Histoire, son mouvement, ses fractures, ses conflits et ses dynamiques. Avec le naturalisme, il peint un âge social. Non seulement le repérage historique
est exact et précis, mais aussi la description et l'analyse des conditions mettent au jour des rapports et des déterminismes. Écrire,
c'est avant tout voir et savoir.

L'argent

Ensuite, les écrivains mettent en évidence le rôle de l'argent. À la suite de Balzac, et du fait de l'extension du capitalisme, les romanciers prennent de plus en plus en compte ces mutations socio-économiques où les rapports marchands prennent le devant. L'argent devient la mesure de toutes choses. On aura donc l'analyse de ses liens avec le pouvoir et le sexe, de ses mécanismes, de sa circulation, de son influence sur les manières d'être et de paraître.

Le corps

Sans être véritablement découvert par les auteurs, le corps devient un sujet important, et même capital, et ce dans tous ses aspects, à commencer par la sexualité. Les thèmes et motifs qui parcourent les œuvres sont la puissance et les effets du désir, l'érotisation des rapports sociaux, la description des actes amoureux, souvent audacieuse pour l'époque, et toute une symbolique sexuelle, avec les réseaux métaphoriques de la chair. Il en va de même pour la maladie. Le corps malade, les manifestations physiques de troubles psychiques ou moraux jouent un grand rôle et tiennent une grande place. Ici intervient le rôle qu'accorde Zola à l'hérédité.

Ce n'est pas par goût de la provocation ou de la vulgarité que le naturalisme insiste aussi fortement sur le corps, mais par volonté de traiter de l'être humain dans toutes ses dimensions et de montrer un principe fondamental en action dans la vie et l'histoire.

Le mariage et la famille

Au moins depuis les *Scènes de la vie privée* de Balzac (1830), le mariage, considéré tant comme institution sociale que comme mode de relation entre les individus, est devenu un sujet romanesque majeur.

Les romanciers étudient le couple. Déterminé par les conditions sociales et juridiques du mariage (n'oublions pas que le divorce est interdit en France entre 1816 et 1884), le couple se définit par un rapport inégal et hiérarchique entre le mari et la femme. Se posent des problèmes affectifs et matériels, dont tous les cas de figure sont traités par la fiction et le théâtre. Le naturalisme envisage également les « collages » et toutes les formes du concubinage.

L'adultère est évidemment un sujet privilégié. Dans un système où le divorce n'existe pas, tout roman sur le mariage tend à devenir un roman d'adultère. On ne s'étonnera pas de cette constante dans la fiction et sur la scène.

Quant à la famille, elle apparaît comme un microcosme défini par ses tensions, ses contradictions, ses conflits, ses complicités, ses intérêts, etc. Les relations entre parents et enfants occupent également une grande place.

La femme, le corps féminin et le désir

D'une certaine façon, le réalisme et le naturalisme consacrent la promotion littéraire de la femme, étudiée dans sa complexité physique, morale, affective, située socialement et légalement, différenciée selon les âges. Elle est analysée dans tous ses états, mais elle est d'abord chair. Corps désirable, constitué lui-même de désirs, elle mène le monde moderne.

La nature et les fatalités naturelles

Objet de descriptions, la nature est également l'instance des grandes lois du déterminisme, le lieu d'inscription de l'être humain livré à ses pulsions, l'univers de la sensation.

L'histoire familiale est aussi organique et biologique. L'hérédité n'est au fond que la forme concrète d'une autre fatalité pesant sur les corps. Sans les y réduire, le naturalisme dans son ensemble recentre les comportements de ses personnages autour des pulsions du désir, moteur de la mécanique humaine. Étudier l'homme comme on dissèque un animal va de pair avec montrer que l'homme porte en lui une part de bestialité irrépressible.

Le corps zolien a pour lieu d'élection le ventre, celui de tous les appétits vitaux, sexe et nourriture, source de vie, cause de perdition et de mort, réceptacle, origine, cause de violence ou d'épuisement.

La ville et la province

Capitale, grande ville, petite ville de province : le roman du XIXᵉ siècle est majoritairement situé dans un espace urbain. Les tableaux, parcours et descriptions de Balzac, les bouleversements parisiens montrés par Zola présentent la civilisation moderne et dessinent une nouvelle mythologie. La ville est aussi un ensemble de paysages, un spectacle qui requiert une écriture empruntant aux peintres leur terminologie et, en partie, leur technique.

« Le roman, c'est la province », disait le critique Albert Thibaudet. Des *Scènes de la vie de province* de Balzac à la Normandie maupassantienne en passant par ce roman des « mœurs de province » qu'est *Madame Bovary*, le roman joue de l'opposition ou de l'alternance avec Paris (voir Balzac ou *L'Éducation sentimentale*). Lieu de l'étude de mœurs par excellence, la province offre ses déterminismes particuliers, mais aussi ses caractéristiques esthétiques.

Roman et morale

Zola fut un opposant au Second Empire et un républicain. Il s'orienta vers des idées socialisantes. Nul plus que lui n'a lié naturalisme et idéal social, rêvant à une société de justice et de fraternité. Dès l'origine de la doctrine, il réfute l'accusation d'immoralité constamment lancée contre les naturalistes et reprend à son compte la notion de morale. Mais le naturalisme ne développe pas une morale univoque.

« Nous montrons le mécanisme du futile et du nuisible. Nous dégageons le déterminisme des phénomènes humains et sociaux pour qu'on puisse un jour dominer et diriger ces phénomènes. En un mot, nous travaillons avec tout le siècle à la grande œuvre qui est la conquête de la nature, la puissance de l'homme décuplée » : dans *Le Roman expérimental*, Zola énonce clairement l'ambition morale du naturalisme, affirmant avec énergie : « C'est nous qui avons la force, c'est nous qui avons la morale. »

Le pessimisme

Si le roman zolien est tendu vers l'idéal de la régénération, il est aussi marqué par le pessimisme schopenhauerien (*La Joie de vivre*, 1884, Pocket Classiques, n° 6111), dont l'influence se fait sentir à partir des années 1880. Pour le philosophe allemand, l'homme est le jouet des forces de la nature, dont le désir, et, source de souffrance, sa vie n'est qu'une lutte sans espoir. Le pessimisme se trouve surtout chez Céard, Huysmans et Maupassant. Tout se passe comme si le système déterministe laissait bien peu de marge à la liberté. De là un abattement moral. On voit toute la contradiction avec l'optimisme né de la science et de la foi dans le progrès.

• PARCOURS CRITIQUE

« On a souvent remarqué la simplicité linéaire d'une intrigue aux allures tragiques, concentrée dans l'espace de la boutique maternelle, confiné, noir, déprimant, d'où les protagonistes ne sortent que pour des échappées brèves dont l'une aboutit à l'acte meurtrier » (Axel Preiss, article « Thérèse Raquin », *Dictionnaire des œuvres littéraires de langue française*, Bordas, 1987, tome IV, p. 1898).

« Première grande œuvre de Zola, le roman illustre la théorie des tempéraments, l'impossible équilibre entre les nerfs et le sang, l'esprit et la chair. Le récit étudie les réactions, au sens chimique du terme, des personnages face aux situations. [...] Mais fantasmes de mort et rêveries de la matière subvertissent heureusement le projet scientifique et orientent l'œuvre vers le fantastique » (Colette Becker, Gina Gourdin-Servenière, Véronique Lavielle, *Dictionnaire d'Émile Zola*, coll. « Bouquins », Robert Laffont, 1993, p. 416).

« *Thérèse Raquin* est l'histoire d'un crime odieux – l'assassinat d'un homme (Camille Raquin) par un couple adultère (Thérèse et Laurent) – et des conséquences de cet acte sur le psychisme de ces individus. Mais dans ce roman, Zola qui prétend faire une œuvre scientifique, d'inspiration positiviste, a moins voulu peindre des caractères qu'étudier des tempéraments. Choisissant des personnages dominés par leurs nerfs (Thérèse) et leur sang (Laurent), l'auteur a cherché à "suivre pas à pas dans ces brutes le travail sourd des passions, les poussées de l'instinct, les détraquements cérébraux survenus à la suite d'une crise nerveuse" (préface). [...]

La brutalité de ces deux natures sanguine et nerveuse, la notion de crime intimement liée aux pulsions sexuelles se retrouveront plus tard dans la série des *Rougon-Macquart*, notamment dans *La Terre* où Buteau, aidé de sa femme, étouffe son père sous un oreiller, et dans *La Bête humaine* où Jacques Lantier, excité par la perverse Séverine Roubaud, éprouve les mêmes hantises qui le conduisent à la folie homicide » (Claude Aziza et al., *Dictionnaire des figures et des personnages*, Garnier, 1981, pp. 311-312).

• UN LIVRE / UN FILM

Le roman a été adapté quatre fois au cinéma. La version la plus récente est aisément disponible. Il s'agit du film de Marcel Carné (1953), avec Simone Signoret (Thérèse), Jacques Duby (Camille), Raf Vallone (Laurent).

Le thème des amants meurtriers est fréquent au cinéma. On citera *Le facteur sonne toujours deux fois* (version classique de T. Garnett, 1950 ; version la plus récente de Bob Rafelson, 1981), *Le Dernier Tournant* (Pierre Chenal, 1939), *Les Noces rouges* (Claude Chabrol, 1972).

DOSSIER HISTORIQUE ET LITTÉRAIRE

I — REPÈRES BIOGRAPHIQUES

1840   Émile Zola naît le 2 avril à Paris. Son père, François Zola, est ingénieur civil.

1843   La famille s'installe à Aix. François Zola dirige la construction d'un barrage et d'un canal d'alimentation en eau.

1847   François Zola meurt. La famille est dans la gêne. Le jeune Émile, fils unique, fait de bonnes études à Aix, et se lie d'amitié notamment avec le futur peintre Paul Cézanne, avec lequel il entretiendra longtemps une correspondance suivie.

1858   La famille Zola s'installe à Paris. Émile Zola y termine ses études secondaires, mais échoue au baccalauréat. Nombreuses lectures, petits travaux pour vivre, et premiers essais littéraires (poèmes, nouvelles).

1862   Zola entre chez l'éditeur Hachette, d'abord au bureau des expéditions, puis au service de la publicité, ce qui le met en contact avec les livres et avec les écrivains du moment. Débute dans le journalisme et publie un recueil de contes, *Contes à Ninon*, en 1864.

1865   Il rencontre Gabrielle-Alexandrine Meley, qu'il épousera en 1870, mais dont il n'aura jamais d'enfants. Il écrit un compte rendu chaleureux de *Germinie Lacerteux* des Goncourt, et publie *La Confession de Claude*, roman écrit à la première personne, sorte d'autobiographie à demi fictive encore encombrée de tics d'écriture romantiques. Collabore à plusieurs journaux.

1866   Quitte la librairie Hachette et vit (mal) de sa plume en donnant chroniques littéraires, chroniques artistiques, et chroniques d'actualité parisienne dans divers journaux. Publie un roman, *Le Vœu d'une morte*, qui n'a aucun succès.

1867   Année de l'Exposition universelle à Paris. Publie son étude sur Manet, où il prend vigoureusement la défense de la « nouvelle peinture » du temps, étude qui attire l'attention du public sur son nom. Il publie aussi un feuilleton très romanesque dans la tradition d'un titre rendu célèbre par Eugène Sue (*Les Mystères de Paris*, 1843), *Les Mystères de Marseille*, et un roman, *Thérèse Raquin*, chez l'éditeur Lacroix (l'éditeur du *Paris-Guide* collectif publié la même année en marge de l'Exposition universelle, et l'éditeur des *Misérables* de Victor Hugo).

1868   Deuxième édition, augmentée d'une préface, de *Thérèse Raquin*. Publie un roman, *Madeleine Ferat*, qui n'a aucun succès. Commence à préparer, par d'abondantes lectures scientifiques (livres de médecine notamment) sa grande série des *Rougon-Macquart* (vingt volumes d'une « histoire naturelle et sociale d'une famille sous le Second Empire ») qu'il publiera au rythme d'à peu près un volume par an et qu'il terminera en 1893 avec *Le Docteur Pascal*. Les *Rougon-Macquart* seront tous publiés chez l'éditeur Charpentier.

1871   Séjourne à Bordeaux pendant la guerre franco-prussienne et la Commune. Songe un instant à une carrière politique.

1873   Adaptation au théâtre, sans succès, de *Thérèse Raquin*.

1877   Premier grand succès de librairie avec *L'Assommoir*. L'argent de ce roman lui permettra d'abandonner à peu près totalement le journalisme, et d'acquérir une propriété à Médan, sur les bords de la Seine, où il séjournera la majeure partie de l'année tout en gardant son appartement parisien (rue de Boulogne [Ballu], puis 21 *bis* rue de Bruxelles).

1880   Zola patronne, en véritable chef d'école littéraire, le recueil collectif *Les Soirées de Médan*, réunion de jeunes auteurs et de nouvelles ayant toutes pour thème la guerre de 1870 (Maupassant, Huysmans y participent notamment aux côtés de Zola). Cette date marque sans doute l'apogée du mouvement naturaliste comme avant-garde littéraire. La mort de sa mère l'affecte profondément (son roman, *La Joie de vivre*, en gardera les traces).

1888   Zola rencontre Jeanne Rozerot, lingère à Médan, qui devient sa maîtresse, et dont il aura deux enfants.

1891   Président de la Société des gens de lettres. Zola se présente régulièrement à l'Académie française, où il ne sera jamais élu.

1893   Fin de la série des *Rougon-Macquart*. Zola commence une nouvelle série, *Les Trois Villes*, sorte d'histoire allégorique du XIXe siècle à travers la description de trois villes prises pour leur valeur symbolique (*Lourdes*, 1894 ; *Rome*, 1896 ; *Paris*, 1898).

1894   Début de l'affaire Dreyfus, banale affaire d'espionnage militaire qui va déchirer la France en deux camps.

1898   Contacté par des amis dreyfusards, Zola va s'engager dans leur camp en publiant dans *L'Aurore* un violent pamphlet contre le tribunal militaire, « J'accuse ». Traîné en justice, Zola est condamné et s'exile en Angleterre, où il continuera d'écrire en s'adonnant à sa nouvelle passion, la photographie.

1899   Révision du procès Dreyfus. Dreyfus ne sera véritablement réhabilité qu'en 1906. Zola rentre en France. Il commence une nouvelle série de romans, très différents d'inspiration et d'écriture de ses *Rougon-Macquart* : *Les Quatre Évangiles*, dont seuls les trois premiers (*Fécondité* en 1899 ; *Travail* en 1901 ; *Vérité* en 1903) seront terminés et publiés, le quatrième, *Justice*, restant à l'état d'ébauche.

1902   Mort accidentelle (asphyxie) de Zola dans son domicile parisien.

1908   Transfert des cendres de Zola au Panthéon.

II — RÉSUMÉ DU ROMAN

III — AUTOUR DE *THÉRÈSE RAQUIN*

• *Document n° 1*

PRÉFACE
DE LA DEUXIÈME ÉDITION
DE *THÉRÈSE RAQUIN*
(1868)

J'avais naïvement cru que ce roman pouvait se passer de préface. Ayant l'habitude de dire tout haut ma pensée, d'appuyer même sur les moindres détails de ce que j'écris, j'espérais être compris et jugé sans explication préalable. Il paraît que je me suis trompé.

La critique a accueilli ce livre d'une voix brutale et indignée. Certaines gens vertueux, dans des journaux non moins vertueux, ont fait une grimace de dégoût, en le prenant avec des pincettes pour le jeter au feu. Les petites feuilles littéraires elles-mêmes, ces petites feuilles qui donnent chaque soir la gazette des alcôves et des cabinets particuliers, se sont bouché le nez en parlant d'ordure et de puanteur. Je ne me plains nullement de cet accueil ; au contraire, je suis charmé de constater que mes confrères ont des nerfs sensibles de jeune fille. Il est bien évident que mon œuvre appartient à mes juges, et qu'ils peuvent la trouver nauséabonde sans que j'aie le droit de réclamer. Ce dont je me plains, c'est que pas un des pudiques journalistes qui ont rougi en lisant *Thérèse Raquin* ne me paraît avoir compris ce roman. S'ils l'avaient compris, peut-être auraient-ils rougi davantage, mais au moins je goûterais à cette heure l'intime satisfaction de les voir écœurés à juste titre. Rien n'est plus irritant que d'entendre d'honnêtes écrivains crier à la dépravation, lorsqu'on est intimement persuadé qu'ils crient cela sans savoir à propos de quoi ils le crient.

Donc il faut que je présente moi-même mon œuvre à mes juges. Je le ferai en quelques lignes, uniquement pour éviter à l'avenir tout malentendu.

Dans *Thérèse Raquin*, j'ai voulu étudier des tempéraments et non des caractères. Là est le livre entier. J'ai choisi des personnages souverainement dominés par leurs nerfs et leur sang, dépourvus de libre arbitre, entraînés à chaque acte de leur vie par les fatalités de leur chair. Thérèse et Laurent sont des brutes humaines, rien de plus. J'ai cherché à suivre pas à pas dans ces brutes le travail sourd des passions, les poussées de l'instinct, les détraquements cérébraux survenus à la suite d'une crise nerveuse. Les amours de mes deux héros sont le contentement d'un besoin ; le meurtre qu'ils commettent est une conséquence de leur adultère, conséquence qu'ils acceptent comme les loups acceptent l'assassinat des moutons ; enfin, ce que j'ai été obligé d'appeler leurs remords, consiste en un simple désordre organique, en une rébellion du système nerveux tendu à se rompre. L'âme est parfaitement absente, j'en conviens aisément, puisque je l'ai voulu ainsi.

On commence, j'espère, à comprendre que mon but a été un but scientifique avant tout. Lorsque mes deux personnages, Thérèse et Laurent, ont été créés, je me suis plu à me poser et à résoudre certains problèmes : ainsi, j'ai tenté d'expliquer l'union étrange qui peut se produire entre deux tempéraments différents, j'ai montré les troubles profonds d'une nature sanguine au contact d'une nature nerveuse. Qu'on lise le roman avec soin, on verra que chaque chapitre est l'étude d'un cas curieux de physiologie. En un mot, je n'ai eu qu'un désir : étant donné un homme puissant et une femme inassouvie, chercher en eux la bête, ne voir même que la bête, les jeter dans un drame violent, et noter scrupuleusement les sensations et les actes de ces êtres. J'ai simplement fait sur deux corps vivants le travail analytique que les chirurgiens font sur des cadavres.

Avouez qu'il est dur, quand on sort d'un pareil travail, tout entier encore aux graves jouissances de la recherche du vrai, d'entendre des gens vous accuser d'avoir eu pour unique but la peinture de tableaux obscènes. Je me suis trouvé dans le cas de ces peintres qui copient des nudités, sans qu'un seul désir les effleure, et qui restent profondément surpris lorsqu'un critique se déclare scandalisé par les chairs vivantes de leur œuvre. Tant que j'ai écrit *Thérèse Raquin*, j'ai oublié le monde, je me suis perdu dans la copie exacte et minutieuse de la vie, me donnant tout entier à l'analyse du mécanisme humain, et je vous assure que les amours cruelles de Thérèse et de Laurent n'avaient pour moi rien d'immoral, rien qui puisse pousser aux passions mauvaises. L'humanité des modèles disparaissait comme elle disparaît aux yeux de l'artiste qui a une femme nue vautrée devant lui, et qui songe uniquement à mettre cette femme sur sa toile dans la vérité de ses formes et de ses colorations. Aussi ma surprise a-t-elle été grande quand j'ai entendu traiter mon œuvre de flaque de boue et de sang, d'égout, d'immondice, que sais-je ? Je connais le joli jeu de la critique, je l'ai joué moi-même ; mais j'avoue que l'ensemble de l'attaque m'a un peu déconcerté. Quoi ! il ne s'est pas trouvé un seul de mes confrères pour expliquer mon livre, sinon pour le défendre ! Parmi le concert de voix qui criaient : « L'auteur de *Thérèse Raquin* est un misérable hystérique qui se plaît à étaler des pornographies », j'ai vainement attendu une voix qui répondît : « Eh ! non, cet écrivain est un simple analyste, qui a pu s'oublier dans la pourriture humaine, mais qui s'y est oublié comme un médecin s'oublie dans un amphithéâtre. »

Remarquez que je ne demande nullement la sympathie de la presse pour une œuvre qui répugne, dit-elle, à ses sens délicats. Je n'ai point tant d'ambition. Je m'étonne seulement que mes confrères aient fait de moi une sorte d'égoutier littéraire, eux dont les yeux exercés devraient reconnaître en dix pages les intentions d'un romancier, et je me contente de les supplier humblement de vouloir bien à l'avenir me voir tel que je suis et me discuter pour ce que je suis.

Il était facile, cependant, de comprendre *Thérèse Raquin*, de se placer sur le terrain de l'observation et de l'analyse, de me montrer mes fautes véritables, sans aller ramasser une poignée de boue et me la jeter à la face au nom de la morale. Cela demandait un peu d'intelligence et quelques idées d'ensemble en vraie critique. Le reproche d'immoralité, en matière de science, ne prouve absolument rien. Je ne sais si mon roman est immoral, j'avoue que je ne me suis jamais inquiété de le rendre plus ou moins chaste. Ce que je sais, c'est que je n'ai pas songé un instant à y mettre les saletés qu'y découvrent les gens moraux ; c'est que j'en ai écrit chaque scène, même les plus fiévreuses, avec la seule curiosité

du savant ; c'est que je défie mes juges d'y trouver une page
réellement licencieuse, faite pour les lecteurs de ces petits livres
roses, de ces indiscrétions de boudoir et de coulisses, qui se
tirent à dix mille exemplaires et que recommandent chaudement les journaux auxquels les vérités de *Thérèse Raquin* ont
donné la nausée.

Quelques injures, beaucoup de niaiseries, voilà donc tout
ce que j'ai lu jusqu'à ce jour sur mon œuvre. Je le dis ici
tranquillement, comme je le dirais à un ami qui me demanderait dans l'intimité ce que je pense de l'attitude de la critique
à mon égard. Un écrivain de grand talent, auquel je me
plaignais du peu de sympathie que je rencontre, m'a répondu
cette parole profonde : « Vous avez un immense défaut qui
vous fermera toutes les portes : vous ne pouvez causer deux
minutes avec un imbécile sans lui faire comprendre qu'il est
un imbécile. » Cela doit être ; je sens le tort que je me fais
auprès de la critique en l'accusant d'inintelligence, et je ne
puis pourtant m'empêcher de témoigner le dédain que
j'éprouve pour son horizon borné et pour les jugements
qu'elle rend à l'aveuglette, sans aucun esprit de méthode. Je
parle, bien entendu, de la critique courante, de celle qui juge
avec tous les préjugés littéraires des sots, ne pouvant se mettre
au point de vue largement humain que demande une œuvre
humaine pour être comprise. Jamais je n'ai vu pareille maladresse. Les quelques coups de poing que la petite critique m'a
adressés à l'occasion de *Thérèse Raquin* se sont perdus,
comme toujours, dans le vide. Elle frappe essentiellement à
faux, applaudissant les entrechats d'une actrice enfarinée et
criant ensuite à l'immoralité à propos d'une étude physiologique, ne comprenant rien, ne voulant rien comprendre et
tapant toujours devant elle, si sa sottise prise de panique lui
dit de taper. Il est exaspérant d'être battu pour une faute dont
on n'est point coupable. Par moments, je regrette de n'avoir
pas écrit des obscénités ; il me semble que je serais heureux
de recevoir une bourrade méritée, au milieu de cette grêle de
coups qui tombent bêtement sur ma tête, comme des tuiles,
sans que je sache pourquoi.

Il n'y a guère, à notre époque, que deux ou trois hommes
qui puissent lire, comprendre et juger un livre. De ceux-là
je consens à recevoir des leçons, persuadé qu'ils ne parleront
pas sans avoir pénétré mes intentions et apprécié les résultats de mes efforts. Ils se garderaient bien de prononcer les
grands mots vides de moralité et de pudeur littéraire ; ils me

reconnaîtraient le droit, en ces temps de liberté dans l'art, de choisir mes sujets où bon me semble, ne me demandant que des œuvres consciencieuses, sachant que la sottise seule nuit à la dignité des lettres. À coup sûr, l'analyse scientifique que j'ai tenté d'appliquer dans *Thérèse Raquin* ne les surprendrait pas ; ils y trouveraient la méthode moderne, l'outil d'enquête universel dont le siècle se sert avec tant de fièvre pour trouer l'avenir. Quelles que dussent être leurs conclusions, ils admettraient mon point de départ, l'étude du tempérament et des modifications profondes de l'organisme sous la pression des milieux et des circonstances. Je me trouverais en face de véritables juges, d'hommes cherchant de bonne foi la vérité, sans puérilité ni fausse honte, ne croyant pas devoir se montrer écœurés au spectacle de pièces d'anatomie nues et vivantes. L'étude sincère purifie tout, comme le feu. Certes, devant le tribunal que je me plais à rêver en ce moment, mon œuvre serait bien humble ; j'appellerais sur elle toute la sévérité des critiques, je voudrais qu'elle en sortît noire de ratures. Mais au moins j'aurais eu la joie profonde de me voir critiquer pour ce que j'ai tenté de faire, et non pour ce que je n'ai pas fait.

Il me semble que j'entends, dès maintenant, la sentence de la grande critique, de la critique méthodique et naturaliste qui a renouvelé les sciences, l'histoire et la littérature [1] : « *Thérèse Raquin* est l'étude d'un cas trop exceptionnel ; le drame de la vie moderne est plus souple, moins enfermé dans l'horreur et la folie. De pareils cas se rejettent au second plan d'une œuvre. Le désir de ne rien perdre de ses observations a poussé l'auteur à mettre chaque détail en avant, ce qui a donné encore plus de tension et d'âpreté à l'ensemble. D'autre part, le style n'a pas la simplicité que demande un roman d'analyse. Il faudrait, en somme, pour que l'écrivain fît maintenant un bon roman, qu'il vît la société d'un coup d'œil plus large, qu'il la peignît sous ses aspects nombreux et variés, et surtout qu'il employât une langue nette et naturelle. »

Je voulais répondre en vingt lignes à des attaques irritantes par leur naïve mauvaise foi, et je m'aperçois que je me mets à causer avec moi-même, comme cela m'arrive toujours lorsque je garde trop longtemps une plume à la main. Je

1. Allusion sans doute à la critique littéraire d'un Taine (voir plus loin), que Zola admire beaucoup à l'époque avant de s'en détacher.

m'arrête, sachant que les lecteurs n'aiment pas cela. Si j'avais eu la volonté et le loisir d'écrire un manifeste, peut-être aurais-je essayé de défendre ce qu'un journaliste, en parlant de *Thérèse Raquin*, a nommé « la littérature putride ». D'ailleurs, à quoi bon ? Le groupe d'écrivains naturalistes auquel j'ai l'honneur d'appartenir a assez de courage et d'activité pour produire des œuvres fortes, portant en elles leur défense. Il faut tout le parti pris d'aveuglement d'une certaine critique pour forcer un romancier à faire une préface. Puisque, par amour de la clarté, j'ai commis la faute d'en écrire une, je réclame le pardon des gens d'intelligence, qui n'ont pas besoin, pour voir clair, qu'on leur allume une lanterne en plein jour.

Émile Zola.
15 avril 1868.

LES RÉACTIONS À LA PARUTION DU ROMAN

• *Document n° 2*

LA LITTÉRATURE PUTRIDE

Article de Ferragus (Louis Ulbach)
dans *Le Figaro* du 23 janvier 1868

Il s'est établi depuis quelques années une école monstrueuse de romanciers, qui prétend substituer l'éloquence du charnier à l'éloquence de la chair, qui fait appel aux curiosités les plus chirurgicales, qui groupe les pestiférés pour nous en faire admirer les marbrures, qui s'inspire directement du choléra, son maître, et qui fait jaillir le pus de la conscience.

Les dalles de la morgue ont remplacé le sofa de Crébillon ; Manon Lescaut est devenue une cuisinière sordide, quittant le graillon pour la boue des trottoirs. Faublas a besoin d'assassiner et de voir pourrir ses victimes pour rêver d'amour ; ou bien, cravachant les dames du meilleur monde, lui qui n'a rien lu, il met les livres du marquis de Sade en action.

Germinie Lacerteux, Thérèse Raquin, La Comtesse de Chalis, bien d'autres romans qui ne valent pas l'honneur d'être nommés (car je ne me dissimule pas que je fais une réclame à ceux-ci) vont prouver ce que j'avance [1].

Je ne mets pas en cause les intentions ; elles sont bonnes ; mais je tiens à démontrer que dans une époque à ce point blasée, pervertie, assoupie, malade, les volontés les meilleures se fourvoient et veulent corriger par des moyens qui corrompent. On cherche le succès pour avoir des auditeurs, et on met à sa porte des linges hideux en guise de drapeaux pour attirer les passants.

J'estime les écrivains dont je vais piétiner les œuvres ; ils croient à la régénération sociale ; mais en faisant leur petit tas de boue, ils s'y mirent, avant de le balayer ; ils veulent qu'on le flaire et que chacun s'y mire à son tour ; ils ont la coquetterie de leur besogne et ils oublient l'égout, en retenant l'ordure au-dehors.

Je dois, en bonne conscience, faire une exception pour M. Feydeau. Ce n'est que faute d'un peu d'esprit qu'il dépasse la mesure ; mais je louerais beaucoup plus son dernier roman, qui a des parties excellentes si l'auteur n'avait l'habitude de ne laisser rien à dire à ses lecteurs, en fait de compliments, et si je ne me souvenais de *La Fille aux yeux d'or*. Quoi qu'il en soit, M. Feydeau a voulu, *voyant les mœurs de son temps*, écrire à son tour *Les Liaisons dangereuses*. Il est parti d'un point de vue austère ; il flétrit sans ambages les belles façons des grandes dames ; il a dépeint avec une sûreté de coloris incontestable le portrait de son héroïne ; mais il n'a pu se garer du défaut commun. C'est un Joseph Prudhomme faisandé. En deux ou trois endroits il souligne trop, et on peut lui appliquer ce moyen de comparaison qui condamne les autres romanciers *trivialistes* : il lui serait impossible de mettre son héroïne au théâtre.

Remarquez bien que c'est la pierre de touche. Balzac, le sublime fumier sur lequel poussent tous ces champignons-là, a amassé dans Mme Marneffe [2] toutes les corruptions, toutes les infamies ; et pourtant comme il n'a jamais mis Mme Mar-

---

1. Ces trois romans sont, respectivement, des frères Goncourt (1865), de Zola, d'Ernest Feydeau (1867).
2. Mme Marneffe est un personnage de courtisane mariée et intrigante chez Balzac *(La Cousine Bette)*.

neffe dans une position si visiblement grotesque ou triviale que son image pût faire rire ou soulever le goût, on a représenté Mme Marneffe sur un théâtre. Je vous défie d'y mettre Fanny[1] ; la scène principale la ridiculiserait ! Je vous défie d'y mettre la comtesse de Châlis, je vous défie d'y laisser passer Germinie Lacerteux, Thérèse Raquin, tous ces fantômes impossibles qui suintent la mort, sans avoir respiré la vie, qui ne sont que des cauchemars de la réalité.

Le second reproche que j'adresserai à cette littérature violente, c'est qu'elle se croit bien malicieuse et qu'elle est bien naïve : elle n'est qu'un trompe-l'œil.

Il est plus facile de faire un roman brutal, plein de sanie, de crimes et de prostitutions, que d'écrire un roman contenu, mesuré, moiré, indiquant les hontes sans les découvrir, émouvant sans écœurer. Le beau procédé que celui d'étaler des chairs meurtries ! Les pourritures sont à la portée de tout le monde, et ne manquent jamais leur effet. Le plus niais des réalistes, en décrivant platement le vieux Montfaucon, donnerait des nausées à toute une génération.

Attacher par le dégoût, plaire par l'horrible, c'est un procédé qui malheureusement répond à un instinct humain, mais l'instinct le plus bas, le moins avouable, le plus universel, le plus bestial. Les foules qui courent à la guillotine, ou qui se pressent à la morgue, sont-elles le public qu'il faille séduire, encourager, maintenir dans le culte des épouvantes et des purulences ?

La chasteté, la candeur, l'amour dans ses héroïsmes, la haine dans ses hypocrisies, la vérité de la vie, après tout, ne se montrent pas sans vernis, coûtent plus de travail, exigent plus d'observation et profitent davantage au lecteur. Je ne prétends pas restreindre le domaine de l'écrivain. Tout, jusqu'à l'épiderme, lui appartient : arracher la peau, ce n'est plus de l'observation, c'est de la chirurgie ; et si une fois par hasard un écorché peut être indispensable à la démonstration psychologique, l'écorché mis en système n'est plus que de la folie et de la dépravation.

Je disais que toutes ces imaginations malsaines étaient des imaginations pauvres ou paresseuses. Je n'ai besoin que de citer les procédés pour le prouver. Elles vivent d'imitation.

1. Héroïne de Feydeau (1858).

Madame Bovary, Fanny, L'Affaire Clémenceau[1], ont l'empreinte d'un talent original et personnel ; aussi ces trois livres supérieurs sont-ils restés les types que l'on imite, que l'on parodie, que l'on allonge en les faisant grimacer. Combiner l'élément judiciaire avec l'élément pornographique, voilà tout le fonds de la science. Mystère et hystérie ! voilà la devise.

Il y a un piège, d'ailleurs, dans ces deux mots : les tribunaux sont un lieu commun de péripéties variées et faciles, et, à une époque d'énervement, comme on n'a plus le secret de la passion, on la remplace par des spasmes maladifs ; c'est aussi bruyant, et c'est plus commode.

Ceci expliqué, je dois avouer le motif spécial de ma colère. Ma curiosité a glissé ces jours-ci dans une flaque de boue et de sang qui s'appelle *Thérèse Raquin*, et dont l'auteur, M. Zola, passe pour un jeune homme de talent. Je sais, du moins, qu'il vise avec ardeur à la renommée. Enthousiaste des crudités, il a publié *La Confession de Claude* qui était l'idylle d'un étudiant et d'une prostituée ; il voit la femme comme M. Manet la peint, couleur de boue avec des maquillages roses. Intolérant pour la critique, il l'exerce lui-même avec intolérance, et à l'âge où l'on ne sait encore que suivre son désir, il intitule ses prétendues études littéraires : *Mes haines !*

Je ne sais si M. Zola a la force d'écrire un livre fin, délicat, substantiel et décent. Il faut de la volonté, de l'esprit, des idées et du style pour renoncer aux violences ; mais je puis déjà indiquer à l'auteur de *Thérèse Raquin* une conversion.

M. Jules Claretie avait écrit, lui aussi, son livre de frénésie amoureuse et assassine ; mais il s'est dégoûté du genre après son propre succès, et il a demandé à l'histoire des tragédies plus vraies, des passions plus héroïques et non moins terribles. On meurt beaucoup dans ses *Derniers Montagnards*, mais avec un cri d'espérance et d'amour pour la liberté ! La rage n'y est pas ménagée mais celle-là rend doux et tolérant !

Quant à *Thérèse Raquin*, c'est le résidu de toutes les horreurs publiées précédemment. On y a égoutté tout le sang et toutes les infamies : c'est le baquet de la mère Bancal.

1. *L'Affaire Clémenceau* est un roman (1866) d'Alexandre Dumas-fils.

Le sujet est simple, d'ailleurs, le remords physique de deux amants qui tuent le mari pour être plus libres de le tromper, mais qui, ce mari tué (il s'appelait Camille), n'osent plus s'étreindre, car voici, selon l'auteur, le supplice délicat qui les attend : « Ils poussèrent un cri et se pressèrent davantage afin de ne pas laisser entre leur chair de place pour le noyé. Et ils sentaient toujours des lambeaux de Camille qui s'écrasaient ignoblement entre eux, glaçant leur peau par endroits, tandis que le reste de leur corps brûlait. »

À la fin, ne parvenant pas à *écraser* suffisamment le noyé dans leurs baisers, ils se mordent, se font horreur, et se tuent ensemble de désespoir de ne pouvoir se tuer réciproquement.

Si je disais à l'auteur que son idée est immorale, il bondirait, car la description du remords passe généralement pour un spectacle moralisateur ; mais si le remords se bornait toujours à des impressions physiques, à des répugnances charnelles, il ne serait plus qu'une révolte du tempérament, et il ne serait pas le remords. Ce qui fait la puissance et le triomphe du bien, c'est que même la chair assouvie, la passion satisfaite, il s'éveille et brûle dans le cerveau. *Une tempête sous un crâne* est un spectacle sublime : une tempête dans les reins est un spectacle ignoble [1].

La première fois que Thérèse aperçoit l'homme qu'elle doit aimer, voici comment s'annonce la sympathie : « La nature sanguine de ce garçon, sa voix pleine, ses rires gras, les senteurs âcres et puissantes qui s'échappaient de lui troublaient la jeune femme et la jetaient dans une sorte d'angoisse nerveuse. »

Ô Roméo ! ô Juliette ! quel flair subtil et prompt aviez-vous pour vous aimer si vite ? Thérèse est une femme qui a besoin d'un amant. D'un autre côté, Laurent, son complice, se décide à noyer le mari après une promenade où il subit la tentation suivante : « Il sifflait, il poussait du pied les cailloux, et par moments il regardait avec des yeux fauves les balancements des hanches de sa maîtresse. »

Comment ne pas assassiner ce pauvre Camille, cet être maladif et gluant, dont le nom rime avec camomille, après une telle excitation ?

---

1. Allusion au chapitre des *Misérables* (1862) de Victor Hugo, intitulé « Une tempête sous un crâne » (chapitre 3 du livre 7 de la Iʳᵉ partie).

On jette le mari à l'eau. À partir de ce moment, Laurent fréquente la morgue jusqu'à ce que son noyé soit admis à l'exposition. L'auteur profite de l'occasion pour nous décrire les voluptés de la morgue et ses amateurs.

Laurent s'y délecte à voir les femmes assassinées. Un jour il s'éprend du cadavre d'une fille qui s'est pendue ; il est vrai que le corps de celle-ci, « frais et gras, blanchissait avec des douceurs de teinte d'une grande délicatesse... Laurent la regarda longtemps, promenant ses regards sur la chair, absorbé dans une sorte de désir peureux ».

Les dames du monde vont à la morgue, paraît-il ; une d'elles y tombe en contemplation devant le corps robuste d'un maçon. « La dame — dit l'auteur — l'examinait, le retournait, le pesait, s'absorbait dans le spectacle de cet homme. Elle leva un coin de sa voilette, regarda encore, puis s'en alla. »

Quant aux gamins, « c'est à la morgue que les jeunes voyous ont leur première maîtresse ».

Comme ma lettre peut être lue après déjeuner, je passe sur la description de la jolie pourriture de Camille. On y sent grouiller les vers.

Une fois le noyé bien enterré, les amants se marient. C'est ici que commence leur supplice.

Je ne suis pas injuste et je reconnais que certaines parties de cette analyse des sensations de deux assassins sont bien observées. La nuit de ces noces hideuses est un tableau frappant. Je ne blâme pas systématiquement les notes criardes, les coups de pinceau violents et violets ; je me plains qu'ils soient seuls et sans mélange ; ce qui fait le tort de ce livre pouvait en être le mérite.

Mais la monotonie de l'ignoble est la pire des monotonies. Il semble, pour rester dans les comparaisons de ce livre, qu'on soit étendu sous le robinet d'un des lits de la morgue, et jusqu'à la dernière page, on sent couler, tomber goutte à goutte sur soi cette eau faite pour délayer des cadavres.

Les deux époux, de fureur en fureur, de dépravations en dépravations, en viennent à se battre, à vouloir se dénoncer. Thérèse se prostitue, et Laurent, « dont la chair est morte », regrette de ne pouvoir en faire autant.

Enfin, un jour, ces deux forçats de la morgue tombent épuisés, empoisonnés, l'un sur l'autre, devant le fauteuil de la vieille mère paralytique de Camille Raquin, qui jouit intérieurement de ce châtiment par lequel son fils est vengé.

Ce livre résume trop fidèlement toutes les putridités de la littérature contemporaine pour ne pas soulever un peu de colère. Je n'aurais rien dit d'une fantaisie individuelle, mais à cause de la contagion il y a va de toutes nos lectures. Forçons les romanciers à prouver leur talent autrement que par des emprunts aux tribunaux et à la voirie.

À la vente de ce pacha qui vient de liquider sa galerie tout comme un Européen, M. Courbet représentait le dernier mot de la volupté dans les arts par un tableau qu'on laissait voir, et par un autre suspendu dans un cabinet de toilette qu'on montrait seulement aux dames indiscrètes et aux amateurs. Toute la honte de l'école est là dans ces deux toiles, comme elle est ailleurs dans les romans : la débauche lassée et l'anatomie crue. C'est bien peint, c'est d'une réalité incontestable, mais c'est horriblement bête [1].

Quand la littérature dont j'ai parlé voudra une enseigne, elle se fera faire par M. Courbet une copie de ces deux toiles. Le tableau possible attirera les chalands à la porte ; l'autre sera dans le sanctuaire, comme la muse, le génie, l'oracle.

Ferragus.

• *Document n° 3*

RÉPONSE DE ZOLA À FERRAGUS

Vous êtes chef des Dévorants, monsieur, et vous m'avez dévoré en toute conscience ! Je vous jure que j'aurais eu la bonté d'âme de me laisser manger sans me plaindre, si vous vous étiez contenté du misérable morceau que je pouvais offrir personnellement à votre furieux appétit. Mais vous attaquez toutes mes croyances, vous mordez MM. de Goncourt

---

1. Allusion à deux tableaux « scandaleux » peints par G. Courbet en 1866. Le premier, *Le Sommeil*, représente deux femmes nues dormant sur un lit enlacées ; le second, *L'Origine du monde*, représente un sexe féminin. Ces deux tableaux ont appartenu au diplomate turc Khalil-Bey, qui vivait à Paris. *L'Origine du monde* a appartenu au psychanalyste Jacques Lacan.

que j'aime et que j'admire, vous écrivez un réquisitoire contre une école littéraire qui a produit des œuvres vivantes et fortes. J'ai droit de réponse, n'est-ce pas ? non pour me défendre, moi chétif, mais pour défendre la cause de la vérité.

C'est entendu, je me mets à part, je ne me rappelle plus même que je suis l'auteur de *Thérèse Raquin*. Vous avez parlé de charnier, de pus, de choléra, je vais parler à mon tour des réalités humaines, des enseignements terribles de la vie.

Je vous avoue, monsieur, que je vous aurais répondu tout de suite si je n'avais éprouvé un scrupule bête. J'aime à savoir à qui je m'adresse, votre masque me gêne. J'ai peur de vous dire des choses désagréables sans le vouloir. Oh ! je me suis creusé la tête. J'ai épelé votre article, fouillant chaque mot, cherchant une personnalité connue au fond de vos phrases. Je déclare humblement que mes recherches ont été vaines. Votre style a un débraillé violent qui m'a dérouté. Quant à vos opinions, elles sont dans une moyenne honnête ne portant pas de signature individuelle.

On m'a bien cité quelques noms ; mais, vraiment, monsieur, si vous êtes un de ceux que l'on m'a nommés, il est à croire que le masque vous a donné le langage bruyant et lâché de nos bals publics. Quand on a le visage couvert, on peut se permettre l'engueulement classique, surtout en un temps de carnaval. Je me plais à penser que, dans un salon, vous dévorez les gens avec plus de douceur.

Donc, monsieur, je n'ai pu vous reconnaître. J'essaie de répondre posément et sagement à un inconnu déguisé en Matamore qui, en se rendant un samedi à l'Opéra, a rencontré un groupe de littérateurs, et qui a voulu les effrayer en faisant la grosse voix [1].

Vous avez émis, monsieur, une étrange théorie qui inaugure une esthétique toute nouvelle. Vous prétendez que si un personnage de roman ne peut être mis au théâtre, ce personnage est monstrueux, impossible, en dehors du vrai. Je prends note de cette incroyable façon de juger deux genres de littérature si différents ; le roman, cadre souple, s'élargissant pour

---

1. Allusion aux bals masqués et déguisés de l'Opéra de Paris, qui eurent un grand succès sous le second Empire. Avant que n'entre en fonction le nouvel Opéra de Garnier (1875), l'Opéra de Paris était situé rue Lepelletier.

toutes les vérités et toutes les audaces, et la pièce de théâtre qui vit surtout de conventions et de restrictions.

Certes non, on ne pourrait mettre Germinie Lacerteux sur les planches où gambade Mlle Schneider. Cette « cuisinière sordide », selon votre expression, effaroucherait le public qui se pâme devant les minauderies poissardes de la Grande-Duchesse. Oh ! le public de nos jours est un public intelligent, délicat et honnête : Molière l'ennuie ; il applaudit la musique de mirliton de MM. Offenbach et Hervé ; il encourage les niaiseries folles des parades modernes. Évidemment, ce public-là sifflerait Germinie Lacerteux, coupable d'avoir du sang et des nerfs comme tout le monde.

Et pourtant je jurerais qu'un faiseur se chargerait de la lui imposer. Il s'agirait simplement de transformer Germinie en une cuisinière délaissée par son sapeur, qui se lamente et va se faire « périr ». Au dénouement, pour ne pas troubler la digestion du public, le sapeur viendrait rendre la vie à sa payse. Thérésa serait superbe dans un pareil rôle, et l'on irait à la centième représentation, n'est-ce pas ?

Sans plaisanter davantage, monsieur, comment n'avez-vous pas compris que notre théâtre se meurt, que la scène française tend à devenir un tremplin pour les paillasses et les sauteuses ? Et vous voulez, avant d'accepter et d'admirer les personnages d'un roman, les faire rebondir sur ce tremplin et savoir s'ils exécutent la cabriole des poupées applaudies ! Mais ne voyez-vous pas qu'en France on ne va au théâtre que pour digérer en paix. Demandez aux auteurs dramatiques de quelque talent les rages qu'ils ont parfois contre ce public pudibond et borné, qui ne veut absolument que des pantins, qui refuse les vérités âpres de la vie. Nos foules demandent de beaux mensonges, des sentiments tout faits, des situations clichées ; elles descendent souvent jusqu'aux indécences, mais elles ne montent jamais jusqu'aux réalités.

Lisez l'*Histoire de la littérature anglaise* de M. Taine, et vous verrez ce qu'on peut oser sur la scène chez un peuple auquel son tempérament permet d'assister au spectacle réel de nos passions. Wycherley et Swift n'auraient pas hésité à mettre Germinie au théâtre. Nous autres, nous préférons les vaudevillistes gais ou funèbres : Scribe sera toujours le maître de la scène française.

Ah ! monsieur, si le théâtre se meurt, laissez vivre le roman. Ne mettez pas le romancier sous le joug du public. Accordez-lui le droit de fouiller l'humanité à son aise, et ne déclarez pas ses créations monstrueuses, parce que les spectateurs, qui ont lu les *Mémoires d'une femme de chambre* [1], se prétendent révoltés par le spectacle d'une vérité humaine qui passe.

Vous ne comprenez que le nu de mademoiselle***. C'est plastique, dites-vous. Les charmes de mademoiselle*** n'avaient pas besoin de cette réclame, je crois ; mais je suis heureux de savoir comment vous comprenez la chair.

Ainsi, monsieur, il ne vous déplairait pas trop que Germinie Lacerteux fût en maillot, pourvu qu'elle eût les jambes bien faites. Je commence à soupçonner ce qu'il vous faut ; une peau soyeuse, des contours fermes et arrondis, une gaze transparente voilant à peine des trésors de voluptés.

Le malheur est que Germinie n'est pas en maillot, la pauvre femme ; il n'est pas même certain qu'elle ait les jambes bien faites. Puis elle sent le graillon ; elle ne vaut pas mademoiselle***, en un mot. C'est une misérable proie pour le plaisir, tel que vous paraissez l'entendre. Elle a encore un défaut immense : c'est qu'elle ne s'est pas vendue dès l'âge de seize ans ; elle a grandi dans des pensées d'honneur, dans des répugnances invincibles pour le vice, et elle n'a roulé au fond de l'égout que poussée par les faits, poussée par ses nerfs et son sang. Que voulez-vous ? Germinie n'est pas une courtisane ; Germinie est une malheureuse que les fatalités de son tempérament ont jetée à la honte. Toutes les femmes ne sont pas « plastiques ».

Vous restez à fleur de peau, monsieur, tandis que les romanciers analystes ne craignent pas de pénétrer dans les chairs. C'est moins voluptueux, et moins agréable, je le sais ; les tableaux vivants, les apothéoses de féerie sont excellents pour procurer des rêves amoureux : la vue d'une salle d'amphithéâtre est au contraire écœurante pour ceux qui n'ont pas l'amour austère de la vérité. Je crains bien que nous ne nous entendions pas. Je trouve fort indécente l'exhibition de certaines actrices, et je n'éprouve qu'une douleur émue en face des plaies intérieures du corps humain.

S'il est possible, ayez un instant la curiosité du mécanisme de la vie, oubliez l'épiderme satiné de telle ou telle dame, demandez-vous quel tas de boue est caché au fond de cette peau rose dont le spectacle contente vos faciles désirs. Vous comprendrez alors qu'il a pu se rencontrer des écrivains qui

1. Roman contemporain licencieux d'Henry de Pène (1864).

ont fouillé courageusement la fange humaine. La vérité, comme le feu, purifie tout. Il y a des gens qui emmènent le soir des filles et qui les renvoient le lendemain matin après s'être assurés si elles ont la taille mince et les bras forts ; il y en a d'autres qui préfèrent étudier les drames intérieurs de la femme, qui ne touchent à la chair que pour en expliquer les fatalités.

D'ailleurs, monsieur, je vous l'accorde, on doit fouiller la boue aussi peu que possible. J'aime comme vous les œuvres simples et propres, lorsqu'elles sont fortes et vraies en même temps. Mais je comprends tout, je fais la part de la fièvre, je m'attache surtout dans un roman à la marche logique des faits, à la vie des personnages ; j'admire *Germinie Lacerteux*, moins dans les pages brutales du livre que dans l'analyse exacte des personnages et des faits. Vous déclarez l'œuvre putride parce que certains tableaux vous ont choqué ; c'est là de l'intolérance.

Passez outre, et dites-moi si les auteurs n'ont pas créé des personnes vivantes, au lieu des poupées mécaniques que l'on rencontre dans les romans de M. Feuillet par exemple.

Je vous avertis que je suis de l'avis de Stendhal. Je crois qu'un romancier doit d'abord écrire ses œuvres pour lui : le souci du public vient ensuite.

Le roman n'est pas comme l'auteur dramatique, il ne dépend point de la foule. Si vous voulez, nous appellerons *Germinie Lacerteux* un traité de physiologie, nous le mettrons dans une bibliothèque médicale, nous recommanderons aux jeunes filles et aux gens délicats de ne jamais le lire. Tout cela n'empêchera pas que *Germinie Lacerteux* ne soit un livre des plus remarquables.

Vous dites qu'il est facile de travailler dans l'horrible. Oui et non. Il est facile — et vous l'avez prouvé — d'écrire une page violente, sans y mettre autre chose que de la violence ; mais il n'est plus aussi facile d'avoir une fièvre toute personnelle, et d'employer l'activité que vous donne cette fièvre, à observer et à sentir la vie. Demandez à M. Claretie s'il renie ses premiers livres, comme vous paraissez le dire. Quant à moi, je ne pense pas qu'il renonce à l'étude de la vie moderne, et je crois qu'il y reviendra tôt ou tard avec un égal amour pour la réalité.

Les Derniers Montagnards, un beau livre que je viens de lire, ne sont qu'une ode en l'honneur de l'héroïsme et de l'amour patriotique. Au-dessous de ses folies généreuses, la nature humaine a ses misères de tous les jours, qui sont moins consolantes, mais aussi intéressantes à étudier.

D'ailleurs, ne tremblez pas, monsieur. La « littérature putride » ne nourrit pas ses auteurs. Le public n'aime pas les vérités, il veut des mensonges pour son argent. Vous accusez presque MM. de Goncourt d'être « trivialistes », uniquement pour être lus. Eh ! bon Dieu ! vous ne savez donc pas qu'on a vendu trente mille exemplaires de *Monsieur de Camors* [1], et que *Germinie Lacerteux* n'en est qu'à sa seconde édition.

Croyez-moi, monsieur, laissez en paix les romanciers consciencieux. S'il vous faut dévorer quelqu'un, dévorez nos petits musiciens, nos petits faiseurs de parades, ceux qui font vivre le public de platitudes.

Un dernier mot. J'ai évité de parler de moi. Permettez-moi pourtant de vous dire que, si j'ai été parfois intolérant, comme vous me le reprochez, jamais je n'ai écrit un article qui pût écœurer et faire rougir mes lectrices. Je vous défie de trouver dans la collection de *L'Événement*, une seule phrase signée de mon nom que vous ne puissiez mettre sous les yeux d'une jeune fille.

Quand j'écris un livre, j'écris pour moi comme je l'entends ; mais, quand j'écris dans un journal, je le fais de façon à pouvoir être lu de tout le monde.

Si j'avais une fille, monsieur, après avoir jeté un coup d'œil sur le numéro du *Figaro* où se trouve votre lettre, j'aurais brûlé ce numéro.

Émile Zola.
(*Le Figaro*, 31 janvier 1868)

1. Roman d'Octave Feuillet (1867).

● *Document n° 4*

LETTRE DE SAINTE-BEUVE À ÉMILE ZOLA
(10 juin 1868)*

Cher Monsieur,

Je ne sais si je vous enverrai cette lettre, car je ne me sens aucun droit de critique privée sur *Thérèse Raquin*, et il me faudra bien une troisième sommation pour que je vous obéisse.

Votre œuvre est remarquable, consciencieuse, et, à certains égards même, elle peut faire époque dans l'histoire du roman contemporain.

Selon moi, cependant, elle dépasse les limites, elle sort des conditions de l'art à quelque point de vue qu'on l'envisage ; et, en réduisant l'art à n'être que la seule et simple vérité, elle me paraît hors de cette vérité.

Et tout d'abord, vous prenez une épigraphe que rien ne justifie dans le roman [1]. Si le vice et la vertu ne sont que des produits comme le vitriol et le sucre, il s'ensuivrait qu'un crime expliqué et motivé comme celui que vous exposez n'est pas chose si miraculeuse et si monstrueuse, et on se demande dès lors pourquoi tout cet appareil de remords qui n'est qu'une transformation et une transposition du remords moral ordinaire, du remords chrétien, et une sorte d'enfer retourné.

Dès les premières pages, vous décrivez le passage du Pont-Neuf : je connais ce passage autant que personne et par toutes les raisons qu'un jeune homme a pu avoir d'y rôder. Eh bien ! ce n'est pas vrai, c'est fantastique de description : c'est comme la rue Soli, de Balzac [2]. Le passage est plat, banal, laid, surtout étroit, mais il n'a pas toute cette noirceur profonde et ces teintes à la Rembrandt que vous lui prêtez. C'est là une manière aussi d'être infidèle.

---

* Publiée dans la *Correspondance* de Sainte-Beuve éditée par Jules Troubat, Paris, 1878, vol. II, pp. 314-317.
1. Zola avait mis en épigraphe à la première édition de son roman une phrase de Taine (« Le vice et la vertu, qui sont des produits comme le vitriol et le sucre ») qu'il enleva ensuite pour la deuxième édition (1868).
2. La rue Soli, située dans le quartier Saint-Eustache, est décrite par Balzac dans son roman *Ferragus* (1833).

Vos personnages d'ailleurs, si vous les avez faits exprès plats et vulgaires (excepté la jeune femme qui a quelque chose d'algérien), sont ressemblants, bien présentés, analysés en conscience, copiés avec probité. À vrai dire, si peu idéaliste que je sois, je me demande bien si le crayon ou la plume ont nécessairement pour objet de choisir des sujets vulgaires, sans nul agrément (je me le suis même demandé déjà au sujet de *Germinie Lacerteux* de mes amis les Goncourt) ; je me suis persuadé qu'un peu d'agréable, un peu de touchant, n'est point entièrement inutile, ne fût-ce que sur un point ou deux, dans un tableau même qu'on veut faire parfaitement triste et terne. Mais enfin je passe. Il y a un endroit où je trouve particulièrement du talent, au sens de l'invention : c'est dans la hardiesse des rendez-vous : la page *sur le chat*, sur ce qu'il pourrait dire, est charmante et cela ne rentre plus dans la copie pure et simple.

Je trouve encore un grand talent d'analyse et de vraisemblance (le genre admis) dans les scènes préparatoires de la noyade, et dans celles qui suivent immédiatement.

Mais là je m'arrête, et le roman me semble faire fausse route. Je prétends qu'ici vous manquez à l'observation ou à la divination. C'est fait de tête et non d'après nature. Et, en effet, les passions sont féroces. Une fois déchaînées, tant qu'elles ne sont pas assouvies, elles n'ont pas de cesse. Elles vont droit au fait et au but, fût-ce sur un cadavre. Si Clytemnestre et Égisthe, s'aimant à la fureur, n'avaient pu se posséder complètement qu'à côté du cadavre tout chaud et saignant d'Agamemnon, le cadavre d'Agamemnon ne les aurait pas gênés, au moins pour les premières nuits. Aussi je ne comprends rien à vos amants, à leurs remords et à leur refroidissement subit, avant d'être arrivés à leurs fins. Ah ! plus tard, je ne dis pas. Quand la passion principale est satisfaite, on réfléchit, on voit les inconvénients : le chapitre des remords commence...

Vous voyez mes objections, cher Monsieur. Ce qui ne m'aveugle pas sur le mérite technique et d'exécution de bien des pages. Je désirerais seulement que le mot de *vautrer* se rencontrât moins souvent, et que cet autre mot *brutal*, qui reparaît sans cesse, ne vînt pas accuser la note dominante, qui n'a nullement besoin de ce rappel pour ne pas se laisser oublier.

Vous avez fait un acte hardi : vous avez bravé dans cette œuvre et le public et aussi la critique. Ne vous étonnez pas de certaines colères ; le combat est engagé ; votre nom y est signalé : de tels conflits se terminent, quand un auteur de talent le veut bien, par un autre ouvrage, également hardi, mais un peu détendu, où le public et la critique croient voir une concession à leur gré, et tout finit par un de ces traités de paix qui consacrent une réputation de plus.

> Tout à vous.
> Sainte-Beuve.

P.S. — Voici un aphorisme moral qui, selon moi, atteint votre roman par le milieu : « Une passion, une fois déchaînée, ne s'éteint point, ne se coupe point brusquement par le remords, comme la fièvre par la quinine, avant de s'être assouvie. »

• *Document n° 5*

RÉPONSE DE ZOLA À SAINTE-BEUVE
(13 juillet 1868)*

Paris, 13 juillet 1868.

Monsieur et cher maître,

Si je me suis permis d'insister pour avoir votre opinion sur *Thérèse Raquin*, c'est que je savais à l'avance combien votre critique serait juste et sympathique. Les jeunes gens comme moi ont tout à gagner à connaître le jugement de leurs illustres aînés sur leur compte. J'accepte vos critiques avec plus de reconnaissance encore que vos éloges.

Permettez-moi, cependant, de me défendre contre un de vos blâmes. Vous me dites que j'ai menti à la vérité en ne jetant pas Laurent et Thérèse dans les bras l'un de l'autre, le lendemain du meurtre. Si j'ai cru devoir les séparer, leur donner des répugnances et des lassitudes, c'est que je n'ai pas voulu peindre une passion tragique, âpre, insatiable. Lorsqu'ils tuent, ils sont déjà presque dégoûtés l'un de l'autre.

---

* Publiée dans l'article de M. Martin Kanes, « Autour de *Thérèse Raquin* : Un dialogue entre Zola et Sainte-Beuve », *Les Cahiers naturalistes*, n° 31, 1966, pp. 23-31.

Leur crime est une fatalité à laquelle ils ne peuvent échapper. Ils éprouvent comme un affaissement après l'assassinat, comme une paix d'être débarrassés d'un effort trop violent pour leur nature. Je ne sais si je m'exprime clairement. Mes héros n'ont que des instincts ; plus tard, quand ils se marient après une année d'indifférence, ils obéissent aux conséquences des faits. À la vérité, ils ne s'aiment jamais, dans le sens français et italien du mot. Le jour où Laurent jette Thérèse sur le carreau, il a à peine des désirs ; toujours cette femme le troublera ; quand il la possédera tout à fait, elle achèvera de détraquer son être. Le drame est surtout physiologique. Le meurtre est pour ces tempéraments une crise aiguë, qui les laisse hébétés et comme étrangers. D'ailleurs, lorsqu'ils tuent, ils ne tuent déjà plus pour se posséder ; je crois que tout acte violent, dans des natures lâches et vulgaires, s'accomplit mécaniquement et amène un oubli presque complet des causes et du but. Ils tuent parce qu'ils se sont promis de tuer et ils s'épousent plus tard parce que leur mariage est un résultat nécessaire du meurtre. S'ils tardent pendant plus d'une année, c'est qu'à la vérité ils ne s'aiment pas, c'est qu'ils sont secoués et écœurés, c'est qu'ils ne se retrouvent plus eux-mêmes, et qu'ils ont besoin d'un long temps pour éprouver de nouveau le désir de leurs étreintes. Ôtez-leur la passion tragique, faites-en des brutes, et vous comprendrez leurs crises et leurs affaissements. Je sais bien que tout cela est très particulier, très exceptionnel ; je l'ai voulu ainsi, à la suite de certaines observations et de certaines intuitions que je crois vraies.

Me pardonnez-vous, Monsieur et cher maître, d'avoir cherché à me défendre, bien mal sans doute, au courant de la plume. Vous avez mille fois raison : je sais bien qu'il me faut écrire une autre œuvre, mieux équilibrée, plus vraie et plus étudiée. Le malheur est que ma plume est mon seul gagne-pain, et que je ne puis travailler aux ouvrages que je rêve. La lutte est rude pour moi. Quand je serai assez connu, quand le livre pourra me faire vivre, quand il me sera permis de quitter le journalisme pour lequel je ne suis pas fait, alors seulement je me mettrai sérieusement à la besogne.

Vous m'avez donné quelques espérances, et je vous remercie mille fois.

Veuillez me croire, Monsieur et cher maître, votre tout reconnaissant et tout dévoué

Émile Zola.

• *Document n° 6*

UNE LETTRE D'HIPPOLYTE TAINE
À ÉMILE ZOLA*
(début 1868)

Mon cher Monsieur,

J'aurais quelque difficulté en ce moment à écrire une note sur *Thérèse Raquin* dans les *Débats*. La polémique n'est pas trop mon fait, et d'ailleurs je crois que les attaques qu'on dirige contre vous sont plutôt à votre avantage. Un livre contesté est un livre remarqué. M. Gautier et les Goncourt trouvent que le vôtre est bien, et je pense qu'il est votre meilleure œuvre. Il y a un peu de tétanos dans le style et le sujet ; à force de changer les idées en images, vous arrivez souvent à la fantasmagorie, et, en pareille histoire, la fantasmagorie devient cauchemar. Mais, à mon sens, l'ouvrage est tout entier construit sur une idée juste ; il est bien lié, bien composé, il indique un véritable artiste, un observateur sérieux qui cherche non l'agrément, mais la vérité ; il montre une grande connaissance du sourd travail mental qui aboutit à l'hallucination, de la terrible élaboration physiologique qui transforme les caractères. L'idée de la morsure au cou et de l'apparition chez Laurent du talent artistique m'a beaucoup frappé. Vous n'avez d'autres prédécesseurs dans cette étude que la Macbeth de Shakespeare et le Jonas de Dickens *(Martin Chuzzlewit)*. Peut-être y a-t-il là matière à objection. Remarquez que les artistes supérieurs qui ont traité de pareils sujets ne leur ont jamais donné qu'une place accessoire, ou les ont entourés d'actions et d'événements qui empêchaient l'attention de se donner tout entière à un thème si horrible. Il faut être physiologiste et psychologue de métier pour n'avoir pas les nerfs détraqués par un livre comme le vôtre. Plus il est fort et vrai, plus il produit d'effet. On ne peut pas ne pas aller jusqu'au

---

* Publiée dans le *Bulletin* de la Société littéraire des Amis d'Émile Zola, 1931, pp. 4-5.

bout, mais il faut, pour le recommencer, être décidé à s'instruire. La même chose arrive quand on lit *Germinie Lacerteux* ; l'œuvre a beau être parfaitement exacte et profondément intuitive, on est rebuté ! On aime mieux un traité de médecine légale, une histoire des péritonites et de la nymphomanie. Quand Balzac, dans *Le Cousin Pons*, a remué ces bas-fonds, il a mis tout à côté des repoussoirs, des atténuations, une intrigue d'argent, un de ces drames compliqués où il est maître. Probablement, il faut garder une mesure, et si j'en cherche la raison, c'est qu'il y a une mesure dans la vie. Certainement, *Germinie Lacerteux* et *Thérèse Raquin* sont des histoires vraies ; mais un livre doit être toujours, plus ou moins, un portrait de l'ensemble, un miroir de la société entière. Il faut, à droite, à gauche, des biographies, des personnages, des indices qui montrent le grand complément, les antithèses de toute sorte, les compensations, bref, l'au-delà de notre sujet.

Quand on clôt toutes les percées et qu'on emprisonne le lecteur, fenêtres fermées, dans une histoire exceptionnelle, en tête à tête avec un monstre, un fou ou un malade, le lecteur a peur ; souvent même la nausée lui vient ; il crie contre l'auteur.

Voilà, mon cher monsieur, mon impression bien franche ; si j'osais avoir un avis, je vous dirais que vous avez besoin d'élargir votre cadre et de balancer vos effets. À cet égard, Balzac et Shakespeare sont les grands maîtres. Il y a dans l'artiste accompli une sorte de philosophe encyclopédiste à grandes vues philosophiques. Aujourd'hui, on est trop spécialiste, on s'enfonce trop, le microscope en main, sur une portion de tout. Vous avez fait une œuvre puissante, pleine d'imagination, de logique et très morale. Il vous reste à en faire une autre qui embrasse plus d'objets et ouvre plus d'horizons. Un épisode ne doit pas être transformé en poème, un personnage de fond ne doit pas être ramené sur le premier plan et devenir tout le tableau.

Croyez-moi, mon cher monsieur, votre tout dévoué et sympathique lecteur.

H. Taine.

IV — ZOLA ET LA LITTÉRATURE

• *Document n° 7*

DEUX DÉFINITIONS DU ROMAN
(1866)

[...]

Dans une telle civilisation [1], lorsque le ciel a été dépeuplé, lorsque la science a tué les fantômes du rêve et ouvert à l'intelligence des larges horizons de l'observation et de la méthode, lorsque l'homme s'est replié sur lui-même, lorsque le drame de la vie s'est compliqué et déroulé de façon diverse à chaque foyer domestique, il est forcément arrivé que l'épopée, que le roman des dieux et des héros a dû disparaître pour faire place au roman des hommes. J'entends parfois certaines personnes réclamer le poème épique français qui n'existe pas, disent-elles. Certes, il n'existera jamais pour elles si elles attendent une nouvelle *Iliade*, si elles veulent que l'humanité retourne en arrière, dans les matinées et dans les rêveries lumineuses de son adolescence. Nous ne pouvons, nous les esprits savants et inquiets, causer face à face avec les dieux et croire aux beaux mensonges de l'imagination. Mais, pour les penseurs qui ont interrogé l'histoire et qui savent comment se comportent les forces créatrices de l'intelligence, l'épopée moderne est créée en France. Elle a pour titre *La Comédie humaine*, et pour auteur Honoré de Balzac.

L'épopée, lorsque le génie de la Grèce a décliné, est devenue le conte ; le conte sous les tendances scientifiques et

---

1. La civilisation moderne. Zola vient de parler des civilisations et des littératures classiques.

méthodiques des Temps Modernes, s'est transformé de nouveau et s'est changé en roman d'observation et d'analyse. La filiation est évidente ; on peut suivre, en s'appuyant sur l'histoire, le large mouvement qui a conduit l'esprit humain à l'étude de l'homme vivant et de la nature réelle. Du dix-septième siècle jusqu'à nos jours, ce mouvement est très marqué ; entre la *Clélie* de Mlle de Scudéry, et *La Femme de trente ans* de Balzac, il y a une série d'œuvres qui mènent insensiblement du récit merveilleux et invraisemblable à la peinture exacte de la nature humaine. Je me contente d'indiquer cette série, ne pouvant entrer dans le détail. Il me suffit de constater que nous en sommes aujourd'hui au roman analytique qui a pour but de peindre la nature telle qu'elle est et les hommes tels qu'ils sont.

Je mets à part les œuvres indignes, ces denrées littéraires dont on fait commerce. Je parle des romanciers de génie qui ont créé l'épopée moderne. D'ailleurs je ne veux nommer aucun d'eux, je préfère rester dans la généralité, ce qui me permettra de tracer une rapide esquisse du romancier analyste.

Il est, avant tout, un savant, un savant de l'ordre moral. J'aime à me le représenter comme l'anatomiste de l'âme et de la chair. Il dissèque l'homme, étudie le jeu des passions, interroge chaque fibre, fait l'analyse de l'organisme entier. Comme le chirurgien, il n'a ni honte ni répugnance, lorsqu'il fouille les plaies humaines. Il n'a souci que de vérité, et étale devant nous le cadavre de notre cœur. Les sciences modernes lui ont donné pour instrument l'analyse et la méthode expérimentale. Il procède comme nos chimistes et nos mathématiciens ; il décompose les actions, en détermine les causes, en explique les résultats ; il opère selon des équations fixes, ramenant les faits à l'étude de l'influence des milieux sur les individualités. Le nom qui lui convient est celui de docteur ès sciences morales.

Le cadre du roman lui-même a changé. Il ne s'agit plus d'inventer une histoire compliquée d'une invraisemblance dramatique qui étonne le lecteur ; il s'agit uniquement d'enregistrer des faits humains, de montrer à nu le mécanisme du corps et de l'âme. L'affabulation se simplifie ; le premier homme qui passe est un héros suffisant ; fouillez en lui et vous trouverez certainement un drame simple qui met en jeu tous les rouages des sentiments et des passions. Autant d'hommes, et autant de sujets, car, sous l'impulsion d'un même ressort, chaque organisme moral se comporte différemment.

Vous n'aurez plus qu'à grouper quelques êtres, à les heurter, et à étudier les chocs qui se produiront. Si l'analyse exacte est vivante, l'intérêt de votre étude sera poignant, parce que chacun des cris que vous aurez notés, trouvera un écho dans la poitrine du lecteur. C'est ainsi que l'imagination est réglée par la vérité ; elle a pour inventer le vaste champ des réalités humaines, et elle puise des événements vraisemblables dans l'inépuisable matière qui lui offrent les mille aspects de l'homme et de la nature.

Si j'avais demandé à Balzac de me définir le roman, il m'aurait certainement répondu : « Le roman est un traité d'anatomie morale, une compilation de faits humains, une philosophie expérimentale des passions. Il a pour but, à l'aide d'une action vraisemblable, de peindre les hommes et la nature dans leur vérité. »

Rapprochez cette définition de celle que j'ai mise dans la bouche d'un conteur grec, et jugez s'il est prudent de définir un fait qui marche toujours, je veux dire l'enfantement du génie humain. Moi je n'ose arrêter l'épanouissement de nos créations, et je laisse à nos enfants le soin de modifier encore la formule de Balzac.

Qu'il me soit permis en terminant de tirer une conclusion des quelques pages que je viens d'écrire. Je me suis efforcé de montrer le mouvement qui a mené l'esprit humain de l'épopée au conte et du conte au roman d'analyse, sous l'influence des civilisations. Je crois fermement qu'on pourrait faire l'étude complète des diverses transformations que les créations de l'intelligence ont subies à la suite de circonstances déterminées. On aurait ainsi l'histoire large et entière de la pensée écrite, dans toutes les formes qu'elle a prises pour se manifester. On briserait la classification sèche et absolue des rhéteurs, souvent embarrassante et inexacte ; ce qu'ils ont nommé les caractères des genres littéraires ne serait plus que des formes temporaires, amenées par les sociétés et continuellement modifiées par les milieux. Alors, du haut des âges jusqu'à nos jours, s'étendrait notre création, dont chaque phase dépendrait de la phase précédente, et dont chaque aspect trouverait son explication dans l'histoire. Pour mieux me faire entendre, je compare la pensée écrite à un torrent qui s'élargirait au milieu d'une vallée ; à la source le torrent coule dans un seul lit ; puis les accidents de terrain le divisent, il se sépare en plusieurs bras qui eux-mêmes se ramifient. La pensée écrite s'est ainsi ramifiée, et les annales de l'humanité nous permettent de savoir quelles causes ont déterminé les directions nouvelles que la pensée a suivies. Je résumerai cette façon de voir en énonçant scientifiquement le théorème suivant : les caractères des divers genres littéraires ne sont que les transformations de la pensée écrite soumise aux influences des civilisations. Telle est la formule qui servira de base à un ouvrage que j'espère écrire un jour sous ce titre *Essai de rhétorique historique*.

Il me reste enfin à représenter une observation que je crois utile et opportune. J'ai remarqué que dans l'amas considérable des romans contemporains les deux tiers au moins ont la province pour sujet d'étude. La vie fiévreuse et emportée de Paris déjoue les délicatesses de l'observation ; la vie calme de la province offre au contraire une matière excellente à l'analyse minutieuse et approfondie. J'ai songé à ces faits, et je me suis dit que la décentralisation doit être attaquée par le roman. Que les jeunes écrivains qui ont de bons yeux se mettent donc à l'œuvre. Ils n'ont qu'à regarder autour d'eux et à dire ensuite ce qu'ils ont vu. Le champ est vaste, les modèles posent paisiblement, les événements traînent et se laissent étudier sous tous les aspects.

Que de romanciers, à Paris, rêvent la douce existence de province ! Ils vivent dans la fièvre et souvent au milieu de la lutte, leur plume les trahit ; ils écrivent et ils n'ont pu voir ce dont ils parlent, ils vont en avant quand même et jamais il ne leur est permis de regarder en arrière. Alors, aux heures de lassitude, ils se rappellent les douceurs de leur jeunesse lorsqu'ils pouvaient s'oublier sous le large soleil et causer à voix basse avec la nature ; ils voient dans leurs souvenirs la petite rue qu'ils habitaient, là-bas, à des centaines de lieues, rue paisible et silencieuse dont tous les passants leur étaient connus ; ils se souviennent des mille petits détails qu'ils ont observés étant encore enfants, qu'ils ont donnés plus tard dans leurs œuvres et qui resteront comme les fleurs les plus exquises et les plus parfumées de leur esprit. À ces pensées, de vagues senteurs leur viennent des chères et lointaines régions, et ils rêvent, ils rêvent de fuir Paris, de ne pas brûler leur sang en se mêlant davantage aux luttes de la vie ardente, et d'aller écrire, sous le ciel clair de leur adolescence, des œuvres libres et fortes, filles de l'étude et du recueillement.

Émile Zola, *Œuvres complètes*,
éd. Tchou, tome X, pp. 279 à 283.

• *Document n° 8*

LES ÉCOLES LITTÉRAIRES

Lettre à A. Valabrègue [1] du 18 août 1864

L'ÉCRAN

L'écran — L'écran et la création
L'écran ne peut donner des images réelles

Je me permets, au début, une comparaison un peu risquée. Toute œuvre d'art est comme une fenêtre ouverte sur la création ; il y a, enchâssé dans l'embrasure de la fenêtre, une sorte d'écran transparent, à travers lequel on aperçoit les objets plus ou moins déformés, souffrant des changements plus ou moins sensibles dans leurs lignes et dans leur couleur. Ces changements tiennent à la nature de l'écran. On n'a plus la création exacte et réelle, mais la création modifiée par le milieu où passe son image.

Nous voyons la création dans une œuvre, à travers un homme, à travers un tempérament, une personnalité. L'image qui se produit sur cet écran de nouvelle espèce est la reproduction des choses et des personnes placées au-delà, et cette reproduction, qui ne saurait être fidèle, changera autant de fois qu'un nouvel écran viendra s'interposer entre notre œil et la création. De même, des verres de différentes couleurs donnent aux objets des couleurs différentes ; de même les lentilles, concaves ou convexes, déforment les objets chacune dans un sens.

La réalité exacte est donc impossible dans une œuvre d'art. On dit qu'on rabaisse ou qu'on idéalise un sujet. Au fond, même chose. Il y a déformation de de ce qui existe. Il y a mensonge. Peu importe que ce mensonge soit en beau ou en laid. Je le répète, la déformation, le mensonge qui se produisent dans ce phénomène d'optique tiennent évidemment à la nature

---

1. Antony Valabrègue est un ami d'enfance de Zola.

de l'écran. Pour rendre la comparaison, si la fenêtre était libre, les objets placés au-delà apparaîtraient dans leur réalité. Mais la fenêtre n'est pas libre et ne saurait l'être. Les images doivent traverser un milieu, et ce milieu doit forcément les modifier, si pur et si transparent qu'il soit. Le mot art n'est-il pas d'ailleurs opposé au mot nature ?

Ainsi, tout enfantement d'une œuvre consiste en ceci : l'artiste se met en rapport direct avec la création, la voit à sa manière, s'en laisse pénétrer, et nous renvoie les rayons lumineux, après les avoir, comme le prisme, réfractés et colorés selon sa nature.

D'après cette idée, il n'y a que deux éléments à considérer : la création de l'écran. La création étant la même pour tous, envoyant à tous une même image, l'écran seul prête à l'étude et à la discussion.

Étude de l'écran — Sa composition

L'étude de l'écran, voilà le grand point de controverse philosophique. Les uns, et ils sont nombreux à notre époque, affirment que l'écran est tout de chair et d'os, et qu'il reproduit matériellement les images ; Taine, parmi ceux-là, le considérant d'abord en lui-même, lui donne une faculté maîtresse, puis lui fait prendre toutes les natures possibles en le soumettant à trois grandes influences, la race, le milieu et le moment. Les autres, sans nier tout à fait la chair et les os, jurent que les images se reproduisent sur un écran immatériel. Tous les spiritualistes en sont là, Jouffroy, Maine de Biran, Cousin, etc. Enfin, comme il faut en toute chose un juste milieu, Deschanel a écrit ceci, dans un de ses derniers ouvrages : « Dans ce qu'on nomme les œuvres de l'esprit, tout ne s'explique pas par l'esprit ; mais aussi, à plus forte raison, tout ne s'explique pas par la matière. » Voilà un garçon qui ne se compromettra jamais. On ne saurait mieux dire, en ne disant rien. Qu'est-ce que l'esprit, avant tout ?

Je n'ai pas d'ailleurs à étudier en ce moment la nature de l'écran. Peu m'importe le mécanisme du phénomène. Ce que je désire constater, c'est que l'image se produit, et que, par une propriété mystérieuse de l'être translucide, matériel et immatériel, cette image lui est propre.

Les écrans de génie — Les petits écrans opaques

Un chef d'école est un écran très puissant, qui donne les images avec une grande vigueur. Une école est une troupe de petits écrans opaques d'un grain très grossier, qui, n'ayant pas eux-mêmes la puissance de donner des images, prennent celle de l'écran puissant et pur dont ils font leur chef de file. Voici le résultat honteux d'un tel procédé. Il sera toujours permis à un artiste de génie de nous faire voir la création en vert, en bleu, en jaune, ou en toute autre couleur qui lui plaira ; il pourra nous transmettre les ronds par des carrés, les lignes droites par des lignes brisées, et nous n'aurons pas à nous plaindre ; il suffira que les images reproduites aient l'harmonie et la splendeur de la beauté. Mais ce qu'on ne saurait tolérer, c'est le barbouillage et la déformation de parti pris. C'est le bleu, le vert ou le jaune, le carré ou la ligne droite érigés en préceptes et en lois.

Parce que tel génie a fait subir à la nature certaines déviations dans les contours, certains changements dans les nuances, ces déviations et ces changements vont devenir des articles de foi ! Chaque école a ceci de monstrueux qu'elle fait mentir la nature suivant certaines règles. Les règles sont des instruments de mensonge que l'on se passe de main en main, reproduisant facticement et mesquinement les images fausses, mais grandioses ou charmantes, que l'écran de génie donnait dans toute la naïveté et la vigueur de sa nature. Lois arbitraires, façons très inexactes de reproduire la création, prescrites par la sottise et la sottise comme des moyens faciles d'arriver à toute vérité.

Les règles n'ont leur raison d'être que pour le génie, d'après les œuvres duquel on a pu les formuler ; seulement, chez ce génie, ce n'étaient pas des règles, mais une manière personnelle de voir, un effet naturel de l'écran.

Les écoles ont été faites pour la médiocrité. Il est bon qu'il y ait des règles pour ceux qui n'ont pas la force de l'audace et de la liberté. Ce sont les écoles qui fournissent de tableaux et de statues les hôtels particuliers et les monuments publics, qui mettent un air à chaque chanson, qui contentent les besoins de plusieurs millions de lecteurs ; tout ceci se réduit à dire que la société a besoin d'un certain luxe plus ou moins artistique, et que, pour satisfaire ce besoin, les écoles fabriquent, tant bien que mal, un nombre convenu d'artistes par année. Ces artistes exercent leur métier, et tout est pour le mieux. Mais le génie n'est pour rien là-dedans. Il est de sa nature de n'être d'aucune école, et d'en créer de nouvelles au besoin ; il se contente de s'interposer entre la nature et nous, et de nous en donner naïvement les images, et on se sert de ses produits, de sa liberté d'allure pour défendre toute originalité aux disciples. Cent ans plus tard, un autre écran nous donne d'autres preuves de l'éternelle nature, et de nouveaux disciples formulent de nouvelles règles, ainsi de suite. Les artistes de génie naissent et grandissent librement ; les disciples les suivent à la trace. Les écoles n'ont jamais produit un seul grand homme. Ce sont les grands hommes qui ont produit les écoles. Celles-ci, à leur tour, nous fournissent, bon an mal an, les quelques douzaines de manœuvres artistiques dont notre civilisation a besoin.

(Ici, je suis obligé de laisser une lacune. Il me faudrait prouver que les grandes règles générales, communes à tous les génies, se réduisent au simple usage du bon sens et de l'harmonie innée. Il me suffit de vous faire remarquer que j'entends par règle tout procédé particulier d'une école.)

Tous les écrans de génie doivent être compris, sinon aimés

Tous les écrans de génie doivent être acceptés au même titre. Dès l'instant où la création ne peut nous être donnée avec sa couleur vraie, ses lignes exactes, peu importe qu'on nous la donne en bleu, en vert ou en jaune, en carré ou en circonférence. Certainement, il est permis de préférer un écran à un autre, mais c'est là une question individuelle de goût et de tempérament. Je veux dire qu'au point de vue absolu il n'y a pas, dans l'art, de raison motivée de donner le pas à l'écran classique sur les écrans romantique et réaliste, et réciproquement, puisque ces écrans nous transmettent des images aussi fausses les unes que les autres. Ils sont tous presque aussi loin de leur idéal, la création, et, dès lors, ils doivent, pour le philosophe, avoir des mérites égaux.

D'ailleurs, je veux, en les jugeant moi-même, racheter ce que cette opinion peut avoir d'excessif. Mais, auparavant, j'établis nettement que s'il m'échappe quelque épigramme, ce n'est pas à l'écran de génie, chef d'école, que je l'adresse, mais à l'école elle-même, qui nous rend ridicules les beautés du maître. D'autre part, je ne donne ici que mon opinion personnelle, et je déclare à l'avance comprendre et accepter, malgré tout, les écrans de génie que mon propre organisme me porte à ne pas aimer.

(Ici, nouvelle lacune. Je sais que le commencement de ce paragraphe ne vous convaincra pas. Vous voudrez classer les écoles et les ranger selon un ordre de mérites. Je ne crois pas qu'on doive le faire et, en tout cas, comme elles ont chacune leurs défauts et leurs qualités, il faudrait mettre une délicatesse extrême dans cette classification. S'il faut les ranger, rangeons-les suivant leur degré de vérité.)

L'écran classique
L'écran romantique — L'écran réaliste

L'écran classique est une belle feuille de talc très pure et d'un grain fin et solide, d'une blancheur laiteuse. Les images s'y dessinent nettement, au simple trait noir. Les couleurs des objets s'affaiblissent en en traversant la limpidité voilée, parfois s'y effacent même tout à fait. Quant aux lignes, elles subissent une déformation sensible, tendant toutes vers la ligne courbe ou la ligne droite, s'amincissent, s'allongent, avec de lentes ondulations. La création, dans ce cristal froid et peu translucide, perd toutes ses brusqueries, toutes ses énergies vivantes et lumineuses : elle ne garde que ses ombres et se reproduit sur la surface polie, en façon de bas-relief. L'écran classique est, en un mot, un verre grandissant qui développe les lignes et arrête les couleurs au passage.

L'écran romantique est une glace sans tain, claire, bien qu'un peu trouble en certains endroits, et colorée des sept nuances de l'arc-en-ciel. Non seulement elle laisse passer les couleurs, mais elle leur donne encore plus de force ; parfois elle les transforme et les mêle. Les contours y subissent aussi des déviations ; les lignes droites tendent à s'y briser, les cercles s'y changent en triangles. La création que nous donne cet écran est une création tumultueuse et agissante. Les images se reproduisent vigoureusement par larges nappes d'ombre et de lumière. Le mensonge de la nature y est plus heurté et plus séduisant ; il n'a pas la paix, mais la vie, une vie plus intense que la nôtre ; il n'a pas le pur développement des lignes et la sobre discrétion des couleurs, mais toute la passion du mouvement et toute la splendeur fulgurante de soleils imaginaires. L'écran romantique est, en somme, un prisme, à la réfraction puissante, qui brise tout rayon lumineux et le décompose en un spectre solaire éblouissant.

L'écran réaliste est un simple verre à vitre, très mince, très clair, et qui a la prétention d'être si parfaitement transparent que les images le traversent et se reproduisent ensuite dans toute leur réalité. Ainsi, point de changement dans les lignes ni dans les couleurs : une reproduction exacte, franche et naïve. L'écran réaliste nie sa propre existence. Vraiment, c'est là un trop grand orgueil. Quoi qu'il dise, il existe, et, dès lors, il ne peut se vanter de nous rendre la création dans la splendide beauté de la vérité. Si clair, si mince, si verre à vitre qu'il soit, il n'en a pas moins une couleur propre, une épaisseur quelconque ; il teint les objets, il les réfracte tout comme un autre. D'ailleurs, je lui accorde volontiers que les images qu'il donne sont les plus réelles ; il arrive à un haut degré de reproduction exacte. Il est certes difficile de caractériser un écran qui a pour qualité principale celle de n'être presque pas ; je crois, cependant, le bien juger, en disant qu'une fine poussière grise trouble sa limpidité. Tout objet, en passant par ce milieu, y perd de son éclat, ou plutôt, s'y noircit légèrement. D'autre part, les lignes y deviennent plus plantureuses, s'exagèrent, pour ainsi dire, dans le sens de leur largeur. La vie s'y étale grassement, une vie matérielle et un peu pesante. Somme toute, l'écran réaliste, le dernier qui se soit produit dans l'art contemporain, est une vitre unie, très transparente sans être très limpide, donnant des images aussi fidèles qu'un écran peut en donner.

L'écran que je préfère

Il me reste maintenant à dire mon goût personnel, à me déclarer pour un des trois écrans dont je viens de parler. Comme j'ai en horreur le métier de disciple, je ne saurais en accepter un exclusivement et entièrement. Toutes mes sympathies, s'il faut le dire, sont pour l'écran réaliste ; il contente ma raison, et je sens en lui des beautés immenses de solidité et de vérité. Seulement, je le répète, je ne peux l'accepter tel qu'il veut se présenter à moi ; je ne puis admettre qu'il nous donne des images vraies ; et j'affirme qu'il doit avoir en lui des propriétés particulières qui déforment les images, et qui, par conséquent, font de ces images des œuvres d'art. J'accepte d'ailleurs pleinement sa façon de procéder, qui est celle de se placer en toute franchise devant la nature, de la rendre dans son ensemble, sans exclusion aucune. L'œuvre d'art, ce me semble, doit embrasser l'horizon entier. Tout en comprenant l'écran qui arrondit et développe les lignes, qui éteint les couleurs, et celui qui avive les couleurs, qui brise les lignes, je préfère l'écran qui, serrant de plus près la réalité, se contente de mentir juste assez pour me faire sentir un homme dans une image de la création.

Voilà qui est fait, mon cher Valabrègue. Ce n'est pas sans peine. Je viens de relire ma prose, et je ne sais jusqu'à quel point elle va vous faire crier. Bien des nuances manquent ; le tout est brutal et matérialiste en diable. Je crois cependant être dans le vrai.

Je vous remercie de vos félicitations à propos de ma réussite auprès d'Hetzel. Je pense que l'impression de mon volume commencera prochainement. La mise en vente est toujours pour la première quinzaine d'octobre, à moins qu'il ne survienne quelque empêchement imprévu. En tout cas, j'ai mon traité en poche, et ce ne serait jamais qu'un empêchement commercial. M. Hachette est mort, ainsi que vous l'avez appris. Vous me demandez si cette mort ne compromet pas ma position. En aucune manière. Je pense encore rester plusieurs années à la librairie, pour y étendre de plus en plus le cercle de mes relations. Enfin, désirant répondre à toutes les questions que vous me posez, il me reste à relever cette phrase de votre lettre : « Je vous demande si votre poème doit être réaliste. » Bien que les quelques pages que vous venez de lire aient dû vous renseigner sur ce point, je tiens à vous répéter formellement ici que mon poème (puisque poème il y a) sera ce qu'il pourra être. D'ailleurs, ne vous ai-je pas déjà dit que le pauvre enfant dort profondément dans un de mes tiroirs, et qu'il ne s'éveillera sans doute jamais plus ? J'ai besoin de marcher vite aujourd'hui, et la rime me gênerait. Nous verrons plus tard si la muse ne s'est pas fâchée, et si elle n'a pas pris quelque autre amant plus naïf et plus tendre que moi. Je suis à la prose et m'en trouve bien. J'ai un roman sur le métier et je pense pouvoir le publier dans un an. Vous savez que j'ai peu de temps à moi, et que je travaille lentement. Je ne veux pas tenter votre fidélité ; mais je vous dirai tout bas que je vous approuve d'avoir, pour quelques mois, planté là cette grande fillette de muse, si bête et si embarrassée de ses mains et de ses pieds, lorsqu'elle n'est pas gracieuse et jolie à compromettre toute vertu. Irai-je plus loin ? Tâchez d'avoir, en revenant ici, un manuscrit dans chaque main, un poème dans la gauche, un roman dans la droite ; le poème sera refusé partout et vous le garderez comme une relique au fond de votre secrétaire, le roman sera accepté, et vous ne quitterez point Paris la mort dans le cœur. Tant pis si la muse se fâche et si elle me garde rancune ; je vous le dis en vérité, hors de la prose, point de salut. N'allez pas croire que nous nous sommes dit adieu, moi et la vierge immortelle ; mais je vous l'avouerai, il y a une grosse brouille entre nous. Tous les articles que vous m'enverrez me feront plaisir ; je vous connais peu comme prosateur, et je désire vous mieux connaître.

Ma lettre a-t-elle été bien méchante ? Non : mon fouet, loin de déchirer, ne sait que chatouiller les gens ; il les fait rire et rien de plus. Il est vrai que je vous ai accusé de ne pas être né réaliste. Pour un réaliste d'hier, c'est là une bien grosse insulte. Vous me pardonnerez mon injure, en songeant combien d'autres la prendraient pour une louange.

Des œuvres ! des œuvres ! des œuvres !!!

Tout à vous.

• *Document n° 9*

DE LA NOUVELLE AU ROMAN

UN MARIAGE D'AMOUR*

Michel avait vingt-cinq ans lorsqu'il épousa Suzanne, une jeune femme de son âge, d'une maigreur nerveuse, ni laide, ni belle, mais ayant dans son visage effilé deux grands beaux yeux qui allaient largement d'une tempe à l'autre. Ils vécurent trois années sans querelle, ne recevant guère que Jacques, un ami du mari, dont la femme devint peu à peu passionnément amoureuse. Jacques se laissa aller à la douceur cuisante de cette passion. D'ailleurs, la paix du ménage ne fut pas trou-

* Nouvelle publiée par Zola dans *Le Figaro* du 24 décembre 1866.

blée ; les amants étaient lâches, et reculaient devant la certitude d'un scandale. Sans en avoir conscience, ils en arrivèrent lentement au projet de se débarrasser de Michel. Un meurtre devait tout arranger, en leur permettant de s'aimer en liberté et selon la loi.

Un jour, ils décidèrent le mari à faire une partie de campagne. On alla à Corbeil, et là, lorsque le dîner eut été commandé, Jacques proposa et fit accepter une promenade en canot sur la Seine. Il prit les rames et descendit la rivière, tandis que ses compagnons chantaient et riaient comme des enfants.

Quand la barque fut en pleine Seine, cachée derrière les hautes futaies d'une île, Jacques saisit brusquement Michel et essaya de le jeter à l'eau. Suzanne cessa de chanter ; elle détourna la tête, pâle, les lèvres serrées, silencieuse et frissonnante. Les deux hommes luttèrent un instant sur le bord de la barque qui s'enfonçait en craquant. Michel, surpris, ne pouvant comprendre, se défendit, muet, avec l'instinct d'une bête qu'on attaque ; il mordit Jacques à la joue, enleva presque le morceau, et tomba dans la rivière en appelant sa femme avec rage et terreur. Il ne savait pas nager.

Alors Jacques, prenant Suzanne dans ses bras, se jeta à l'eau de façon à faire chavirer la barque. Puis il se mit à crier, à appeler au secours. Il soutenait la jeune femme, et, comme il était excellent nageur, il atteignit aisément la rive, où plusieurs personnes se trouvaient déjà rassemblées.

La dernière comédie était jouée. Suzanne, évanouie et froide, gisait sur le sable ; Jacques pleurait, se désespérait, implorait de prompts secours pour son ami. Le lendemain, les journaux racontèrent l'accident, et les amants ayant toujours été aussi prudents que lâches, la pensée qu'un crime avait pu être commis ne vint à personne. Jacques en fut quitte pour expliquer la large morsure de Michel, en disant qu'un clou de la barque lui avait déchiré la joue.

Il fallait attendre au moins treize mois. Les amants s'étaient concertés à l'avance et avaient décidé qu'ils agiraient avec la plus grande prudence. Ils évitèrent de se voir ; ils ne se rencontrèrent que devant témoins.

Le moindre empressement aurait peut-être éveillé les soupçons.

Jacques, pendant les huit premiers jours, alla régulièrement à la morgue chaque matin. Quand il eut retrouvé et reconnu sur une des dalles blanches le cadavre de Michel, il le réclama au nom de la veuve et le fit enterrer. Il avait commis froidement le crime, et il éprouva un frisson d'épouvante en face de sa victime horriblement défigurée, toute marbrée de taches bleues et vertes. Dès lors, il eut toujours devant les yeux le visage gonflé et grimaçant du noyé.

Dix-huit mois s'écoulèrent. Les amants se virent rarement ; à chaque rencontre, ils éprouvèrent un étrange malaise. Ils attribuèrent cette sensation pénible à la peur, à l'âpre désir qu'ils avaient d'en finir avec cette funèbre histoire, en se mariant et en goûtant enfin les douceurs de leur amour. Jacques souffrait surtout de sa solitude ; les dents de Michel avaient laissé sur sa joue des traces blanches, et il semblait parfois au meurtrier que ces cicatrices brûlaient sa chair et dévoraient son visage. Il espérait que Suzanne, sous ses baisers, apaiserait la cuisson des terribles brûlures.

Quand ils crurent avoir assez attendu, ils se marièrent, et toutes leurs connaissances applaudirent. Ils goûtèrent, pendant les préparatifs de la noce, une joie nerveuse qui les trompa eux-mêmes. La vérité était que, depuis le crime, ils frissonnaient tous deux la nuit, secoués par d'effrayants cauchemars, et qu'ils avaient hâte de s'unir contre leur épouvante pour la vaincre.

Lorsqu'ils se trouvèrent seuls dans la chambre nuptiale, ils s'assirent, embarrassés et inquiets, devant un feu clair qui éclairait la pièce de larges clartés jaunes.

Jacques voulut parler d'amour, mais sa bouche était sèche, et il ne put trouver un mot ; Suzanne, glacée et comme morte, cherchait en elle avec désespoir sa passion qui s'en était allée de sa chair et de son cœur.

Alors, ils essayèrent d'être banals et de causer comme des gens qui se seraient vus pour la première fois. Mais les paroles leur manquèrent. Tous deux, ils pensaient invinciblement au pauvre noyé, et, tandis qu'ils échangeaient des mots vides, ils se devinaient l'un l'autre. Leur causerie cessa ; dans le silence, il leur sembla qu'ils continuaient à s'entretenir de Michel. Ce terrible silence, plein de phrases épouvantées et cruelles, devenait accablant, insoutenable. Suzanne, toute blanche dans sa toilette de nuit, se leva, et tournant la tête :

« Vous l'avez vu à la morgue ? demanda-t-elle d'une voix étouffée.

— Oui, répondit Jacques en frissonnant.

— Paraissait-il avoir beaucoup souffert ? »

Jacques ne put répondre. Il fit un geste, comme pour

écarter une vision ignoble et odieuse, et il s'avança vers Suzanne, les bras ouverts :

« Embrasse-moi, dit-il, en tendant la joue où se montraient des marques blanches.

— Oh ! non, jamais... pas là ! » s'écria Suzanne qui recula en frémissant.

Ils s'assirent de nouveau devant le feu, effrayés et irrités. Leurs longs silences étaient coupés par des paroles amères, par des reproches et des plaintes.

Telle fut leur nuit de noces.

Dès lors, un drame navrant se passa entre les deux misérables. Je ne puis en raconter tous les actes, et je me contente d'indiquer brièvement les principales péripéties.

Le cadavre de Michel se mit entre Jacques et Suzanne. Au lit, ils s'écartaient l'un de l'autre et semblaient lui faire place. Dans leurs baisers, leurs lèvres devenaient froides, comme si la mort se fût placée entre leurs bouches. Et c'étaient des terreurs continuelles, des effrois brusques qui les séparaient, des hallucinations qui leur montraient leur victime partout et à chaque heure.

Cet homme et cette femme ne pouvaient plus s'aimer. Ils étaient tout à leur épouvante. Ils ne vivaient ensemble que pour se protéger contre le noyé. Parfois encore ils se serraient avec force l'un contre l'autre, s'unissaient avec désespoir, mais c'était afin d'échapper à leurs sinistres visions.

Puis la haine vint. Ils s'irritèrent contre leur crime, ils se désespérèrent d'avoir troublé leur vie à jamais. Alors ils s'accusèrent mutuellement. Jacques reprocha amèrement à Suzanne de l'avoir poussé au meurtre, et Suzanne lui cria qu'il mentait et qu'il était le seul coupable. La colère accroissait leurs angoisses, et chaque jour, pour le moindre souvenir, la querelle recommençait, plus âpre et plus cruelle. Les deux assassins tournèrent comme des bêtes fauves dans la vie de souffrance qu'ils s'étaient faite, se déchirant eux-mêmes, haletants, obligés de se taire.

Suzanne regretta Michel, le pleura tout haut, vanta au meurtrier les vertus de sa victime, et Jacques dut vivre en entendant toujours parler de cet homme qu'il avait jeté à l'eau et dont le cadavre était si horrible sur une dalle de la morgue. Il avait souvent des heures de délire, et il accablait sa complice d'injures, la battait, lui répétait avec des cris l'histoire du meurtre, et lui prouvait que c'était elle qui avait tout fait, en lui donnant la folie de la passion.

S'il n'avait eu peur de trop souffrir, ils se serait coupé la joue, pour enlever les traces des dents de Michel. Suzanne pleurait en regardant ces cicatrices, et le visage de Jacques était devenu pour elle un objet d'horreur dont la vue la secouait d'un éternel frisson.

Enfin se joua le dernier acte de ce drame poignant. Après la haine, vinrent la crainte et la lâcheté ; les deux assassins eurent peur l'un de l'autre.

Ils comprirent qu'ils ne pouvaient vivre plus longtemps dans la fièvre du remords ; ils voyaient avec terreur leur abattement mutuel, et ils tremblaient en pensant que l'un d'eux parlerait à coup sûr un jour ou l'autre.

Alors ils se surveillèrent ; leurs souffrances étaient intolérables, mais ils ne voulaient pas la délivrance par le châtiment. Ils se suivirent partout, ils s'étudièrent dans leurs moindres actes ; à chaque nouvelle querelle, ils se menaçaient de tout dire, puis ils se suppliaient à mains jointes de garder le silence, et ils restaient soupçonneux et farouches. Vie terrible, qui les traînait dans toutes les angoisses du remords et de l'effroi.

Ils en vinrent chacun à l'idée de se débarrasser d'un complice redoutable. Suzanne espérait vivre plus calme, lorsqu'elle ne verrait plus la joue couturée de Jacques, et Jacques pensait pouvoir tuer son premier crime en tuant Suzanne.

Un jour, ils se surprirent, versant mutuellement du poison dans leurs verres. Ils éclatèrent en sanglots, leur fièvre tomba, et ils se jetèrent dans les bras l'un de l'autre. Ils pleurèrent longtemps, demandant pardon, comprenant leur infamie, se disant que l'heure était venue de mourir. Ce fut une dernière crise qui les soulagea.

Ils burent chacun le poison qu'ils avaient versé, et expirèrent à la même heure, liés dans la mort comme ils avaient été liés dans le crime. On trouva sur une table leur confession, et c'est après avoir lu ce testament sinistre, que j'ai pu écrire l'histoire de ce mariage d'amour.

                                        Émile Zola.

• *Document n° 10*

DU ROMAN AU THÉÂTRE

PRÉFACE DE ZOLA
À SON ADAPTATION AU THÉÂTRE DE *THÉRÈSE RAQUIN*
(1875)

J'estime qu'il est toujours dangereux de tirer un drame d'un roman. Une des deux œuvres est fatalement inférieure à l'autre, et souvent cela suffit pour les rapetisser toutes deux. Le théâtre et le livre ont des conditions d'existence si absolument différentes, que l'écrivain se trouve forcé de pratiquer sur sa propre pensée de véritables amputations, d'en montrer les longueurs et les lacunes, de la brutaliser et de la défigurer pour la faire entrer dans un nouveau moule. C'est le lit de Procuste, le lit de torture, où l'on obtient des monstres à coups de hache. Puis, je ne sais, un artiste doit avoir la pudeur et le respect de ses filles aimées, belles ou laides ; quand elles sont venues au monde avec sa ressemblance, il n'a plus le droit de rêver pour elles les hasards d'une seconde naissance.

Vis-à-vis de moi-même, j'ai donc commis une vilaine action, en portant *Thérèse Raquin* au théâtre. La vérité est que j'ai longtemps hésité ; et, si j'ai fini par céder, c'est en obéissant à des questions particulières, qui me serviront tout au moins de circonstances atténuantes. D'abord, des critiques, qui s'étaient montrés terriblement sévères pour le roman, lors de son apparition, m'avaient formellement mis au défi d'en tirer un drame ; le livre, pour eux, était une ordure, ils le traînaient galamment dans le ruisseau, ils déclaraient que le jour où de pareilles infamies s'étaleraient sur les planches, les spectateurs éteindraient la rampe de leurs sifflets. Je suis très curieux de ma nature, je ne déteste pas les belles batailles, et, dès ce moment, je me promis de voir ça. Il y avait provocation. Mais il m'eût semblé puéril d'obéir seulement à cette envie de mettre la critique dans son tort. J'étais sollicité par un intérêt plus haut. Il me semblait voir dans *Thérèse Raquin* un excellent sujet de drame, pour risquer à la scène une tentative, dont je rêvais parfois. Je trouvais là un milieu comme j'en cherchais un, des personnages qui me satisfaisaient pleinement, en un mot des éléments tels que je les demandais et tout prêts à être employés. Cela me décida.

Certes, je n'ai point l'ambition de planter mon drame comme un drapeau. Il a de gros défauts, et je suis plus sévère pour lui que personne ; si j'en faisais la critique, il ne resterait qu'une chose debout, la volonté bien nette d'aider au théâtre le large mouvement de vérité et de science expérimentale, qui, depuis le siècle dernier, se propage et grandit dans tous les actes de l'intelligence humaine. Le branle a été donné par les nouvelles méthodes scientifiques. De là, le naturalisme a renouvelé la critique et l'histoire, en soumettant l'homme et ses œuvres à une analyse exacte, soucieuse des circonstances, des milieux et des cas organiques. Puis, les arts et les lettres ont subi à leur tour l'influence de ce grand courant ; la peinture est devenue toute réelle, notre école de paysage a tué l'école historique ; le roman, cette étude sociale et individuelle, d'un cadre si souple et sans cesse élargi, a pris la place entière, absorbant peu à peu les genres littéraires classés par les rhétoriques d'autrefois. Ce sont là des faits que personne ne saurait nier. Dans l'enfantement continu de l'humanité, nous en sommes à l'accouchement du vrai. Et là est la seule force du siècle. Tout marche de front dans une époque. Quiconque voudrait retourner en arrière ou s'échapper de côté, serait écrasé sous la pensée générale. C'est pourquoi je suis absolument convaincu de voir prochainement le mouvement naturaliste s'imposer au théâtre, et y apporter la puissance de la réalité, la vie nouvelle de l'art moderne.

Au théâtre, toute innovation est délicate. Les révolutions littéraires sont lentes à s'y faire sentir. Il est logique que là soit la dernière citadelle du mensonge, dont le vrai ait à faire le siège. Le public, pris en masse, n'aime pas à être dérangé dans ses habitudes, et les jugements qu'il porte ont la brutalité d'un arrêt de mort. Seulement, il arrive un moment où le public devient à son insu complice des novateurs ; ce moment est celui où, pénétré lui-même par le souffle nouveau, las des éternelles histoires qu'on lui conte, il éprouve un impérieux besoin de jeunesse et d'originalité.

Je ne sais si je me trompe, mais il me semble que le public en est là, aujourd'hui. Le drame agonise, si une nouvelle sève ne le rajeunit. Il faut du sang à ce cadavre. On dit que l'opérette et la féerie ont tué le drame. Cela est faux, le drame meurt de sa belle mort, il meurt d'extravagances, de mensonges et de platitudes. Si la comédie reste debout, dans cet effondrement de notre scène, c'est qu'elle tient davantage à la vie réelle, c'est qu'elle est vraie souvent. Je défie les derniers des romantiques de mettre à la scène un drame à panaches ; la ferraille du Moyen Âge, les portes secrètes, les vins empoisonnés et le reste, feraient hausser les épaules. Le mélodrame, ce fils bourgeois du drame romantique, est encore plus mort que lui dans les tendresses du peuple ; ses sensibleries fausses, ses complications d'enfants volés et de papiers retrouvés, ses gasconnades impudentes, l'ont fait prendre en mépris à la longue, à ce point qu'on se tient les côtes, lorsqu'il tente de ressusciter. Les grandes œuvres de 1830 resteront comme des œuvres de combat, des dates littéraires, des efforts superbes, qui ont jeté bas le vieil échafaudage classique. Mais, maintenant que tout est par terre, les capes et les épées sont inutiles ; il est temps de faire des œuvres de vérité. Remplacer la tradition classique par la tradition romantique, ce ne serait pas savoir profiter de la liberté que nos aînés ont conquise. Il ne doit plus y avoir d'école, plus de formule, plus de pontife d'aucune sorte ; il n'y a que la vie, un champ immense où chacun peut étudier et créer à sa guise.

Je ne fais pas ici une thèse pour ma cause. J'ai la conviction profonde — et j'insiste sur ce point — que l'esprit expérimental et scientifique du siècle va gagner le théâtre, et que là est le seul renouvellement possible de notre scène. Que la critique regarde autour d'elle, et qu'elle me dise de quel côté elle attend un secours quelconque, un souffle de vie qui remette le drame debout. Certes, le passé est mort. Il faut aller à l'avenir ; et l'avenir, c'est le problème humain étudié dans le cadre de la réalité, c'est l'abandon de toutes les fables, c'est le drame vivant de la double vie des personnages et des milieux, dégagé des contes de nourrice, des guenilles historiques, des grands mots bêtes, des niaiseries et des fanfaronnades de convention. Les charpentes pourries du drame d'hier tombent d'elles-mêmes. La place doit être nette. Les recettes connues pour nouer et dénouer une intrigue, ont fait leur temps ; il faut, à cette heure, une large et simple peinture des hommes et des choses, un drame que Molière aurait pu écrire. En dehors de certaines nécessités scéniques, ce que l'on nomme aujourd'hui la science du théâtre n'est que l'amas des petites habiletés des faiseurs, une sorte de tradition étroite qui rapetisse la scène, un code de langage convenu et de situations notées à l'avance, que tout esprit original refusera énergiquement d'appliquer.

Et, d'ailleurs, le naturalisme balbutie déjà au théâtre. Je ne veux citer aucune œuvre ; mais, parmi les drames représentés pendant ces dernières années, il en est beaucoup qui contiennent en germe le mouvement dont je signale l'approche. Je laisse de côté les pièces des débutants ; je parle surtout de certains drames écrits par des auteurs dramatiques, vieillis dans le métier et assez habiles pour pressentir la transformation littéraire qui s'opère. Ou le drame mourra, ou le drame sera moderne et réel.

C'est sous l'influence de ces idées que j'ai tiré un drame de *Thérèse Raquin*. Comme je l'ai dit, il y avait là un sujet, des personnages et un milieu, qui constituaient, selon moi, des éléments excellents pour la tentative que je rêvais. J'allais pouvoir faire une étude purement humaine, dégagée de tout intérêt étranger, allant droit à son but ; l'action n'était plus dans une histoire quelconque, mais dans les combats intérieurs des personnages ; il n'y avait plus une logique de faits, mais une logique de sensations et de sentiments ; et le dénouement devenait un résultat arithmétique du problème posé. Alors, j'ai suivi le roman pas à pas ; j'ai enfermé le drame dans la même chambre, humide et noire, afin de ne rien lui ôter de son relief, ni de sa fatalité ; j'ai choisi des comparses sots et inutiles, pour mettre, sous les angoisses atroces de mes héros, la banalité de la vie de tous les jours ; j'ai tenté de ramener continuellement la mise en scène aux occupations ordinaires de mes personnages, de façon à ce qu'ils ne « jouent » pas, mais à ce qu'ils « vivent » devant le public. Je le confesse, je comptais, et avec quelque raison, sur le côté poignant du drame, pour faire accepter aux spectateurs ce vide de l'intrigue et cette minutie des détails. La tentative a réussi, et j'en suis plus heureux pour mes drames futurs que pour *Thérèse Raquin* ; car je publie celui-ci avec un vague regret, avec une envie folle de changer des scènes entières.

La critique a été passionnée ; elle a discuté mon œuvre violemment. Je ne m'en plains pas, et je l'en remercie. J'y ai gagné d'entendre l'éloge du roman dont la pièce est tirée, ce roman que la presse a si maltraité à son apparition ; aujourd'hui, le roman est bon, et c'est le drame qui ne vaut rien ; espérons que le drame vaudrait quelque chose, si je pouvais en tirer une nouvelle œuvre qu'il s'agirait de déclarer détestable. Puis, en matière de critique, il faut savoir lire entre les lignes. Comment voulez-vous, par exemple, que les vieux champions de 1830 soient tendres pour *Thérèse Raquin* ? Passe encore si ma mercière était une reine et si mon assassin portait un justaucorps abricot ; il faudrait aussi qu'au dénouement Thérèse et Laurent pussent s'empoisonner à l'aide d'une coupe d'or pleine de vin de Syracuse. Mais fi de cette arrière-boutique ! Fi de ces petites gens qui se permettent d'avoir un drame chez eux, à leur table couverte d'une toile cirée ! Il est certain que les derniers des romantiques, même s'ils avaient trouvé quelque talent dans mon œuvre, l'auraient nié absolument, avec la belle injustice des passions littéraires. Il y a eu ensuite les critiques de croyances opposées aux miennes ; ceux-là, très loyalement, ont essayé de me prouver que j'avais tort de me fourvoyer dans un sentier qui n'est pas le leur ; je les ai lus avec attention, ils ont dit d'excellentes choses, et je tâcherai de profiter des observations justes qui m'ont particulièrement frappé. Enfin, j'ai à remercier les critiques tout sympathiques, ceux qui ont mon âge et mes espérances ; car, cela est triste à dire, on ne trouve que rarement des appuis parmi ses aînés ; il faut grandir avec sa génération, être poussé par celle qui vous suit, arriver avec l'idée et la forme de son temps. En somme, voici le bilan de la critique sur *Thérèse Raquin* : on a parlé de Shakespeare et de Paul de Kock, et il y a, entre ces deux noms, une assez large place pour que je puisse m'y loger à l'aise.

Il me reste à témoigner publiquement toute ma reconnaissance à M. Hippolyte Hostein, qui a bien voulu donner à mon œuvre son hospitalité tout artistique. J'ai trouvé en lui, non pas un entrepreneur de spectacles, mais un ami, un confrère d'esprit large et original. Sans lui, *Thérèse Raquin* restait longtemps encore au fond de mes tiroirs. Il fallait, pour l'en faire sortir, cette rencontre inespérée d'un directeur croyant, comme moi, à la nécessité de renouveler le drame, en s'adressant aux réalités du monde moderne. Pendant qu'une opérette enrichissait un de ses voisins, il a été vraiment beau de voir M. Hippolyte Hostein, en plein été, vouloir perdre de l'argent avec mon drame. Je lui en garderai une éternelle gratitude.

Quant aux artistes qui ont interprété mon œuvre, ils ont eu un des plus vifs succès qu'on ait constatés depuis longtemps au théâtre. J'ai même goûté là une grande joie ; heureux de les voir réaliser ma pensée avec cette ampleur, et de leur avoir donné l'occasion de déployer toutes les ressources de leur beau talent. Mme Marie Laurent a véritablement créé le rôle de Mme Raquin ; j'y suis personnellement pour peu de chose, et c'est elle qui a trouvé tout cet admirable personnage du quatrième acte, cette haute figure du châtiment implacable et muet, ces deux yeux vivants cloués sur les coupables et les poursuivant jusque dans l'agonie. La bonhomie du premier acte, la douleur maternelle du second, l'effroyable crise du troisième, elle a tout rendu en très grande artiste, et ce rôle restera comme une de ses créations les plus surprenantes. Mlle Dica-Petit a été une Thérèse telle que je désespérais d'en trouver une ; elle s'est fait un talent nouveau, elle a surpris ses admirateurs eux-mêmes en jouant ce personnage complexe, cette nature de femme ardente qui est tout un monde, qui va de l'amour fou à la haine farouche, en passant par l'hypocrisie, le dégoût, la terreur, toutes les secousses des passions et des sentiments humains. Elle a eu des cris de vérité qui ont enlevé la salle. Désormais elle est au premier rang, au rang des actrices originales et puissantes. Un rôle terrible restait à jouer, celui de Laurent, et M. Maurice Desrieux a su en porter le poids en artiste hors ligne ; il a été tour à tour ce gros garçon fainéant et prudent qui aime Thérèse « parce qu'elle ne lui coûte rien », cet amant que sa maîtresse rend fou jusqu'à faire de lui un meurtrier, et plus tard ce misérable affiné par la souffrance, devenu poltron, se détraquant de plus en plus, roulant jusqu'à l'hallucination et jusqu'à un second crime qui doit le guérir du premier. Il a particulièrement eu, au troisième acte et au quatrième, des hébétements effroyables, des rugissements de bête blessée, toute la mimique de la folie naissante, battant le crâne d'un homme. Et ce n'est pas seulement ce terrible trio, la mère et les deux meurtriers, qui ont tenu hautement la scène ; l'ensemble de l'interprétation était tel, que les rôles épisodiques ont pris un relief sur lequel je n'osais compter. M. Grivot a composé avec une rare intelligence le bout de rôle de Camille, de cet être chétif, gâté et entêté, et il en a merveilleusement accusé les mesquineries bourgeoises, la pauvreté physiologique ; M. Montrouge a fait du vieil employé Grivet un type inoubliable de vérité comique, cela avec une mesure, un tact, une finesse s'arrêtant juste à la limite de la caricature, qui témoigne d'un véritable esprit littéraire, et dont je le remercie infiniment ; M. Reykers s'est mis réellement dans la peau d'un commissaire de police en retraite, à ce point qu'il en avait la tête, la démarche, la voix, jusqu'aux tics et à la bonhomie brusque de la profession ; enfin, Mlle Blanche Dunoyer a été l'espiègle sourire de ce drame noir, la chanson de la seizième année alternant avec les sanglots déchirants de Thérèse, et c'est d'une façon exquise qu'elle a conté l'histoire de son prince bleu.

Je dis ce qu'un capitaine devrait dire à ses soldats au lendemain d'une bataille : merci à tous ces grands artistes, c'est par eux seuls que j'ai vaincu.

Émile Zola,
Paris, 25 juillet 1875.

Nous donnons la distribution et le tout début de la pièce.

PERSONNAGES

LAURENT	MM.	Maurice Desrieux
CAMILLE		Grivot
GRIVET		Montrouge
MICHAUD		Reykers
Mme RAQUIN	Mmes	Marie Laurent
THÉRÈSE RAQUIN		Dica-Petit
SUZANNE		Dunoyer

Une grande chambre à coucher, passage du Pont-Neuf, servant en même temps de salon et de salle à manger. Elle est haute, noire, délabrée, tendue d'un papier gris déteint, garnie de pauvres meubles dépareillés, encombrée de cartons de marchandises. — Au fond, une porte flanquée d'un buffet, à gauche, et d'une armoire à droite. — À gauche, au second plan, en pan coupé, un lit dans une alcôve et une fenêtre donnant sur un mur nu ; au premier plan, une petite porte, et, sur le devant de la scène, une table à ouvrage. — À droite, au second plan, la rampe d'un escalier tournant descendant dans une boutique ; au premier plan, une cheminée garnie d'une pendule à colonnes, et de deux bouquets de fleurs artificielles sous verre ; des photographies sont pendues des deux côtés de la glace. — Au milieu de la chambre, une table ronde couverte d'une toile cirée. — Deux fauteuils, l'un bleu, l'autre vert ; des chaises.
Le décor reste le même pendant les quatre actes.

ACTE PREMIER

Huit heures. — Une soirée d'été, après le souper. — La table est encore servie ; la fenêtre reste entrouverte. Une grande paix, une grande douceur bourgeoise.

SCÈNE PREMIÈRE

LAURENT, THÉRÈSE, Mᵐᵉ RAQUIN, CAMILLE

Camille pose, assis dans un fauteuil, à droite. Il est en habit, se tient avec la roideur d'un bourgeois endimanché. — Laurent peint, debout à son chevalet, devant la fenêtre. — Sur une chaise basse, à côté de Laurent, Thérèse, accroupie, rêve, le menton dans la main. — Mᵐᵉ Raquin achève de desservir la table.

CAMILLE, *après un silence.*

Puis-je parler ? Ça ne te dérange pas ?

LAURENT.

Pas du tout, pourvu que tu te tiennes tranquille.

CAMILLE.

Après le souper, si je ne parle pas, je m'endors... Tu es heureux, de te bien porter. Tu peux manger de tout... Je n'aurais pas dû reprendre de la crème. Elle me fait mal. J'ai un estomac de quatre sous... Tu aimes beaucoup la crème ?

LAURENT.

Mais oui, c'est doux, c'est très bon.

CAMILLE.

On connaît tes goûts, ici. On a fait de la crème exprès pour toi, bien qu'on sache qu'elle m'est contraire. Maman te gâte... N'est-ce pas, Thérèse, que maman gâte Laurent ?

THÉRÈSE, *sans lever la tête.*

Oui.

Mme RAQUIN, *emportant une pile d'assiettes.*

Ne les écoutez pas, Laurent. C'est Camille qui m'a révélé que vous préfériez la crème à la vanille, et c'est Thérèse qui a voulu la glacer avec du sucre en poudre.

CAMILLE.

Tu es une égoïste, maman.

[...]

V — ZOLA DANS LE DICTIONNAIRE

• *Document n° 11*

ZOLA (Émile), littérateur français, né à Paris, le 2 avril 1840, est fils d'un ingénieur italien, François Zola, l'auteur du canal Zola, à Aix-en-Provence, mort en 1847. Après avoir passé sa jeunesse dans le Midi, il vint achever ses études à Paris, au lycée Saint-Louis. Employé dans une maison de librairie, il consacra ses loisirs avec succès à des essais littéraires, et débuta très jeune par deux volumes qui furent remarqués : un recueil de nouvelles, *Contes à Ninon* (1864, in-18), et un roman du genre appelé physiologique, *La Confession de Claude* (1865, in-18), et qui marqua la direction préférée de son esprit.

M. Zola a publié encore : *Mes Haines*, causeries littéraires et artistiques (1866, in-18) ; *Le Vœu d'une morte* (1866, in-18) ; *Les Mystères de Marseille* (1867, 3 parties in-18) ; *Thérèse Raquin* (1867, in-18) ; *Manet*, étude biographique et critique (1867, in-8, avec pl.) ; *Madeleine Férat* (1868, in-18). Il a en outre collaboré à *L'Événement*, au *Figaro*, à *La Vie parisienne*, au *Petit Journal*, au *Salut public*, à *La Tribune*, etc.

Notice ZOLA [1] du
Dictionnaire universel des Contemporains
(Paris, Hachette, 1870, 4e édition, p. 1 880)
de G. Vapereau.

1. Zola, en 1870, n'est pas encore Zola. C'est surtout, pour le public, un journaliste, et un jeune romancier donnant, de façon un peu scandaleuse, dans le « genre physiologique ».

• *Document n° 12*

Thérèse Raquin, roman par Émile Zola (1867, in-18°). La donnée de ce roman est simple et vulgaire. « C'est, dit M. Vapereau, un fait divers de la *Gazette des Tribunaux* ; c'est l'histoire de l'adultère cherchant la sécurité dans l'assassinat du mari et n'y trouvant qu'une horrible source d'inquiétudes, de tourments et de crimes. » Thérèse Raquin, née sous le brûlant climat de l'Afrique, dont l'ardeur est passée dans son sang, a été élevée par sa tante, Mme Raquin, avec son cousin Camille, être chétif et malingre. La vieille dame, croyant faire un trait de génie, les marie à vingt ans ; le lendemain du mariage, rien ne paraissait changé à la monotonie de cette vie à trois. Mme Raquin s'établit avec Thérèse dans une boutique de mercerie et Camille entre comme employé à 1 200 francs au chemin fer d'Orléans. Thérèse renferme dans un mutisme absolu l'écœurement que lui cause son insipide existence, dont l'ennui n'était rompu que le jeudi soir par une réunion de vieux amis, véritable cercle de momies. Un soir, Camille introduisit un nouveau personnage, un de ses collègues, Laurent, grand gaillard carré d'épaules, au cou de taureau, à large poitrine, un Hercule en comparaison de Camille. Cette robuste nature fit une profonde impression sur les sens de Thérèse, à tel point qu'un jour qu'ils se trouvaient seuls, « d'un mouvement violent il la prit contre sa poitrine et lui renversa la tête, lui écrasant les lèvres sous les siennes ; elle eut un mouvement de révolte, sauvage, emporté, et tout d'un coup elle s'abandonna, glissant par terre sur le carreau ; ils n'échangèrent pas une parole ». À partir de ce moment, ils assouvirent sans crainte, sans retenue, la fureur de leurs désirs. Mais, un jour, on refuse à Laurent la permission de sortir de son bureau ; comment se voir ? Thérèse vint dans la mansarde de Laurent. Camille les gênait ; il fallait se débarrasser de cet obstacle ; un crime fut arrêté à mots couverts dans cette entrevue. Quelques semaines après, Thérèse, Camille et Laurent faisaient une partie de canot à Saint-Ouen. Le soleil baissait, la campagne devenait sombre ; Laurent saisit tout d'un coup Camille et après une lutte courte, mais effrayante, il le précipite dans la Seine. Le malheureux revint deux fois à la surface, puis disparut. Thérèse n'a pas fait un mouvement pour secourir son mari ; elle a consenti tacitement au crime.

Quinze mois plus tard, Laurent épousa Thérèse. Ils attendaient ce jour avec d'autant plus d'impatience que les inquiétudes, les remords, les secousses nerveuses les troublaient jusqu'à l'hallucination. La nuit, Camille les visitait ; son cadavre sortait de l'eau, venait les torturer ; les traits altérés de la victime donnaient à sa bouche contractée un sourire sardonique. Le jour désiré vint enfin. La nuit des noces fut affreuse. Ils n'osèrent pas se coucher. Camille était là entre eux deux. Ils passèrent ainsi huit nuits. La neuvième, « ils se serrèrent dans un embrassement horrible. La douleur et l'épouvante leur tint lieu de désirs. Quand leurs membres se touchèrent, ils crurent qu'ils étaient tombés tous deux sur un brasier. Ils poussèrent un cri et se pressèrent davantage, afin de ne pas laisser entre leur chair de place pour le noyé. Et ils sentirent toujours des lambeaux de Camille qui s'écrasaient ignoblement entre eux, glaçant leur peau par endroits, tandis que le reste de leur corps brûlait ». Alors ils se prirent l'un contre l'autre de défiance et de haine, s'accusant mutuellement de l'horrible situation où ils s'étaient jetés et finirent par s'injurier et se battre chaque nuit. Sur ces entrefaites, Mme Raquin fut attaquée d'une paralysie qui la métamorphosa en une sorte de cadavre vivant. Dès lors, la vie des deux époux devint intolérable. Ils ne conservèrent aucune retenue et s'accusèrent mutuellement devant la malade. Ce fut pour celle-ci un coup terrible ; son regard, de doux qu'il était, devint d'une fixité terrible et menaçante. Laurent l'aurait tuée, s'il n'avait pas dû rester de traces de ce crime, surtout un soir où, par un suprême effort, elle essaya de les dénoncer, mais n'en eut pas la force. À partir de ce moment, ils se débattirent contre les angoisses de leur union, plus lourde à supporter que le boulet du forçat. Laurent essaya de peindre ; mais, sous les traits les plus divers, il ébaucha toujours la même tête, celle de la victime, avec l'expression grimaçante que la mort lui avait donnée. De son côté, Thérèse essaya du vice pour s'étourdir ; elle ne réussit qu'à fatiguer ses sens. Tous deux craignent d'être dénoncés l'un par l'autre, et tous deux sentent en même temps qu'il faut que l'un d'eux disparaisse pour rendre à l'autre, non la tranquillité, mais la sécurité. Un soir, Laurent verse un flacon d'acide prussique dans l'eau sucrée de Thérèse et, en se retournant, l'aperçoit un couteau à la main. Ils se regardent un instant, muets et froids, puis, se comprenant, ils se font horreur et pitié. Thérèse saisit alors le verre, en vide la moitié et, sans mot dire, le tend à Laurent, qui l'achève. Ils tombent foudroyés « devant Mme Raquin, roide et muette, qui les contemplait à ses pieds, ne pouvant se rassasier les yeux, les écrasant de regards lourds ».

   Thérèse Raquin n'est que l'histoire d'une passion brutale, dont la répercussion intérieure, par l'effet de l'inquiétude et de la peur, présente les divers symptômes des crises morales. « On serait tenté, dit M. Vapereau, d'y voir une monographie du remords et de ses effets psychologiques, mais ce serait une erreur ; c'est l'étude psychologique du trouble jeté dans l'organisation par une impression violente qui détruit tout d'un coup l'équilibre des facultés. » C'est du réalisme savamment hideux, peint avec un talent remarquable et une vigueur de touche puissante. Outre les scènes principales, ce qui témoigne en faveur du mérite de l'œuvre, c'est l'intérêt que l'auteur a su nous inspirer pour un spectacle qui nous dégoûte et des personnes qui nous font horreur. Les lecteurs de *Thérèse Raquin* éprouvent la même sensation que l'oiseau qui, fasciné par le serpent, ne peut néanmoins s'empêcher de le regarder. Il y a encore dans ce roman des peintures qui mériteraient d'être détachées comme échantillons de ce que le réalisme peut produire de plus énergique et de plus repoussant. Tel est ce tableau de la Morgue, si complaisamment traité et si intimement rattaché au roman par l'intérêt qui conduit Laurent à la recherche du cadavre de Camille, trois semaines de suite, dans ce lieu sinistre, et par les âcres sensations qui l'accompagnent. « Il est un mot dont M. É. Zola abuse beaucoup, dit M. Vapereau, c'est le mot chair ; il n'abuse pas moins de la chose ; c'est la chair qu'il met en scène tour à tour dans ses jouissances et dans les douloureuses réactions exercées sur elle par l'esprit. Il s'acharne à analyser des instincts de brutes et à montrer l'intelligence entière asservie à leurs aveuglements. L'instinct déréglé ne peut offrir que d'horribles spectacles ; M. É. Zola s'y complaît, s'y arrête, s'y attarde ; c'est là qu'il trouve la plus belle matière à exercer son talent d'anatomiste et de peintre. » Ce qui relève encore la vigueur de ce talent, c'est la ferme simplicité du style, auquel on ne peut reprocher qu'un peu de tension et un excès d'énergie, qui parfois rend la lecture fatigante. En somme, *Thérèse Raquin* est une œuvre de mérite ; on peut se demander toutefois si tout le talent dépensé dans cette œuvre assez malsaine n'aurait pas pu être mieux employé.

Extrait du *Grand Dictionnaire universel du XIXe siècle* de Pierre Larousse (1865-1875), tome XV, p. 96.

VI — LE FATALISME DE L'HÉRÉDITÉ

• *Document n° 13*

CONSTITUTIONS ET TEMPÉRAMENTS

540. Les tissus se combinent pour former les organes ; les organes s'assemblent, s'arrangent pour constituer les appareils ; la prédominance des appareils donne lieu aux *constitutions*, lesquelles peuvent être définies : organisation particulière de chaque individu, d'où résultent son degré de force physique, la régularité plus ou moins parfaite avec laquelle ses fonctions s'exécutent, la somme de résistance qu'il oppose aux causes de maladie, la dose de vitalité dont il est doué et les chances de vie qu'il possède. Quant aux *tempéraments*, on peut les considérer comme le résultat général, pour l'organisme, de la prédominance d'action d'un organe ou d'un système ; et ce mot est à peu près synonyme de *constitution*, depuis qu'on rapporte les dispositions morales, instinctives et intellectuelles aux dispositions particulières de l'encéphale.

Cependant, nonobstant l'exactitude de ce fait, les plus simples observations font apercevoir une corrélation entre les formes extérieures du corps, le caractère de ses mouvements, la nature et la marche de ses maladies, la direction des penchants et la formation des habitudes de l'individu. L'on peut reconnaître autant de tempéraments qu'il y a de prédominances organiques ; mais, réservant ce nom aux appareils qui exercent le plus d'influence sur l'ensemble, on en compte six principaux : le sanguin, le bilieux, le nerveux, le lymphatique, le musculaire et le génital. « Quand on compare l'homme avec les autres animaux, dit Cabanis, on voit qu'il en est distingué par des traits caractéristiques qui ne permettent pas de le confondre avec eux. Quand on compare l'homme avec l'homme, on voit que la nature a mis entre les individus des différences analogues, et correspondantes, en quelque sorte, à celles qui se remarquent entre les espèces. Les individus n'ont pas tous la même taille, les mêmes formes extérieures ; les fonctions de la vie ne s'exécutent pas chez tous avec le même degré de force ou de promptitude ; leurs penchants n'ont pas la même intensité, ne prennent pas toujours la même direction. »

Les tempéraments (ou constitutions, c'est ici la même chose) ne se reconnaissent donc pas seulement à des signes physiques, à des modifications de la matière, à certaines dispositions organiques, ils impriment en même temps un cachet particulier à la manière de sentir des individus, ils façonnent le moral et le mettent en harmonie avec eux. Si l'on ne comprend pas comment l'esprit peut fournir des caractères à la matière, et réciproquement, on n'a pas saisi ce que nous avons dit ailleurs touchant les rapports du physique et du moral, et nous renvoyons aux beaux mémoires de l'auteur que nous venons de citer, pour les preuves qu'il a accumulées sur ce point de physiologie générale et philosophique, notamment au mémoire concernant l'influence des tempéraments sur la formation des idées et des affections morales, bien que toutes les propositions n'y soient pas conformes à l'opinion que nous professons, savoir : que les tempéraments ne donnent pas lieu à des qualités morales déterminées mais qu'ils concourent seulement à rendre ou plus saillantes ou plus obscures les qualités préexistantes (lesquelles sont dues, selon Gall, à des organes particuliers de l'encéphale), et qu'ils n'ont le pouvoir d'en créer aucune.

Tempérament sanguin

541. Le *tempérament sanguin* est caractérisé par la prédominance des fonctions de circulation et de respiration ; par une grande capacité de la poitrine, l'énergie des organes de la génération, la souplesse des solides, et l'exacte proportion des humeurs. Les personnes qui en sont douées joignent à ces caractères une peau douce, vermeille, sillonnée de veines où circule aisément le sang, des cheveux châtains ou blonds ; une hématose active, des sécrétions abondantes, l'exercice facile de toutes les fonctions, une chaleur propre assez prononcée et constante, etc.

Au moral, les sujets sanguins sont en général francs, enjoués, légers, souvent inconstants ; ils ont une imagination vive, des idées heureuses, mais généralement plus d'esprit que de jugement et de génie. On les voit aussi préférer les arts aux sciences, le brillant au modeste et solide. Ils aiment le luxe, recherchent le beau sexe, auprès duquel ils réussissent assez bien, grâce à leur gaieté et leur amabilité naturelles.

Tempérament bilieux

542. La prépondérance de l'appareil biliaire et des organes digestifs donne lieu au *tempérament bilieux*, qui, selon Cabanis, joint à la grande capacité du thorax et à l'influence énergique des organes de génération le volume plus considérable et l'activité plus grande du foie, la rigidité des parties solides de tout le corps. Les individus bilieux ont en général la taille moyenne, peu d'embonpoint, la peau brune, sèche, chaude et velue, les empreintes musculaires bien marquées. Ils sont doués d'une énergie physique et morale peu commune. Leur physionomie expressive brille par un regard vif et un air de supériorité et d'assurance.

Ils ont une imagination belle, sublime ; différents des sujets sanguins, ils se distinguent davantage par la profondeur de la conception que par l'esprit. Hardis, ambitieux, avides de gloire, ils ne craignent pas d'entreprendre les plus grandes choses, et s'irritent contre les obstacles, qui loin de les rebuter, semblent redoubler leurs efforts. C'est chez les hommes de ce tempérament qu'on trouve ordinairement les grands bienfaiteurs de l'humanité, comme les grands coupables. Les savants, les conquérants, les législateurs illustres, comme les scélérats et les tyrans, ont offert dans tous les temps et dans tous les lieux des exemples de cette constitution.

Tempérament nerveux

543. Le *tempérament nerveux*, l'un des mieux dessinés dans l'homme, est caractérisé par la prédominance du système sensitif sur les autres systèmes, et particulièrement sur le système musculaire. Les personnes qui l'offrent (les femmes en donnent le type) ont peu d'embonpoint, une peau décolorée, plutôt sèche, aride qu'humide, des formes grêles, la fibre irritable ; elles ont le pouls vif, fréquent, concentré, le sommeil léger et tourmenté par des chimères ; leurs impressions sont

toujours vives, profondes ; leurs digestions se font lentement et s'accompagnent d'un développement de gaz.

La tristesse, l'ennui, la méfiance, la jalousie, causent le malheur de ces âmes susceptibles, irritables, grondeuses au-dedans, mais aimables au-dehors. Si la constitution nerveuse s'allie au tempérament bilieux ou au sanguin, il peut en résulter des hommes de génie, comme Pascal, Rousseau, ou des hypocrites et des monstres tels que Louis XI, Tibère, etc. Le tempérament nerveux est souvent le fruit des habitudes sociales, des émotions de toute espèce, des plaisirs, des spectacles, du luxe, enfin de tout ce qui tend à développer l'activité du système sensitif et intellectuel, au détriment des fonctions motrices et digestives.

Tempérament lymphatique

544. Dans le *tempérament lymphatique* les liquides blancs, lymphe et sérosité, prédominent sur le sang, et le système cellulaire sur les autres appareils. « Le système génital et le foie sont inertes, les solides lâches, la quantité des fluides considérable, et par suite, malgré le grand volume des poumons, la circulation se fait lentement et faiblement, la chaleur produite est moins abondante, les dégénérations muqueuses sont habituelles et communes à tous les organes. » Une peau blanche, fine, peu garnie de poils blonds ou cendrés, des chairs molles, le visage bouffi, des lèvres décolorées, des yeux bleus, éteints, etc., caractérisent l'individu lymphatique, dont les fonctions sont généralement languissantes.

Au moral, c'est la même inertie : l'imagination est froide, la conception lente, la mémoire peu heureuse, quoique dans l'enfance elle se montre active, et que l'intelligence paraisse devoir être précoce ; mais c'est un éclair qui s'éteint bientôt. Du reste, les personnes lymphatiques sont douces de caractère, affables, paisibles, incapables de grands crimes comme d'actions sublimes, et se contentent de peu pour se trouver heureuses.

Extrait de A. Bossu, *Anthropologie*, 6e éd., Paris, Aux bureaux de l'Abeille médicale, 1870, 2 vol., tome I, p. 414 et suiv.

• *Document n° 14*

C'est ici le dernier refuge des enfants prodiges qui avaient vu le jour lors d'expositions universelles : la malle brevetée à éclairage intérieur, le couteau de poche dépliant d'un mètre de long ou le manche de parapluie S.G.D.G. avec montre et revolver. Et à côté de ces colosses dégénérés, la matière semi-finie, avortée. Nous avons emprunté le corridor sombre et étroit jusqu'à une espèce de salon, placé entre une « librairie en solde » où des dossiers poussiéreux ficelés ensemble évoquent toutes sortes de faillite, et un magasin qui ne vend que des boutons (des boutons de nacre et ceux qu'on appelle à Paris des boutons « de fantaisie »). Une lampe à gaz éclairait un papier peint passé de ton, encombré de tableaux et de bustes. Une vieille lisait à la lumière de cette lampe. Elle est toute seule, depuis des années, dirait-on.

[...]

On ne doit jamais se fier à ce que les écrivains disent eux-mêmes de leurs œuvres. Lorsque Zola a voulu défendre *Thérèse Raquin* contre des critiques hostiles, il a déclaré que son livre était une étude scientifique des tempéraments. Il aurait eu le projet de montrer exactement, sur un exemple, comment le tempérament sanguin et le tempérament nerveux réagissent l'un sur l'autre, avec, pour eux deux, des conséquences funestes. Mais cette déclaration ne pouvait satisfaire personne. Elle n'explique pas, en effet, la part de colportage dans cette histoire, le caractère sanglant, l'horreur toute cinématographique de l'action. Ce n'est pas par hasard si elle se déroule dans un passage. Si, par conséquent, ce livre décrit scientifiquement quelque chose, c'est la mort des passages parisiens, le processus de décomposition d'une architecture. L'atmosphère de ce livre est gorgée des ptomaïnes toxiques que ce processus dégage et les personnages en meurent.

[...]

Ces antres abritent souvent des métiers vieillissants et ceux qui sont tout à fait actuels y acquièrent quelque chose de désuet. C'est le repaire des bureaux de renseignements et des agences de police, qui sont sur la trace du passé sous la triste lumière des galeries de l'entresol. On voit aux vitrines des coiffeurs les dernières femmes aux cheveux longs. Elles ont des chevelures richement ondulées, des « indéfrisables » qui sont des coiffures d'art pétrifiées.

Extrait de W. Benjamin,
Paris capitale du XIXᵉ siècle, le livre des Passages.
(Traduit de l'allemand par J. Lacoste
d'après l'édition originale établie par Rolf Tiedemann,
Paris, éd. du Cerf, 1989, pp. 220-221.)

• *Document n° 15*

LA MORGUE

LES MORTS VIOLENTES, CRIMES ET SUICIDES
par
le docteur Ambroise Tardieu

À l'extrémité orientale de l'île de la Cité, derrière le chevet de Notre-Dame, sur l'emplacement de l'ancienne promenade que l'on appelait *le Terrain*, s'étend une construction basse et profonde, d'apparence triste et froide, qu'un des historiens de la Ville signalait comme le plus « affligeant édifice qui soit dans Paris ». C'est la Morgue, où l'on reçoit et où l'on expose les individus trouvés morts sur la voie publique et demeurés inconnus.

Dans ce lieu, la mort apparaît sous sa forme la plus sombre et la plus horrible, anonyme et violente, tantôt accidentelle, plus souvent volontaire et criminelle. Elle s'offre à la foule dans sa nudité, sollicitant au milieu des indifférents, dont le flot se renouvelle sans cesse devant les tables mortuaires de la Morgue, un regard ami, une main pieuse qui, en lui rendant un nom, lui assure les derniers devoirs.

Ce serait, pour un observateur et pour un moraliste, un spectacle intéressant et singulièrement curieux que celui de cette vaste vitrine derrière laquelle sont étendus des corps inanimés envahis déjà par la décomposition, qui portent souvent des traces de violences et de mutilations, et devant lesquels s'écoule pendant tout le jour une multitude de curieux, la plus diverse par l'âge, par le sexe, par le rang, tour à tour émue et silencieuse, souvent soulevée de terreur et de dégoût, parfois cynique et turbulente. Il y aurait à recueillir là des impressions bien contraires, des commentaires saisissants, inspirés par la vue de ces morts violemment tombés au milieu du tourbillon de la vie parisienne, disparus en un instant et sans avoir laissé de trace du cercle où ils étaient connus, et qui attendent le hasard d'une rencontre pour pouvoir entrer en quelque sorte d'une façon régulière et légale dans l'éternel repos.

Parmi cette foule avide de contempler la victime encore inconnue d'un crime éclatant, on a vu parfois se glisser le meurtrier lui-même ; et il n'est pas sans exemple que celui-ci se soit dénoncé à la vigilance d'agents placés à la Morgue comme en un poste d'observation, par quelque remarque involontaire que lui arrachait le muet appel de ce corps frappé par lui et étendu sans vie devant ses yeux.

Mais ce n'est pas ici et ce n'est pas à nous surtout qu'il convient d'envisager ce tableau à un point de vue purement moral. Notre tâche est moins haute : nous voulons montrer seulement dans une grande ville comme Paris, au sein d'une population de deux millions d'hommes, et au milieu d'une organisation sociale aussi avancée, quelle place occupe la mort violente, quelles nécessités elle crée en ce qui touche l'état civil et l'ordre public et par quels moyens pratiques on arrive à garantir la reconnaissance de l'identité et la constatation des causes de la mort des individus décédés hors de leur domicile et transportés à la Morgue. Nous donnerons donc d'abord une description succincte de cet établissement, nous indiquerons comment sont réglés les divers services auxquels il est destiné, et nous donnerons un aperçu des observations et des faits principaux que la statistique administrative et judiciaire et la pratique de la médecine légale nous ont permis d'y recueillir.

La Morgue de Paris n'occupe que depuis peu de temps la place que nous avons indiquée. Elle était précédemment située sur le quai du Marché-Neuf. L'établissement actuel, ouvert seulement depuis l'année 1864, beaucoup plus vaste et mieux distribué que l'ancien, est entièrement construit à niveau du sol et ne s'élève pas au-dessus du rez-de-chaussée. Il comprend un long espace triangulaire dont la base s'étend en façade sur le quai de l'Archevêché et dont les deux côtés et le sommet font saillie au-dessus de la Seine qui coule à ses pieds et dont la sépare un chemin de ronde destiné au passage des voitures et au transport des corps.

L'entrée principale donne accès dans une grande salle d'exposition qui occupe le centre de l'édifice, et qui, séparée seulement de la voie publique par un tambour destiné à empêcher l'œil de pénétrer du dehors au dedans, est toujours ouverte aux visiteurs et les invite en quelque sorte à entrer, condition essentielle pour la prompte et facile reconnaissance des individus exposés. Cette salle est séparée en deux dans toute sa largeur par un vitrage pouvant accidentellement être fermé par des rideaux, mais qui habituellement ouvert permet d'apercevoir dans la seconde moitié éclairée directement par le haut, douze tables de pierre disposées sur deux rangs sur lesquelles sont étendus les cadavres dépouillés de leurs vêtements et qu'un étroit tablier protège seul contre les regards. Les vêtements eux-mêmes, suspendus au-dessus des tables mortuaires, aident à la constatation de l'identité, lorsque celle-ci, comme il arrive trop souvent, est rendue difficile par la décomposition plus ou moins avancée des cadavres.

Autour de cette pièce principale se groupent, à droite, au fond et à gauche, les autres parties appropriées aux services multiples de la Morgue : d'un côté les salles de service et de garde des deux garçons dont le zèle intelligent et l'infatigable dévouement suffisent à leurs pénibles fonctions, les magasins pour le lavage, le séchage et la conservation des vêtements ; au milieu le hangar clos où a lieu la réception des corps, le déshabillage et le nettoyage, une vaste pièce à deux rangées de tables où séjournent les morts non exposés et connus, et la salle d'autopsie dans laquelle les médecins commis par la justice procèdent à l'ouverture des cadavres, toutes les fois qu'il y a lieu de rechercher la cause de la mort et de constater les traces d'un crime supposé. Toutes ces parties de l'établissement sont puissamment ventilées par un courant d'air fortement chauffé. De l'autre côté, à gauche de la salle centrale, se trouve le greffe, où un employé, toujours choisi parmi les plus distingués et les plus capables de la Préfecture de police, se livre avec un soin digne de tout éloge aux travaux considérables qu'exige le mouvement des nombreux services de la Morgue ; et enfin, un cabinet pour les magistrats qui viennent procéder aux investigations et confrontations que peut réclamer une procédure criminelle.

Telles sont dans leur ensemble les constructions et dispositions générales dont se compose la Morgue de Paris. Il n'est pas sans intérêt de pénétrer dans le service intérieur de l'établissement et d'en suivre l'organisation.

La Morgue reçoit, sur l'ordre de tout officier de police judiciaire, les cadavres ou portions de cadavres d'individus non reconnus ou non réclamés, quel que soit le lieu où ils aient été trouvés dans le ressort de la Préfecture de police. À l'arrivée d'un corps à la Morgue, le greffier vérifie si le signalement est conforme à l'ordre d'envoi du corps ou à quelqu'un des signalements portés aux déclarations qui lui auraient été faites antérieurement à l'occasion de la disparition d'individus ; et enregistre tous les renseignements qui lui sont donnés sur l'état civil de l'individu, le genre et la cause de la mort. À défaut des nom et prénoms, il inscrit le signalement du corps, le nombre et la nature des vêtements et tous les indices qui peuvent concourir à faire reconnaître la personne.

Tout cadavre apporté à la Morgue, s'il n'est ni connu ni méconnaissable, est immédiatement exposé dans la salle centrale aux regards du public pendant soixante-douze heures au moins, et les vêtements, préalablement lavés, sont placés au-dessus du corps. Lorsque l'exposition ne peut plus être continuée, soit par le fait de la décomposition, soit par toute autre cause, et que la reconnaissance n'a pas eu lieu, il est procédé à l'inhumation, mais les vêtements restent encore exposés pendant quinze jours. La Morgue est ouverte au public tous les jours, en toute saison, depuis le matin jusqu'au soir.

La constatation de l'identité, ou, pour parler plus clairement, la reconnaissance des individus transportés et déposés à la Morgue, est en toute circonstance l'objet principal, et il importe que tout le monde soit pénétré de l'intérêt social de premier ordre qu'il y a à ce qu'aucun membre même le plus infime de la cité ne puisse disparaître sans que son individualité soit reconnue et son état civil dûment fixé, et sans que la cause de sa mort soit constatée de manière à donner toute garantie à la sécurité publique. C'est dans cette vue qu'il est bon de reproduire ici l'inscription qui est gravée sur le marbre de chaque côté de la porte du greffe dans la grande salle de la Morgue : « PRÉFECTURE DE POLICE. — AVIS AU PUBLIC. — *Le public est invité à faire au bureau du greffe, à la Morgue, la déclaration du nom des individus qu'il pourrait reconnaître. Cette démarche n'entraîne aucuns frais de la part des étrangers, des amis ou de la famille même du défunt. Elle est toute gratuite.* »

Les personnes qui se présentent au greffe de la Morgue pour faire la reconnaissance d'un cadavre sont immédiatement conduites auprès du commissaire de police du quartier, pour l'accomplissement des formalités légales et la délivrance du permis d'inhumer ; et le corps reconnu est immédiatement soustrait aux regards du public. Les parents ou amis peuvent obtenir la translation du défunt à son domicile en justifiant des moyens de le faire inhumer, et dans ce cas la translation est opérée par l'administration des pompes funèbres. Les effets et vêtements sont rendus à la famille si elle les réclame et sur la justification de ses droits.

La reconnaissance des corps exposés à la Morgue est l'occasion de scènes parfois bien touchantes, et nous avons gardé le souvenir de drames singulièrement émouvants renfermés dans l'enceinte du greffe. C'est là que chaque jour, pendant des semaines, des mois entiers, des amis, des parents éplorés, sous le coup de cette incertitude plus poignante cent fois que la plus cruelle réalité, sont venus interroger les tables de marbre de la salle mortuaire ou les dépôts de vêtements ou les registres du greffe, et enfin, après une longue absence, ils retrouvent l'être aimé dont la disparition les tenait dans l'angoisse. D'autres fois c'est un coup subit, une rencontre inattendue qui place une personne de la foule, un simple curieux, un indifférent en face d'un cadavre dont la mort est restée ignorée et qui repose sans nom sur les froides dalles de la Morgue. De la province arrivent encore des familles inquiètes qui cherchent dans des vêtements ou des objets inanimés les traces de celui qu'elles ont perdu et qu'il n'a pas été possible de conserver jusqu'à la reconnaissance. C'est là évidemment un point sur lequel un progrès facilement réalisable est à souhaiter. La science est en possession de moyens de conservation tellement perfectionnés, qu'il est permis de penser que l'on saura les mettre à profit pour garder pendant un temps beaucoup plus long qu'on ne le fait actuellement des corps qui sont inhumés avant d'avoir été reconnus. Déjà, en plus d'une circonstance, la justice a ordonné l'application de ces moyens à des cadavres qu'elle avait intérêt à conserver, soit pour arriver plus sûrement à en constater l'identité, soit pour les représenter à un plus grand nombre de témoins.

C'est ainsi qu'à la Morgue même, il y a quelques années, j'ai procédé, avec le docteur Sucquet, à l'embaumement du cadavre mutilé d'une femme dont les quatre membres avaient été séparés du tronc et qui présentait des traces évidentes de strangulation. Un peu plus tard, le corps d'un jeune enfant assassiné a été conservé de la même façon et est resté long-temps exposé à la Morgue.

Il est de fait que les reconnaissances, telles qu'elles se pratiquent à la Morgue, ne sont pas toujours et absolu-ment à l'abri de l'erreur. La décomposition qui rend, dans certains genres de mort, les corps rapidement méconnais-sables, la trop courte durée de l'exposition publique, l'obli-gation, pour les individus inhumés, de fonder uniquement, sur l'examen des vêtements, la constatation de l'identité, enlè-vent à la reconnaissance, en bien des cas, les garanties de cer-titude nécessaires. Enfin, parmi les corps déposés à la Morgue, il en est, chaque année, un assez grand nombre qui restent définitivement et à jamais inconnus. Les efforts de l'admi-nistration tendent sans cesse et ont réussi heureusement à ren-dre ce nombre de moins en moins considérable. Un aperçu du mouvement qui s'opère annuellement dans cet établisse-ment en fournira la preuve.

Au point de vue de la proportion des reconnaissances com-parée au nombre des cadavres d'individus adultes apportés à la Morgue, on voit que dans la période qui s'étend de 1810 à 1830, le chiffre des reconnaissances n'atteignait pas les deux tiers des individus exposés. De 1830 à 1836, la proportion s'est élevée un peu plus au-dessus. Enfin, plus près de nous :

En 1860, sur 330 corps reçus, 285 ont été reconnus.

1861	—	393	—	297	—
1862	—	445	—	326	—
1863	—	439	—	327	—
1864	—	430	—	326	—
1865	—	489	—	351	—
1866	—	572	—	445	—

Ce qui donne sur un total de 2 576 individus, 664 restés inconnus, c'est-à-dire un quart seulement.

Si nous recherchons maintenant quel est le chiffre total des cadavres reçus annuellement à la Morgue, nous voyons qu'il s'est élevé et s'élève chaque année d'une manière notable.

En 1811, il était de 258 pour les corps d'adultes.

1820	—	272	—
1836	—	279	—
1861	—	393	—
1862	—	415	—
1863	—	439	—
1864	—	430	—
1865	—	489	—
1866	—	572	—

La Morgue reçoit deux fois et demie plus d'hommes que de femmes. Mais, outre les adultes d'âges et de sexes différents, on dépose à la Morgue des débris de cadavres provenant de dissections anatomiques clandestines, des portions de membres qui se détachent des corps des noyés durant leur séjour dans l'eau ; et enfin un nombre considérable d'enfants nouveau-nés, de fœtus expulsés à une époque plus ou moins avancée de la gestation. Ces derniers forment une catégorie à part qui mérite de nous arrêter, car le nombre croissant des enfants nouveau-nés et des fœtus délaissés sur la voie publique et recueillis à la Morgue se rattache étroitement à une question grave à la fois au point de vue social et judiciaire, l'accroissement du nombre des crimes d'infanticide et d'avortement.

De relevés faits avec soin par nous-même, il résulte que dans l'espace de vingt-six années compris entre 1836 et 1862, 1 985 cadavres de fœtus et d'enfants nouveau-nés ont été déposés à la Morgue : dans ce nombre, 887 étaient à terme, 1 098 n'avaient pas atteint le terme de neuf mois ; mais ce qui est plus remarquable, c'est que, sur ces 1 098 fœtus avant terme, 825, c'est-à-dire plus des quatre cinquièmes, n'avaient pas dépassé le sixième mois de la vie intra-utérine. Il est bien permis de faire remarquer que le plus grand nombre de ceux-ci doivent provenir d'avortements provoqués.

Si maintenant on compare entre elles les trois périodes que séparent des mesures administratives qui ont eu pour effet de restreindre l'admission des enfants à l'hospice par la suppression des tours, et de rendre plus sévère la vérification des décès et par suite la perception de la taxe d'inhumation, on remarque un accroissement notable pour les dix-sept dernières années dans le chiffre des fœtus exposés :

399 de 1846 à 1854
Et 494 — 1855 — 1862
Contre 295 — 1836 — 1845

Les registres de la Morgue répandent sur cette importante question, qui touche à la morale et aux progrès de la population, de vives lumières.

Il est un dernier point sur lequel il nous paraît intéressant de les consulter, et qui, nous l'espérons, complétera utilement cette étude.

Nous voulons parler des genres et des causes de mort constatés chez les individus déposés à la Morgue. C'est le tableau fidèle, quoique incomplet, de la mort violente dans la population parisienne.

Ce tableau se décompose en morts subites, accidents, homicides et suicides dans la proportion suivante.

Nous donnons les chiffres pour les trois dernières années seulement :

	Suicides	Accidents	Homicides	Morts subites	NOMBRE TOTAL des adultes reçus	
1863	171	96	3	107	439 ←	372 hommes 67 femmes
1864	122	136	6	100	430 ←	363 hommes 67 femmes
1865	144	100	14	82	489 ←	420 hommes 69 femmes
1866	166	153	49	82	572 ←	486 hommes 86 femmes

Les morts subites réunissent des causes trop variées, les homicides constatés à la Morgue comprennent une trop petite partie des crimes commis à Paris contre les personnes pour qu'il puisse être utile de s'y arrêter. Il n'en est pas de même des accidents et des suicides, dont le caractère essentiel est précisément de constituer ces cas où la mort frappe à la fois d'une manière violente et soudaine sur des personnes dont l'identité peut rester inconnue et qui forment, si l'on peut ainsi parler, la clientèle spéciale de la Morgue.

Les accidents consistent surtout dans les cas de submersion, qui appartiennent aussi pour une part considérable au suicide ; puis viennent, dans l'ordre de fréquence, l'écrasement par des voitures, les chutes d'un lieu élevé, les éboulements, les brûlures, les explosions de machines et les accidents de chemins de fer, les asphyxies par la vapeur du charbon,

Années	Adultes reçus	SUBMERSIONS, SUICIDES				SUBMERSIONS ACCIDENTELLES					Total des cas de submersions		
		H.	F.	Total	Causes	H.	F.	Total	Causes	Causes inconn.	H.	F.	Total
1861	393	76	22	93	Dégoût de la vie, démence, misère.	64	1	65	Ivresse, baigneurs, ouvriers.	47	182	28	210
1862	445	83	22	105	Mauvaises affaires.	70	1	71	Imprudence.	78	225	29	254
1863	439	98	20	118	Ivresse.	55	3	58	Id.	60	207	29	236
1864	430	47	22	69	Id.	77	2	79	Id.	76	190	34	224
1865	489	71	18	89	Id.	65	1	66	Pêcheurs.	110	237	28	265
1866	572	89	20	119	Id.	70	2	72	Id.	119	273	37	310

l'action de gaz délétères, la suffocation dans les foules, la foudre, l'empoisonnement, l'ivresse et le froid.

Nous insisterons plus particulièrement sur les submersions. Les noyés, en effet, ont de tout temps occupé le premier rang sur les statistiques mortuaires de la Morgue de Paris. Le tableau précédant résume, pour les six dernières années, les principales données relatives aux cas de submersion accidentelle et suicide.

Ce relevé permet d'apprécier d'un seul coup d'œil la fréquence des cas de submersion à Paris, le chiffre comparatif des noyés de l'un et de l'autre sexe transportés à la Morgue, et les causes les plus fréquentes de ce genre de mort.

Nous terminerons par une considération qui n'est pas dépourvue d'intérêt, car non seulement elle exerce une grande influence sur le service de la Morgue et sur la reconnaissance plus ou moins facile des corps qui y sont reçus, mais encore elle est de nature à éclairer l'histoire médico-légale de la mort par submersion. Il s'agit de la détermination du temps pendant lequel les corps des noyés séjournent dans l'eau. Nous avons recherché, à cet effet, parmi les renseignements très exactement consignés dans les statistiques qui sont dressées chaque année sous la haute direction du médecin inspecteur de la Morgue, M. le docteur Devergie, combien de corps sont retirés de l'eau pendant chacun des mois qui suivent l'immersion constatée : en d'autres termes, après combien de temps de submersion les noyés sont généralement repêchés.

Nos calculs ont porté sur les quatre dernières années, 1863, 1864, 1865 et 1866, et nous avons trouvé que, sur un total de 1 074 noyés :

863 ont été retirés de l'eau dans le 1er mois de l'immersion.

139	—	2^e	—
45	—	3^e	—
20	—	4^e	—
3	—	5^e	—
2	—	6^e	—
1	—	9^e	—
1	—	10^e	—

Il convient d'ajouter que, à part quelques cas exceptionnels, la plus longue durée du séjour dans l'eau se produit pour les individus qui se noient dans les premiers mois de l'année, dans la saison des hautes eaux et du froid.

Nous avons cherché dans cette notice à donner une idée vraie de la Morgue à Paris, de ses dispositions matérielles, de son service intérieur et de son mouvement annuel. On peut la donner comme un modèle de ce que doivent être ces établissements, qui, de première nécessité dans toutes les villes populeuses, ne sont nulle part inutiles, et qui répondent en même temps à un sentiment de haute convenance et à un intérêt incontestable de salubrité et d'ordre public.

Extrait de *Paris-Guide*,
Paris, Lacroix et Verboeckhoven et Cie, 1867 (2 vol.),
vol. II, p. 1996 et suiv.

VII — BIBLIOGRAPHIE

I — Éditions commentées :

Thérèse Raquin, dans *Œuvres complètes* (15 volumes, Paris, Tchou, Cercle du Livre Précieux), tome I, 1966, Introduction par R. Abirached.

Thérèse Raquin, chronologie et introduction par H. Mitterand (Paris, Garnier-Flammarion, 1970).

II — Études générales sur l'œuvre d'Émile Zola :

BECKER C., *Les Critiques de notre temps et Zola*, Paris, Garnier, 1972.

BERNARD M., *Zola*, Paris, Le Seuil, 1952 ; édition refondue par J.-P. Leduc-Adine, 1988.

BERTRAND-JENNINGS C., *L'Eros et la femme chez Zola*, Paris, Klincksieck, 1977.

BORIE J., *Zola et les mythes, ou : de la nausée au salut*, Paris, Le Seuil, 1971.

DE LATTRE A., *Le Réalisme selon Zola*, Paris, P.U.F., 1975.

DEZALAY A., *Lectures de Zola*, Paris, A. Colin, 1973.

DEZALAY A., *L'Opéra des Rougon-Macquart*, Paris, Klincksieck, 1983.

HAMON P., *Le Personnel du roman ; le système des personnages dans les Rougon-Macquart de Zola*, Genève, Droz, 1983.

KANES M., *L'Atelier de Zola ; textes de journaux, 1865-1870*, Genève, Droz, 1963.

LAPP J., *Les Racines du naturalisme : Zola avant les Rougon-Macquart*, 1964, trad. fr., Paris, Bordas, 1972.

MITTERAND H., *Zola journaliste*, Paris, A. Colin, 1962.
RIPOLL R., *Réalité et mythe chez Zola*, Paris, Champion, 1981.
ROBERT G., *Émile Zola, principes et caractères généraux de son œuvre*, Paris, Les Belles Lettres, 1952.
SERRES M., *Feux et signaux de brume, Zola*, Paris, Grasset, 1975.

Les Cahiers naturalistes (Paris, Fasquelle), revue consacrée à l'étude du mouvement naturaliste (un numéro par an), publient régulièrement des articles sur l'œuvre de Zola.

On consultera aussi deux publications collectives : un numéro spécial de la revue *Europe* (Paris, mai 1968) consacré à Émile Zola ; et les actes d'un colloque tenu à Cerisy en 1976, *Le Naturalisme* (Paris, U.G.E., 1978).

III — Correspondance :

Sept volumes parus (Presses de l'université de Montréal ; Paris, C.N.R.S.) sous la direction de B.H. Bakker et de C. Becker.
Volume I : 1858-1867 (1978).
Volume II : 1868-1877 (1980).

IV — Bibliographie :

BAGULEY D., *Bibliographie de la critique sur Émile Zola, 1864-1970*, Presses de l'université de Toronto, 1976. (Voir notamment p. 21 pour le recensement des cinq articles de presse parus en 1868 et consacrés à *Thérèse Raquin*.)

V — Études sur *Thérèse Raquin* :

CLAVERIE M., « *Thérèse Raquin* ou les Atrides dans la boutique du Pont-Neuf », dans *Les Cahiers naturalistes*, n° 30, 1968.
MITTERAND H., *Thérèse Raquin* au théâtre, dans *Revue des sciences humaines*, octobre-décembre 1961.
MITTERAND H., « Corrélations lexicales et organisation du récit : le vocabulaire du visage dans *Thérèse Raquin* », dans *La Nouvelle Critique*, novembre 1968.

MITTERAND H., « Le corps féminin et ses clôtures : *L'Éducation sentimentale, Thérèse Raquin* », dans *Le Regard et le signe*, Paris, P.U.F., 1987.

RICKERT B., « *Thérèse Raquin :* observations sur la structure dramatique du roman », dans *Les Cahiers naturalistes*, n° 55, 1981.

RIPOLL R., « Fascination et fatalité : le regard dans l'œuvre de Zola », dans *Les Cahiers naturalistes*, n° 32, 1966.

VI — Iconographie :

Album Zola, présenté par H. Mitterand et J. Vidal, Paris, Gallimard, Albums de La Pléiade, 1963.

GRAND-CARTERET J., *Zola en images*, Paris, Juven, 1908.

MASSIN F. et Émile ZOLA, *Zola photographe*, Paris, Denoël, 1979.

VIII — FILMOGRAPHIE

Thérèse Raquin de E. Zangenberg, 1911 (Danemark).

Thérèse Raquin de N. Martiglio, 1926 (Italie).

Thérèse Raquin de Jacques Feyder, 1926 (France).

Thérèse Raquin de Marcel Carné, 1953 (France).

TABLE DES MATIÈRES

II - DOSSIER HISTORIQUE ET LITTÉRAIRE

Imprimé en France sur Presse Offset par

BRODARD & TAUPIN

GROUPE CPI

7943 – La Flèche (Sarthe), le 02-08-2001
Dépôt légal : mai 1998

POCKET – 12, avenue d'Italie - 75627 Paris cedex 13
Tél. : 01.44.16.05.00

_____ **Notes** _____

_____ Notes _____

_____ Notes _____